LA LUNE ÉTAIT NOIRE

Michael Connelly

LA LUNE ÉTAIT NOIRE

ÉDITIONS FRANCE LOISIRS

Titre original : *Void Moon*
Éditeur original : Little, Brown and Company
Traduit de l'américain par Robert Pépin

Édition du Club France Loisirs,
avec l'autorisation des Éditions Plon

Éditions France Loisirs,
123, boulevard de Grenelle, Paris
www.franceloisirs.com

ISBN : 2-7441-4209-3

Dédié à Linda,
Pour nos quinze premières.

Tout autour d'eux la cacophonie de la cupidité s'adonnait à ses excès les plus éclatants et extrêmes. Mais elle n'aurait pu faire la moindre brèche dans leur monde.

Cassie brisa la conversation qu'ils se faisaient avec les yeux juste le temps de regarder la table, y prendre son verre et le lever. Il était vide, hormis les glaçons et une cerise, mais cela n'avait pas d'importance. Il leva le sien à son tour — il n'y restait plus qu'une gorgée de bière et de mousse, et encore.

— Jusqu'au bout, dit-elle. À notre réussite.

Il sourit et acquiesça d'un signe de tête. Il l'aimait et elle le savait.

— Jusqu'au bout, commença-t-il.

Puis il fit une pause et ajouta :

— À l'endroit où le désert se fait océan.

Elle lui renvoya son sourire, ils trinquèrent. Elle porta son verre à ses lèvres, la cerise roula dans sa bouche. Elle le regarda d'un air suggestif lorsqu'il essuya la mousse sur sa moustache. Elle l'aimait. C'était eux contre le monde entier et leurs chances de gagner lui plaisaient bien.

Mais son sourire disparut lorsqu'elle songea à la manière dont elle avait tout joué comme une idiote. Elle aurait dû prévoir sa réaction, deviner qu'il ne la laisserait jamais y aller. Elle aurait dû attendre que tout soit terminé pour le lui dire.

— Max, reprit-elle d'un ton maintenant très sérieux, laisse-moi y aller. J'insiste. Une dernière fois.

— Pas question. C'est moi et j'y vais.

Un cri de victoire monta de la salle du casino, assez fort pour casser la barrière de bruit qui les entourait. Elle leva la tête et aperçut un Texan au chapeau énorme en train de danser au bout d'une des tables de craps [1], juste au-dessous de la vigie qui surplombait la salle. Le Texan avait une fille à côté de lui : du genre « téléphone-moi à tel numéro », elle avait une belle tignasse et travaillait au casino depuis l'époque où Cassie s'était mise à distribuer les cartes au Trop.

Elle posa de nouveau son regard sur Max.

— Je meurs d'envie de filer d'ici pour de bon, reprit-elle. Allez, on le joue à pile ou face, au moins.

Max secoua lentement la tête.

— Non, dit-il, tu l'as pas dans la main. C'est pour moi.

Alors il se leva et elle le regarda. Il était beau. Elle aimait bien la petite cicatrice qu'il avait sous le menton, le fait qu'aucun poil ne pousse à cet endroit.

— C'est l'heure, constata-t-il.

Il contempla la salle, ses yeux enregistrant tout mais ne s'arrêtant nulle part, glissant sur tout ce qu'ils voyaient jusqu'à ce qu'ils aient atteint le rebord de la vigie. Cassie suivit son regard. Il y avait quelqu'un là-haut. Habillé de vêtements foncés, un homme les observait comme un ministre ses fidèles.

Elle essaya de sourire de nouveau, mais ne put même pas faire remonter le coin de ses lèvres. Quelque chose n'allait pas. Le changement de plans. L'échange. Alors elle sut à quel point elle voulait y aller et la montée d'adrénaline qu'elle allait rater. Alors aussi elle sut que c'était à elle

1. Jeu de dés qui ressemble au zanzi ou à la passe anglaise *(NdT)*.

qu'elle pensait, et pas à Max. Elle ne cherchait pas à le protéger. Elle réagissait par égoïsme. Cette montée d'adrénaline, elle la voulait, une dernière fois.

— S'il arrive quoi que ce soit, reprit-il, on se retrouve quand on se retrouve.

Ce coup-ci, elle fit ouvertement la grimace. Des adieux de ce genre n'avaient jamais fait partie du rituel. C'était trop négatif.

— Max, qu'est-ce qu'il y a ? lui demanda-t-elle. Pourquoi es-tu si nerveux ?

Il baissa les yeux sur elle et haussa les épaules.

— Parce qu'on arrive au bout, dit-il, enfin... je crois.

Il essaya un sourire, puis il lui effleura le visage et se pencha vers elle. Il l'embrassa sur la joue et passa vite à ses lèvres. Il tendit la main sous la table, là où personne ne pouvait voir, et fit remonter son doigt le long de sa jambe, en suivant la couture de son jean. Puis, sans ajouter un mot, il se détourna et quitta le salon. Traversa la salle de jeu vers le coin des ascenseurs. Elle le regarda s'éloigner, il ne regarda pas en arrière. Cela faisait partie du rituel. On ne regardait pas en arrière — jamais.

PREMIÈRE PARTIE

1

La maison de Lookout Mountain Road se trouvait en retrait de la voie, l'arrière du bâtiment se nichant contre la paroi abrupte du canyon. Cela permettait d'avoir une grande pelouse verte et bien plate qui courait de la véranda jusqu'à la barrière blanche le long de la route. Avoir, devant ou derrière, une pelouse aussi vaste et plate était rare dans Laurel Canyon. C'était ça qui ferait la vente.

Annoncée dans les pages immobilier du *Times*, la visite devait commencer à deux heures de l'après-midi et se terminer à cinq. Cassie Black se rangea le long du trottoir dix minutes en avance et ne vit aucune autre voiture dans l'allée, ni aucun signe d'activité dans la maison. Le break Volvo blanc qui, elle le savait, appartenait aux propriétaires et que ceux-ci garaient généralement dehors avait disparu. Pas moyen de savoir pour l'autre véhicule, la BMW noire : le petit garage à une place, sur le côté de la bâtisse, était fermé. Mais la Volvo n'était pas là et Cassie en conclut que les propriétaires étaient partis pour la journée et ne seraient pas présents pour la visite. Tant mieux. Elle préférait ça. Elle ne savait pas trop comment elle aurait réagi s'ils s'étaient trouvés dans la maison avec la fillette pendant qu'elle faisait le tour des pièces.

Elle attendit dans la Boxster jusqu'à deux heures de l'après-midi, puis elle commença à s'inquiéter, se demandant si elle s'était trompée d'heure ou, pire, si on avait

15

annulé la visite parce que la maison était déjà vendue. Elle rouvrit le journal aux pages immobilier et vérifia encore une fois l'annonce. Elle ne s'était pas trompée. Elle regarda le panneau À VENDRE planté sur la pelouse de devant et vérifia que le nom de l'agence correspondait à celui indiqué dans le journal. C'était bien le même. Elle sortit son portable de son sac à dos et tenta d'appeler l'agence, mais n'obtint pas la communication. Elle n'en fut pas surprise. Elle se trouvait dans Laurel Canyon, et obtenir une connexion claire par portable dans n'importe quel quartier des collines de Los Angeles tenait souvent de l'impossible.

Elle n'avait plus rien à faire qu'attendre et dominer sa peur. Elle examina la maison qui se dressait derrière le panneau À VENDRE. D'après l'annonce, il s'agissait d'un bungalow de style California Craftsman [1] construit en 1931. Au contraire des constructions plus récentes qui se dressaient des deux côtés de la rue, celle-ci n'était pas seulement située en retrait de la route, enfoncée dans la colline derrière elle, elle semblait aussi avoir beaucoup de caractère. Elle était également plus petite que la plupart des maisons voisines, ceux qui l'avaient conçue ayant manifestement misé sur la pelouse et l'aspect ouvert de la propriété. Les maisons plus récentes avaient, elles, été construites au ras de leur périmètre d'occupation des sols, privilégiant au contraire l'espace intérieur.

Le vieux bungalow avait un long toit gris et pentu dans lequel s'ouvraient deux fenêtres en mansarde. La première, elle le savait, était celle de la chambre des parents, la deuxième celle de la chambre de la fillette. L'extérieur de la maison avait été peint en brun-rouge. Une grande véranda

1. Soit de style artisanal. En bois sombre, ces maisons sont en général très basses et à petites fenêtres (NdT).

courait sur tout le devant de l'édifice et la porte d'entrée était du type à la française, à un battant. La plupart du temps, la partie vitrée en était masquée par un store, mais aujourd'hui il était relevé, comme celui qui cachait la grande baie vitrée, Cassie pouvant ainsi voir jusque dans le living où on avait laissé un plafonnier allumé.

L'aire de jeu se trouvait à l'évidence dans le jardin de devant, qui était toujours impeccablement tenu. Sur la gauche du terrain, une balançoire et des agrès étaient installés. Cassie savait que la fillette préférait se balancer le dos à la maison de façon à voir la rue. Elle y avait souvent réfléchi et s'était maintes fois demandé si cette habitude n'avait pas valeur d'indice psychologique.

La balançoire vide était parfaitement immobile. Dans l'herbe, Cassie vit une balle et un petit chariot rouge qui attendaient le retour de la fillette. Elle se demanda si l'exiguïté du terrain de jeu n'était pas l'une des raisons pour lesquelles la famille voulait déménager. Tout étant relatif à Los Angeles, Laurel Canyon comptait au nombre des endroits raisonnablement sûrs dans une ville qui n'arrêtait pas de s'étendre. Cela dit, ni ici ni ailleurs il n'était bon de laisser un enfant jouer dans un jardin aussi proche d'une rue où il pouvait lui arriver un malheur et où le danger rôdait sans cesse.

Aucune allusion à ce problème n'était faite dans l'annonce. Cassie baissa les yeux et la relut.

FAITES VOS OFFRES !
Maison style California Craftsman 2 ch. 2 sdb.
grand living/salle à manger,
énorme terrain boisé
Très motivés et désireux de vendre !
Prix réduit.

Elle avait remarqué le panneau trois semaines plus tôt, en passant devant la propriété comme elle en avait l'habitude. Cette découverte avait chamboulé son existence, entraînant insomnies et inattention au travail. Elle n'avait pas vendu une seule voiture depuis lors, et l'absence de son nom au tableau des ventes était la plus longue qu'on ait jamais connue.

Cette visite des lieux étant, pour ce qu'elle en savait du moins, la première, la formulation de l'annonce lui parut soudain curieuse. Elle se demanda pourquoi les propriétaires étaient à ce point pressés de vendre qu'ils avaient déjà baissé leur prix au bout de trois semaines. Quelque chose ne collait pas.

Trois minutes après le moment où la visite aurait dû commencer, une berline Volvo bordeaux qu'elle ne reconnut pas entra dans l'allée et s'arrêta. Une blonde mince d'environ quarante-cinq ans en descendit. Habits de sport, mais élégants. Elle ouvrit le coffre de sa voiture et en sortit un panneau MAISON À VISITER qu'elle posa sur le trottoir. Cassie se regarda dans la glace du pare-soleil, tendit la main et rajusta sa perruque en la tirant vers l'arrière. Puis elle descendit de la Porsche et s'approcha de la jeune femme qui finissait d'installer le panneau.

— Laura LeValley ? demanda-t-elle en lisant son nom au bas de l'affichette.

— C'est ça même. Vous venez voir la maison ?

— Oui, j'aimerais bien la visiter.

— Laissez-moi le temps d'ouvrir et on y va. Jolie voiture. Neuve ? demanda-t-elle en lui montrant l'absence de plaque d'immatriculation à l'avant.

Cassie les avait ôtées au garage avant de rouler jusqu'à la maison. Simple précaution. Elle ne savait pas trop si les agents immobiliers notaient les immatriculations afin de se renseigner sur leurs acheteurs éventuels, mais elle n'avait aucune envie que ça lui arrive. C'était pour la même raison qu'elle avait mis une perruque.

— Euh, oui, répondit-elle. Neuve pour moi, mais d'occasion. Elle a un an.

— Belle bête.

Extérieurement, la Boxster semblait en parfait état, mais c'était une seconde main avec pas loin de quarante-cinq mille kilomètres au compteur, sans parler de la capote qui prenait l'eau et du lecteur de CD qui sautait chaque fois qu'on passait sur une bosse, même minuscule. Ray Morales, son patron, lui avait donné la permission de s'en servir en attendant d'apurer les comptes avec le client, auquel il avait donné jusqu'à la fin du mois pour régler ses dettes, faute de quoi la Porsche repasserait dans la vitrine d'exposition. Cassie pensait que jamais le type ne leur verserait un sou de plus : il n'avait plus un radis en poche, elle l'avait vérifié. Il avait effectué les six premiers versements, chaque fois en retard, et avait oublié de s'acquitter des six suivants. Ray avait commis l'erreur d'accepter sa reconnaissance de dette bien que le type n'ait trouvé aucun repreneur chez les organismes d'emprunt extérieurs. C'était pourtant un signe. Mais il avait réussi à convaincre Ray de garder les clés. Ray était vraiment fumasse de s'être fait avoir et avait tenu à se trouver dans le camion-remorque lorsqu'ils y avaient accroché la Boxster juste devant la baraque du fauché, dans les collines qui surplombent Sunset Plaza.

L'employée de l'agence immobilière regagna sa voiture, en sortit une mallette et précéda Cassie dans l'allée en pierre qui conduisait à la véranda de devant.

— Les propriétaires seront-ils là ? lui demanda Cassie.

— Non. C'est toujours mieux quand il n'y a personne.

Le client peut regarder où bon lui semble et dire ce qui lui plaît. On ne marche sur les orteils de personne. C'est que... les goûts et les couleurs... Untel trouvera que la maison est géniale, mais un autre qu'elle est affreuse.

Cassie sourit par politesse. Elles arrivèrent devant la porte d'entrée, Laura LeValley prit une petite enveloppe blanche dans sa mallette et en sortit une clé. Puis elle ouvrit la porte sans cesser de bavarder.

— Vous êtes envoyée par une agence ?

— Non. Pour l'instant, j'en suis encore à la phase où je regarde.

— C'est vrai que ça aide de savoir ce qu'il y a sur le marché. Vous êtes propriétaire ?

— Pardon ?

— Possédez-vous une maison ? Vous voulez vendre ?

— Ah... Non, je suis en location. Je cherche à acheter. Et un petit truc comme ça...

— Des enfants ?

— Non, juste moi.

Laura LeValley ouvrit la porte et lança un grand bonjour afin d'être sûre qu'il n'y avait personne. N'ayant obtenu aucune réponse, elle fit signe à Cassie de la précéder.

— Dans ce cas, ça devrait vous convenir à la perfection. Il n'y a que deux chambres, mais les pièces à vivre sont spacieuses et très ouvertes. Moi, je trouve ça charmant. Vous verrez.

Elles entrèrent. Laura posa sa mallette par terre, puis elle tendit la main à Cassie et se présenta de nouveau.

— Moi, c'est Karen Palty, mentit Cassie en lui serrant la main.

Laura LeValley lui énonça brièvement les qualités et avantages de la maison. De sa mallette, elle sortit une liasse de fiches de renseignements et lui en tendit une tout en continuant de parler. Cassie hochait la tête de temps en temps, mais écoutait à peine. De fait, elle examinait avec attention le mobilier et autres biens des propriétaires du lieu. Son regard s'attardait sur les photos accrochées aux murs ou posées sur les tables et les commodes. Laura LeValley lui dit de regarder tout ce qu'elle voulait pendant qu'elle installait le registre et posait les fiches de renseignements sur la table de la salle à manger.

La maison étant parfaitement rangée, Cassie se demanda jusqu'à quel point c'était lié au fait qu'elle allait être montrée à des acheteurs potentiels. Elle pénétra dans un petit couloir et monta l'escalier qui conduisait aux chambres et aux salles de bains du premier. Elle entra dans la grande chambre. La pièce comportait une grande baie vitrée donnant sur la façade rocailleuse abrupte située à l'arrière de la maison. Laura LeValley appela la visiteuse d'en bas, comme si elle savait très exactement ce que regardait Cassie et ce qu'elle en pensait.

— Il n'y a pas de problème de coulées de boue, lui dit-elle. La colline est en granite magmatique. Ça fait sans doute plus de dix mille ans qu'elle est là et, croyez-moi, elle n'est pas près de déménager. Mais si cette propriété vous intéresse vraiment, je vous conseillerais de faire faire une étude géologique. Si vous l'achetez, ça vous aidera à dormir mieux la nuit.

— Bonne idée, dit Cassie.

Elle en avait assez vu. Elle ressortit de la pièce et traversa le couloir pour rejoindre la chambre d'enfant. Elle était, elle aussi, très bien rangée et bourrée de peluches, de poupées Barbie et autres jouets. Dans un coin, Cassie découvrit un chevalet sur lequel était posé un dessin aux crayons pastel — un bus scolaire avec plusieurs silhouettes en fil de fer aux fenêtres. Le bus était arrêté devant un bâtiment où un camion rouge était rangé dans un garage. Une caserne de pompiers. La fillette dessinait bien.

Cassie passa la tête dans le couloir pour s'assurer que Laura LeValley n'était pas montée et s'approcha du chevalet. Elle tourna quelques pages du carnet contenant d'autres dessins. L'un d'eux représentait une maison avec une grande pelouse verte devant. Il y avait un panneau À VENDRE devant le bâtiment, et une silhouette en fil de fer juste à côté. Dans la bulle qui sortait de la bouche de la fillette on lisait le mot : « Bou ! » Cassie regarda longtemps le dessin avant d'en détacher les yeux et d'examiner le reste de la pièce.

Le mur de gauche s'ornait de l'affiche d'un film d'animation intitulé *La Petite Sirène*. Il y avait aussi les mots JODIE SHAW écrits avec de grandes lettres en bois de toutes les couleurs de l'arc-en-ciel. Cassie se planta au milieu de la chambre et tenta d'enregistrer tout ce qu'elle voyait dans sa mémoire. Ses yeux tombèrent sur une photo dans un petit cadre posé sur la commode peinte en blanc. On y voyait la fillette en compagnie de Mickey Mouse à Disneyland.

— La chambre de leur fille.

Cassie bondit presque en entendant la voix derrière elle.

Elle se retourna. Laura LeValley se tenait dans l'embrasure de la porte. Cassie ne l'avait pas entendue gravir les marches. Elle se demanda si, la soupçonnant de quelque chose, la jeune femme n'avait pas volontairement monté l'escalier sans bruit dans l'idée de la surprendre en train de voler, ou de faire autre chose de répréhensible.

— Jolie gamine, dit Laura en ne montrant nullement qu'elle la soupçonnait de quoi que ce soit. J'ai fait sa connaissance dès que j'ai accepté de vendre la maison. Je crois qu'elle a six ou sept ans.

— Cinq. Presque six.

— Pardon ?

Cassie lui montra vite la photo posée sur la commode.

— Enfin, je crois, précisa-t-elle. À condition que la photo soit récente.

Elle se tourna et leva une main en l'air comme pour embrasser toute la pièce.

— Moi aussi, j'ai une nièce de cinq ans, poursuivit-elle. Ça pourrait être sa chambre.

Elle attendit, mais Laura LeValley ne lui posa aucune autre question. Elle avait fait une grosse erreur et savait qu'elle avait de la chance de s'en sortir à si bon compte.

— Bon, reprit Laura. J'aimerais que vous signiez le registre de façon à ce que nous ayons vos nom et adresse. Avez-vous des questions à me poser ? J'ai une feuille d'offre d'achat avec moi si vous y êtes prête.

Elle avait souri en lui disant ça, Cassie lui renvoya son sourire.

— Pas encore, non, dit-elle. Mais la maison me plaît.

Laura LeValley regagna l'escalier et redescendit au rez-de-chaussée. Cassie se dirigea vers la porte pour la suivre. En repassant dans le couloir, elle jeta un coup d'œil par-dessus son épaule et regarda la collection de peluches rangées sur l'étagère au-dessus du lit. La fillette semblait avoir une préférence pour les chiens. Cassie revint une dernière fois sur le dessin posé sur le chevalet.

Dans la salle de séjour, Laura LeValley lui tendit une écritoire avec une feuille de registre à signer. Cassie y porta le nom de Karen Palty, patronyme d'une vieille amie de l'époque où elle travaillait aux tables de black-jack, puis elle inventa un numéro de téléphone avec l'indicatif d'Hollywood, et une adresse quelque part dans Nichols Canyon

Road. Cassie lui ayant rendu l'écritoire, Laura LeValley y lut ce qu'elle avait écrit.

— Vous savez, Karen, dit-elle, si ce n'est pas le genre de maison que vous cherchez, il y en a d'autres dans le canyon et je serais plus qu'heureuse de vous les montrer.

— Oui, ça serait bien. Mais laissez-moi réfléchir à celle-ci d'abord.

— Bien sûr. Mais vous me tenez au courant ? Voici ma carte.

Laura LeValley lui en tendit une, qu'elle prit. Dans la baie vitrée de la salle à manger, Cassie remarqua qu'une voiture était en train de se ranger le long du trottoir, derrière la Boxster. Un autre acheteur potentiel. Elle décida que le moment était venu de poser quelques questions pendant que Laura était encore seule avec elle.

— D'après l'annonce, dit-elle, les Shaw seraient pressés de vendre. Ça vous ennuierait de m'expliquer pourquoi ? Enfin, je veux dire... il y a quelque chose qui ne va pas dans cette maison ?

Elle n'avait pas fini de poser sa question lorsqu'elle se rendit compte qu'elle avait appelé les propriétaires par leur nom. Puis elle se rappela les lettres sur le mur de la chambre de la fillette et sut qu'elle s'en sortirait si jamais Laura LeValley remarquait son erreur.

— Oh, non, ça n'a absolument rien à voir avec la maison, lui répondit celle-ci. Le père a été muté et tout le monde a très envie d'emménager dans la nouvelle maison. S'ils arrivent à vendre vite, ils pourront tous partir en même temps et il ne sera pas obligé de faire les allers et retours. C'est très loin.

Cassie sentit qu'elle avait besoin de s'asseoir, mais resta debout. Une crainte terrible venait de l'envahir. Elle posa la main sur la cheminée en pierre pour ne pas vaciller, mais ne fut pas certaine d'avoir bien masqué le trouble qu'elle avait éprouvé en apprenant cette nouvelle.

C'est très loin.

— Ça va ? demanda Laura LeValley.

— Oui. Ça va. J'ai eu la grippe la semaine dernière et... vous savez ce que c'est.

— Oui. Moi aussi, je l'ai attrapée il y a quelque temps. C'était horrible.

Cassie se détourna et fit semblant d'étudier l'assemblage des briques de la cheminée.

— Loin, dites-vous, mais où ça ? demanda-t-elle aussi calmement que le lui permettait la peur qui montait en elle.

Elle ferma les yeux et attendit, sûre et certaine que Laura LeValley avait enfin compris que ce n'était pas pour acheter la maison qu'elle était venue.

— Paris. Il travaille dans une boîte d'importation de vêtements et la direction voudrait qu'il aille surveiller ce qui se passe à l'autre bout de la chaîne. Ils ont bien pensé à garder la maison, voire à louer. Mais à mon avis, ils sont assez réalistes pour comprendre qu'ils ne reviendront sans doute jamais. Parce que quand même... c'est à Paris qu'ils vont ! Qui ne voudrait pas aller habiter dans une ville pareille ?

Cassie rouvrit les yeux et acquiesça d'un signe de tête.

— Ah, Paris...

Ce fut presque sur le ton de la conspiration que Laura LeValley ajouta :

— C'est aussi pour ça que toutes les offres les intéressent. Sa société est prête à couvrir la différence si la maison est vendue au-dessous de sa valeur. Du moment que ça demeure raisonnable... Bref, même basse, une offre rapide pourrait marcher. Ils veulent être là-bas le plus vite possible afin de mettre leur fille dans une école de langues cet été. Il faut qu'elle commence à apprendre le français et soit assez intégrée avant la rentrée des classes.

Mais Cassie n'écoutait plus son baratin de vendeuse. Elle fixait les ténèbres de la cheminée. Mille feux y avaient brûlé, mille feux y avaient réchauffé cette maison, mais pour l'instant les briques en étaient froides et noires et Cassie avait l'impression de regarder au plus profond de son cœur.

Alors elle sut que tout allait changer dans sa vie. Ça faisait une éternité qu'elle vivait au jour le jour et évitait soigneusement de contempler, même un bref instant, le plan désespéré qui s'était profilé à l'horizon comme en un rêve.

Mais là, elle sut que c'était cet horizon qu'il fallait gagner.

2

Le lundi qui suivit cette visite, Cassie arriva, comme d'habitude, chez le concessionnaire Porsche d'Hollywood sur le coup de dix heures et passa le reste de la matinée dans son petit bureau derrière la salle d'exposition, à étudier la liste des gens à rappeler et la mise à jour de l'inventaire sur le Net, et à chercher une Speedster d'époque pour un client. Pour l'essentiel néanmoins, ses pensées tournèrent autour de la nouvelle qu'elle avait apprise dans la maison de Laurel Canyon.

Dans la salle d'exposition, il n'y avait pas plus mort que les lundis. De temps en temps, il y avait quelques clients et de la paperasse en attente depuis le week-end, mais en règle générale très peu d'acheteurs spontanés se présentaient. Les affaires étaient parfois si rares ce jour-là que, le magasin se trouvant dans Sunset Boulevard, à moins d'une rue du Cinerama Dome, Ray Morales ne s'offusquait pas que Cassie abandonne son poste pour aller voir un film dans l'après-midi — du moment qu'elle avait son beeper et qu'on pouvait la rappeler si ça se mettait à bouger. Il n'arrêtait pas de lui faire des fleurs, la première ayant été de lui confier le boulot alors qu'elle n'avait aucune expérience dans ce domaine. Cassie savait que ses raisons n'étaient pas entièrement désintéressées. Qu'il décide de retirer les bénéfices de sa générosité n'était plus qu'une question de temps, elle ne l'ignorait pas. Au bout de dix mois, elle était même surprise qu'il ne l'ait pas encore fait.

À Hollywood Porsche, on vendait aussi bien du neuf que de l'occasion. Dernière venue dans une équipe de vendeurs qui comprenait six personnes, Cassie avait hérité de la permanence du lundi et de toutes les transactions ayant un lien avec le Net. Cette dernière obligation la gênait d'autant moins que, en suivant des cours d'informatique pendant son séjour à la prison pour femmes de High Desert, elle avait découvert que ce travail lui plaisait. Elle avait ainsi appris qu'elle préférait traiter avec les clients et les vendeurs des autres concessionnaires par Internet plutôt qu'en personne.

Sa recherche — le client voulait une Speedster en bon état — fut couronnée de succès. Elle localisa une décapotable de 1958 en parfaite condition dans un parking de San Jose et se débrouilla pour qu'on lui envoie photos et renseignements sous vingt-quatre heures. Elle laissa ensuite un message au client pour l'informer qu'il avait tout loisir de passer dès le lendemain après-midi afin d'examiner les clichés, ou bien encore qu'elle pouvait les lui expédier à son bureau dès qu'elle les aurait en sa possession.

Le seul essai sur route de la journée lui arriva un peu avant l'heure du déjeuner. Le client faisait partie de ce qu'on appelait les « petits bandeurs d'Hollywood », ce surnom ayant été trouvé par le patron du service commercial.

Ray épluchait religieusement le *Hollywood Reporter* et le *Daily Variety* afin d'y trouver des articles sur les inconnus qui accédaient au statut de star du jour au lendemain. Le plus souvent il s'agissait d'écrivains brusquement arrachés à leur inexistence impécunieuse par des studios qui les rendaient riches, à tout le moins célèbres pour un jour, en leur achetant un livre ou un scénario. Dès qu'il avait choisi sa victime, Ray cherchait son adresse par la Writer's Guild ou en appelant un ami qu'il avait au Voters Registrar's Office [1]. Dès qu'il l'avait, il lui faisait livrer une bouteille de scotch Macallan par le Sunset Liquor Deli — avec sa carte et un mot pour le féliciter. Un peu moins d'une fois sur deux, la manœuvre portait ses fruits. Le récipiendaire téléphonait et passait au magasin. Posséder une Porsche tenait quasiment du rite de passage à Hollywood, surtout pour les hommes d'une vingtaine d'années — ce que semblaient être tous les scénaristes en vogue. Ray les aiguillait alors sur ses vendeurs, avec lesquels il partageait la commission quand il y avait vente.

L'essai sur route auquel Cassie eut droit ce lundi-là se fit avec un écrivain qui venait de signer un contrat avec la Paramount, avec une avance dont le montant était un nombre à sept chiffres. Parfaitement conscient du fait qu'elle n'avait rien vendu en trois semaines, Ray lui fit signe d'y aller. L'écrivain s'appelait Joe Michaels et s'intéressait à un Cabriolet Carrera neuf, véhicule qui allait chercher dans les 100 000 dollars équipé de toutes les options. La commission de Cassie couvrirait son découvert pour un mois.

Joe assis à la place du mort, elle remonta Nichols Canyon en direction de Mulholland Drive, puis elle pointa la Porsche vers l'est et s'engagea sur la route en épingles à cheveux. La routine : c'était toujours dans Mulholland que, voiture, pouvoir et sexe, tout se mélangeant dans son imagination, le client comprenait ce qu'on lui vendait.

Comme d'habitude la circulation était faible. En dehors

1. Respectivement la « Guilde des écrivains » et le « Bureau d'enregistrement des votants » *(NdT)*.

de quelques groupes de super cyclistes ici et là, ils avaient toute la chaussée à eux. Cassie mit la voiture à l'épreuve, rétrogradant à mort et accélérant dans les virages. Elle regardait Michaels de temps en temps, histoire de voir s'il avait la mine de celui qui va conclure.

— Vous travaillez sur un film en ce moment ? lui demanda-t-elle.

— Je réécris un scénar de policier.

Qu'il parle de « scénar » était bon signe. Surtout pour un film policier. Ceux qui se prenaient trop au sérieux — et c'étaient ceux qui avaient du fric — parlaient toujours de « scénar ».

— Et côté acteurs ?

— Le casting n'est pas fait. C'est pour ça que je réécris le texte. Les dialogues sont à chier.

Pour se préparer, avant le rendez-vous, Cassie avait lu l'article de *Variety* où l'on parlait de contrat conclu à la première lecture. On y précisait que Michaels sortait de l'école de cinéma de l'USC[1] et avait fait un film de quinze minutes qui avait remporté un prix financé par un studio. Elle lui donna vingt-cinq ans, maximum. Et se demanda d'où il allait tirer ses dialogues. Il ne donnait pas l'impression d'avoir fréquenté beaucoup de flics dans sa vie. Quant à des hors-la-loi... Tout ça sortirait sans doute de la télé ou d'autres films.

— Vous voulez prendre le volant, John ?

— Je m'appelle Joe, dit-il.

Encore dans le mille. C'était exprès qu'elle s'était trompée de prénom — histoire de voir s'il voudrait la reprendre. Qu'il l'ait fait signifiait qu'il était sérieux et travaillé par son

1. Université de Californie du Sud *(NdT)*.

ego, un excellent mélange lorsqu'il s'agissait de vendre et d'acheter des voitures sérieuses et mettant bien le moi en valeur.

— D'accord, Joe. Vous voulez ?

Elle gara la voiture au belvédère qui surplombe l'Hollywood Bowl. Elle arrêta le moteur, mit le frein à main et descendit de la Porsche. Elle ne se retourna pas pour regarder Michaels tandis qu'elle gagnait le bord de la route et posait un pied sur la rambarde. Elle se pencha en avant, renoua le lacet d'une de ses Doc Marten's et contempla le stade vide. Elle portait un jean noir moulant et un T-shirt blanc sans manches sous une chemise Oxford bleue déboutonnée. Elle savait qu'elle avait fière allure et son radar lui dit que c'était bien elle que Michaels regardait au lieu de la voiture. Elle passa ses doigts dans ses fins cheveux blonds, coupés court depuis peu pour lui permettre de mettre sa perruque. Elle se retourna brusquement et le surprit en train de la détailler. Il s'empressa de regarder derrière elle, là où la ville se laissait apercevoir dans un smog rose pastel.

— Alors, qu'est-ce que vous en pensez ? demanda-t-elle.

— Elle me plaît bien, mais il faut la conduire pour être vraiment sûr.

Il sourit. Elle sourit. Ils étaient manifestement sur la même longueur d'onde.

— Alors, ne nous endormons pas, dit-elle en prenant soin de ne pas lever l'équivoque.

Ils regagnèrent la Porsche, Cassie s'y asseyant un rien de travers sur le siège passager afin de lui faire face. Elle le regarda glisser la main droite le long du levier de vitesses et chercher la clé.

— De l'autre côté, dit-elle.

Joe la trouva en position contact, sur le tableau de bord, à gauche du volant.

— Tradition Porsche, enchaîna-t-elle. Ça remonte à l'époque où ils fabriquaient des voitures de course. C'était pour pouvoir démarrer avec la main gauche en ayant déjà la droite sur le levier de vitesses. Contact super rapide.

Il acquiesça d'un hochement de tête. Elle savait que cette petite histoire les séduisait toujours. Elle ignorait si elle était vraie — elle la tenait de Ray —, mais elle ne manquait jamais de la sortir. Elle voyait bien Michaels en train de la susurrer à quelque jolie demoiselle dans un de ces bars de Sunser Strip où on ramasse les filles.

Il mit le contact, sortit du parking en marche arrière et regagna Mulholland en faisant ronfler le moteur sans arrêt. Au bout de plusieurs passages de vitesses, il finit par sentir mieux la boîte et commença à prendre les virages sans à-coups. Cassie le regarda essayer de ne pas sourire lorsque, arrivant dans une ligne droite, il se retrouvait à plus de cent vingt en quelques secondes. Mais, rien à faire, il prenait un certain air. Pas moyen de le cacher. Cet air, Cassie le connaissait parfaitement et savait ce qu'on éprouvait alors. Pour certains, c'était la vitesse et la puissance qui voulaient ça, pour d'autres, ça se trouvait ailleurs. Elle se demanda depuis combien de temps elle n'avait pas senti la même décharge filer dans son sang.

Elle jeta un coup d'œil dans son petit bureau pour voir si on avait laissé des messages sur sa table. Rien. Elle traversa la salle d'exposition en laissant courir son doigt sur le toit incliné d'un cabriolet modèle 96 et passa devant le bureau des financements pour gagner celui du chef du commercial. Ray Morales leva les yeux de dessus un tas de papiers lorsqu'elle entra et raccrocha les clés de la Carrera au bon clou du panneau. Il attendait qu'elle lui dise comment ça s'était passé, elle le savait.

— Il veut réfléchir deux ou trois jours, lança-t-elle sans le regarder. Je dois le rappeler mercredi.

Elle s'apprêtait à partir lorsque Ray rangea son stylo et repoussa son siège de son bureau.

— Putain, Cassie, s'écria-t-il, mais qu'est-ce que t'as ? Il bandait comme un âne, ce mec. Comment t'as fait pour le perdre ?

— J'ai pas dit que je l'avais perdu, lui répliqua-t-elle en protestant un peu trop fort. J'ai dit qu'il allait réfléchir. C'est pas tout le monde qu'achète au bout du premier essai sur route, Ray. C'est quand même une bagnole qui coûte dans les cent mille dollars.

— Ces mecs-là, si. Tous. Surtout une Porsche. Ils ne réfléchissent pas, ils achètent. Putain, Cassie, c'était dans la poche, pour celui-là. Je l'avais senti au téléphone. Dis, tu sais ce que t'es en train de faire ? T'es en train de leur foutre les jetons à ces mecs. Ce qu'il faut, c'est leur sauter dessus comme si c'était tous des Cecil B. De Mille en puissance. Surtout ne pas leur faire honte de fabriquer ce qu'ils fabriquent ou de vouloir ce qu'ils veulent.

Indignée, Cassie posa ses mains sur ses hanches.

— Ray, je vois vraiment pas de quoi tu parles ! s'écria-t-elle. J'essaie de leur vendre une bagnole, pas de les dégoûter. Je ne leur fais pas honte. Et aucun de ces types n'a jamais entendu parler de Cecil B. De Mille.

— Spielberg, alors... Lucas... n'importe qui. C'est tout un art, Cassie. C'est ça que je te dis et c'est ça que j'essaie de t'enseigner. Tout en finesse. C'est du sexe, ça, l'art et la manière de le faire bander. Et quand t'es arrivée, c'était ça que tu faisais. T'en vendais combien de bagnoles par mois ? Cinq ? Six ? Et maintenant... Je sais pas ce que tu fous, Cassie.

Elle regarda longuement le bureau avant de répondre.

Elle glissa ses mains dans ses poches. Elle savait qu'il avait raison.

— Bon, d'accord, Ray, dit-elle enfin, t'as pas tort. Je vais travailler la question. Faut croire que je suis un peu déconcentrée en ce moment.

— Comment ça se fait ?

— Je sais pas trop.

— Tu veux te reposer ? Prendre quelques jours de congé ?

— Non, non, ça ira. Mais demain, j'arriverai tard. J'ai ma visite-pipi à Van Nuys.

— C'est juste. Pas de problème. Comment ça va de ce côté-là ? La bonne femme ne téléphone plus. Et elle ne passe plus non plus.

— Ça marche. Tu n'entendras probablement plus jamais parler d'elle tant que je ne ferai pas de conneries.

— Bon, bon. Continue comme ça.

Quelque chose dans le ton qu'il avait pris l'agaça, mais elle écarta le problème. Elle détourna les yeux et regarda la paperasse qu'il avait sur son bureau. Elle remarqua la feuille d'inventaire en haut du tas posé sur le côté de son plan de travail.

— On a un camion qui arrive ? demanda-t-elle.

Ray suivit son regard jusqu'au tas de papiers et acquiesça d'un signe de tête.

— Oui, mardi prochain. Quatre Boxster et trois Carrera, dont deux cabriolets.

— Super. Tu connais les couleurs ?

— Les Carrera sont blanches. Les Boxster sont bleu arctique, blanche, noire et jaune... je crois.

Il s'empara de la feuille et l'éplucha.

— C'est ça, dit-il, jaune. Ça serait bien de les avoir en

34

commande avant qu'elles arrivent ici. Meehan a déjà une touche pour un des deux cabriolets.

— Je verrai ce que je peux faire, dit-elle.

Il lui fit un clin d'œil et sourit.

— Ça, c'est causé, ma fille !

Encore ce ton. Sans parler du clin d'œil. Elle commença à se dire qu'il s'était peut-être décidé à réclamer la récompense pour ses gentillesses. Il allait sans doute attendre qu'elle se trouve à sec et n'ait plus autant le choix. Elle savait qu'il passerait aux actes dans peu de temps et qu'elle devait réfléchir à la manière de s'en débrouiller. Mais pour l'instant elle avait des choses autrement plus importantes en tête. Elle le laissa dans son bureau et regagna le sien.

3

Les bureaux du Service des prisons, remises en liberté et condamnations à des travaux d'utilité publique de Californie, secteur de Van Nuys, étaient regroupés dans un bâtiment d'un étage en béton gris préfabriqué, qui se dressait dans l'ombre du tribunal municipal. Quelconques, les motifs qui ornaient sa façade s'accordaient bien à sa fonction : la réintégration en douceur des anciens détenus dans la société.

L'agencement intérieur obéissait aux principes du contrôle des foules en vigueur dans les grands parcs d'attractions — mais les gens qui se trouvaient là n'étaient pas toujours très pressés d'arriver en tête de la file. Une rangée après l'autre, c'était un vrai dédale de cordes à bestiaux qui modelait les longues files d'ex-prisonniers dans les salles d'attente et les couloirs. On faisait la queue pour signer les feuilles de présence, on faisait la queue pour les analyses d'urine, on faisait encore la queue pour l'entretien avec l'officier d'application des peines, dans tous les coins du bâtiment on attendait en rang.

Aux yeux de Cassie Black, le bureau des remises en liberté conditionnelle était encore plus déprimant que la prison. Au pénitencier de High Desert, elle avait sombré dans un état végétatif, comme dans les films de science-fiction où le retour vers la terre est si long qu'on plonge ceux qui l'entreprennent dans une espèce de sommeil hibernal. C'est comme ça qu'elle voyait les choses. Elle respirait mais ne vivait pas, se contentant d'attendre et d'espérer que la fin de sa peine arriverait plus vite que prévu. C'était cet espoir et la chaleur de son rêve de liberté qui lui avaient épargné toutes sortes de dépressions. Sauf que l'avenir qu'elle avait imaginé se réduisait à ce bureau des remises de peine. À la dure réalité des retrouvailles avec l'extérieur. À ce lieu crasseux, bondé et inhumain. À cet endroit où ça puait le désespoir, les rêves perdus et l'absence d'avenir car la plupart des gens qu'elle avait autour d'elle n'en sortiraient jamais. L'un après l'autre, ils retourneraient en prison. Cela faisait partie de l'existence qu'ils avaient choisie. Rares étaient ceux qui retrouvaient le droit chemin, rares ceux qui s'en sortaient vivants. Et pour Cassie, qui s'était juré de compter à leur nombre, replonger une fois par mois dans cet univers était toujours profondément déprimant.

À dix heures du matin ce mardi-là, elle avait déjà fait la queue pour signer la feuille de présence et arrivait au bout de celle des analyses d'urine. Dans sa main elle tenait le gobelet en plastique au-dessus duquel elle allait devoir s'accroupir afin de le remplir pendant qu'une stagiaire — aussi appelée « Dame Pipi » à cause de ses fonctions — surveillerait l'opération pour s'assurer que c'était bien son urine qui atterrissait dans le flacon.

Cassie attendait sans regarder personne ni parler à quiconque. Quand la file se mettait en branle, la propulsant en avant, elle se contentait de suivre le flot. Elle pensait aux mois qu'elle avait passés à High Desert, à la manière dont elle était alors capable de tout arrêter en elle et de se mettre en pilotage automatique quand elle en avait besoin, quand il fallait bien reprendre le vaisseau spatial qui rentrait vers la terre. C'était la seule façon de s'en sortir. De la prison et d'ici.

Elle se glissa dans le box que Thelma Kibble, sa contrôleuse judiciaire, qualifiait de bureau. Enfin elle respirait plus facilement. Elle arrivait au bout du parcours. Kibble en était le dernier arrêt.

— Ah, la v'là ! lança celle-ci. Comment va, Cassie Black ?

— Bien, Thelma. Et vous ?

Kibble était une Noire obèse dont Cassie n'avait jamais essayé de deviner l'âge. Elle avait toujours l'air aimable et Cassie l'aimait vraiment bien malgré la nature de leurs relations. Si elle n'était pas commode, Kibble était juste. Cassie avait tout de suite compris sa chance en découvrant que son transfert du Nevada avait été confié à l'officier Thelma Kibble.

— Peux pas m'plaindre, répondit cette dernière. Du tout, du tout.

Cassie s'assit sur la chaise posée à côté du bureau jonché de dossiers, dont certains étaient épais de cinq à six centimètres. Sur la gauche se trouvait un casier vertical portant l'inscription REP qui ne manquait jamais d'attirer son attention. Elle savait que ces initiales étaient celles de « retour en prison » et que les chemises qu'on y rangeait appartenaient aux perdants, à tous ceux et toutes celles qui allaient replonger. Elle avait l'impression que le casier vertical était toujours plein, et le voir était aussi dissuasif que toutes les autres phases du processus.

Kibble avait ouvert son dossier devant elle et s'apprêtait à remplir sa fiche mensuelle. Le rituel ne variait pas : petit entretien, puis l'officier Kibble lui posait toutes les questions de la liste, jusqu'à la dernière.

— C'est quoi, ces cheveux ? lui demanda-t-elle sans lever le nez de dessus sa paperasse.

— J'avais envie de changer un peu. Je les voulais courts.

— Envie de changer ? C'est quoi, cet ennui, que t'aurais brusquement envie de tout changer ?

— C'est juste que...

Elle finit par hausser les épaules en espérant que le moment allait passer. Elle aurait dû se douter que parler de changement n'allait pas manquer d'alerter Kibble.

Celle-ci tourna légèrement le poignet afin de regarder sa montre. C'était l'heure d'y aller.

— Tu vas nous faire des histoires pour pisser ?

— Non.

— Bon. Un truc dont tu voudrais causer ?

— Non, pas vraiment.

— Comment ça va au boulot ?

— C'est un boulot, non ? Ça va comme tous les boulots, enfin... je crois.

Kibble haussa les sourcils, Cassie regrettant aussitôt de ne pas s'en être tenue à une réponse brève. Ça y était, elle avait encore une fois éveillé les soupçons de la contrôleuse.

— Alors que tu conduis des bagnoles de rêve ? Des bagnoles que les trois quarts des gens qui viennent ici passent leur temps à astiquer ? Et sans se plaindre ?

— Je ne me plains pas.

— Alors c'est quoi, le problème ?

— Y'a pas de problème. Oui, je conduis des bagnoles de rêve. Mais elles ne sont pas à moi. Je les vends. C'est pas pareil.

Kibble leva la tête de dessus son dossier et scruta le visage de Cassie un instant. Autour d'elles, la cacophonie des voix montant des box était à son comble.

— Dis, ma fille, c'est quoi qui te tracasse ? Et tu me

racontes pas de conneries, j'ai pas le temps. J'ai mes durs et j'ai mes gentils, du diable si je vais m'amuser à te faire passer en SR. Je te répète que j'ai pas le temps.

Elle fit claquer une épaisse pile de dossiers pour souligner son propos.

— Toi non plus, t'aurais pas trop envie, pas vrai ? ajouta-t-elle.

Cassie savait que SR signifiait « surveillance renforcée » alors qu'elle n'était qu'en minimale. Passer en SR signifiait plus de rendez-vous au bureau de Kibble, des vérifications téléphoniques quotidiennes et des visites de la contrôleuse. Sa liberté conditionnelle ne serait plus qu'une espèce de prolongement de sa détention en cellule et Cassie savait bien qu'elle ne le supporterait pas. Elle leva vite les mains en l'air en un geste d'apaisement.

— Je m'excuse, je m'excuse, dit-elle. Tout va bien, d'accord ? C'est juste que je... C'est juste une phase, vous savez bien.

— Non, je ne sais pas. De quelle phase est-ce que tu m'causes ? Tu me dis ?

— Je peux pas. J'ai pas les mots qu'il faut. J'ai l'impression... C'est comme si tous les jours se ressemblaient. Y'a pas d'avenir parce que c'est toujours la même chose.

— Écoute... qu'est-ce que je t'ai dit quand t'es arrivée ici ? Je t'ai dit qu'il y aurait des moments comme ça. La répétition est la mère de la routine. Et la routine ennuie, mais t'empêche de faire des conneries. Tu ne voudrais quand même pas recommencer à faire des conneries, pas vrai, ma fille ?

— Non, bien sûr, Thelma. Mais c'est comme si j'avais quitté la cellule, mais qu'il y avait des moments où j'y suis encore. C'est pas...

— C'est pas quoi ?

40

— Je sais pas. C'est pas juste.

Des hurlements montèrent soudain d'un autre box — un prisonnier qui protestait. Kibble se leva pour regarder par-dessus les cloisons. Cassie ne bougea pas. Elle s'en foutait. Elle savait ce qui se passait — on était en train de ramener quelqu'un en cellule avant la révocation de sa conditionnelle. Des incidents de ce genre, il s'en produisait toujours deux ou trois chaque fois qu'elle venait. Et personne ne retournait en prison sans faire d'histoires. Il y avait long-temps qu'elle avait cessé d'observer ce genre de scènes. Dans ce lieu, il n'y avait plus qu'elle qui comptait.

Au bout d'un instant Kibble se rassit et reporta son attention sur Cassie. Celle-ci espérait que cette interruption lui aurait fait oublier de quoi elles parlaient.

Elle n'eut pas cette chance.

— Tu vois ? reprit Kibble.

— Oui, j'ai entendu. Et ça me suffit.

— J'espère bien. Parce qu'au moindre petit accroc, ça pourrait être toi. Tu comprends ?

— Parfaitement, Thelma. Je sais où ça mène.

— Bien, parce que ce n'est pas d'être juste, comme tu dis, qu'il est question ici. La justice n'a rien à voir là-dedans. Tu as été condamnée en droit, tu n'as plus la direction des opérations. Tu me fais peur, fifille, et tu devrais te faire peur à toi-même. Tu n'as tiré que dix mois sur deux ans. Et c'est vraiment pas bon d'apprendre que ça commence à te démanger au bout d'à peine dix mois.

— Je sais. Je m'excuse.

— Putain, dans cette pièce y a des gens qu'en ont encore pour cinq, six, voire sept ans. Quand c'est pas plus.

Cassie acquiesça d'un hochement de tête.

— Je sais, je sais, dit-elle. J'ai de la chance. C'est juste

41

que je peux pas m'empêcher de penser à des trucs... vous voyez ?

— Non, je vois pas.

Kibble croisa ses énormes bras en travers de sa poitrine et se renversa dans son fauteuil. Cassie se demanda si celui-ci allait lâcher sous son poids, mais il tint bon. Kibble la regarda d'un air sévère. Cassie savait qu'elle avait fait une erreur en essayant de s'ouvrir à elle. De fait, elle l'avait invitée à entrer encore plus dans sa vie. Mais elle décida que, ayant déjà franchi la ligne jaune, il valait peut-être mieux aller jusqu'au bout.

— Thelma, reprit-elle, je peux vous demander quelque chose ?

— C'est pour ça que je suis là.

— Est-ce que vous savez... est-ce qu'il y a, disons... des traités ou des accords internationaux pour le transfert de liberté sous condition ?

Kibble ferma les yeux.

— Qu'est-ce que tu déconnes, Cassie Black ?

— Disons que... si j'avais envie d'aller vivre à Paris ou à Londres, je...

Kibble rouvrit les yeux et secoua la tête d'un air abasourdi. Elle se pencha légèrement en avant, son fauteuil s'enfonçant aussitôt dangereusement.

— Est-ce que j'ai une gueule d'agence de voyages, à ton avis ? Tu as été con-dam-née, fifille. Est-ce que tu comprends ? Tu ne peux pas te dire que ça ne te plaît pas trop et que tu vas filer à Paris ou ailleurs ! Dis, t'entends les conneries que t'es en train de me sortir ? C'est pas le Club Med, ici !

— Bon, bon, je faisais juste...

— T'as eu un transfert, et c'est du Nevada, et t'as eu bien de la chance — tu peux remercier ton copain le concessionnaire. Mais ça s'arrête là. T'es coincée ici, fillette. Pour les quatorze mois à venir, au minimum, et peut-être plus... Vu la façon dont tu te conduis en ce moment...

— Bon, d'accord. Je pensais seulement...

— Point final.

— D'accord. Point final.

Kibble se pencha pour inscrire quelque chose dans son dossier.

— Tu m'inquiètes, reprit-elle en écrivant. Tu sais ce que je devrais faire ? Je devrais te refoutre en trente cinquante-six pendant deux ou trois jours... histoire de voir si ça t'enlève ces idées à la noix. Mais...

— C'est pas la peine, Thelma. Je...

— ... comme y a plus de place...

Cassie savait très bien qu'être mis en trente cinquante-six signifiait être renvoyé en cellule avant examen de révocation de conditionnelle. L'administration pénitentiaire pouvait laisser tomber l'ordre de révocation, auquel cas le bénéficiaire recouvrait sa liberté. En attendant, retrouver la prison pour quelques jours était une sérieuse incitation à se reprendre. C'était la menace la plus sévère dont disposait Kibble et en parler suffit à terroriser Cassie.

— Je ne rigole pas, Thelma, dit-elle, ça va. Je vais bien. Je décompressais un peu, c'est tout, d'accord ? Je vous en prie, ne me faites pas ça.

Elle espéra avoir mis ce qu'il fallait de supplication dans sa voix.

Kibble secoua la tête.

— Tout ce que je sais, c'est que t'étais sur la bonne liste. Alors que maintenant, je ne sais plus. En tout cas, je crois que je vais être obligée de revenir te voir un de ces jours. Histoire de savoir ce que t'as. Je vais te dire, Cassie Black : fais gaffe à te surveiller quand t'es avec moi. Je suis pas c'te conne de Thelma qui pourrait pas décoller son gros cul de son fauteuil, Cassie ! Je suis pas quelqu'un à qui on prend la tête ! Si tu crois le contraire, je te renvoie avec tous ces gens-là.

Elle passa le bout de son stylo sur les dos des registres de REP à sa gauche.

— Ils te le diront, eux, que je suis pas quelqu'un qu'on fait chier.

Cassie ne put qu'acquiescer d'un signe de tête. Elle étudia un instant l'énorme femme qu'elle avait devant elle. Il fallait absolument trouver un moyen de dissiper le malaise, de ramener le sourire sur le visage de Kibble, à tout le moins d'effacer la grosse ride qui lui barrait le front.

— C'est ça, Thelma, venez donc me voir. Et d'ailleurs, j'ai l'impression que c'est moi qui vous verrai la première.

Kibble lui décocha un vif regard, mais Cassie vit la tension disparaître peu à peu sur sa figure. Elle avait joué le coup à quitte ou double et Kibble avait pris sa remarque en bonne part. La contrôleuse commença même à rire, ce qui fit bientôt trembler ses épaules gigantesques, puis son bureau.

— On verra, on verra ! dit-elle. Je pourrais bien te surprendre, fifille !

4

Cassie se sentit plus légère en sortant du bureau d'application des peines, et ce n'était pas seulement parce que ce calvaire mensuel avait pris fin. C'était aussi parce qu'elle avait compris quelque chose sur elle-même. En essayant de faire entendre ce qu'elle éprouvait à Kibble, elle était arrivée à une conclusion essentielle : elle marquait le pas et ça, elle pouvait le faire comme ils voulaient ou comme elle le voulait, elle. Et la visite de la maison de Laurel Canyon n'était pas la cause de cet état de choses. Elle n'avait fait qu'accélérer le phénomène, comme de l'essence qu'on jette sur un feu déjà allumé. Enfin sa décision était claire et, dans cette clarté, c'était tout à la fois du soulagement et de la peur qu'elle voyait. Et le feu brûlait fort. À l'intérieur d'elle-même, elle commençait à sentir le filet d'eau qui s'écoulait du lac gelé qu'était depuis si longtemps devenu son cœur.

Elle s'engagea entre les tribunaux de la ville et du comté, puis elle traversa la place sur laquelle donnait le commissariat de police de Van Nuys. Des cabines téléphoniques s'alignaient au pied des marches conduisant à l'entrée du premier étage. Elle en choisit une, déposa un quarter et une dime dans la fente, et composa un numéro qu'elle avait appris par cœur plus d'un an auparavant, alors qu'elle se trouvait encore à High Desert. Ce numéro lui était arrivé sur un mot qu'on lui avait passé en douce à l'intérieur d'un tampon hygiénique.

Au bout de trois sonneries, un homme décrocha.

— Oui ?

Cela faisait plus de six ans que Cassie n'avait pas entendu cette voix, mais elle crut la reconnaître. Elle en eut le souffle court.

— Oui ?

— Euh, oui... C'est... C. Reilly à l'appareil ?

— Non, vous vous êtes trompée de numéro.

— Chenil Reilly ? Je téléphonais au...

Elle baissa les yeux et lut le numéro de la cabine d'où elle appelait.

— Chenil Reilly ? C'est quoi, ce nom de fou ? Y'a pas de Chenil Reilly ici et vous vous êtes trompée de numéro.

Il raccrocha. Et Cassie aussi. Puis elle fit demi-tour et regagna la place, où elle s'assit sur un banc, à une quinzaine de mètres des cabines. Un type mal coiffé y était assis et lisait un journal au papier tellement jauni qu'il devait avoir plusieurs mois.

Cassie attendit presque trois quarts d'heure. Lorsque le téléphone se mit enfin à sonner, elle était au milieu d'une conversation à une voix sur la qualité de la nourriture à la prison de Van Nuys. Elle se leva et fila jusqu'aux téléphones tandis que le type lui jetait sa dernière récrimination à la figure.

— Des saucisses qu'on dirait des tampons à récurer ! On jouait au hockey avec !

Elle décrocha à la sixième sonnerie.

— Leo ?

Silence.

— Pas mon prénom. Comment ça va, mon cœur ?

— Ça va. Comment te por...

46

— Tu sais que t'es sortie depuis quoi ? Un an ? Je me trompe ?

— Euh, en fait...

— Et pas un petit bonjour de tout ce temps ? Je pensais quand même avoir de tes nouvelles avant ! T'as de la veine que j'aie pas oublié le coup de Chenil Reilly !

— Dix mois. Ça fait dix mois que je suis dehors.

— Et ça se passe comment ?

— Pas mal, faut croire. Non, bien bien, en fait.

— Pas trop quand même, si tu m'appelles...

— Je sais.

Il s'ensuivit un long silence. Elle entendit des bruits de circulation à son bout à lui de la ligne. Elle se dit qu'il avait dû sortir de chez lui et chercher une cabine dans Ventura Boulevard, sans doute près du delicatessen où il aimait bien manger.

— Bon, alors comme ça, c'est toi qui m'appelles la première ? la relança-t-il.

— Oui, c'est vrai. Je me disais...

Elle marqua un temps d'arrêt et réfléchit encore une fois à toute l'affaire. Et hocha la tête.

— Ouais, bon, j'ai besoin d'un boulot, Leo.

— Pas mon prénom.

— Pardon, dit-elle.

Mais en souriant : sacré Leo ! Il n'avait pas changé.

— Tu me connais, dit-il. Le parano classique.

— C'est juste ce que je me disais...

— Bon, bon. Et donc, nous cherchons du boulot. Tu me donnes un peu les paramètres ? De quoi on cause ?

— Liquide. Un seul coup.

— Un seul ?

Il parut surpris, voire un rien déçu.

— Gros ?

47

— Assez gros pour pouvoir disparaître. En partant sur de bonnes bases.

— C'est donc que les affaires ne marchent pas trop bien.

— Non, c'est juste qu'il se passe des trucs. Je peux pas...

Elle secoua la tête et ne termina pas sa phrase.

— T'es sûre que ça va ?

— Oui, ça va. En fait, ça va même bien. Maintenant que je sais...

— Je vois ce que tu veux dire. J'ai pas oublié le moment où je me suis décidé pour de bon. Quand je me suis dit : « Au cul, c'est ça que je vais faire ! » Et à l'époque, putain, je piquais seulement des airbags dans des Chrysler. J'ai fait du chemin depuis. Et toi aussi.

Elle se retourna et jeta un coup d'œil au type assis sur le banc. Il poursuivait sa conversation tout seul. Il n'avait pas vraiment besoin d'elle.

— J'espère que tu sais qu'avec des paramètres de ce genre, c'est de Vegas qu'on cause. Parce que bon... je pourrais t'expédier à Hollywood Park ou dans une salle de jeu tenue par un Indien, mais c'est pas là que tu verras des tonnes de fric. Là-bas, c'est du quinze à vingt dollars la mise. Alors que si tu me laisses le temps d'organiser quelque chose à Vegas, on pourrait faire monter les enchères.

Elle réfléchit un instant. Elle avait cru ne plus jamais revoir cet endroit lorsque, six ans plus tôt, le bus de High Desert avait quitté la ville. Mais elle savait que Leo disait la vérité. C'était à Las Vegas que se trouvait le fric sérieux.

— Vegas me convient, dit-elle brusquement. Du moment qu'on ne perd pas de temps.

— Y'a quelqu'un qui cause dans ton dos. Qui c'est ?

— Juste un vieux. Il s'est un peu trop pinté la gueule en taule.

— Où t'es ?

48

— Je viens de quitter le Bureau des conditionnelles.

Il rit.

— Rien de tel que pisser dans un gobelet pour voir la vie en rose. Bon... j'ouvre l'œil. J'attends le feu vert pour un truc qui devrait tomber d'ici à une semaine ou deux. Tu serais parfaite. Je te passe un coup de bigo si ça marche. Où est-ce que je peux te joindre ?

Elle lui donna le numéro du garage. Le standard, pas celui de sa ligne directe ou de son portable. Elle ne tenait pas à ce qu'il les écrive et les ait en sa possession si jamais il se faisait serrer.

— Encore un truc, reprit-elle. Est-ce que tu peux toujours avoir des passeports ?

— Oui. Ça me demande quinze jours-trois semaines parce que je suis obligé de les commander, mais oui, je peux t'en procurer un. Et ça sera du super, comme qualité ! Ça te coûtera mille dollars, et deux mille cinq cents pour le grand jeu : permis de conduire, cartes Visa et American Express. Avec des kilomètres-avion sur la carte American Express.

— Parfait. J'en veux un jeu pour moi, plus un deuxième passeport.

— Comment ça « un deuxième passeport ? » Je te dis que le premier sera impeccable. T'auras pas besoin d'un deuxième...

— Ils ne sont pas tous les deux pour moi. Le deuxième, j'en ai besoin pour quelqu'un d'autre. Tu veux que je t'envoie les photos chez toi ou bien t'as une poste restante ?

Leo lui conseilla de les envoyer à sa boîte postale. Il lui en donna l'adresse — à Burbank —, elle la nota directement sur une enveloppe où elle avait déjà rangé les photos. Puis il lui demanda à qui était destiné le deuxième passeport et quels noms elle désirait y voir figurer. Elle avait prévu sa question et déjà choisi. Elle avait aussi tiré de l'argent sur son compte d'épargne et lui proposa de lui envoyer le liquide et les photos, mais Leo l'assura qu'il pouvait lui avancer la somme. Qu'ils se remettent à travailler ensemble était, ajouta-t-il, un acte d'espoir.

— Bon, reprit-il en revenant à l'affaire, tu seras prête ? Ça fait une paie que t'as pas bossé. On se rouille. Si je te mets sur le coup, c'est ma tête que je joue.

— Je sais. T'as pas besoin de t'inquiéter. Je serai prête.

— Alors, c'est bon. Je te tiens au courant.

— Merci. À bientôt.

— Oh et... mon cœur ?

— Quoi ?

— Je suis content que tu sois revenue. Ça sera comme autrefois.

— Non, Leo. Pas sans Max. Ça ne sera plus jamais pareil.

Cette fois, il ne protesta pas parce qu'elle avait mentionné son prénom. Ils raccrochèrent tous les deux, Cassie s'éloignant aussitôt de la rangée de cabines. L'homme assis sur le banc lui cria quelque chose, mais elle ne comprit pas ce qu'il disait.

Elle dut monter jusqu'à Victory Boulevard pour retrouver la Boxster. Elle n'aurait pas pu être plus près du bâtiment de la justice criminelle. En chemin, elle glissa l'enveloppe avec les photos dans une boîte aux lettres et repensa à Max Freeling. Elle revit les dernières minutes qu'ils avaient passées ensemble, le bar du Cleopatra, la mousse de bière sur sa moustache, la cicatrice minuscule qu'il avait au menton et sur laquelle aucun poil ne poussait.

Max avait porté un toast, elle le répéta :

— Jusqu'au bout. À l'endroit où le désert se fait océan.

Repenser à ce qui s'était produit ensuite la déprima et

réussit à la mettre en colère, même après toutes ces années. Elle décida de passer à l'école élémentaire de Wonderland à l'heure du déjeuner avant de revenir au garage. Elle savait qu'il n'y avait pas mieux pour chasser le cafard.

Arrivée à la Boxster, elle découvrit qu'on lui avait collé un PV après expiration des deux heures de stationnement autorisées. Elle ôta la contredanse du pare-brise et la jeta sur le siège passager. La voiture était toujours au nom de la chiffe molle à laquelle ils l'avaient reprise. Ce serait à lui de s'en démerder.

Elle monta dans la Porsche et fila. Elle prit vers le sud, par Van Nuys Boulevard, pour gagner la 405. Le boulevard était bordé de nouveaux concessionnaires. Cassie se disait parfois que la Valley n'était plus qu'un énorme parking.

Elle essaya d'écouter un CD de Lucinda Williams, mais le lecteur était si sensible aux secousses qu'elle préféra arrêter et se contenta d'allumer la radio. La chanson qu'on y passait n'était pas jeune. Roseanne Cash y parlait du mal des sept ans.

Ça ! songea-t-elle. Roseanne savait de quoi elle parlait. Sept ans. Mais la chanson ne disait pas ce qui arrivait après. La douleur s'en allait-elle ? Cassie ne pensait pas que ce fût jamais le cas.

5

Les jours suivants, en attendant que Leo lui fasse signe, Cassie Black retrouva le rythme des préparatifs, qui était tout à la fois familier et réconfortant. Mais, plus que tout, c'était excitant de revivre des émotions qu'elle avait oubliées depuis bien des années.

Ces préparatifs constituaient aussi un moment d'introspection solitaire. Elle analysa sa décision sans relâche et sous tous les angles. Elle n'y trouva ni failles, ni arrière-pensées, ni culpabilité envahissante. Tout le problème avait été de faire le choix. Une fois prise, sa résolution ne lui avait apporté que du soulagement et une grande impression de liberté. Elle ressentait à nouveau cette excitation devant le danger et cette jouissance anticipée dont ses années d'incarcération lui avaient volé jusqu'au souvenir. Elle avait oublié à quel point on pouvait être accro à la charge d'adrénaline. Max appelait ça le « jus du hors-la-loi », tout simplement, parce qu'il était incapable d'exprimer ses sentiments avec des mots. Pendant ces jours de préparation elle comprit que, de fait, le but essentiel de l'incarcération était de priver le sujet de cette charge, de la lui effacer jusqu'au plus profond de la mémoire. Si c'était bien le cas, ces cinq années de prison avaient raté leur effet. La charge était toujours là dans son sang et courait dans ses veines comme une eau brûlante dans des tuyaux gelés par l'hiver.

Elle commença par modifier son horloge interne en réduisant radicalement le nombre de ses heures de sommeil et en les repoussant tard dans la matinée. Puis elle compensa cette privation de repos par un régime énergétique riche en vitamines accompagné, de temps en temps, par une petite sieste en fin d'après-midi sur le divan de son living-room. En une semaine, elle passa ainsi de sept heures à quatre heures de sommeil par nuit sans que sa vigilance ou sa productivité en soit notablement affectée.

Le soir, elle commença à faire de longs trajets en voiture sur la dangereuse route en lacet de Mulholland Drive, afin d'allonger sa résistance à la somnolence. Chez elle, elle se déplaçait sans lumière pour se réhabituer aux ténèbres et aux contours des ombres de la nuit. Elle savait qu'elle pourrait se servir de lunettes de vision nocturne lorsqu'elle en serait à l'exécution du boulot, mais elle savait aussi qu'il était bon de se préparer à toute éventualité.

Le jour, lorsqu'elle ne travaillait pas au garage, elle complétait l'équipement dont elle aurait peut-être besoin et fabriquait les outils dont elle se servirait. Après avoir méticuleusement dressé la liste de tous les objets imaginables qui pourraient l'aider à venir à bout de tous les obstacles pour tel ou tel boulot, elle l'apprenait par cœur, puis elle la détruisait — l'avoir en sa possession aurait suffi à faire révoquer sa liberté conditionnelle. Ensuite, elle passait un après-midi entier à se rendre dans diverses quincailleries et autres magasins pour y acheter les articles dont elle avait besoin, et à les cacher aux quatre coins de la ville de façon à ce qu'on ne puisse pas reconstituer ses plans dans leur ensemble.

Elle acheta ainsi des tournevis, des limes en fer, des scies à métaux et des marteaux ; du fil de fer d'emballage, de la ficelle de Nylon et des Sandow. Elle acheta une boîte de gants en latex, un petit pot de pâte adhésive, un couteau suisse et un autre de vitrier avec une lame de huit centimètres de large. Elle acheta une petite lampe à acétylène et dut faire trois quincailleries avant de trouver une perceuse à piles rechargeable. Elle acheta des tenailles à poignées caoutchoutées, des cisailles à fil de fer et d'aluminium. Elle y ajouta un appareil photo Polaroid et une combinaison de plongée pour homme, à manches longues. Elle acheta des lampes électriques grandes et petites, deux genouillères de carreleur et un shocker. Elle acheta un sac à dos en cuir noir, une ceinture et une banane noires, et plusieurs sacs à fermeture à glissière noirs de diverses tailles, qu'on pouvait plier et transporter dans une des poches du sac à dos. Pour finir, dans tous les magasins où elle entrait, elle achetait un cadenas à clé jusqu'à en avoir un assortiment de sept, tous d'une marque différente et comportant donc chacun un mécanisme de fermeture légèrement différent.

Dans le petit bungalow qu'elle louait dans Selma Street, près du freeway 101 d'Hollywood, elle étalait ses achats sur la table en Formica éraflé de la cuisine et préparait son équipement — en portant toujours des gants pour en manipuler le moindre élément.

Elle se servit des tenailles et de la lampe à acétylène pour fabriquer des crochets avec du fil de fer d'emballage et des lames de scie à métaux. Elle en prépara deux jeux de trois ; une barre de tension et deux crochets, dont l'un plat et fin pour pouvoir le glisser dans la gorge de la serrure. Elle rangea le premier jeu dans un des sacs à fermeture à glissière, qu'elle enterra dans le jardin de derrière. Quant au deuxième, elle le mit de côté, avec les outils pour le boulot que, elle l'espérait, Leo allait lui trouver très bientôt.

Elle coupa la moitié d'une des manches de la combinaison de plongée, y glissa la perceuse et maintint cette sorte de manchon en caoutchouc antibruit fermement en place en le cousant avec du fil de Nylon. Avec le reste de la combinaison elle fabriqua un sac, dans lequel transporter sans aucun bruit ses outils de cambriolage fabriqués sur mesure.

Lorsque ses instruments de travail furent prêts, elle les rangea dans sa sacoche, qu'elle ferma à l'aide d'un Sandow et cacha sous l'aile avant-droit de la Boxster, en la fixant à la suspension à l'aide d'autres Sandow. Et sans laisser d'empreintes nulle part. Si jamais Thelma Kibble ou un autre officier de police découvrait la sacoche, elle aurait le moyen de nier de façon assez plausible pour ne pas repartir en taule. La voiture ne lui appartenait pas. Sans empreintes sur les outils ou une quelconque preuve qu'elle les aurait achetés, on ne pourrait prouver qu'ils étaient à elle. La maintenir en détention et la faire suer, oui, mais au bout du compte il faudrait la relâcher.

Les sept cadenas lui servirent à s'entraîner. Elle les referma sur un cintre en bois et en déposa les clés dans une tasse à café rangée dans un placard de la cuisine. La nuit, elle éteignait la lumière, s'asseyait dans son living et, à l'aveugle, les travaillait avec son deuxième jeu de crochets. L'art d'ouvrir un cadenas en douceur lui revint peu à peu. Lorsqu'elle avait fini, elle les refermait à nouveau sur son cintre. Et recommençait, mais en enfilant ses gants en latex cette fois. Au bout d'une quinzaine de jours, son chrono était très régulièrement d'une douzaine de minutes pour les sept cadenas — avec les gants.

Elle n'ignorait pas que ce qu'elle faisait tenait plus de la préparation psychologique qu'autre chose. Il s'agissait de retrouver le bon état d'esprit. Max, son professeur, lui disait toujours qu'il n'y avait rien de plus essentiel que le rythme. Le rituel. Il était peu probable, elle le savait, qu'elle ait à crocheter des serrures dans le boulot que Leo allait lui trouver. Depuis une dizaine d'années, la plupart des hôtels de Las Vegas et d'ailleurs étaient passés à la carte-clé électronique programmée, et tromper une protection électronique était une autre paire de manches. Il y fallait un allié dans la place, ou à tout le moins une certaine habileté dans l'« astusoc », abréviation pour « astuce sociale », autrement dit l'art de blouser le type de la réception ou de jouer le coup en finesse avec le taulier.

Cette période de préparatifs ressuscita en elle l'image de Max, l'homme qui avait été tout à la fois son amant et son mentor. Ces souvenirs étaient d'autant plus doux-amers qu'elle ne pouvait pas revivre les bons moments qu'ils avaient passés ensemble sans repenser à la manière lamentable dont tout cela s'était terminé au Cleopatra. Cela ne l'empêchait pourtant pas de se retrouver à rire tout haut dans sa maison, son cintre rempli de cadenas sur les genoux et ses mains dégoulinant de sueur sous le latex des gants.

Son hilarité fut au maximum lorsqu'elle se rappela une des « astusocs » qu'il avait montée — et avec quelle maestria —, au Golden Nugget. Ils devaient absolument entrer dans une chambre du quatrième. Ayant repéré un chariot de service dans le couloir, il s'était réfugié dans un débarras, où il avait ôté tous ses vêtements. Puis il s'était ébouriffé les cheveux et avait parcouru le couloir jusqu'au chariot en cachant sa nudité avec ses mains. Surprise, la femme de chambre avait fait un sacré bond, mais Max lui avait vite expliqué que, réveillé en sursaut, il avait voulu aller aux toilettes et que, encore à moitié endormi, il avait ouvert la mauvaise porte par mégarde et, se retrouvant dans le couloir, l'avait entendue se refermer — à clé —, derrière lui. Ne tenant pas à prolonger cette rencontre avec un homme nu, la femme de chambre s'était empressée de lui tendre son passe. Ils étaient dans la place.

Le plus drôle dans le souvenir qu'elle avait gardé de la scène était qu'une fois à l'intérieur Max avait dû s'habiller afin de rendre le passe et d'aller jusqu'au bout du bluff. Mais que, bien sûr, ses vêtements se trouvaient dans le débarras du couloir. Il avait donc enfilé les habits du type qu'ils avaient décidé de rouler. Sauf que celui-ci était légèrement plus petit que Max et maigre comme un clou — il devait peser vingt cinq kilos de moins, au bas mot. Sans parler du fait qu'il était homo, ce que ses vêtements proclamaient haut et fort à la face du monde. C'était en chemise rose ouverte jusqu'au nombril et dans un pantalon en cuir noir si moulant qu'il avait toutes les peines du monde à plier les genoux que Max avait dû longer le couloir dans l'autre sens pour rendre son passe à la femme de chambre.

Tous les soirs, dès que, sa séance d'entraînement terminée, elle était prête à se coucher, Cassie réenterrait le deuxième jeu de crochets et suspendait au cintre un gros blouson pour l'hiver. Puis elle en remontait la fermeture Éclair pour cacher les cadenas et le raccrochait dans une penderie du couloir. Toujours très consciente de ce que Thelma Kibble pouvait très bien mettre à exécution sa menace de passer la voir à l'improviste, tant chez elle qu'au boulot, elle ne laissait rien transparaître de ce qu'elle préparait.

Sauf qu'elle ne vit jamais l'ombre de sa contrôleuse. Apparemment, celle-ci ne se donna même pas la peine de téléphoner à Ray Morales pour se renseigner sur sa conduite ou son travail. Cassie pensa qu'elle était tout simplement submergée de dossiers. Malgré la dureté de ses paroles, Thelma devait avoir des dizaines de cas difficiles qui méritaient nettement plus une petite visite que Cassie Black.

En attendant le coup de fil de Leo, Cassie n'oubliait pas non plus ses vieilles habitudes. Tous les matins elle allait courir à l'Hollywood Reservoir et faisait le tour du lac avant d'emprunter le chemin du barrage de Mulholland, aller et retour. Ainsi se punissait-elle d'un autre rituel plus matinal : celui qui consistait à filer au Farmer's Market de Fairfax Avenue pour y acheter du café et des doughnuts chez Bob. Elle emportait son petit déjeuner dans sa voiture, remontait dans les collines de Laurel Canyon et, s'il y avait de la place dans le parking, se garait près de la cour grillagée de la Wonderland School.

En mangeant ses doughnuts au sucre glace et en avalant son café brûlant à grandes goulées, elle regardait les enfants se faire déposer par leurs parents, puis jouer dans la cour avant que la cloche sonne. Elle scrutait intensément l'endroit jusqu'au moment où elle retrouvait les petites filles de la maternelle — en général serrées autour de leur maîtresse qui avait l'air très gentille et affectueuse. Cassie promenait alors, tous les matins, son regard sur leurs visages afin d'en retrouver un : celui de la fillette au sac à dos marqué d'un *Have a nice day* [1] sous une figure souriante. Puis elle regardait le joli sac à dos jaune sautiller au milieu des enfants. Ses yeux ne lâchaient plus la fillette jusqu'à ce que, la cloche ayant sonné, les élèves

1. Passez une bonne journée *(NdT)*.

soient dirigés vers leurs classes. Alors seulement elle froissait son sac de doughnuts et faisait démarrer le moteur pour regagner la retenue artificielle et, corps et âme, travailler jusqu'à épuisement ou presque, avant même que la journée ait commencé.

6

Quinze jours après avoir pris contact avec lui, Cassie Black fut rappelée par Leo. Assise dans son bureau, elle était en train de revoir les chiffres du registre des reprises avec Ray Morales lorsqu'elle entendit son nom dans le haut-parleur de la salle d'exposition. On l'appelait sur la une. L'esprit occupé par ce qu'elle faisait, elle attrapa le téléphone et appuya sur le commutateur de sa ligne sans y penser.

— Cassie Black à l'appareil. Pouvez-vous patienter ? dit-elle.

— Naturellement.

À ce seul mot elle reconnut sa voix. Elle marqua un temps d'arrêt tandis qu'une sorte de long doigt glacé lui descendait dans le dos, puis elle appuya sur la touche de mise en attente. Palpable, l'excitation monta dans sa poitrine.

— Ça va ? lui demanda Morales.

— Oui, oui. Mais il faut que je prenne la communication.

— Je t'en prie.

— En privé. C'est personnel.

— Ah. Bon, d'accord, dit-il l'air un peu éconduit, voire un rien agacé.

Pour lui, ce « personnel » signifiait qu'elle avait un nouveau petit ami. Deux jours plus tôt, Cassie l'avait très gentiment envoyé promener lorsqu'il lui avait proposé d'aller dîner avec lui après le boulot. Maintenant qu'il s'était enfin décidé, il était trop tard. Cassie attendait le coup de fil de Leo et n'avait, elle, aucune envie de compliquer les choses en flirtant avec Ray. De fait, si ce qu'elle envisageait de faire tournait comme elle voulait, elle lui rendrait un fier service en ne s'attachant pas à lui : il n'aurait rien à cacher lorsque les flics viendraient lui poser des questions.

Il lui dit qu'il serait dans son bureau si elle voulait finir de vérifier le registre des reprises, sortit et referma la porte du box de Cassie sans que celle-ci ait à le lui demander. Elle se pencha en avant et regarda le bas de la porte. Elle vit que Ray se tenait de l'autre côté, dans l'espoir d'entendre ce qui se dirait.

— Ray ? lança-t-elle.

Il ne répondit pas, mais elle vit ses pieds s'éloigner. Elle appuya sur la touche de mise en attente.

— Allô ?

— Quoi ? T'es allée faire un essai sur route ?

— Désolée.

— Bon, j'ai quelque chose pour toi.

Elle ne réagit pas tout de suite. L'adrénaline chantait fort dans son sang. Le jus du hors-la-loi. Elle retrouva l'impression d'être au bord d'une falaise. L'heure était venue d'y aller. C'était maintenant ou jamais. Elle n'avait rien à envier aux types qui franchissent les rapides dans des tonneaux rembourrés.

Leo rompit le charme en reprenant la parole.

— Cela dit, enchaîna-t-il, je sais pas trop si ça va te plaire.

Cassie s'étira le cou pour faire passer la boule qu'elle avait dans la gorge.

— Comment ça ?

— On en parlera quand je te verrai.

— Où et quand ?

— T'as qu'à venir ici. Mais tu fais vite. Ce soir ou demain matin à la première heure. Ça doit se faire demain soir ou c'est perdu.

— Bon, d'accord. Ce soir après le boulot. T'es toujours au même endroit ?

— Toujours. Une dernière chose... J'enclenche la touche mémo sur le répondeur pour avoir ce que tu dis sur cassette. Tu sais combien je t'apprécie, mais tout ça remonte à loin. Ne le prends pas mal, c'est juste une précaution. Depuis Linda Tripp et Monica Lepompsky, c'est la procédure standard chez nous. Prête ?... Travaillez-vous pour un service de maintien de l'ordre ?

— Leo...

— Pas mon prénom. Tu réponds juste à la question. Je suis navré, mais c'est une précaution que je dois prendre. On nous tend des pièges dans tous les coins.

— Non, je ne travaille pas dans ce genre de services, Leo. Si j'avais voulu te tendre un piège, j'aurais pu le faire avant d'aller à High Desert. Tout le monde me proposait un deal à ce moment-là. Et je ne l'ai pas fait.

— C'est vrai et tu sais combien j'ai apprécié. J'ai pas pris soin de toi quand je pouvais ? Et ce privé que tu voulais engager, hein ? Ça m'a coûté cinq mille dollars, tu sais ?

— Tu t'es bien occupé de moi, Leo. Je ne l'oublierai pas.

— J'aimerais quand même que t'arrêtes de m'appeler par mon prénom.

— Je te demande pardon.

— Bon, d'accord. La bande est arrêtée. On peut y aller. Je t'attends tout à l'heure. Prends...

— T'as les passeports ?

Un silence.

62

— Pas encore. La prochaine fois que je sors, je passe un coup de fil pour voir où ça en est.

— Bon, mais j'en ai besoin. Rapidement.

— Je ferai la commission. À tout de suite. N'oublie pas de prendre toutes les précautions habituelles.

Après avoir raccroché, elle regarda le mur à côté de la porte. Ses yeux s'arrêtèrent sur l'affiche qui lui faisait face. On y voyait une femme en bikini en train de marcher sur une plage décolorée par le soleil. Le mot TAHITI avait été écrit dans le sable derrière elle, juste hors de portée du ressac.

— À l'endroit où le désert se fait océan, dit-elle tout haut.

7

Elle prit Sunset en direction de l'ouest. Elle avait descendu la capote de la Porsche. Elle aimait sentir les vibrations du moteur à travers son siège et entendre ses notes gutturales dans les virages. À Beverly Glen, elle tourna vers le nord et s'embarqua dans le canyon, sur la route sinueuse qui franchit la colline pour redescendre dans la Valley.

Leo Renfro habitait à Tarzana, dans la plaine qui s'étend au nord de Ventura Boulevard, sa rue faisant un angle droit avec le freeway 101. Petit bâtiment du genre ranch construit après la guerre, sa maison n'avait pas de style véritable. Elle ressemblait à toutes les habitations du voisinage — très exactement comme le voulait Leo. C'était en n'ayant absolument rien de particulier qu'il s'était sorti de tout, en se fondant dans le paysage.

Elle passa devant la maison sans freiner, puis elle fit le tour du quartier en examinant toutes les voitures garées et en cherchant l'indice qui trahit le véhicule de surveillance : les fenêtres miroirs d'un van, des antennes multiples sur le toit d'une voiture, une remorque de camping accrochée à une camionnette. Un véhicule attira son attention. Une fourgonnette de plombier, d'après ce qui était peint sur un des côtés. Elle était garée le long du trottoir, juste devant une maison située à l'arrière de celle de Leo. Cassie la dépassa sans s'arrêter, mais fit demi-tour, repassa devant et se rangea quelques maisons plus loin. Puis elle resta sans bouger, à regarder le véhicule au cas où il y aurait eu un mouvement derrière les vitres ou un balancement de la suspension indiquant que quelqu'un se déplaçait à l'intérieur. Rien ne se produisait, mais elle maintint sa surveillance pendant presque dix minutes avant de voir un type en salopette bleue sortir de la maison et se rapprocher de la fourgonnette. Il en ouvrit la portière latérale et monta. Quelques instants plus tard, il fit descendre un long serpent à récurer les canalisations sur la chaussée. Puis il redescendit du véhicule, en referma la portière à clé et poussa son engin jusqu'à l'entrée de la maison. Cassie ne lui trouva rien de bizarre. Elle remit la Porsche en route et fit encore une fois le tour du quartier avant de revenir chez Leo. Elle se gara le long du trottoir et se rappela de ne pas marcher dans la paranoïa permanente de son ami. Toutes ces règles et précautions qu'il leur imposait à elle et à Max avant un boulot ! Ne misez pas sur le noir ! Ne mangez pas de poulet ! Ne portez jamais de chapeau rouge, etc. Pour Cassie, tout ça, c'était du « tu marches sur la fente, tu brises le dos à ta tante ».

Jusqu'à ce qui s'était produit au Cleopatra.

Arrivée à la porte de devant, elle leva la tête et regarda les solives de l'auvent : la vieille caméra miniature y était toujours. Elle se demanda si elle marchait encore et eut aussitôt la réponse à sa question, Leo venant lui ouvrir avant même qu'elle ait frappé. Elle sourit.

— Faut croire qu'elle marche encore, dit-elle.

— Bien sûr qu'elle marche encore ! s'écria-t-il. Ça va faire quoi ? Bientôt huit ans ? La fille qui me l'a installée m'a juré qu'elle était garantie à vie et je l'ai crue. Elle connaissait son boulot mieux que personne.

Il sourit.

— Comment ça va, Cassie ? Entre.

Il s'effaça pour la laisser passer. La petite quarantaine, Leo Renfro était de corpulence moyenne, mais bien bâti. Un peu dégarni, et ses cheveux étaient gris. Ils l'étaient déjà lorsqu'elle avait fait sa connaissance, presque dix ans auparavant. Il lui avait raconté que c'était parce qu'il avait grandi trop vite. Il avait pratiquement élevé Max, qui était son demi-frère, après que leur mère avait été tuée par un chauffard imbibé. Le père de Leo n'avait pas de nom, mais celui de Max était fort connu. Il purgeait une peine de dix à vingt-cinq ans de prison au pénitencier de Nevada State pour vol à main armée.

Cassie entra, et aussitôt Leo la serra fort dans ses bras. Cela lui fit du bien. Elle se sentit réconfortée. C'était comme si elle rentrait à la maison.

— Salut, nénette ! lui lança-t-il affectueusement.

— Leo, dit-elle.

Puis elle se dégagea de son étreinte et le regarda d'un air inquiet.

— Parce que... maintenant je peux t'appeler par ton prénom, hein ?

Il rit, lui indiqua l'arrière de la maison où, elle le savait, il avait installé son bureau dans une petite pièce lambrissée à côté de la piscine.

— T'as bonne mine, Cassie, reprit-il. Vraiment bonne. Et j'aime bien les cheveux courts. C'est un truc de gouine qui te reste de High Desert ? C'est comment qu'on les appelle, déjà, les bouffeuses de tarte aux poils de là-bas ? Les brouteuses du désert ?

Il se retourna vers elle et lui fit un clin d'œil.

— Toi aussi, t'as bonne mine, Leo, dit-elle. T'es toujours le même.

Il se retourna encore une fois vers elle et ils échangèrent un sourire. Ça faisait des années qu'elle ne l'avait pas vu, mais il n'avait guère changé. Il avait peut-être un peu moins de cheveux, mais il était toujours très bronzé et soigné d'aspect. Elle se dit qu'il devait continuer à faire du yoga et à se taper ses longueurs de bassin tous les matins pour rester aussi en forme.

Dans la salle de séjour, ils furent obligés d'éviter un canapé bizarrement placé en angle et tourné vers le coin de la pièce plutôt que vers la cheminée. Cela força Cassie à jeter un coup d'œil derrière elle — et à remarquer que tous les meubles étaient placés dans des endroits étranges, comme si la cheminée, qui constituait le centre évident de la pièce, n'était pas là.

— Tu me rappelles de te demander le numéro de ton décorateur avant que je m'en aille ? lui dit-elle. C'est quoi, ce style ? Effraction postmoderne ?

— Oui, je sais. Je viens de faire feng-shuïer la maison et j'ai pas pu faire mieux. Pour l'instant.

— Feng quoi ?

— Feng-shuïer. C'est l'art chinois du placement harmonique. Feng shui.

— Ah.

Elle crut se rappeler avoir lu des trucs là-dessus. Comme quoi ç'aurait été le nec plus ultra du cottage californien chez les cosmiquement éclairés.

— Cet endroit est condamné, reprit Leo. Sales vibrations de tous les côtés. J'ai l'impression d'être comme Dick Van Dyke... Tu sais, le comédien qui se prenait les pieds dans les meubles dès qu'il entrait quelque part. Bah... je ferais mieux de me tirer. Mais ça fait si longtemps que je suis ici et puis j'ai la piscine et tout et tout... Je ne sais pas ce que je vais faire.

Ils étaient arrivés. Le bureau de Leo se trouvait à un bout de la pièce, près de la paroi de portes vitrées coulissantes qui ouvraient sur la piscine. Des dizaines de caisses de champagne étaient alignées le long du mur opposé. En les découvrant, Cassie sursauta. Le Leo Renfro qu'elle connaissait et pour lequel elle avait travaillé jadis n'aurait jamais gardé quoi que ce soit de volé chez lui. Leo était un de ces intermédiaires qui mettent les choses en branle et organisent le recel des marchandises, mais il n'entrait pratiquement jamais en contact avec le butin, à moins qu'il ne s'agisse d'argent liquide. En voyant tout ce champagne dans le bureau, Cassie se demanda ce qu'elle faisait là. Les choses avaient-elles changé depuis la mort de Max ? Elle resta dans l'embrasure de la porte comme si elle avait peur d'entrer.

Leo passa derrière son bureau et se retourna pour la regarder. Il ne s'assit pas.

— Qu'est-ce qu'il y a ? demanda-t-il.

Elle lui montra l'alignement de caisses qui masquait tout un mur. Il devait y en avoir une cinquantaine.

— Leo, tu gardais jamais le butin chez toi. C'est pas seulement dangereux, c'est aussi... c'est con. Tu...

— Calme-toi, tu veux ? C'est totalement légal. Ce champagne, je l'ai acheté. Je l'ai commandé à un grossiste. C'est un investissement.

— Dans quoi ?

— C'est pour l'avenir. Tu verras. Les fêtes du millénaire vont vider toutes les réserves. Et dans le monde entier, encore ! Le peu qui restera va coûter des fortunes et moi, je serai prêt. Tous les restaurants de la ville viendront me supplier. Tu devrais voir ce que j'ai au garage. Cinq cents caisses ! Six mille bouteilles ! Rien qu'en doublant le prix de gros, ça va me rapporter deux ou trois cents bâtons, minimum. Tu veux en être ? Y'a pas que moi qui investis.

Elle entra dans la pièce et regarda par les portes-fenêtres la surface chatoyante de la piscine. Celle-ci était éclairée par en dessous et miroitait comme du néon bleu dans la nuit.

— J'ai pas les moyens, dit-elle.

Elle vit l'aspirateur automatique se déplacer lentement sur le fond du bassin, son tuyau le suivant tandis que le sac à débris ondulait dans l'eau comme un fantôme.

Elle entendit le chuintement sourd du freeway voisin. Le bruit était le même que chez elle, à Hollywood. Elle se demanda un instant si le fait qu'ils habitent tous les deux près du freeway était une coïncidence. Ou alors c'était un truc particulier aux voleurs ? Ils auraient eu besoin d'avoir une route pas loin pour s'enfuir ?

— Tu pourras en acheter dès qu'on aura fait ce coup-là, dit-il. Allez, viens t'asseoir.

Il s'installa et ouvrit le tiroir du milieu de son bureau. Il en sortit une paire de demi-lunes et les chaussa. Une chemise jaune était posée sur le dessus du bureau. Brusquement, Leo était redevenu business-business. Il aurait très bien pu s'apprêter à analyser une déclaration d'impôts avec un client plutôt que les détails d'un cambriolage particulièrement juteux. Et d'ailleurs, il avait appris la comptabilité à UCLA [1] jusqu'au moment où il avait compris que c'était de son argent à lui qu'il voulait s'occuper, pas de celui des autres.

Cassie le rejoignit et s'assit dans le fauteuil en cuir rembourré en face de lui. Elle leva la tête et regarda un chapelet

---

1. University of California Los Angeles *(NdT)*.

de pièces rouges qui pendait au plafond, à la verticale du bureau. Leo surprit son regard et agita la main en direction des pièces.

— C'est la cure. Le remède.

— Le remède pour quoi ?

— Le Feng Shui. Ce sont des pièces de I-Ching. Elles se substituent au manque d'harmonie. C'est pour ça que je les ai accrochées ici. L'endroit où je travaille est le point le plus important de toute la maison.

Il lui montra son bureau et la chemise.

— Leo, t'as toujours été parano, mais là, je crois que t'es sacrément agité.

— Non, non, j'y crois, moi, dit-il. Et ça marche. Et y a autre chose — les étoiles. Maintenant, je les consulte avant de bâtir un plan.

— Tout ça ne me rassure pas trop, Leo. Tu veux dire que... tu demandes la bénédiction d'une astrologue ? Leo, tu ne...

— Je ne demande ni ne dis rien à personne. Je fais ça tout seul. Tu comprends ?

Il se retourna et lui indiqua quelques volumes rangés entre deux serre-livres posés sur la crédence derrière lui. Leurs titres étaient tous en relation avec l'astrologie. L'un d'eux s'intitulait *Le Calendrier des lunes noires* et un autre *Investir dans les étoiles*.

— Leo ! Quand je pense que tu aimais citer ton grand-père juif qui disait des trucs du genre : « Ne ramasse jamais un penny tombé face contre terre. » Et lui, là-dedans, hein ?

— Lui aussi, je crois en lui. Je crois en tout, moi. L'important, c'est de croire. Pas d'espérer, Cassie, de croire. C'est pas pareil. Je crois dans ces trucs et ça m'aide à faire ce que j'ai à faire et à accomplir ce que je dois accomplir.

70

Elle songea que ce genre de philosophie ne pouvait venir que de Californie.

— C'est même ça qui est beau, ajouta-t-il. Je suis couvert de tous les côtés. C'est bien de mettre tous les atouts qu'on peut dans son camp, Cass. Max le disait souvent.

Elle secoua la tête d'un air sombre.

— Je n'ai pas oublié.

Un long moment de silence gêné et rempli de tristes souvenirs s'ensuivit. Cassie regarda la piscine. Elle se souvint d'y avoir nagé un soir avec Max alors qu'ils croyaient Leo endormi. Quand la lumière s'était rallumée, ils étaient nus.

Elle finit par se retourner vers Leo.

Il avait ouvert la chemise sur son bureau. Elle contenait une liasse de billets de cent d'un demi-centimètre d'épaisseur et une page arrachée à un bloc grand format et remplie de notes joliment tapées à la machine, mais indéchiffrables. Encore une précaution de Leo. Il rédigeait toujours ses notes dans un langage codé qu'il était le seul à connaître. Il étudia celles qu'il avait sous le nez.

— Bon, et maintenant par où je commence ? se demanda-t-il à haute voix.

— Qu'est-ce que tu dirais de commencer par la raison pour laquelle j'aimerais pas ce boulot-là ?

Il se renversa dans son fauteuil et scruta longuement le visage de la jeune femme.

— Alors ? finit-elle par lui lancer. Tu vas me le dire ou bien c'est écrit ailleurs dans les étoiles ?

Il ignora la pique.

— Voici le coup, dit-il. C'est à Las Vegas, ce dont je t'ai déjà avertie. D'après ce que je sais, il y a beaucoup de liquide à la clé. Mais c'est sur contrat et...

— Avec qui ?

— Des gens. C'est tout ce que t'as besoin de savoir. Tout

le monde a son rôle à jouer. Personne ne se connaît. Jusques et y compris moi. On a un type qui surveille la cible en ce moment même et c'est rien de plus qu'une voix qui me dit des trucs au téléphone. Je n'ai aucune idée de qui c'est. Il me reconnaît au téléphone, mais il ignore tout de toi. Tu vois un peu ? C'est plus sûr comme ça. Différents joueurs qui détiennent des pièces différentes du puzzle. Et personne ne voit le puzzle en entier, seulement la pièce qu'il tient dans sa main.

— Tout ça, c'est parfait, Leo, mais je ne te parle pas des figurants. Tu sais très bien pour qui tu as monté ce coup, pas vrai ?

— Oui, je les connais. J'ai déjà fait affaire avec eux par le passé. Ils sont bons. De fait, ce sont des investisseurs.

Il lui indiqua le mur de caisses de champagne.

— D'accord, dit-elle. Du moment que tu t'en portes garant... Bon, alors, y a-t-il autre chose que j'aimerais pas trop ?

— Autre chose ? Eh bien, le gros « autre chose », c'est que ça se passe au Cleopatra.

— Putain de Dieu !

— Je sais, je sais !

Il leva les bras en l'air comme s'il se rendait aux arguments d'un adversaire. Puis il se renversa dans son fauteuil, ôta ses lunettes, en mit le bout d'une branche dans sa bouche et les laissa pendre.

— Leo ! Tu crois vraiment que je vais retourner dans ce truc, toute seule à Las Vegas, après ce qui s'est passé ?

— Je sais, mais...

— Je ne remettrai jamais les pieds dans cet endroit de merde ! Jamais, jamais !

— Je sais.

Elle se leva, alla se planter devant un des panneaux de

72

verre et contempla de nouveau la piscine. L'aspirateur continuait de se balader au fond du bassin. Un coup en avant, un coup en arrière. Comme son existence à elle.

Leo remit ses lunettes sur son nez et lui parla d'un ton apaisant et mesuré.

— Je peux dire quelque chose ? commença-t-il.

Elle lui fit signe de poursuivre, mais ne se retourna pas pour le regarder.

— Bon, là-dedans, dit-il, il y a quelque chose qu'il ne faut pas oublier : c'est toi qui as fait appel à moi, pas le contraire. C'est toi qui m'as demandé de te trouver un boulot. Un gros boulot, s'entend, et vite. Et en liquide. Je me trompe ?

Il attendit sa réponse, mais elle ne vint pas.

— Et donc, c'est oui, conclut-il. Eh bien, sache que ce boulot, c'est exactement celui que tu veux, Cassie.

Elle se retourna vers lui.

— Mais je ne t'ai pas dit...

Il leva la main pour lui imposer silence.

— Laisse-moi finir. Tout ce que je te dis, c'est que ce boulot, je te le propose. C'est à toi de voir. Tu n'en veux pas, c'est parfait. Je passe quelques coups de fil et je me démerde avec quelqu'un d'autre. Mais attention, fifille : y avait pas mieux que toi quand c'était chaud. Une vraie artiste que t'es. Même Max l'aurait reconnu. C'était lui le prof, mais son étudiante l'a dépassé. Ce qui fait que quand ces types se sont adressés à moi, j'ai commencé à me dire que c'était tout à fait pour toi. Mais bon, hein... je ne te force pas. Il y aura forcément autre chose à un moment ou à un autre et tu seras toujours la première sur ma liste. Parce que ça, tu le seras toujours, Cassie, toujours.

Elle regagna lentement sa chaise et s'assit.

— L'artiste, c'est toi, Leo, dit-elle. Pour me bourrer le

73

mou, t'as toujours été le meilleur. Tout ton baratin, c'est pour me dire d'y aller, pas vrai ?

— Je n'ai pas dit ça.

— T'as pas besoin. C'est juste que toi, tu crois à tes étoiles, à tes pièces de I-Ching et le reste. Alors que moi, la seule chose à laquelle je dois croire, c'est que cet endroit-là, ce soir-là... qu'il y avait juste un fantôme dans le mélange. Un truc qui portait la poisse. Et que c'était ou nous ou l'endroit que ça affectait. Ça fait six ans que je me dis que c'était pas nous, Leo, que c'était l'endroit. Et aujourd'hui, tu viens me dire... tu veux que j'y retourne ? !

Il referma la chemise. Cassie vit disparaître la liasse de billets.

— Je n'ai aucune envie de te faire faire des trucs que tu voudrais pas. Mais j'ai des coups de fils à donner, Cassie... tout de suite. C'est ce soir que je dois trouver quelqu'un d'autre, parce que c'est demain que ça doit se faire. La cible est censée se barrer jeudi matin.

Elle acquiesça d'un signe de tête et eut l'horrible impression qu'elle ne retrouverait jamais rien si elle laissait filer l'affaire. Était-ce parce que Leo ne lui ferait plus confiance ou pour une autre raison, elle ne le savait pas. Simple prémonition. Elle eut soudain la vision d'une plage où les vagues effaçaient des lettres tracées dans le sable. Elle n'eut pas le temps de les lire qu'elles avaient disparu, mais elle savait très bien ce qu'elles lui avaient dit : Prends ce boulot.

— C'est quoi, ma part, si j'accepte ? demanda-t-elle.

Leo la regarda et hésita.

— T'es sûre de vouloir savoir ?

Elle acquiesça d'un signe de tête. Il rouvrit la chemise, sortit la feuille jaune de dessous la liasse de billets et se mit à parler en regardant ses notes.

— Bon, voilà l'affaire. On a droit aux premiers cents billets et à quarante pour cent du reste. Ça fait un moment qu'ils surveillent ce bonhomme et, d'après eux, il aurait dans les cinq cent mille dollars en liquide. Dans une mallette. Si ça marche, on devrait s'en faire deux cent soixante mille. Et moi, je partage à soixante/quarante, soixante pour toi. Soit plus de cent cinquante mille dollars. Je ne sais pas si ça te suffira à disparaître pour de bon, mais c'est un sacré début et pour une nuit de travail...

Il la regarda.

— C'est pas mal pour eux non plus, lui fit-elle remarquer. Deux cent quarante mille pour ne rien foutre !

— Non, Cassie, pas pour ne rien foutre. C'est eux qui ont trouvé la cible. Et c'est ça le plus important. Ils ont aussi quelqu'un dans la place. Quelqu'un qui devrait beaucoup te faciliter la tâche.

Il marqua une pause pour lui laisser le temps de digérer les détails de l'opération — et son montant.

— Alors ? demanda-t-il enfin. Ça t'intéresse ?

Elle réfléchit un instant.

— Tu ne sais pas quand il pourrait y avoir un autre boulot, n'est-ce pas ?

— On ne le sait jamais, Cassie. C'est tout ce que j'ai pour le moment. Et pour être honnête, je ne compterais pas trop sur un autre truc de cette importance avant longtemps. Il doit en falloir deux ou trois pour arriver à ce genre de pognon. Non, Cassie, c'est le gros lot. C'est ce que tu cherches.

Il se radossa, la regarda par-dessus le bord de ses lunettes et attendit. Il avait bien joué son coup, elle le savait. Il l'avait laissée aller jusqu'au bout de ses questions et maintenant il ramenait le poisson. Il l'avait ferrée. Un boulot avec cent cinquante mille dollars à la clé, ça ne se présente pas tous les jours. Le maximum qu'ils aient jamais fait, Max et elle, c'était les soixante mille dollars piqués à un adjoint du sultan de Brunei. De l'argent de poche pour ledit sultan, mais ils avaient fêté ça jusqu'à l'aube à l'Ace and Eights Club de North Vegas.

— Bon, dit-elle enfin. Oui, ça m'intéresse. Donne-moi les détails.

8

Leo se pencha sur le comptoir où il travaillait et parla sans regarder ni ses notes ni Cassie.

— D'après le registre de l'hôtel, la cible s'appellerait Diego Hernandez. C'est un pro. Un Tex-Mex originaire de Houston. Lui, c'est le baccara qui lui plaît, et, pour autant qu'on sache, il ne triche pas. Il est tout simplement très très bon. Il passe quelques jours dans un casino, puis il file. De cette façon-là, il ne ratisse jamais trop gros et personne ne se pose de questions. Il a été suivi au Nugget et au Stardust et se trouve maintenant au Cleo. Il a tout raflé à chaque coup.

Ils étaient passés dans la cuisine. Cassie s'était assise à la table, tandis que Leo, debout devant le plan de travail, préparait des sandwiches au beurre de cacahuète, miel et bananes — sa spécialité. Il avait choisi du pain aux sept céréales.

— Tous les soirs il rapporte ses gains en liquide enfermés dans une mallette qu'il reprend avec lui dès qu'il quitte la salle de jeu. La mallette est attachée à son poignet. Il n'y a qu'un moment où il ne l'a pas avec lui, c'est quand il est au casino et qu'il joue. Ce qu'il fait ? Il la confie à la réception, leur dit de la lui garder dans le coffre pendant qu'il est en salle et la reprend quand il monte se coucher. Dès qu'il a la mallette, il est escorté. Ce type-là ne prend aucun risque.

— Bref, ce que tu me dis, c'est que le seul moment où on peut la lui piquer, c'est quand il dort.

— Exactement.

Il gagna la table et y déposa deux assiettes avec deux sandwiches sur chacune. Puis il alla chercher deux bouteilles de Dr Pepper dans le frigo, s'assit et les ouvrit en continuant de parler.

— Quand il est dans sa chambre, il doit transférer le liquide de sa mallette dans le coffre de la penderie en guise de précaution supplémentaire. Ce n'est pas certain, mais c'est à ça qu'il faut s'attendre. Tu veux un verre ?

— Non. C'est quoi, le coffre ? Je ne me souviens plus.

— Un Halsey Executive à cinq boutons. Posé par terre dans la penderie, sous les habits. Boulonné au plancher, de l'intérieur. Pas moyen de le déplacer. Il faut entrer dans la penderie pour l'ouvrir... pendant que le mec est à côté, dans sa chambre.

Cassie acquiesça d'un signe de tête et prit une moitié de sandwich dans son assiette. Leo les avait coupés en diagonale. Il procédait toujours ainsi. Elle se rappela la fois où il avait été particulièrement agacé de la voir couper son sandwich en deux dans le sens de la longueur. Elle mordit dedans et sourit aussitôt.

— De Dieu ! s'écria-t-elle, la bouche si pleine de beurre de cacahuète que ses mâchoires avaient du mal à bouger. J'avais oublié comme tu les fais bien, Leo ! Je me rappelle que tu nous en préparais toujours quand Max et moi on avait roulé toute la nuit pour revenir ici après un boulot.

— Ces sandwiches-là, j'ai commencé à lui en faire quand il avait six ans, dit-il. Il les a toujours préférés aux autres. Et c'est vrai que ça fait toujours du bien par où ça passe.

Le fait d'avoir parlé de Max lui vola son sourire. Elle repartit sur le boulot :

— Le Halsey a un pavé numérique monté sur le devant. Je peux faire le coup avec une caméra — deux pour être sûre et s'il y a le temps. Il faudrait que je sache si le mec est gaucher ou droitier. Je verrai ça au casino.

En réalité, elle se parlait surtout à elle-même. Elle imaginait la scène. Puis il lui vint une question.

— Et pour la peinture, t'as demandé à ton bonhomme ?

Il acquiesça d'un signe de tête.

— Brune, café suisse. La pièce a été repeinte il y a six mois, mais on y fume. Lui, c'est le cigare.

— Ça aidera pour l'odeur.

Elle grava la couleur de la peinture dans sa mémoire et décida d'en acheter un demi-kilo avec une pompe à la droguerie de chez Laurel le matin où elle partirait.

— D'après mes sources, il serait du genre gros lard, reprit Leo. Et il ronfle. Ce qui facilite un peu les choses.

Cela lui rappela que c'était au Cleopatra qu'elle devrait opérer et l'appréhension lui revint.

— Pourquoi ne pas attendre de voir où il va et faire le coup au nouvel endroit, si c'est jeudi qu'il se barre ? demanda-t-elle. Pourquoi faut-il absolument que ce soit au Cleo ?

— Parce qu'on ignore s'il ne va pas aller ailleurs. Pour ce qu'on en sait, il pourrait très bien décider de rentrer au Texas. Si sa mallette est pleine... En plus, au Cleo, on a quelqu'un à l'intérieur. Qui sait si nous retrouverons jamais une occasion pareille s'il file ailleurs ?

Cassie hocha la tête. Elle savait qu'il avait envisagé tous les scénarios et conclu que c'était au Cleopatra qu'il fallait frapper.

— J'ai lu quelque part que l'hôtel serait à vendre ? reprit-elle, pour dire quelque chose qui lui ferait oublier ce à quoi elle pensait.

— Ouais, répondit-il. Trois mille chambres et la moitié d'entre elles sont vides tous les soirs. Un gros éléphant blanc que c'est, cet hôtel. À peine sept ans qu'il est construit et il est déjà en vente. J'ai entendu dire que Steve Wynn y aurait jeté un coup d'œil et décidé de laisser tomber. Y'a sûrement quelque chose qui cloche s'il n'est pas arrivé à y voir un moyen de se faire du blé. Lui, dès qu'il touche à quelque chose, c'est de l'or.

— Peut-être qu'ils n'ont jamais pu remonter la pente après toute cette mauvaise publicité... après le coup avec Max ?

Il secoua la tête.

— Tout ça, c'est de l'histoire ancienne, dit-il. Le problème, c'est qu'ils ont tellement mégoté que ça ressemble au bordel à la Mère Hubbard, que ça tombe en ruine et que plus personne ne veut y descendre. Pour le fric que ça coûte, il y a dix autres endroits plus chouettes où on peut aller dans le Strip. Le Bellagio, le Venetian. Et le Mandalay Bay tout au bout.

Il énumérait des endroits qui n'existaient même pas la dernière fois qu'elle s'était rendue à Las Vegas. Elle termina son premier sandwich et entama tout de suite le deuxième après avoir avalé une gorgée de soda glacé à la bouteille. La bouche pleine, elle reprit l'exposé du plan de bataille.

— À moins que tout ait changé, reprit-elle, le Cleo fonctionne encore avec des cartes-clés électroniques. Ça veut dire qu'il va falloir y aller tôt demain matin pour travailler la femme de chambre. J'entre dans la chambre sous un faux prétexte, je prépare le matériel et j'y reviens le soir en passant par le conduit d'aération... exactement comme la dernière fois.

Elle avala une deuxième goulée de soda et en sentit l'impact dans son estomac.

— Sauf que je ne sais pas, Leo, ajouta-t-elle. Ils pourraient avoir modifié les conduits après le coup que je leur ai fait avec Max.

Elle le regarda. Il souriait, ses yeux toujours fixés sur elle par-dessus ses lunettes.

— Quoi ? demanda-t-elle.

— Tu ne m'écoutes pas, lui répondit-il. Je t'ai dit que le type qui a repéré la cible est dans la place. Tu laisses tomber les conduits d'aération. Et la femme de chambre. Pas d'astusoc, ce coup-là. Tes instructions t'attendront à la réception VIP.

Il consulta ses notes.

— Au nom de Turcello. Tu auras tout ce que...

— Pourquoi Turcello ? Qui c'est ?

— Toi. Et pourquoi, on s'en fout. C'est juste le nom que m'a donné le contact. Le paquet contiendra tout ce dont tu pourrais avoir besoin. La chambre, tu y entreras par la porte parce que tu auras un passe. Et tu auras aussi une chambre dans les parages. Ça permettra de préparer le matériel et de surveiller. Ah, oui... en plus, tu auras un beeper. Tu le prends sur toi et on te sonnera dès que la cible commencera à ramasser ses gains de la soirée.

— Sauf qu'un passe ne règle les choses qu'à moitié. Il va aussi falloir changer le verrou. Et tout ça remonte à si loin que j'ai oublié la marque. Est-ce que tu...

— Du calme, Cassie. On l'a. Je te l'ai dit, on a tout ce qu'il faut. C'est pas un truc d'amateurs.

Il consulta de nouveau ses notes.

— C'est un Smithson Commercial. Le même que la dernière fois. Ça pose problème ?

— Je le saurai quand j'y serai. C'est comme tu l'as dit : quand ils ont construit, ils ont mégoté sur tout ce qui ne se voit pas. Ils ont mis des moitiés d'engrenage à tous les verrous. Vu qu'il y en a trois mille, ils ont dû faire un paquet d'économies, mais toute la question est de savoir s'ils ne les ont pas changés après l'affaire avec Max.

— Et si c'était le cas ?

— Ça serait sérieux. Ça voudrait dire qu'il faudrait tout enlever et couper le truc en deux.

— Dans la chambre ?

— Non. Mais il faudrait que j'y revienne. Je mettrai une lampe à souder dans le coffre de la voiture. Mais si je dois redescendre pour m'en servir, il faudra trouver un endroit à l'écart. Et si jamais le mec en profitait pour remonter dans sa chambre, ça serait la fin de tout.

— Qu'est-ce que tu fais de l'autre chambre ? Tu pourrais ôter l'engrenage du verrou, le couper en deux et le rapporter dans la chambre de la cible.

Avant même qu'elle ait pu lui dire qu'il avait raison, Leo écarta la possibilité que les verrous aient été changés.

— Je te dis, Cassie, t'inquiète pas. Ça a commencé à paumer de l'argent dès l'ouverture, ce truc-là. Aller changer trois mille verrous parce qu'un type... qui n'allait pas recommencer... a baisé une serrure... Laisse tomber.

— Facile à dire pour toi, Leo. Tu bouges pas d'ici, toi.

Il ne releva pas, reprit la liasse de billets dans la chemise et la posa à côté de l'assiette de Cassie.

— Nos partenaires ne sont pas des rigolos, dit-il. Ils savent très bien qu'il y a des frais de matériel. Tiens, prends : il y a dix mille dollars. Pour les caméras et tout ce dont tu pourrais avoir besoin.

— J'en ai déjà dépensé neuf cents pour les trucs de base.

— Il faut que je te demande quelque chose. Es-tu au courant des dernières améliorations pour les caméras et autre matériel ? Tu sais ce que tu veux ?

— J'irai voir mon bonhomme chez Hooten. S'il y est toujours. Ça remonte à loin.

— Ça !

— Et s'il n'y est plus, j'irai à Radio Shack. Je me suis tenue au courant. Je ferai ce qu'il faut pour que ça marche, Leo. De ce côté-là, t'as pas à t'inquiéter.

Il l'examina encore une fois par-dessus ses lunettes.

— Bon, alors, reprit-il, qu'est-ce qui s'est passé, Cass ? Pourquoi as-tu attendu si longtemps avant de me faire signe ? J'avais perdu tout espoir de jamais te revoir.

— Je ne sais pas, Leo. Faut croire qu'au début je me suis dit que j'allais essayer. Tu vois ce que je veux dire ?

Il acquiesça d'un signe de tête.

— La voie juste et étroite. Sauf que c'était pas pour toi.

— Non, un jour, tout a changé.

— Bah... bienvenue du mauvais côté. Tu ne seras pas de trop chez nous.

Il sourit, elle secoua la tête.

— Leo, dit-elle, c'est mon dernier job. Et je ne plaisante pas. Je ne fais plus partie de ton équipe. Dès que c'est fini, je disparais.

Elle savait très bien qu'il n'y aurait pas assez d'argent. Que ça ne serait qu'un début. Mais c'était tout ce qu'elle demandait, le moyen de redémarrer.

— Bah, ce petit truc devrait te permettre d'aller où tu veux.

— As-tu appelé pour les passeports ?

Il la regarda sans lever la tête.

— Oui, j'ai appelé, dit-il. Ils sont en route. J'irai voir à la boîte plus tard. J'aime bien y passer tard, quand les guichets sont fermés.

— Bien. Merci de l'avoir fait.

— Pas de problème. J'ai envie que tu puisses aller où tu veux, Cassie.

Elle prit l'argent et se leva.

— Vaudrait mieux se mettre en route si c'est pour demain, dit-elle. Il faut que je...

— Attends. Un dernier truc. C'est important.

Il repoussa son assiette de côté bien qu'il n'ait pas mangé son deuxième sandwich. De la poche arrière de son pantalon, il sortit un agenda. De la taille d'un carnet de chèques, mais plus épais. Il en ôta l'élastique et l'ouvrit à une page marquée d'un Post-it rose. Celle du mois. Cassie s'aperçut que bon nombre de cases réservées aux jours étaient remplies d'inscriptions codées. Il fit glisser son doigt jusqu'au moment où il trouva ce qu'il cherchait. Sans lever les yeux de dessus son carnet, il dit :

— Je voudrais que tu me rendes un service quand tu seras sur place.

— D'accord. De quoi s'agit-il ?

— Tu promets d'abord.

— Je ne promets rien avant de savoir de quoi tu parles. Qu'est-ce que tu veux, Leo ?

— Bon, alors voilà... Quoi que tu fasses et quoi qu'il arrive, ne te trouve pas dans la chambre du mec entre trois heures vingt-deux et trois heures trente-huit du matin. D'accord ? Dans la nuit de mercredi à jeudi, s'entend. Écris-le si tu penses l'oublier.

Elle sentit un sourire interrogateur et amusé lui venir aux lèvres.

— Qu'est-ce que tu racontes ? lui demanda-t-elle.

— À ce moment-là, la lune est noire.

— La lune est noire, répéta-t-elle.

— C'est mon agenda astrologique, d'accord ? Je bosse

avec les livres que je t'ai montrés dans mon bureau et je mets tout en diagrammes, OK ? Y compris la lune.

— OK, d'accord, tu mets la lune en diagrammes. C'est quoi, une lune noire ?

— C'est un événement astrologique, tu vois ? Quand la lune passe d'une maison à une autre, tout là-haut dans les constellations, y a des fois où elle se retrouve dans aucune. Et quand ça arrive, elle est noire jusqu'au moment où elle finit par se retrouver dans une autre. C'est ça, une lune noire, et comme je viens de te le dire, dans la nuit de mercredi à jeudi, il y aura lune noire pendant ces seize minutes-là. Elle sera juste entre le Lion et le Cancer. Et sera noire entre trois heures vingt-deux et trois heures trente-huit. J'ai tout calculé ici.

Il referma son agenda et le tendit en l'air en direction de Cassie, comme si c'était un objet sacré.

— Et ?... dit-elle.

— Et c'est un moment qui porte la poisse, Cassie. Pendant la lune noire, tout peut arriver. Et pas en bien. Alors... ne fais pas ton coup à ce moment-là, c'est tout.

Elle le regarda un instant et vit qu'il était parfaitement sincère. Depuis toujours, quand il croyait à quelque chose, c'était à fond.

— Ça ne va pas être commode, lui fit-elle remarquer. Tout dépendra du moment où le type voudra se coucher. Je ne peux pas agir avant qu'il roupille depuis au moins deux heures. Je veux être sûre de mon coup.

— T'auras qu'à y aller après la lune noire. Et je déconne pas, Cassie. Sais-tu que Lincoln, McKinley et Kennedy ont tous été déclarés présidents pendant une lune noire ? Oui, tous les trois, et regarde un peu ce qui leur est arrivé. Même chose pour Clinton et lui, vu ce qu'il se paie, il aurait aussi bien pu se faire descendre.

Il hocha la tête d'un air sombre et leva de nouveau son agenda en l'air comme si c'était une preuve. Cassie trouva que la ferveur avec laquelle il y croyait avait quelque chose d'attendrissant. Peut-être était-ce parce qu'elle-même n'était plus très sûre de croire à quoi que ce soit.

— Je ne plaisante pas, Cassie, répéta Leo. Tu peux remonter jusqu'à la nuit des temps et tu verras qu'à chaque fois ça se vérifie.

Elle fit un pas vers la table et tendit la main pour attraper le petit carnet. Puis, au moment où Leo le lui tendait, elle retira sa main. Elle avait envie de lui poser une question, mais n'était pas certaine de vouloir entendre la réponse.

Il devina et, l'air sombre, hocha la tête.

— Oui, dit-il. J'ai vérifié. La nuit avec Max il y a six ans... lui aussi, c'était une lune noire.

Elle se contenta de le regarder.

— Tu te rappelles ce que tu as dit sur le fait qu'il avait dû y avoir un truc qui portait la poisse ? Eh ben, c'était la lune noire, Cass. C'était ça le truc qui portait la poisse.

Arrivé à la porte, il lui souhaita bonne chance et ajouta qu'il la reverrait une fois le boulot exécuté. Elle hésita. L'histoire de Max et de la lune noire avait jeté une ombre sinistre sur toute l'affaire. Elle fit rouler ses épaules comme si elle était en train d'attraper froid.

— Qu'est-ce qu'il y a ? lui demanda-t-il.

Elle secoua la tête comme si elle voulait écarter sa question, puis elle lui en posa une.

— Leo, dit-elle, est-ce que tu penses à lui ?

Au début, il garda le silence. Il franchit le seuil de la porte et leva la tête pour regarder le ciel. Pâle, la lune ressemblait à un œuf qu'on y aurait accroché.

— Elle sera pleine dans deux jours, dit-il. Belle et bien brillante.

Il continua de regarder pendant quelques instants, puis il baissa les yeux sur Cassie.

— Il ne se passe pas un jour que je ne pense à lui, dit-il. Pas un.

Elle acquiesça d'un signe de tête.

— Il me manque toujours terriblement, dit-elle.

— À moi aussi, Cass. Et donc... tu fais très attention sur ce coup-là. Je n'ai pas envie de te perdre de la même façon.

9

Il était midi ce mercredi-là lorsque, après s'être arrêtée deux ou trois fois pour acheter de la peinture et les dernières fournitures qui lui manquaient, Cassie Black commença à traverser le désert au volant de sa Porsche argentée. Devant elle, la chaleur montait en vagues de la chaussée. Bien que l'autoroute fût raisonnablement dégagée et qu'elle pilotât un engin capable de rouler à deux cents kilomètres/heure de croisière, elle faisait attention à rester cinq kilomètres au-dessous de la vitesse maximale autorisée. Depuis l'instant où elle avait quitté le comté de Los Angeles, elle s'était mise en infraction. En conditionnelle comme elle l'était, une simple contredanse aurait suffi à la faire immédiatement incarcérer.

Dès qu'elle eut franchi la frontière du comté, elle comprit à quel point les risques qu'elle prenait étaient énormes et mettaient sa vie en danger. N'importe quel contact avec un représentant de la loi pouvait se terminer par sa remise sous les verrous. Elle avait décroché sa conditionnelle au bout de cinq ans d'une peine de sept à douze années de réclusion pour homicide involontaire — et, si jamais elle se faisait reprendre, elle devrait retourner en prison pour au moins deux ans, voire plus.

Elle avait mis un CD de Lucinda Williams dans le lecteur et l'écouta tout le long du trajet. Le disque sautait moins

88

sur le revêtement bien lisse des autoroutes. Elle aimait l'esprit rebelle de ce qu'elle entendait, l'espèce de tendresse et de quête que la chanteuse semblait mettre dans ces morceaux. L'un d'eux la faisait pleurer chaque fois qu'elle l'entendait. On y parlait d'un ancien amant qui était rentré au lac Charles pour y mourir.

Un ange t'a-t-il soufflé quelque chose à l'oreille ?
T'a-t-il serré fort et ôté toutes tes craintes
Alors que tu vivais tes derniers instants ?

Pour Cassie, la question posée dans cette chanson était comme un fantôme qui la hantait sans cesse. Comme elle aurait voulu qu'un ange ait visité Max !

À trois heures, elle aperçut les contours nets des casinos loin devant elle et sentit l'inimitable mélange d'excitation et de crainte qui allait avec. Des années durant elle avait cru ne jamais revoir le lieu où elle avait grandi, puis avait rencontré Max et vécu avec lui. Elle avait réussi à se faire à cette idée, et à renoncer à Las Vegas. Y retourner maintenant lui mit en tête bien des douleurs, regrets et fantômes, mais elle ne put s'empêcher, en même temps, d'être émerveillée par l'esprit étonnant des lieux. Si quelque chose était jamais sorti de rien, c'était sans aucun doute Las Vegas.

En descendant le Strip, elle trouva remarquables tous les changements qu'on y avait apportés pendant son absence. À chaque pâté d'immeubles se dressait un nouvel établissement, un nouvel hommage à la démesure et à la cupidité. Elle longea ainsi un faux horizon new-yorkais avant de passer devant le colossal MGM Grand et le nouveau Bellagio. Elle découvrit une copie de la tour Eiffel et de la piazza San Marco de Venise. Et d'autres lieux et bâtiments qu'elle n'avait jamais vus. Elle se rappela une phrase que Max avait prononcée un jour : « Tout et tous finiront par venir à Las Vegas. Il n'y aura bientôt plus aucune raison d'aller ailleurs. »

Après quoi, ils s'étaient rendus aux îles et avaient alors su qu'il existait au moins un lieu qu'on ne pouvait pas corrompre ou contrefaire.

Elle arriva au Cleopatra, son attention étant tout de suite attirée par les deux tours du Tigre et de l'Euphrate qui se dressaient côte à côte. Son regard glissa sur les vitres réfléchissantes du dernier étage de l'Euphrate et s'arrêta un instant sur une fenêtre.

Puis ses yeux se posèrent sur la forme triangulaire de l'atrium en verre qui, vingt étages plus bas, recouvrait toute l'étendue du casino. L'ensemble avait été construit à une centaine de mètres du Strip, l'allée qui permettait d'y accéder conduisant le visiteur le long d'une série de bassins montant vers le ciel et d'où surgissaient des fontaines crachant leurs eaux dans un grand ballet aquatique. Dans les bassins se dressaient des statues d'un blanc pur représentant des enfants en train de jouer — tous sous le regard bienveillant d'une Cléopâtre qui se tenait assise sur son trône au bord du bassin le plus élevé. Derrière elle, un motif égyptien avait été intégré dans la décoration ultra moderne et couleur sable des façades de l'hôtel et du casino.

Cassie passa devant et, comme tout le monde, attendit de pouvoir tourner dans Flamingo Road afin de rejoindre le dédale de constructions industrielles qui s'étendait à l'ouest de la ville. Elle ne pouvait pas s'empêcher de penser à Max. Aux moments qu'ils avaient passés ensemble. Aux derniers d'entre eux. Elle ne s'était pas attendue à éprouver autant de douleur et de regrets en revenant dans ces lieux.

À Las Vegas, les paysages ne cessaient de changer et de se réinventer. Elle était surprise de découvrir qu'un endroit qui, au fond, se réduisait à une sorte de façade pouvait susciter chez elle autant de nostalgie. Mais c'était ainsi et elle en était brûlée. Elle n'était sortie avec personne depuis Max et savait bien qu'elle ne le ferait jamais. Peut-être, se dit-elle, cette douleur était-elle la seule chose qui lui resterait. Peut-être devait-elle s'y fondre entièrement. Puis elle se rappela qu'il y avait plus. Qu'il y avait le plan, là, à l'horizon.

La société d'éclairage Hooten's Lighting & Supplies se trouvait dans un complexe industriel proche d'un segment surélevé de l'autoroute. Si ses bâtiments n'avaient pas changé depuis quarante ans, les activités auxquelles on s'y livrait avaient, elles, beaucoup évolué. Spécialisé à l'origine dans la vente en gros d'équipements d'éclairage pour les casinos, le personnel s'était peu à peu intéressé à l'électronique. Et de revendeur on était devenu fabricant. La HLS construisait et vendait maintenant l'essentiel du matériel de surveillance ultrasophistiqué utilisé aussi bien dans les casinos du Nevada que dans les salles de jeu éparpillées à travers les réserves indiennes de tout l'Ouest américain.

Ce qu'ignoraient les dirigeants de la société comme les acheteurs de fournitures des casinos, c'était qu'à l'intérieur même de la boîte il y avait au moins une personne qui, moyennant finance, rendait ces technologies accessibles à tous ceux et toutes celles qui avaient dans l'idée de tourner les systèmes de sécurité installés dans les établissements de jeu.

Cassie gara sa Boxster dans le parking de derrière, protégé par des barrières — à l'endroit même où les installateurs rangeaient leurs camions la nuit venue —, puis elle ouvrit la porte de derrière. Une fois entrée, elle s'immobilisa un instant, le temps que ses yeux s'habituent à la pénombre. Lorsqu'elle y vit plus clair, son attention fut attirée par le long comptoir qui courait dans la partie droite de la réserve. Sans aucune décoration, cette salle faisait aussi office de bureau des catalogues. Une demi-douzaine d'employés y servaient les clients ou répondaient au téléphone. La plupart d'entre eux avaient d'épais catalogues de la société ouverts devant eux et notaient les commandes qu'on leur passait. Cassie remarqua que l'endroit n'avait guère changé. Le slogan que sept ans plus tôt on avait peint sur le mur derrière le comptoir était toujours là et proclamait encore :

EN DIEU NOUS CROYONS,
TOUS LES AUTRES NOUS SURVEILLONS.

Il lui fallut quelques secondes pour repérer Jersey Paltz. Celui-ci travaillait à l'autre bout du comptoir. Il s'était laissé pousser la barbe et avait plus de cheveux gris. Mais il avait toujours une queue-de-cheval et son anneau en argent à l'oreille : c'était bien lui.

Il raccrocha juste au moment où elle arrivait devant le comptoir, mais il ne la regarda pas. Il acheva de noter sa commande dans un carnet. En lisant à l'envers, elle s'aperçut que celle-ci émanait du Tropicana. Elle lui adressa la parole tandis qu'il écrivait encore.

— Alors comme ça, on est trop occupé pour dire bonjour à une vieille copine ?

Il termina sa ligne et leva la tête en souriant. Puis, avec un sourire un peu indécis, il lui montra enfin qu'il la reconnaissait.

— Cassie Black ?

Elle acquiesça d'un signe de tête et lui sourit.

— Ben ça alors, ça fait une paie ! Quand es-tu... euh...

— Il y a dix mois. C'est juste que je n'étais pas dans le coin. Après High Desert, je suis allée en Californie. J'aime bien. Là où j'habite, la température ne fait des siennes que deux ou trois fois par an.

Il opina du bonnet, mais en hésitant. Cassie lisait dans ses pensées comme à livre ouvert. Il était en train de comprendre qu'elle n'était pas venue pour renouer avec de vieilles connaissances. Et d'ailleurs, leurs relations n'avaient jamais été que d'affaires. Elle regarda autour d'elle pour s'assurer qu'on ne les entendait pas, puis elle se pencha sur le comptoir et posa les coudes sur son catalogue et son carnet de commandes toujours ouverts.

— J'ai besoin d'un kit, lui dit-elle. Complet. Avec au moins trois caméras, dont une verre.

Paltz se mit le crayon dont il s'était servi derrière l'oreille et secoua une fois la tête sans la regarder.

— Je vais aussi avoir besoin de lunettes de vision nocturne et d'un rouleau de Conduct-O, ajouta-t-elle. Je suis passée à Radio Shack en venant, mais ils ne vendent plus de Conduct-O. Le reste, je l'ai apporté avec moi.

— Ben, c'est-à-dire que... ça pourrait poser problème, déclara-t-il.

— Qu'est-ce qui pourrait poser problème ? Les lunettes ou le ruban ?

— Tout. Nous ne... enfin... moi, je ne m'embringue plus dans ce genre de...

— Écoute, Jersey, l'interrompit-elle. Tu ne crois pas que si j'avais voulu te jouer un tour de con, je l'aurais fait il y a six ans, à une époque où ça m'aurait servi à quelque chose ? Parce que quand même... Max et moi, on te rapportait pas mal de pognon, non ? Tu l'as oublié ?

Il secoua une fois la tête, à contrecœur.

— C'est juste que les choses ont changé dans cette ville, dit-il. Tu franchis la moindre ligne jaune et ils te tombent dessus. Et littéralement, Cass.

Elle se redressa.

— Tu prêches une convaincue.

— Je sais. Je te demande pardon.

Il hocha de nouveau la tête et posa les mains à plat sur le comptoir.

— Alors, Jersey, reprit-elle, qu'est-ce que t'en dis ? J'ai le liquide et je suis prête à rouler.

Comme si de rien n'était, elle fit passer son sac à dos sous son bras et en ouvrit le rabat supérieur pour lui montrer le tas de billets de cent que Leo lui avait donné. Elle savait que loyauté et confiance étaient une chose dans le monde des hors-la-loi, mais que montrer le liquide en était une autre.

— Il faut que je sache, insista-t-elle. Parce que si tu ne veux pas m'aider, je vais devoir chercher ailleurs.

Il hocha la tête, elle comprit que l'argent l'avait retourné en sa faveur.

— Tu sais quoi ? dit-il. Je pourrai peut-être faire quelque chose pour toi. C'est pour quand ?

— Tout de suite, Jersey. Ce soir. Et ici. J'ai un boulot à faire.

Il leva les yeux en gardant les mains posées sur le comptoir. Il regarda autour de lui sans bouger la tête afin d'être sûr qu'ils parlaient toujours en privé.

— Bon... Je bosse jusqu'à cinq heures, reprit-il. On dit à six heures à l'Aces and Eights ?

— Quoi ! Cette espèce de dépotoir n'a pas fait faillite !

— Oh que non ! Il est toujours ouvert.

— D'accord pour six heures.

94

Elle avait commencé à s'éloigner lorsque les lèvres de Jersey émirent une sorte de sifflement bas. Elle se retourna. Il ôta son crayon de son oreille, gribouilla quelque chose sur un bloc, en arracha la page et la lui tendit.

— Vous aurez besoin d'avoir ça sur vous, dit-il.

Elle lui prit la feuille et y jeta un coup d'œil. Un prix y avait été porté :

8 500 dollars.

Elle trouva que c'était cher. Elle s'était suffisamment renseignée sur les dernières technologies en usage dans la profession pour savoir que ce dont elle avait besoin devait coûter dans les cinq mille dollars — y compris la jolie commission que Paltz allait se faire sur le coup. Avant qu'elle ait pu dire quoi que ce soit, il devina ce qu'elle pensait.

— Écoute, murmura-t-il. Ces trucs-là, va falloir les payer au prix fort. Ce qu'on fabrique ici, c'est du marque déposée. Si tu te fais prendre avec un de ces machins, les flics auront vite fait de remonter jusqu'ici. Bon, c'est vrai que te vendre ça n'a rien d'illégal en soi, mais ils pourraient très bien décider de me faire tomber pour complicité. Les accusations de conspiration, ça dégringole comme des confettis en ce moment. Sans compter que je perdrais mon boulot. Bref, c'est le fait que je prenne des risques qu'il faut payer. C'est cher, mais c'est à prendre ou à laisser.

Elle comprit alors l'erreur qu'elle avait commise en lui montrant le liquide avant d'avoir conclu l'affaire.

— Bon, ça me va, finit-elle par dire. Je suis à la note de frais.

— Très bien. On se voit à six heures ?

— C'est ça. À six heures.

10

Elle avait deux heures à tuer avant de le retrouver. Elle envisagea d'aller faire un tour au Cleo et d'y prendre le paquet qui l'attendait à la réception, mais décida de n'en rien faire : elle aurait été obligée de s'interrompre pour aller voir Paltz et de revenir après. Ce qui signifiait deux voyages supplémentaires sous l'œil des caméras de surveillance et elle n'avait aucune envie de donner aux gens qui les manipulaient deux chances de plus de la reconnaître.

Elle se tint donc à l'écart du Strip. Elle commença par s'arrêter chez une manucure dans une petite allée marchande de Flamingo Road et demanda à l'employée de lui tailler les ongles le plus court possible. Ce n'était pas très beau, mais la demoiselle, qui était asiatique – vietnamienne sans doute –, ne lui posa pas de questions et Cassie l'en remercia en lui donnant un joli pourboire.

Cela fait, elle reprit le volant, longea les bâtiments de l'université de Las Vegas et retrouva le quartier où elle avait vécu jusqu'à l'âge de onze ans. En venant de Los Angeles, elle s'était persuadée qu'elle avait envie de le revoir une dernière fois.

Elle passa devant le 7-Eleven où son père l'emmenait acheter des bonbons et l'arrêt d'autobus où elle descendait en rentrant de l'école. La maison que ses parents avaient acquise dans Bloom Street était toujours peinte en rose, mais elle vit que bien des petits changements y avaient été apportés depuis vingt ans qu'elle l'avait quittée. Le bac à refroidissement posé sur le toit avait été remplacé par un vrai climatiseur et le garage transformé en une pièce d'habitation supplémentaire, le jardin de derrière étant maintenant entouré d'une barrière, comme tous les autres dans le pâté de maisons. Elle se demanda qui y logeait et si c'étaient toujours les gens qui l'avaient achetée aux enchères après l'expulsion. Elle eut envie de frapper à la porte et de demander la permission d'aller jeter un petit coup d'œil dans sa chambre. Il semblait bien que ce fût dans cette pièce qu'elle s'était sentie en sécurité pour la dernière fois. Elle savait combien il serait agréable d'éprouver à nouveau ce sentiment. L'image de cette chambre telle qu'elle était jadis lui fit penser à celle de Jodie Shaw et à la collection de chiens en peluche que celle-ci entreposait sur l'étagère au-dessus de son lit. Mais elle écarta vite cette image et renoua avec ses propres souvenirs.

En regardant la maison, elle repensa au jour où, en revenant de l'école, elle avait vu sa mère pleurer tandis qu'un type en uniforme apposait un avis de mise en vente sur la porte d'entrée. Il lui avait dit que l'affichette devait rester bien visible de tous, mais il n'avait pas plus tôt tourné les talons que sa mère l'avait arrachée. Après quoi, elle avait empoigné sa fille et l'avait fait monter dans la Chevette. Et roulé à tombeau ouvert jusqu'au Strip, où elle avait fini par s'arrêter, puis se garer, avec deux roues sur le trottoir, devant le Riviera. Elle avait alors tiré Cassie derrière elle jusqu'au moment où elle avait retrouvé son bonhomme assis à une des tables de black-jack et lui avait collé les papiers d'éviction sous le nez avant de les lui enfourner dans le col ouvert de sa chemise hawaïenne. Cassie n'avait jamais oublié cette chemise. On y voyait des danseuses de hula-hoop se déhancher en couvrant leurs seins nus de leurs bras. Sa mère avait traité son père de lâche et de tous les noms jusqu'au moment où des agents de la sécurité du casino l'avaient flanquée dehors.

Cassie ne se rappelait plus tout ce qui s'était dit à ce moment-là, mais elle n'avait rien oublié de la scène, telle que pouvaient la voir ses yeux d'enfant. Son père s'était contenté de rester assis sur son tabouret et n'avait pas décollé de la table de jeu. Il avait aussi regardé cette femme qui l'enguirlandait comme s'il ne la connaissait ni d'Ève ni d'Adam. Un léger sourire flottait sur ses lèvres et il n'avait pas desserré les dents.

Et n'était plus jamais rentré à la maison, ni ce soir-là ni aucun autre. Cassie ne l'avait plus revu que de temps en temps — quand elle-même distribuait les cartes de black-jack au Trop. Mais à cette époque-là il buvait déjà tellement qu'il ne l'avait pas reconnue. Et elle n'avait pas eu le courage de lui dire qui elle était.

Quand elle détourna les yeux de la maison, les images de celle de Lookout Mountain Road l'assaillirent aussitôt. Elle repensa au dessin posé sur le chevalet dans la chambre de Jodie Shaw. Une petite fille y pleurait parce qu'elle allait quitter sa maison.

Cassie savait très bien ce que ça faisait.

11

La circulation était si horrible qu'on roulait au pas pour entrer dans Las Vegas North. Lorsqu'elle finit par arriver à l'Aces and Eights, Cassie avait un quart d'heure de retard. Mais, avant de sortir de la voiture, elle prit quand même le temps de mettre la perruque qu'elle avait achetée pour aller visiter la maison de Lookout Mountain. Elle abaissa le pare-soleil et se servit de la glace pour se peigner. Puis elle prit un crayon à cils pour s'assombrir les sourcils et leur donner la même couleur que celle de ses cheveux. Et pour parfaire le tout, elle chaussa des lunettes aux verres teintés de rose qu'elle s'était procurées dans un drugstore Thrifty.

L'Aces and Eights était fréquenté par des gens du coin dont elle avait elle-même fait partie à peine six ans plus tôt. La plupart des clients arrivaient à vivre grâce au casino, légalement ou pas, et s'il était un endroit où, même après six ans d'absence, on aurait pu la reconnaître, c'était bien celui-là. Elle avait d'ailleurs été à deux doigts de demander à Paltz de choisir un autre bar et n'avait accepté sa proposition que pour ne pas lui flanquer la trouille. Et puis, il lui fallait bien le reconnaître, elle se sentait un peu nostalgique. Elle avait envie de savoir si cet antre où elle avait si souvent traîné avait changé.

Après s'être examinée encore une fois dans la glace, elle descendit de la Boxster et entra en portant son sac à dos sur une épaule. Elle vit plusieurs hommes accoudés au comptoir et sut tout de suite, rien qu'à leurs uniformes et à la couleur de leurs tabliers de croupier, pour quels casinos ils travaillaient. Il y avait aussi deux ou trois femmes en jupe courte et hauts talons. Des putes. Leurs beepers ou téléphones cellulaires posés sur le bar, elles attendaient qu'on les appelle pour une passe et ne se souciaient guère qu'on s'en rende compte. À l'Aces and Eights, tout le monde s'en moquait bien.

Elle aperçut Paltz dans un box circulaire au fond du bar mal éclairé. Il était penché au-dessus d'un bol de chili. Elle se rappela que c'était le seul plat inscrit au menu que les clients habituels osaient manger. Mais elle, ici ou ailleurs, n'en mangerait plus jamais après avoir été obligée d'en avaler un tous les mercredis pendant cinq ans à la prison de High Desert. Elle rejoignit le box et commençait à s'y glisser lorsque Paltz protesta.

— Écoute, ma poule, grogna-t-il, j'attends quel...

— C'est moi, dit-elle.

Il leva la tête et la reconnut.

— C'est pas un peu tôt pour Halloween ? lui demanda-t-il.

— Je me disais qu'il y aurait peut-être des gens qui pourraient me reconnaître.

— Allons, Cassie, ça fait quand même cinq ans que t'es pas venue ici ! À Las Vegas, c'est de l'histoire ancienne, tout ça. Tu sais quoi ? J'allais renoncer, puis je me suis dit que vu que ça faisait six ou sept ans que... tu pouvais pas savoir à quel point la circulation est devenue dégueulasse.

— Je viens juste de le découvrir, lui répondit-elle. Je croyais qu'à Los Angeles c'était le maximum, mais ici...

— À côté, Los Angeles, c'est un vrai Autobahn ! Avec

tout ce qu'ils ont construit dans le coin, c'est au moins trois autoroutes de plus qu'il faudrait.

Cassie n'avait pas envie de parler de circulation ou de météo. Elle alla droit au but.

— Tu m'as apporté ce qu'il faut ?

— Commençons par le commencement, dit-il.

Et il glissa sur la banquette à côté d'elle, passa sa main gauche sous la table et se mit à la palper. Cassie se raidit.

— J'en ai toujours eu envie, dit-il en souriant. Dès que je t'ai vue avec Max.

Il puait le chili et les oignons. Elle se détourna et regarda la salle.

— Tu perds ton temps. Je ne suis pas arm...

Elle s'arrêta de parler lorsque les mains de Paltz arrivèrent à la hauteur de sa poitrine. Elle le repoussa.

— Bon, bon, dit-il. On n'est jamais assez prudent depuis quelque temps. Et... tu aurais donc quatre-vingt-cinq bourdons dans ce sac ?

Elle examina la salle jusqu'au comptoir pour être sûr que personne ne les observait. Tout allait bien. On remarquait peut-être leurs airs sérieux, mais on n'y voyait sans doute que le résultat d'une négociation serrée entre une pute à longs cheveux et son client. Pas de quoi fouetter un chat. Jusqu'à ce pelotage dans lequel on pouvait aussi voir une partie du marchandage en cours ! Par les temps qui couraient, le client avait tout intérêt à être sûr de la qualité du produit — et de son authenticité.

— Je t'ai apporté ce que tu voulais, reprit-elle. Où est le kit ?

— Dans le camion. Tu me montres ce dont j'ai besoin et on va se balader ?

— Je te l'ai déjà fait voir, lui répliqua-t-elle. Recule.

Il regagna sa place, s'enfourna du chili dans la bouche et but une belle gorgée de Miller High Life à la bouteille.

Cassie ramena son sac sur ses genoux et le posa sur la banquette entre eux deux. Puis elle en souleva le rabat à moitié. Sa sacoche à outils se trouvait à l'intérieur. Par-dessus, les liasses de billets. De cent — les « bourdons », comme certains des anciens les appelaient. Vieux de quelques années, ce terme d'argot de Las Vegas rappelait l'époque où des centaines de faux jetons de cent dollars avaient inondé la ville. Il s'agissait de copies absolument parfaites des jetons jaunes et noirs utilisés au Sands. Ils étaient même si bons que ce casino avait dû changer les couleurs et la forme des siens. Il y avait maintenant longtemps que le Sands avait été démoli et remplacé par un autre casino, mais dans les bas-fonds de la ville certains continuaient d'appeler « bourdons » les billets ou jetons de cent dollars. Et montraient ainsi qu'ils n'étaient plus des petits jeunes.

Cassie s'assura que Paltz voyait bien les billets, puis elle referma le rabat du sac au moment même où la serveuse arrivait à leur table.

— Vous prenez quelque chose ? demanda-t-elle en s'adressant à Cassie.

Paltz répondit à sa place.

— Non, ça ira comme ça, dit-il. On va juste faire un tour dehors et je rentre. Mais là, il me faudra une autre bière, ma mignonne.

La serveuse s'éloigna tandis que Paltz souriait. Il savait très bien que ce qu'il venait de dire lui ferait croire qu'ils allaient passer dehors pour s'acquitter de la partie sexuelle de la transaction. Cassie n'en fut pas gênée dans la mesure où ça cadrait bien avec sa couverture. Mais qu'il se soit permis de traiter la serveuse de « mignonne » l'agaça. Elle n'aimait pas que les hommes donnent à des femmes qu'ils ne connaissaient pas des petits noms tendres auxquels ils ne croyaient pas. Elle dut faire effort pour ne pas l'asticoter là-dessus et commença à sortir du box.

— Allons-y, dit-elle seulement.

Une fois dehors, Paltz la conduisit jusqu'à un van garé le long du bar. Il décrocha un jeu de clés de sa ceinture et déverrouilla la portière du côté passager. Il s'était rangé de telle manière que l'ouverture du camion ne se trouvait qu'à quelques pas du mur latéral de l'établissement. On ne pouvait donc pas voir dedans sans avoir le nez dessus. Pour Cassie, ça pouvait être bon ou mauvais. Bon si Paltz avait décidé de jouer réglo, mauvais s'il s'apprêtait à la dépouiller. Elle n'avait jamais porté d'arme et tenta de se rappeler si Paltz pouvait le savoir.

Celui-ci grimpa dans le van et lui fit signe de le suivre. La cabine était séparée du reste du véhicule par une cloison en contreplaqué. À l'arrière, deux bancs se faisaient face, de part et d'autre d'une aire de travail. Divers outils étaient suspendus à des crochets vissés dans des panneaux en bois fixés aux parois, plusieurs seaux de vingt litres en contenant d'autres, en plus de chiffons et de pièces détachées. Debout devant la portière, Cassie hésita. Elle transportait pas loin de dix mille dollars en liquide dans son sac et cela faisait six ans qu'elle n'avait pas repris contact — et encore moins fait affaire — avec cet homme qui l'invitait à monter dans son camion.

— Alors, t'en veux ou t'en veux pas ? lui lança-t-il. J'ai pas toute la nuit devant moi. Et toi non plus, pas vrai ?

Du doigt, il lui indiqua une valise American Tourister de taille moyenne posée sur le plancher. Il s'en empara, s'assit sur un des deux bancs et la posa sur ses genoux. Puis il

103

l'ouvrit, le couvercle serré contre sa poitrine afin qu'elle voie bien l'équipement qu'il y avait disposé dans de la mousse de polystyrène.

Cassie acquiesça d'un signe de tête et grimpa.

— Ferme la portière, lui lança-t-il.

Elle la fit coulisser, mais sans le lâcher des yeux.

— Dépêchons-nous, dit-elle. J'aime pas ce coin.

— Calme-toi, je vais pas te mordre.

— C'est pas que tu me mordes qui m'inquiète.

Maintenant qu'elle s'en était rapprochée, Cassie examina de nouveau la valise. Des pièces détachées d'équipement de surveillance électronique y avaient été rangées dans des logements rembourrés de façon à ce que rien ne puisse bouger pendant le transport. Elle les reconnut à peu près toutes pour s'en être déjà servie ou les avoir repérées dans des catalogues ou des revues spécialisées. Il y avait là des caméras sténopés, un émetteur de micro-ondes, un récepteur et divers articles apparentés. Et des lunettes de vision nocturne.

Tel un démarcheur qui fait du porte-à-porte, Paltz agita les bras devant son étalage et se lança dans son numéro.

— Tu veux que je te fasse l'article ou tu sais de quoi il retourne ?

— Je préfère que tu me montres, sauf pour les lunettes. Ça n'est plus très frais dans ma mémoire, tout ça.

— D'accord. On ira donc de la prise de vues à son rendu sur écran. Commençons par les caméras.

Il lui indiqua la partie supérieure de la valise. Quatre petits carrés noirs avec circuit ouvert et centre circulaire y étaient rangés dans la mousse.

— Je t'ai mis quatre microcaméras... ça devrait suffire pour n'importe quel boulot. Tout à l'heure, tu ne m'as pas précisé si tu voulais de la couleur, mais...

— Je n'en ai pas besoin. Ce qu'il me faut, c'est de la luminosité. Il faut que j'arrive à lire des chiffres.

— C'est ce que je pensais. Elles sont toutes en noir et blanc. Les trois premières sont standard. Mais quand je dis standard, je dis standard Hooten L and S. Y'a pas mieux en ce moment. Avec ça, t'as quand même du quatre cents lignes de résolution à partir d'un iris électronique linéaire. Très lumineux. Et ça marche de quatre à six heures sur une pile de la taille d'une dime. À propos... ça te va, question temps ?

— Ça devrait.

Elle sentit l'excitation monter en elle. Elle avait essayé de se tenir au courant des derniers progrès de la technique en feuilletant des revues d'électronique, mais voir le matériel déclencha une décharge d'adrénaline dans son sang. Elle entendit ses tempes bourdonner.

Paltz continua sa présentation.

— Bon, et la quatrième, c'est ta verte. On appelle ça une Ali... comme Muhammed Ali. C'est pour ça que c'est « la plus géniale des petites caméras » du catalogue.

— Ali ? répéta-t-elle.

— Oui, comme *Ambient Light Iris* [1]. Avec ça, tu vois clair qu'il y ait de la lumière ou pas. À l'infrarouge, y a des fois où, quand il y a de la lumière, on a des taches aveugles sur les écrans LED. C'est pour ça qu'on a conçu cette caméra. Elle marche avec ce qu'il y a de lumière dans la pièce et donne assez d'image pour qu'on voie le strict nécessaire : les formes, les ombres et les mouvements. Champ de vision vert, comme d'hab. Que je te dise un truc... ce soir, il doit y avoir pleine lune. Si tu...

---

1. Ou iris pour lumière ambiante *(NdT)*.

— Et lune noire avec.

— Et quoi ?

— T'occupe. Continue.

— Ce que je disais, c'est que si t'arrivais à avoir du clair de lune à l'endroit où tu filmes, t'aurais pas besoin de plus que ça pour bosser.

— Bon, ça m'a l'air intéressant.

Cassie avait juste besoin d'y voir assez clair pour être sûre de l'endroit où se trouvait la cible dans l'obscurité de sa chambre. Avec l'Ali, elle avait apparemment tout ce qu'il lui fallait.

— Bon, on continue, dit-il. Tu peux prendre n'importe lequel de ces panneaux et t'en servir à l'intérieur même de son revêtement.

Il prit un faux détecteur de fumée pour lui montrer. On y avait percé un petit trou dans le capuchon. Il lui indiqua où placer la caméra de façon à ce que la lentille se trouve dans l'axe du trou.

— Et maintenant, si tu as besoin de voir plus bas...

Il lui désigna une fausse prise de courant électrique murale. La caméra pouvait y être installée dans la fente supérieure. Il lui tendit l'engin, Cassie s'émerveilla de sa taille minuscule.

— C'est génial, dit-elle.

— Mais un peu risqué. Si le mec veut brancher quelque chose... pouf, ça y est, il découvre une caméra dans sa chambre. Ce qui fait que si tu veux te servir de ça, t'as intérêt à la placer dans un endroit où le mec aura pas trop envie de brancher son ordinateur ou son rasoir.

— Compris.

— Bon, parfait. Alors ce que tu fais, c'est de relier les caméras aux piles... comme ça...

Il enchâssa de minuscules piles rondes dans des logements reliés aux caméras par des fils.

— Et tu installes. Il faut accrocher les caméras à l'émetteur. Tu bosses en fil court, non ?

Elle acquiesça d'un signe de tête.

— Voilà. Deux mètres cinquante-trois mètres, max. Sans doute moins.

Il sortit un rouleau de ce qui ressemblait à du Scotch et le tint devant lui.

— Conduct-O, dit-il. C'est bien de ça que tu te servais, pas vrai ?

— Vers la fin, oui... Pour deux ou trois boulots.

Il poursuivit son explication comme si elle lui avait répondu le contraire.

— C'est magique, comme ruban, ce truc-là. T'as deux fils conducteurs dedans, un pour la vidéo et l'autre pour la terre. Tu l'attaches à la caméra et tu le fais courir jusqu'à l'émetteur. Surtout n'oublie pas : le plus court possible. Plus t'as de fil et plus l'image est déformée. Et c'est pas trop ça qu'on veut quand on lit des chiffres.

— Oui, je me rappelle.

Il avait de la sueur qui lui coulait sur le front et sur les joues. D'après elle, il ne faisait pas assez chaud dans le van pour justifier une réaction pareille. Elle le regarda lever le bras pour s'essuyer la figure.

— Quelque chose ne va pas ? demanda-t-elle.

— Non, rien, répondit-il en tendant la main vers la valise. C'est juste qu'il commence à faire bon ici. Et ça... ça, c'est l'émetteur quatre canaux.

Il sortit une boîte plate et carrée de la taille d'un téléphone cellulaire de son logement dans la mousse. Elle était munie d'une antenne rétractable de quinze centimètres.

— Engin omnidirectionnel, dit-il. Peu importe l'angle sous

107

lequel tu le positionnes. Tout ce que t'as à faire, c'est de l'approcher le plus près possible de tes caméras pour avoir le signal le plus clair. T'as sans doute remarqué qu'il n'était pas camouflé. Vu que c'est pas une caméra, tu peux le cacher à peu près n'importe où — sous un lit, dans un tiroir ou une penderie... c'est toi qui vois. Ça aussi, ça marche avec des piles... qui tiennent à peu près aussi longtemps que celles des caméras. D'accord ?

— Pigé.

— Bon, et maintenant, ce que fait cet émetteur, c'est d'envoyer l'image à ton écran. Ça, là, ce mignon petit bébé.

Il sortit la plus grosse pièce de la valise. Elle ressemblait beaucoup à un petit ordinateur portable. Ou alors à une gamelle de l'âge spatial. Il en ouvrit l'écran et tira une autre antenne rétractable.

— Ça, c'est ton récepteur-enregistreur à micro-ondes, reprit-il. Tu peux le placer jusqu'à deux cents mètres de l'émetteur et obtenir une image convenable. Ça dépend du degré de rabattage.

— C'est quoi ?

— Rien dont t'auras beaucoup à te soucier, y a des chances. L'eau, surtout, et la sève des arbres. Ça non plus, ça ne fait pas de bien. Tu vas pas bosser près d'une forêt, par hasard ? Parce que les arbres renvoient le signal dans la terre et basta.

— Il y a une forêt à Las Vegas ?

— Pas que je sache.

— Alors, non, je ne vais pas bosser près d'une forêt. Pas d'arbres, pas de sève.

La façon d'être et la nervosité de Jersey commençaient à l'agacer. Ça devenait contagieux. Elle s'aperçut qu'en l'absence de fenêtres à l'arrière du camion, elle ne pouvait pas savoir si quelqu'un ne les attendrait pas dehors — ou alors ?

elle seulement ? —, lorsqu'ils ouvriraient la portière. Ce rendez-vous était une erreur.

— Une piscine ? demanda-t-il.

La question l'arracha à ses pensées. Elle réfléchit un instant et se rappela qu'au Cleopatra, la piscine se trouvait au rez-de-chaussée.

— Non, pas de piscine, dit-elle.

— Bon. Parce que l'acier, le béton, tout ça, ça ne pose aucun problème. Tu restes à l'intérieur et ça devrait marcher à la perfection.

Il se mit à jouer avec les boutons de l'appareil. Il l'alluma, l'écran se couvrant de neige d'électricité statique. Il tapota sur un bouton rouge à droite du mini-clavier.

— Ça, c'est l'enregistrement, reprit-il. Tu peux regarder ou enregistrer. Tu peux aussi diviser l'écran en quatre et faire travailler tes quatre caméras à la fois.

Il appuya sur quelques boutons, l'écran se divisant aussitôt en deux, puis en quatre carrés — mais tous remplis de neige.

— On n'aura pas d'image parce que les caméras ne sont pas reliées à l'appareil. Mais je te les ai déjà toutes branchées et c'est prêt à rouler.

— Bon, dit-elle. Il est génial, ton kit, Jersey. T'as d'autres choses à me montrer ? Il va falloir que j'y aille, moi.

— Non, c'est tout. Et maintenant, si tu peux me payer la somme sur laquelle on s'est mis d'accord, toi, tu sors d'ici et moi, je m'en retourne à mon chili... qui doit quand même avoir pas mal refroidi.

Cassie ramena son sac sur ses genoux.

— Tu fais ton coup toute seule ? lui demanda-t-il.

— Ouais, lui répondit-elle sans réfléchir.

Elle ouvrait le rabat du sac lorsque, après avoir refermé

la valise, il leva l'autre bras et lui braqua un pistolet sur la poitrine.

— Qu'est-ce que tu fous, Jersey ?

— Pas malin, ça, fillette, dit-il.

Elle tenta de se mettre debout, mais il leva son arme et lui intima l'ordre de se rasseoir d'un signe de tête.

— Écoute, mec, dit-elle, je vais te payer ! J'ai tout ce qu'il faut ici même. Qu'est-ce qui te prend ?

Il fit passer son arme dans son autre main et reposa la valise sur le plancher du van. Puis il tendit le bras pour attraper le sac à dos.

— Donne, dit-il.

Et il lui arracha brutalement le sac des mains.

— Jersey ! s'écria-t-elle. On avait un accord. On...

— Tu la fermes, tu veux ?

Elle essaya de garder son calme en attendant qu'il commence à prendre l'argent. Sans remuer un seul muscle, elle fit basculer tout le poids de son corps sur le pied droit et souleva un rien le gauche. Paltz était assis juste en face d'elle, les genoux écartés d'une trentaine de centimètres. Elle parla d'un ton calme et mesuré.

— Qu'est-ce que tu fabriques, Jersey ? dit-elle. Pourquoi as-tu assemblé le kit si t'avais l'intention de me dépouiller ?

— Il fallait que je sois certain que tu bossais en solo. Que je m'assure que t'avais pas trouvé un remplaçant à Max.

Elle sentit la rage monter en elle. Il l'avait roulée. Dès le début, il l'avait vue en victime. En nana qu'il pourrait dévaliser si elle était seule.

— Et tu sais pas quoi ? ajouta-t-il, vacillant presque de joie maintenant qu'il avait le sac rempli d'argent entre les mains. À y penser, je me dis qu'un petit pompier... pour faire bonne mesure. Histoire de toucher un peu aux bons trucs que Max se gardait pour lui tout seul. Après cinq ans de taule, je parie qu'un peu d'exercice te ferait pas de mal. T'as oublié comment on suce ?

Et il sourit.

— T'es en train de faire une grosse connerie, Jersey, lui dit-elle. Je suis peut-être seule, mais c'est pour des clients que je bosse. Tu t'imagines que je me suis pointée en ville et que j'ai choisi une cible au hasard ? Tu me roules et moi, je roule mes clients ? Ils vont pas aimer, Jersey. Et si tu t'en tenais plutôt à notre accord, hein ? Tu prends le fric, je prends le kit. J'oublie ta pétoire et ce que tu viens de faire. Et de dire.

— Baratin !

Sans la lâcher des yeux, il plongea la main dans le sac pour y prendre l'argent. Immédiatement, une sorte de claquement électrique se fit entendre, et il poussa comme un jappement. Il avait à peine retiré sa main du sac que Cassie détendit la jambe et lui flanqua un grand coup de Doc Marten's à semelle épaisse dans l'entrejambe. Il se plia en deux et grogna en appuyant sur la détente du pistolet.

Le coup partit, l'explosion fut assourdissante. Elle sentit un léger pincement dans sa perruque tandis que le projectile déchirait ses fausses tresses. La poudre et les gaz de décharge la brûlèrent au cou et sur la joue. Elle sauta sur Paltz et attrapa son arme à deux mains. Se serra contre lui presque à se retrouver sur ses genoux. Fit remonter l'arme vers son visage et lui mordit férocement le dessus de la main. Ce n'était plus la peur qui la faisait agir. C'était la rage.

Paltz poussa un hurlement et lâcha le pistolet. Cassie s'en empara et se dégagea. Puis elle lui pointa l'arme — un 9 mm Glock, elle s'en aperçut en y jetant un bref coup d'œil — droit sur le visage, à cinquante centimètres de ses yeux.

111

— Espèce de pauvre con ! lui cria-t-elle. Tu veux mourir ? Dis, tu veux crever dans ce putain de camion ?

Il essayait de reprendre son souffle en attendant que ses testicules lui fassent moins mal. Elle porta une main à son visage et l'y fit courir pour voir si elle ne saignait pas. Elle était sûre et certaine qu'il l'avait ratée, mais elle n'ignorait pas qu'on ne savait pas toujours quand on avait été éraflé.

Elle ôta sa main de sa figure et la regarda. Pas de sang. Elle n'en jura pas moins fort pour autant. La décision qu'il avait prise d'essayer de la blouser compliquait tout. Elle tenta d'y voir clair, mais elle avait une oreille qui bourdonnait et la brûlure superficielle à son cou la piquait encore.

— À plat ventre ! lui ordonna-t-elle. Par terre ! Espèce de violeur ! Je devrais te foutre ce machin-là dans le cul !

— Je te demande pardon, gémit-il. J'avais la trouille. Je...

— Arrête tes conneries ! Par terre. Face contre le plancher. Tout de suite !

Il s'agenouilla lentement, puis s'allongea par terre.

— Qu'est-ce que tu vas faire ? lui demanda-t-il d'un ton suppliant.

Elle se plaça au-dessus de lui et, un pied de chaque côté de son corps, se pencha en avant pour lui coller le canon du pistolet sur la nuque. Puis elle arma le chien, et le bruit en fit frissonner les épaules de Paltz.

— Alors, Jersey, qu'est-ce que tu me racontes maintenant ? Tu veux toujours que je te la suce ? Dis, tu crois que tu pourrais bander assez fort ?

— Cassie...

Elle jeta un coup d'œil autour d'elle et regarda les seaux remplis d'outils et d'équipement. De l'un d'entre eux elle sortit un fermoir en plastique pour rassembler des câbles et dit à Paltz de mettre ses mains derrière son dos. Il lui obéit, elle remarqua qu'une des fiches du shocker avait laissé une

112

trace de brûlure sur le dessus de sa main. Elle enroula le ruban de plastique autour des poignets de Patz, le fit passer dans la fermeture et tira assez fort dessus pour qu'il lui rentre dans la peau. Après quoi elle posa le pistolet par terre et prit d'autres fermoirs pour lui attacher les jambes et les chevilles.

— J'espère que t'as bouffé assez de chili, espèce de crétin ! reprit-elle. Il va falloir que t'attendes un peu avant de pouvoir te resservir.

— J'ai besoin d'aller pisser, Cassie. J'ai descendu deux bières en t'attendant.

— C'est pas moi qui t'en empêche.

— Putain, Cassie, s'il te plaît ! Ne me fais pas ça.

Elle attrapa un chiffon dans un des seaux, lui planta brusquement les genoux dans les reins et se pencha à son oreille.

— N'oublie pas que c'est toi qui as commencé, connard. Écoute... Je vais te poser une question et tu ferais mieux de me répondre comme il faut vu que ça pourrait te coûter la peau. Tu as bien compris ?

— Oui.

— Quand je vais ouvrir la porte, là, est-ce qu'il y aura quelqu'un pour me cueillir de l'autre côté ? Disons... un des petits copains que t'aurais mis dans le coup ?

— Non, il n'y aura personne.

Elle ramassa le pistolet et lui en appuya durement le canon sur la joue.

— Vaudrait mieux pas déconner, Jersey. J'ouvre la porte et je vois quelqu'un, je te vide tout ça dans le crâne !

— Y'a personne. Y avait que moi dans le coup.

— Alors, vas-y. Ouvre... grand.

— Quo... ?

Elle lui enfourna le chiffon dans la bouche, et il se tut.

Elle attacha deux fermoirs ensemble et les lui passa autour de la tête et sur la bouche — le bâillon ne pouvait plus bouger. Les yeux lui sortirent de la tête lorsqu'elle commença à resserrer les fermoirs.

— Par le nez, Jersey. Tu respires par le nez et tout ira bien.

Elle ôta les clés du van de la ceinture de son pantalon. Puis elle se dégagea et reprit son sac à dos, d'où elle sortit un sac de gymnastique noir qu'elle déplia. Et se mit à y transférer l'équipement qui se trouvait dans la valise.

— Bon, alors, voici le marché, dit-elle. Je fais le coup et c'est ton van qu'on va prendre.

Il essaya de protester, mais ses paroles ne furent que grognements qui se perdirent dans son bâillon.

— Bien, bien. Je suis contente que tu sois d'accord, Jersey.

Dès qu'elle eut fini de tout transférer de la valise à son sac, elle remit celui-ci sur son dos et gagna la portière coulissante. Elle tendit le bras, éteignit le plafonnier et ouvrit la portière d'une main, tandis que de l'autre elle se tenait prête à tirer.

Personne. Elle descendit du véhicule, attrapa le sac et referma la portière à clé. Puis elle regagna la place du conducteur en faisant le tour du camion, son pistolet toujours prêt. Le parking était plein de voitures, mais elle n'y vit personne qui l'aurait attendue ou surveillée de près.

Elle déverrouilla la portière avant gauche et l'ouvrit. Avant de monter, elle éjecta le chargeur du Glock, en ôta les balles du pouce et les laissa tomber sur l'asphalte. Puis elle sortit le dernier projectile de la chambre et jeta chargeur et pistolet sur le toit plat de l'Aces and Eights.

Elle monta dans le camion, le fit démarrer et sortit du parking. Elle remarqua qu'il y avait un trou dans le tableau de bord. La balle qu'avait tirée Paltz avait traversé la paroi en contreplaqué, puis était venue se ficher dans la radio. Ça lui rappela sa brûlure au cou et à la joue. Elle alluma le plafonnier et se regarda dans la glace. Elle avait la peau rouge et boursouflée. On aurait dit qu'elle avait attrapé de l'urticaire en se frottant à du sumac vénéneux.

Pour finir elle consulta sa montre. Les petits jeux de Jersey Paltz l'avaient mise en retard. Elle éteignit la lumière et se dirigea vers le Strip dont elle voyait rougeoyer les néons dans le lointain.

12

Parallèle à Las Vegas Boulevard, Koval Road permettait d'accéder facilement aux parkings situés derrière les grands casinos donnant sur l'avenue toujours encombrée qu'on appelait le Strip. Elle longea le Koval Suites, immeuble locatif où elle avait jadis partagé un lieu sûr avec Max, puis elle entra dans le garage à plusieurs niveaux du Flamingo. Elle gara le camion sur le toit de l'édifice de huit étages, sachant qu'il s'y trouverait moins de voitures et qu'il y aurait donc moins de risques qu'on retrouve l'homme qu'elle avait bâillonné et ficelé à l'arrière du véhicule. Plutôt que de prendre l'ascenseur, elle préféra redescendre par les escaliers qui conduisaient directement au casino.

Son sac noir sur l'épaule et celui de gym au côté, elle entra par l'arrière du bâtiment qu'elle traversa, faisant un bref arrêt dans un des halls pour y acheter un paquet de cigarettes — au cas où elle aurait eu à déclencher l'alarme —, et un jeu de cartes souvenir avec lequel tuer le temps en attendant que la cible veuille bien finir par s'endormir. Puis elle franchit la porte de devant, traversa le boulevard et, toujours à pied, gagna le Cleopatra qui se trouvait deux rues plus loin.

Un tapis roulant lui fit longer les bassins jusqu'à l'entrée du casino. Elle remarqua qu'il n'y en avait pas dans l'autre sens pour les joueurs qui voulaient quitter l'établissement après y avoir perdu leur argent.

Les murs du hall d'entrée étaient couverts de panneaux avec hiéroglyphes et scènes antiques où l'on voyait des Égyptiens en turban jouer aux cartes et lancer les dés. Cassie se demanda si ces représentations étaient historiquement fondées, puis elle se rappela que ce n'était évidemment pas nécessaire dans une ville où il n'y avait aucun antécédent historique à quoi que ce soit.

Après ces panneaux, les murs étaient dédiés au Cleo's Club. On y voyait les photos des plus grands gagnants des machines à sous des dernières années. Elle remarqua que beaucoup d'entre eux posaient devant leur machine et souriaient comme s'ils ne voulaient pas qu'on voie les dents qu'il leur manquait. Elle se demanda combien d'entre eux se servaient de leurs gains pour aller chez le dentiste, et combien se contentaient de réinvestir aussitôt leurs sous dans leur machine.

Enfin arrivée dans la grande salle, elle s'arrêta et tenta de tout enregistrer sans lever la tête vers les caméras qui, elle le savait, se trouvaient au-dessus d'elle. Une sensation de peur viscérale la saisit. Pas à cause du boulot qui l'attendait, mais bien plutôt du souvenir de la dernière nuit qu'elle avait passée au Cleopatra. Celle où tout avait changé dans sa vie, de manière aussi définitive que la mort elle-même.

Les lieux ne lui paraissaient pas différents. Même organisation, mêmes joueurs interchangeables à la poursuite de rêves impossibles. La cacophonie de l'argent, des machines et, joie et angoisse, de toutes ces voix humaines était assourdissante. Elle se reprit et poursuivit sa route à travers le champ de machines à sous et de tables de jeu

117

recouvertes de feutre bleu qui, grand comme un terrain de football, s'ouvrait devant elle. Elle savait que tous les gestes qu'elle faisait étaient filmés par les caméras vidéo. Elle garda la tête droite, tout juste un peu baissée et rabattit le bord de son chapeau sur son front. Elle avait chaussé ses lunettes de drugstore pour compléter son camouflage. Elle avait chaud sous sa perruque, mais savait qu'il faudrait tenir encore plusieurs heures avant de pouvoir s'en libérer.

En passant dans les allées réservées aux jeux de dés et de cartes, elle vit beaucoup d'hommes et quelques femmes vêtus de l'uniforme à blazer bleu du personnel de sécurité. Ils donnaient l'impression d'être postés à chaque pilier et au bout de chaque rangée de tables de jeu. Elle vit des panneaux de direction indiquant l'entrée et les suivit. Elle regarda une fois vers le haut, mais sans lever le menton.

Au-dessus des tables de jeu, le plafond était celui d'un atrium de verre montant jusqu'à une hauteur de trois étages. Lorsque, sept ans plus tôt, le Cleopatra avait ouvert pour la première fois ses portes, on l'avait traité de « Cathédrale de cristal des casinos », cette appellation faisant référence à l'atrium et aux autres éléments d'architecture qu'il empruntait aux temples divins tels que la télévision les donnait à voir dans ses grandes émissions religieuses. Sous la partie du plafond qui était en verre, des poutrelles de fer couraient de mur en mur et s'ornaient de véritables rampes de lumières et de caméras. Le Cleopatra ne ressemblait à aucun autre casino de Las Vegas en ce qu'il permettait à la lumière naturelle de pénétrer dans la salle de jeu. On n'y faisait en outre aucun effort pour dissimuler les caméras qui surveillaient tout à tout instant. Dans d'autres établissements, on préférait la lumière artificielle, et on dissimulait les caméras derrière des vitres sans tain et des lustres — ce qui n'empêchait pas chaque joueur de savoir que, tout comme l'argent sur les tables, le moindre de ses gestes était surveillé de très près.

Les regards de Cassie furent attirés par les balcons qui surplombaient la salle, tels deux bras tendus se rejoignant au-dessus des tables. Au bout de ces bras, comme à l'intérieur d'une coupe tenue dans une main, se trouvait le poste d'observation où un homme au visage taillé à la serpe regardait ce qui se passait en dessous. Cheveux blancs et costume sombre au lieu du blazer bleu. Elle pensa qu'il devait s'agir d'un des responsables — peut-être même de leur chef à tous. Elle ne put s'empêcher de se demander si c'était lui qui, six ans plus tôt, s'était tenu dans cette même salle lorsqu'elle y était entrée.

Ayant dépassé les tables, elle arriva dans l'entrée et gagna l'extrémité du long bureau où l'on avait placé un panneau INVITÉS ET VIP. Personne n'y faisait la queue. Elle s'approcha du comptoir, une femme revêtue d'une sorte de tunique blanche très vaguement égyptienne lui souriant aussitôt.

— Bonjour, madame, dit-elle. Vous devriez avoir un paquet pour moi. Au nom de Turcello.

— Un instant, je vous prie.

L'employée s'écarta du comptoir et passa une porte située derrière elle. Cassie sentit sa respiration ralentir tandis que la paranoïa du voleur montait en elle. S'il s'agissait d'un coup monté, c'était maintenant que les hommes en blazer bleu allaient sortir de derrière la porte pour l'arrêter.

Mais la femme en tunique, et elle seule, revint bientôt. Dans sa main elle tenait une grande enveloppe jaune marquée de l'emblème du Cleopatra — un dessin au trait repré-

119

sentant un visage de femme vu de profil, avec turban surmonté d'un serpent dressé –, et la lui tendit.

— Merci beaucoup, madame, dit-elle.

— Non, c'est moi qui vous remercie, lui répondit Cassie.

Puis, sans la regarder, elle emporta l'enveloppe jusqu'à une alcôve voisine, où se trouvait une rangée de téléphones publics. Personne ne s'y trouvait. Elle alla jusqu'à l'appareil du coin et se serra contre lui, son dos masquant ce qu'elle faisait à toute caméra ou surveillant de salle.

Elle ouvrit l'enveloppe, en souleva le rabat et en vida le contenu sur la tablette en marbre placée sous le téléphone. Un beeper avec affichage électronique apparut sous ses yeux, en plus d'une carte-clé, d'une photographie et d'un mot écrit sur une page de bloc-notes du casino. Elle jeta un bref coup d'œil au beeper et l'accrocha à sa ceinture. Puis elle glissa la carte électronique dans la poche arrière de son jean et lut la note. Le texte tenait sur quatre lignes :

Tour Euphrate, appartements avec jardins suspendus.
Le sien : 2014
Le vôtre : 2015
Tout mettre dans enveloppe et rapporter au bureau VIP.

Elle examina la première ligne et sentit son estomac se nouer. Elle appuya sa tête contre le téléphone. Les suites du dernier étage de l'Euphrate lui étaient plus que familières. C'était dans l'une d'entre elles que tous ses espoirs et tous ses rêves avaient pris fin. Une chose était de revenir à Las Vegas, une autre de retrouver le Cleo. Mais si en plus il fallait remonter à... Elle fit un gros effort pour ne pas s'enfuir en courant. Elle se remit en tête tout ce qui était en jeu. Elle était déjà bien trop engagée pour pouvoir faire demi-tour.

Elle tenta de penser à autre chose, regarda encore une fois le mot et prit la carte électronique. Une seule carte pour deux ? C'était donc un passe qu'elle avait en main. Et cela expliquait les instructions contenues dans la dernière ligne du billet. La carte devait être rendue parce qu'on avait besoin de savoir où se trouvaient tous les passes. Qu'une enquête soit menée après le vol qu'elle allait commettre et l'on procéderait probablement à leur inventaire.

Elle froissa lentement le billet dans sa main et regarda la photo. On y voyait une table de baccara à laquelle s'était installé un seul joueur : obèse, costume, grosse pile de jetons posée devant lui. Diego Hernandez. Le cliché était daté, un tampon indiquant l'heure dans un coin — il avait été pris dans l'après-midi. Il lui parut évident que la photo provenait d'une caméra de surveillance. Passe et cliché lui firent comprendre que celui qui avait effectué le repérage pour Leo se trouvait bien plus au cœur des choses qu'elle ne l'avait cru.

Elle se mit l'image de la cible en mémoire, rangea la photo et le billet froissé dans l'enveloppe et plia deux fois cette dernière avant de la glisser dans une poche à fermeture Éclair de son sac à dos. Puis elle reprit le chemin de la grande salle.

Sans lever la tête, elle étudia les panneaux indicateurs jusqu'au moment où elle trouva celui de la salle de baccara. Elle ne s'y rendit pas par le chemin le plus court, préférant longer le bord des salles de jeu jusqu'au moment où elle arriva à la barrière. Elle y posa un coude et, s'appuyant nonchalamment dessus, laissa courir son regard sur toute l'étendue du casino. Personne ne l'observait. Tout allait bien. Elle se retourna lentement et, comme si elle voyait la salle de baccara pour la première fois, elle changea de position pour l'examiner avec attention.

La cible était toujours là. Diego Hernandez. Petit et obèse, effectivement, et donnant l'impression d'être assis loin de la table tant il avait d'embonpoint. Costume ample et foncé, cravate. Elle remarqua qu'il jouait avec une grande économie de mouvements. Le regard de l'homme ne cessait de courir sur la table, mais il ne bougeait jamais la tête. Devant lui s'empilaient plusieurs tas de jetons à cent dollars. Au pif, il devait y avoir quelque dix mille dollars sur la table.

Elle regarda plusieurs parties, mais sans jamais fixer Hernandez plus que quelques secondes. À un moment donné, il leva brusquement la tête et regarda la barrière. Elle se détourna rapidement. Lorsqu'elle l'observa de nouveau à la dérobée, il s'était remis à scruter la table. Tout indiquait qu'il ne lui avait guère prêté attention.

Elle ne voulait savoir qu'une chose de lui avant de monter à la suite. Elle concentra son attention sur ses mains tandis qu'il remuait ses jetons et manipulait ses cartes. Elle mit moins d'une minute pour découvrir qu'il préférait se servir de sa main gauche. Elle n'eut plus le moindre doute lorsque la manche droite de sa veste s'accrocha au bord de la table et remonta sur son avant-bras, révélant sa montre. Elle avait la preuve qu'il lui fallait. Hernandez était gaucher. Elle quitta la barrière et, tête baissée, se dirigea vers la rangée d'ascenseurs de la tour Euphrate.

En entrant dans la cabine, elle s'aperçut que la carte électronique devait être insérée dans le panneau mural si l'on voulait pouvoir appuyer sur le bouton du dernier étage. Cette mesure de sécurité avait été ajoutée depuis son dernier passage à l'hôtel. Elle sortit la carte de sa poche revolver et appuya sur le bouton. Elle resta près des portes et repoussa l'envie qu'elle avait de regarder les chiffres qui s'éclairaient au fur et à mesure que la cabine montait — une caméra cachée quelque part dans le plafond n'aurait rien eu de surprenant. Elle consulta sa montre et s'aperçut qu'il était presque neuf heures. Elle avait besoin d'un minimum d'une heure dans la chambre et savait qu'elle était déjà en retard.

Au vingtième étage, elle sortit de l'ascenseur, regarda des deux côtés dans le couloir et comprit qu'elle avait peut-être un peu de chance. Aucun chariot de nettoyage n'était visible. Apparemment, l'heure de la dernière visite des garçons d'étage dans les chambres des VIP était passée. Dans le hall il n'y avait qu'une table roulante recouverte d'une nappe blanche sur laquelle traînaient les restes d'un repas aux chandelles, y compris la bouteille de champagne vide flottant à l'envers dans son seau à glace en argent.

Elle prit à droite pour rejoindre la suite 2015, mais commença par s'écarter le plus possible de la porte de la 2001, marchant du côté gauche du couloir pour éviter de la voir et de se perdre dans les mauvais souvenirs qui y étaient attachés. Elle pria en silence et demanda à Max d'être toujours à ses côtés ce soir-là.

Le couloir était faiblement éclairé par des appliques vissées à gauche de chaque porte. Elle s'aperçut que les suites 2014 et 2015 se trouvaient l'une en face de l'autre, non loin de l'extrémité du couloir et de la sortie de secours. C'était de bon augure. Si jamais quelque chose tournait mal, l'escalier n'était pas loin. Elle frappa à la porte de la 2014 et appuya sur le bouton allumé à gauche du chambranle. Elle entendit un léger bruit de carillon de l'autre côté et attendit.

Comme prévu, personne ne vint lui ouvrir. Elle ressortit la carte électronique de sa poche revolver, inspecta encore une fois le couloir, et entra.

Elle ne fut pas plus tôt à l'intérieur qu'elle sentit l'adrénaline lui foncer dans les veines. On aurait dit un fleuve qui déborde, un fleuve assez puissant pour tout emporter sur son passage.

13

Elle ferma la porte du coude et alluma la lumière. Puis, vite, elle se laissa tomber à genoux, posa son chapeau par terre et ramena son sac à dos devant elle. De la petite poche de devant elle sortit une paire de gants en latex et les enfila en s'assurant qu'ils tenaient bien à ses doigts aux ongles courts.

Elle ôta et défit tout aussi rapidement le sac en caoutchouc contenant ses outils. Elle l'ouvrit sur le tapis et caressa les outils du bout des doigts, pour être sûre et certaine de n'avoir rien oublié. Elle sortit enfin le Polaroid du sac à dos, se releva et commença à étudier la suite.

Appartement de type VIP, comme ceux réservés aux invités du casino. Il comprenait un grand living avec doubles portes ouvrant, à droite, sur une chambre à coucher. Mobilier somptueux. Cassie savait que dans les trois quarts de ces hôtels les suites destinées aux VIP étaient remeublées tous les ans : il fallait qu'elles aient l'air neuves et que ceux qui y logeaient aient le sentiment d'être fort peu nombreux à avoir le privilège d'y être invités.

Elle se rendit compte qu'il flottait une forte odeur de cigare dans l'air — sans le savoir, Hernandez lui donnait un coup de main. Elle entra dans la chambre — c'était là qu'elle effectuerait tout son travail. Elle alluma la lumière et décou-

125

vrit une grande pièce comprenant un lit double, une commode et un petit secrétaire, en plus d'un meuble de télévision allant du sol au plafond. Les couvertures avaient été joliment repliées sur le lit, un bonbon à la menthe enrobé de papier aluminium se trouvant sur l'oreiller, juste à côté d'un menu de petit déjeuner à cocher et accrocher dehors, au bouton de la porte.

Une alcôve à droite avec, d'un côté, une porte ouverte donnant sur une salle de bains et, de l'autre, deux portes à claires-voies. Elle ouvrit ces dernières et tomba sur une penderie aussi large que profonde. Elle s'aperçut aussi qu'une lumière s'allumait automatiquement à l'intérieur dès que les portes étaient ouvertes. Elle se pencha en avant et vit le coffre : solidement fixé au sol et en partie caché sous une veste de sport et plusieurs chemises longues qu'Hernandez avait accrochées à des cintres.

Avant de toucher à quoi que ce soit dans la penderie, elle recula d'un pas, braqua le Polaroid sur les vêtements et en prit une photo. Après quoi elle se mit à genoux et prit une autre photo — celle d'une paire de chaussures et d'un tas de linge sale posé par terre.

Revenue dans la chambre, elle plaça les clichés en train de se développer sur le lit. Puis elle commença à photographier la chambre et en couvrit tous les angles avec les huit clichés qui restaient dans la cartouche.

Lorsqu'elle fut sûre et certaine d'avoir des photos de tous les coins de la suite qu'elle était susceptible de chambouler, elle regagna la penderie, poussa le linge de côté et se mit à examiner le coffre. L'individu qui avait fait les repérages pour Leo avait donné d'excellents renseignements. C'était effectivement un Halsey avec fermeture à combinaison de cinq chiffres. À cinq chiffres lui aussi, l'écran électronique affichait le mot FERMÉ. Cassie tendit la main en avant et vérifia quand même. Le coffre était bien fermé à clé.

En ressortant de la penderie pour repasser dans la chambre, elle promena son regard sur les murs et le plafond. Elle n'y repéra qu'un seul détecteur de fumée — sur le mur, juste au-dessus de la tête de lit. Elle décida que, dans une pièce aussi vaste, un deuxième ne paraîtrait pas de trop. Elle choisit de l'installer sur le mur, au-dessus de l'entrée de la salle de bains. Placer une caméra à cet endroit lui permettrait de voir toute la chambre et de n'utiliser que peu de Conduct-O pour la relier à la penderie.

Ayant ainsi arrêté son plan, elle entreprit de fouiller méthodiquement la suite et, tiroirs et étagères, inspecta tous les endroits où Hernandez aurait pu cacher des armes ou des engins pour se protéger. Dans la salle de séjour, sur une étagère au-dessus du bar à alcools, elle trouva une alarme « bouton de porte ». Un appareil électronique bon marché qui, attaché à un bouton de porte, déclenchait une sonnerie à rendre sourd dès qu'un clip fixé au montant de la porte était déplacé.

Cassie savait que cette alarme était si puissante que les trois quarts des gens qui y avaient recours ne vérifiaient pas son bon fonctionnement avant d'enfoncer le clip dans le chambranle. Ils s'en remettaient au voyant rouge indiquant que la pile était chargée. À l'aide d'un petit tournevis, elle ôta une vis et ouvrit le capot de l'engin. Avec des pinces, elle coupa le fil conducteur et celui relié à la terre, puis elle dénuda l'enveloppe en caoutchouc des deux fils sur un demi-centimètre de longueur et les lia ensemble, fermant ainsi le circuit qui alimentait le clip lorsqu'on insérait ce dernier dans le montant de la porte.

Elle mit l'appareil en marche et le voyant rouge indiquant

127

que la pile était toujours bonne s'alluma. Aucune alarme ne se déclencha bien que l'agrafe ne fût pas à sa place. Cassie éteignit l'alarme et la reposa sur l'étagère du bar à alcools, à l'endroit où elle l'avait trouvée.

Puis elle retourna dans l'entrée et s'assit par terre. De son sac à dos, elle sortit deux genouillères qu'elle fixa par-dessus son jean noir. Ensuite, elle s'agenouilla devant la porte et se mit au travail. Elle prit sa perceuse dans sa trousse à outils, y fixa un embout de tournevis cruciforme et se mit à ôter les vis du verrou et de la plaque de propreté. Le capuchon qu'elle avait confectionné et fixé sur la perceuse atténua le bruit de cette dernière de façon considérable. Elle se dit même qu'il aurait fallu coller son oreille de l'autre côté de la porte pour le remarquer.

Une fois la plaque détachée, elle se cala un crayon lumineux dans la bouche et en pointa le faisceau sur la serrure tandis qu'elle faisait sauter la clavette du verrou avec son tournevis. Elle attrapa ensuite le mécanisme d'ouverture avec des pinces à embouts caoutchoutés et le sortit de son logement à deux mains.

Elle enleva son crayon lumineux de sa bouche et poussa un léger soupir de soulagement. Leo ne s'était pas trompé : le mécanisme ne faisait appel qu'à une moitié d'engrenage pour pousser le pêne à fond. Bien que sachant, depuis six ans déjà, que cela posait problème, la direction et la sécurité de l'hôtel avaient choisi de ne pas changer les verrous des trois mille chambres. Cette décision allait permettre à Cassie de rester dans la suite et d'y terminer son installation. Si elle avait trouvé un engrenage entier dans la serrure, elle aurait dû le démonter et l'emporter ailleurs — dans la salle de bains de la suite d'en face peut-être —, afin de le cisailler à la lampe à acétylène. Alors seulement elle se rendit compte de la chance qu'elle avait de ne pas y être obligée — elle avait complètement oublié ce détail et laissé sa lampe à souder dans le coffre de la Boxster toujours garée dans le parking de l'Aces and Eights.

Elle recala son crayon lumineux dans sa bouche, glissa la pointe du tournevis dans le canon de la serrure et s'en servit pour faire pivoter la moitié d'engrenage d'un quart de tour vers la droite. Elle fit ensuite tourner la serrure et regarda le montant de la porte. Le pêne sortait bien de la porte, mais n'entrait pas — d'un rien —, dans la gâche de l'autre côté du montant. En faisant basculer la moitié d'engrenage, elle avait réduit de moitié le nombre de crans qui poussaient le pêne. Il pénétrait toujours d'un centimètre et quelque dans la gâche, sans pour autant fermer la porte. Et la seule façon qu'Hernandez aurait de s'en rendre compte serait qu'il se mette à genoux et examine de près la fente entre le montant et la porte. C'était peu probable.

Elle se releva et jeta un coup d'œil par le judas pour s'assurer qu'il n'y avait toujours personne dans le couloir. Puis elle ouvrit la porte. Le pêne en érafla certes à peine le montant, mais fit un léger bruit. Cassie regarda encore une fois dans le couloir pour être sûre qu'il était vide et revint à ses outils. Elle attrapa la lime et la fit vite courir d'avant en arrière le long de l'éraflure laissée sur la plaque de propreté extérieure. Elle lâcha enfin sa lime, regarda dans le couloir et encore une fois ferma et rouvrit la porte. Pas un bruit ne se fit entendre.

Après avoir refermé la porte, elle attaqua le verrou à loquet. Avec la perceuse, elle ôta les quatre vis qui le maintenaient fixé au chambranle. Une fois cette opération effectuée, elle changea l'embout de la perceuse et fit passer une mèche dans chacun des trous afin de les agrandir. Puis elle sortit le pot de pâte adhésive de son sac et en déposa une petite boule à l'arrière de la plaque de scellement afin de la recoller à sa place. Et reprit encore un peu de cette pâte à séchage rapide pour immobiliser les vis dans leurs logements agrandis.

Enfin elle se remit sur les talons et regarda la porte. Rien n'indiquait qu'elle en avait trafiqué les serrures, mais il n'empêche : avec la carte électronique qu'elle avait dans sa poche revolver, elle allait pouvoir entrer dans la chambre d'Hernandez malgré tout ce qu'il s'y trouvait comme serrures supplémentaires et l'alarme portative qu'il avait apportée avec lui.

La première phase des préparatifs était terminée. Elle consulta sa montre et s'aperçut qu'il était presque neuf heures et demie. Elle enroula sa sacoche à outils et la rapporta dans la chambre avec ses sacs. Elle déposa tout cela au milieu du plancher et se mit au travail. Elle sortit le ruban de Conduct-O et la caméra Ali — qu'elle cala à l'intérieur d'un capot de détecteur de fumée. Puis elle la relia à une pile, la referma et en ôta le dos adhésif. Elle tira une chaise du bureau et monta dessus pour atteindre le pan de mur situé au-dessus de l'entrée de la salle de bains. Elle y colla la caméra-détecteur de fumée, à une trentaine de centimètres du plafond.

Le Conduct-O était aussi étroit qu'un ruban adhésif ordinaire. Transparent, il comportait deux fils de cuivre mince enchâssés dans l'adhésif et courant sur toute sa longueur. Elle en rabattit une extrémité sur les fiches de connexion, puis elle referma le capot du détecteur. Elle fit ensuite descendre le ruban jusqu'au plafond moins élevé de l'alcôve et l'y tira jusqu'au mur au-dessus de la penderie. Elle le fit courir le long du montant de la porte, passer dans le placard de la penderie où elle le tira encore jusqu'au plancher près de la porte, puis le long de la plinthe jusque derrière le coffre.

Elle sortit l'émetteur d'un de ses sacs et le plaça derrière le coffre, dans un endroit où il était peu probable qu'Hernandez ait des raisons d'aller voir. Elle coupa le ruban et l'enroula autour d'une des bornes, puis elle alluma l'émetteur, ressortit de la penderie et retourna à son équipement. Elle sortit l'émetteur/enregistreur de la mallette et l'ouvrit par terre. Elle le mit sous tension et examina le bout de chatterton que Paltz avait fait courir sous une rangée de touches de fréquence. Elle appuya sur celles marquées Ali, un plan de la pièce, et d'elle assise par terre, apparaissant aussitôt sur l'écran de contrôle. L'image était claire et couvrait pratiquement toute la chambre. L'important était le lit et Cassie le voyait entièrement. Elle se releva, gagna la porte et éteignit les lampes. La pièce se retrouva plongée dans l'obscurité, seule la lumière des spots qu'on braquait sur les tours du Cleopatra dès la nuit tombante venait couler autour des rideaux.

Ce surcroît de luminosité suffisait. Les détails de la chambre se firent plus précis sur l'écran. Il ne lui restait plus qu'à espérer une chose : qu'Hernandez ne remarque pas le très léger écartement des rideaux et ne s'imagine pas de les fermer avant d'aller se coucher.

Elle ralluma la lumière et regagna vite la penderie. Elle devait tout d'abord être sûre de pouvoir y entrer sans que la lumière s'allume automatiquement — ce qui aurait pu réveiller la cible et lui révéler sa présence. Se contenter de dévisser l'ampoule ne suffisait pas. Hernandez aurait pu s'en apercevoir et demander qu'on la remplace, voire, et ç'aurait été bien plus grave, se douter de quelque chose. Sans compter qu'elle avait besoin de lumière pour les caméras qu'elle avait prévu d'installer dans la penderie afin d'enregistrer les ouvertures de coffre auxquelles procéderait Hernandez.

Les doubles portes à claires-voies de la penderie se chevauchaient un rien, le bord de la porte gauche couvrant la jointure entre les deux. Cassie pouvait donc ouvrir celle de gauche sans ouvrir celle de droite. Mais si elle tentait de n'ouvrir que cette dernière, elle dégagerait forcément la gauche de quelques centimètres à cause du bord qui la recouvrait. Tout le problème résidait dans le fait que le déclencheur d'auto-allumage de la lumière se trouvait du côté intérieur de l'encadrement de la porte gauche. Un petit bouton sortait de la partie supérieure du battant dès que la porte s'ouvrait d'un centimètre, complétant ainsi le circuit électrique qui amenait le courant à la lampe.

Elle regagna le secrétaire et en ouvrit un tiroir pour y prendre de quoi écrire. Elle y trouva un crayon bien aiguisé et repartit vers la penderie. Sur le bord extérieur de l'encadrement de la porte, elle traça une ligne verticale à l'endroit où se trouvait le bouton d'allumage automatique.

Puis elle prit le couteau de vitrier dans sa collection d'outils, ferma les portes de la penderie et plaça la partie plate du couteau à l'endroit où elle avait tiré son trait de crayon. Elle glissa le couteau dans la fente et exerça une poussée de bas en haut sur le bord de la porte. De l'autre main elle ouvrit la porte de gauche de quelques centimètres, puis entièrement celle de droite, qui se dégagea du rebord de la gauche. Elle referma ensuite le côté gauche, enleva le couteau de vitrier et entra dans la penderie par le côté droit.

Elle avait réussi à y pénétrer sans allumer la lumière, mais savait qu'elle n'aurait pas le temps de savourer sa victoire.

Elle rouvrit encore une fois la porte de gauche — la lumière de la penderie se rallumant aussitôt. Elle se pencha sur l'avant du coffre et fit mine de l'ouvrir de la main gauche. Puis elle regarda en arrière sur sa droite et posa son doigt sur le mur, à un endroit où, d'après elle, la caméra permettrait de voir au mieux le pavé numérique. Elle y apposa une marque au crayon et retourna à son sac pour en sortir le capot de la prise murale et une des caméras en batterie.

Elle installa rapidement l'appareil dans le capot de la fausse prise de courant, relia la pile et le ruban Conduct-O aux terminaux et se servit de la perceuse pour monter le tout à l'aide de la vis centrale, à la marque qu'elle avait faite au crayon. Elle serra la plaque jusqu'à ce qu'elle soit bien droite, fit courir le ruban le long du mur jusqu'à la plinthe et le tira autour du coffre jusqu'à l'émetteur.

Une fois sortie de la penderie, elle vérifia le récepteur/enregistreur. Elle appuya sur les déclencheurs de caméras jusqu'au moment où elle eut celle logée dans la fausse prise sur son écran de surveillance. Cadrage et piqué de l'image, tout était parfait. Elle avait une vision claire du pavé numérique et pouvait en lire les chiffres sans problème. Sensationnel que c'était. Elle sentit l'excitation monter en elle, sa joie étant brusquement interrompue par les vibrations de son beeper sur son ventre.

Elle retint son souffle et se figea sur place. Sortit le beeper de sa ceinture et regarda l'affichage numérique.

REPREND SES JETONS
RENTRE À L'HÔTEL.

— Merde ! s'écria-t-elle à voix basse.

Elle préféra jeter son beeper dans son sac à dos plutôt que de se le remettre à la ceinture.

Cet appel changeait tout. Elle renonça à l'idée de placer une deuxième caméra dans la penderie — en hauteur celle-là —, et ressortit. L'appel signifiait qu'Hernandez avait pris ses jetons et quitté la table de baccara, mais il devait encore passer aux caisses pour reprendre sa mallette. Cassie avait le temps de finir.

Du sac de gym, elle sortit le sachet à fermeture Ziplock contenant la petite bombe à peinture et le désodorisant en aérosol. Elle entra de nouveau dans la penderie et regarda le plafond en agitant sa bombe. Puis elle en dirigea le jet sur le ruban de Conduct-O. Le raccord peinture n'était pas parfait, mais on n'en était pas loin. Elle commença à étaler la peinture avec de grands mouvements circulaires du bras — et certes elle recouvrit le ruban, mais repeignit aussi les trois quarts du plafond. Elle suivit ensuite le ruban jusqu'à l'encadrement de la porte de la penderie. À l'intérieur de cette dernière elle recouvrit la ligne qui courait de la fausse prise électrique jusqu'à la plinthe et décida de ne pas pousser plus loin. Enfin elle attrapa le désodorisant et en lâcha de bons jets dans la penderie et l'alcôve, puis dans tout le reste de la suite cependant qu'elle la traversait d'un bout à l'autre à toute allure.

Elle remballa son équipement en vitesse, reprit les Polaroid sur le lit et regagna la penderie où, en se guidant sur les photos, elle remit les vêtements et les chaussures là où elle les avait trouvés en entrant. Elle veilla à ne pas laisser les vêtements frotter contre le mur de la penderie là où la peinture n'était pas encore sèche.

Elle était en train de remettre les cintres à leur place sur la tringle à habits lorsqu'elle sentit quelque chose de dur et de lourd dans la poche d'une grande veste de sport. Elle y glissa la main et en ressortit un pistolet. Un Smith & Wesson

9 mm noir. Elle en éjecta le chargeur et s'aperçut qu'il était plein. Elle savait bien que le temps lui était compté, mais elle s'arrêta un instant. Le prendre ou le laisser ? Le vider ? Il se passait trop de choses pour qu'elle puisse mesurer toutes les conséquences de ces actes et trouver la réponse qui convenait. Elle se rappela quelque chose que Max lui avait toujours dit sur l'effet de ride sur l'eau.

Ne jamais oublier l'effet de ride sur l'eau. Tu changes quoi que ce soit dans une pièce et c'est tout l'univers du boulot qui en est affecté. Ça fait des petites vagues.

Alors elle sut quoi faire. Tu prends le pistolet — la cible risque de s'en apercevoir et c'en est fini du boulot. Tu le désarmes — la cible risque de s'en apercevoir et c'en est fini du boulot. Tu ne fais rien — pas de vagues et l'univers ne change pas.

Elle remit le pistolet dans la poche de la veste et ressortit de la penderie à reculons en vérifiant tout à l'aide de ses Polaroid. L'heure avait sonné. Dans sa tête, elle vit Hernandez : il avait déjà repris sa mallette et se trouvait dans l'ascenseur — qui montait.

Elle empoigna ses deux sacs, en passa les courroies par-dessus ses épaules et se dirigea vers la chambre à coucher. Elle entrait dans la salle de séjour lorsqu'elle se retourna — et se figea sur place.

Elle n'avait pas remis la chaise sous le secrétaire.

Pas de vagues, se dit-elle en retournant vite dans la pièce et en remettant la chaise à sa place. Elle regarda autour d'elle et oui, maintenant tout semblait comme il faut — elle n'avait plus le temps de regarder encore une fois les Polaroid. Elle repassa dans le living, gagna la porte d'entrée et ramassa son chapeau par terre.

Elle éteignit la lumière et regarda par le judas. Le couloir était vide. Elle tourna la tête et écouta. Aucun bruit — de pas ou autre. Elle mit son chapeau, ouvrit la porte et fit un pas dans le couloir.

Elle refermait la porte derrière elle lorsqu'elle entendit le carillon qui signalait l'arrivée d'un ascenseur au bout du couloir. Elle sortit vite sa carte électronique de sa poche revolver et traversa le couloir pour gagner la suite 2015.

Elle en ouvrit la porte et entra. Elle avait réussi.

14

Le couloir était vide, mais elle attendit. Collée contre la porte de la suite 2015, elle mit son œil gauche au judas. Son chapeau bascula et tomba par terre derrière elle. Elle entendit des voix dans le couloir et commença à se dire qu'elle avait fait erreur et que ce n'était pas Hernandez, mais un couple qui regagnait sa chambre.

Puis il fut là. Énorme, il entra dans son champ de vision, la convexité du judas le rendant encore plus gigantesque. Il se pencha légèrement en avant pour insérer sa carte dans son logement d'une main, tandis que de l'autre il tenait sa mallette serrée contre lui. Derrière lui, presque hors champ, se trouvait un autre homme. Cassie remarqua qu'il portait le blazer bleu avec l'insigne du Cleopatra sur la pochette de sa veste. Le garde du corps de la sécurité. Elle s'éloigna du judas et se rapprocha du chambranle afin de mieux entendre.

— Vous voulez que je vérifie pour vous, monsieur ?
— Non, tout va bien. Mais je vous remercie.
— Alors, bonne nuit, monsieur.
— Bonne nuit.

La porte d'en face qui s'ouvre. Elle revint au judas. Le type de la sécurité avait disparu. Hernandez franchissait le seuil de sa suite. Brusquement il s'arrêta et repassa dans le couloir.

— Oh, Martin ! cria-t-il.

Cassie sentit son cœur rater un battement. *Qu'est-ce qu'il a vu ? Qu'est-ce que j'ai loupé ?* Elle essaya de se repasser le film de sa sortie précipitée, mais rien ne la frappa. Elle regarda les deux sacs posés à ses pieds et réfléchit à tout ce qui s'y trouvait. Elle avait à peine commencé à le faire lorsque, Hernandez s'étant remis à parler, elle appuya de nouveau son oreille au montant de la porte.

— Ah, j'allais oublier ! disait Hernandez. Pour moi, c'est fini. Je m'en vais demain. Vous pouvez attendre une seconde ? J'aimerais vous donner quelque chose pour vous remercier d'avoir veillé sur moi ces derniers jours.

La voix de Martin se fit entendre à nouveau, très proche de la porte derrière laquelle Cassie se tenait.

— Ce n'est pas nécessaire, monsieur Hernandez. Vous n'aurez qu'à remercier M. Grimaldi. Il veut que tous nos invités se sentent en sécurité. En plus, c'est contre le règlement intérieur d'accepter...

— Qui le saura ? Pas Vincent Grimaldi, à moins que vous ne le lui disiez. Attendez une seconde.

Il y eut le bruit d'une porte qu'on ferme et Cassie retourna au judas. Le dénommé Martin se tenait toujours dans le couloir, les mains croisées devant lui. Il scruta le couloir d'un bout à l'autre, comme s'il craignait que quelqu'un (peut-être ce Grimaldi dont on venait de parler) le surprenne en train de recevoir un cadeau. Puis il se tourna et regarda le judas à travers lequel Cassie l'observait. Elle se figea. Si elle s'en écartait, il remarquerait peut-être un changement de lumière derrière l'optique et comprendrait que quelqu'un le regardait.

La porte devant laquelle il se tenait s'étant rouverte, Hernandez reparut.

— Vous savez, enfin... Si ça ne vous gêne pas, j'aimerais

138

bien que vous veniez vérifier quelque chose, dit-il. Il y a comme des vapeurs dans cette suite.

Cassie se serra encore plus fort contre la porte et ferma les poings. Elle regarda Martin entrer dans la pièce en laissant la porte ouverte derrière lui.

De la suite elle ne voyait que ce qui se trouvait dans l'enfilade de la porte. Hernandez et Martin disparurent de son champ de vision par la gauche, puis le retraversèrent au bout de quelques instants en se dirigeant vers la chambre à coucher. En les entendant parler, elle se pressa de nouveau contre le montant, mais n'arriva pas à comprendre ce qu'ils se disaient. Elle revint au judas. Quelques minutes plus tard elle vit reparaître Martin suivi par Hernandez. Ils revenaient vers la porte. Leur discussion devint de plus en plus compréhensible au fur et à mesure qu'ils se rapprochaient de Cassie.

— ... dans les salons fumeurs, disait Martin. C'est quasiment du désodorisant industriel dont on se sert. C'est qu'on ne peut pas ouvrir les fenêtres, vous voyez. Aucun hôtel de Las Vegas n'a de fenêtres qui s'ouvrent. Trop de gens qui veulent se suicider.

— Bah, faut croire que ça a dû s'accumuler. Ça fait trois jours que je suis ici et j'en ai fumé quelques-uns.

Il rit fort.

— Je comprends, monsieur, dit Martin. Mais si ça vous gêne, je peux demander à la réception de vous changer de suite. Je suis sûr qu'il y en a une de libre.

Elle eut envie de crier « *Oh, nooooon !* », mais Hernandez lui-même se porta à son secours.

— Non, non, ce ne sera pas nécessaire, dit-il. Il faudra juste que j'en allume un autre, histoire de voir quelle odeur est la plus forte !

Il rit encore et cette fois Martin se joignit à lui.

— Alors bonne nuit, monsieur ! dit-il. Et rentrez bien chez vous.

— Ne vous inquiétez pas pour ça. Oh et... j'allais oublier.

Hernandez tendit la main en avant tandis que Martin levait la sienne. Cassie entendit des cliquetis de jetons tombant dans la main de l'homme de la sécurité. Il devait y en avoir beaucoup — et d'une grande valeur —, car les exclamations de Martin lui parvinrent très clairement à travers la porte.

— Oh, merci, monsieur Hernandez. Merci, merci vraiment !

— Non, c'est moi qui vous remercie, Martin. Amusez-vous bien !

— Avec tout ça, ça sera mieux que bien !

Hernandez rit encore et referma sa porte après avoir accroché un panneau NE PAS DÉRANGER au bouton. Cassie cessa de voir Martin. Elle entendit Hernandez tourner le verrou, puis il y eut le déclic métallique du loquet qu'il rabattait dans son logement. Elle resta immobile et ne respira plus pendant cinq secondes. Rien ne se passa. Elle sut alors qu'il n'avait pas remarqué le travail qu'elle avait fait sur sa porte.

Elle se retourna, s'adossa à la sienne, puis se laissa glisser jusque par terre. Elle ouvrit vite la fermeture Éclair du sac noir et en sortit l'émetteur/récepteur. Ouvrit l'écran, sortit l'antenne, puis appuya sur la touche qui lui permettait de visualiser ce que voyait la caméra cachée dans le détecteur de fumée.

La chambre apparut, bien que l'écran restât très sombre, la seule lumière provenant de la très légère ouverture des rideaux.

Elle attendit.

La porte s'ouvrit et la lumière s'alluma. Hernandez entra

140

dans la pièce, sa mallette toujours à son côté. Cassie se pencha tout près de l'écran et vit qu'elle était effectivement attachée à son poignet à l'aide d'une menotte. Elle en eut un léger frisson d'excitation. Le rabatteur de Leo savait choisir ses clients !

Hernandez fumait un cigare en envoyant de gros nuages de fumée au plafond. Debout au milieu de la pièce il regardait autour de lui, mais pas une fois il ne leva les yeux sur la caméra. Enfin il passa sous elle et entra dans l'alcôve qui conduisait à la penderie et à la salle de bains.

Cassie fit monter l'écran penderie et attendit. Il n'était pas complètement noir. Venant de la chambre, un peu de lumière passait entre les lattes de la porte. Au bout d'un moment, elle vit les jambes d'Hernandez, puis la porte qui s'ouvrait. Elle appuya sur la touche enregistrement au cas où Hernandez aurait voulu ouvrir le coffre.

Il n'en fit rien. Il se contenta de fouiller dans ses vêtements, ce qu'elle ne vit pas vraiment étant donné l'angle de la caméra, puis il ressortit de la penderie. Cassie repensa à l'arme et à tout ce qu'elle avait fait avec. Elle était sûre de l'avoir remise à sa place dans la poche de la veste — et dans la même position que celle où elle l'avait trouvée. Elle revint à la caméra de la chambre et entrevit Hernandez en train de franchir la porte conduisant à la salle de séjour. Elle regretta aussitôt de ne pas y avoir installé une autre caméra. Mais tout aussitôt elle écarta ces regrets — tout juste le genre d'idées qu'on trouve géniales après coup. Le fait était que si elle avait planqué une caméra dans la salle de séjour, elle aurait pu être à court de temps pour monter celles de la chambre et de la penderie qui, elles, étaient essentielles.

Elle se releva vivement et, l'émetteur/récepteur à la main, gagna la table de sa suite. Le personnel y avait posé des revues de tourisme, des dépliants d'information sur l'hôtel et le service en chambre, un bloc-notes et un crayon, et une bouteille de chardonnay des vignobles Robert Long avec la carte de bienvenue standard. Elle repoussa le tout afin d'avoir la place de travailler.

L'écran de contrôle lui apprit alors qu'Hernandez était de retour dans sa chambre. Il avait posé sa mallette sur son lit et enfilé une clé dans la menotte afin d'ôter cette dernière de son poignet. La main enfin libre, il prit le bonbon à la menthe laissé sur son oreiller par la femme de ménage qui lui avait fait son lit, l'avala d'un coup, remit son cigare dans sa bouche, se tourna vers l'alcôve et plongea la main dans les poches de sa veste de costume pour en sortir d'épaisses liasses de billets au fur et à mesure qu'il avançait vers la caméra.

Cassie repassa aux écrans de la penderie et appuya sur la touche enregistrement. Enfin on y était. Tout le travail qu'elle avait fourni visait cet instant stratégique.

Sur l'écran la lumière s'alluma dans la penderie, l'énorme bras gauche d'Hernandez et une partie de ses pectoraux apparaissant dans le champ. Le joueur se pencha en avant vers le pavé numérique de la serrure et commença à y composer la combinaison. Mais avant d'avoir fini, il fit passer son bras droit devant la caméra et posa la main sur le haut du coffre afin de s'y appuyer.

Cassie eut envie de hurler : « NON, PAS ÇA, BORDEL ! », mais se contenta de serrer le poing devant sa bouche.

Hernandez ouvrit la porte du coffre, mit un genou à terre et avança la main. Et sortit une liasse de billets de cinq centimètres d'épaisseur et la posa sur le dessus du coffre. Et y ajouta l'autre liasse qu'il venait de sortir de sa poche et qui faisait la même épaisseur. Puis il alla chercher au fond de ses poches de veste et en ressortit encore deux autres tas de billets. Il réarrangea le tout en une seule et même liasse qu'il eut bien du mal à tenir d'une main. Et qu'il soupesa. Cassie ne pouvait pas voir son visage étant donné l'angle de la caméra, mais elle sut qu'il souriait.

Hernandez déposa le liquide dans le coffre, se releva et ferma la porte de la penderie, éteignant la lumière.

Cassie avait tout observé et se posa des questions sur la mallette. Trop volumineuse pour entrer dans le coffre ? Mais alors, pourquoi Hernandez n'en avait-il pas sorti l'argent qui devait y être pour le déposer dans le coffre ?

Elle passa à la caméra de la chambre, mais Hernandez ne se trouvait pas dans le champ. La mallette, elle, était toujours posée à plat sur le lit. Cassie cessa de s'interroger sur la décision qu'Hernandez avait prise de ne pas déposer l'argent de la mallette dans le coffre. Elle avait des problèmes autrement plus importants à résoudre. Elle repassa l'enregistrement en play-back et regarda ce que la caméra de la penderie avait filmé. Elle prit le crayon et le bloc-notes de l'hôtel et appuya sur la touche défilement lent au moment même où la main d'Hernandez apparaissait dans le champ.

— Allez, mon gros, dit-elle.

Les chiffres étaient parfaitement clairs à l'écran. Le doigt d'Hernandez effleura les touches 4, 3 et 5, mais tout de suite après, en s'appuyant sur le coffre, il fit passer sa main droite devant la lentille et empêcha Cassie de voir les deux derniers chiffres. Elle rembobina la bande et la repassa — avec le même résultat. Il lui manquait toujours les deux derniers chiffres de la combinaison.

— Putain de merde ! s'écria-t-elle.

Elle quitta la table, gagna la fenêtre et fit les cent pas. Ouvrit les rideaux et regarda dehors, du Strip jusqu'aux

143

contours sombres des montagnes qui se dressaient loin des néons de la ville. Elle leva la tête et vit la lune.

Elle savait qu'elle ne pouvait pas attaquer en n'ayant que trois chiffres sur cinq et seulement l'espoir de pouvoir essayer les deux derniers afin d'ouvrir le coffre. Les Halsey étaient munis de mécanismes propres à empêcher toute tentative de crochetage. Au troisième essai de combinaison infructueux, la fermeture s'enclencherait automatiquement. Il faudrait alors que les services de sécurité montent à la chambre et utilisent ce qu'on appelait un D-fermoir électronique pour le rouvrir — et ce D-fermoir se trouvait en règle générale enfermé dans le coffre du directeur de l'hôtel.

Il ne lui restait plus qu'une solution : l'alerte au feu.

15

Elle regarda l'écran et attendit. L'alarme hurlait dans le couloir et l'odeur de fumée était parfaitement perceptible. Mais Hernandez ne manifestait aucune intention de quitter sa chambre. Il s'était allongé tout habillé sur le lit, une pile d'oreillers derrière la tête. Il regardait la télévision, mais l'angle de la caméra placée dans le faux détecteur de fumée ne permettait pas à Cassie de voir ce qu'il y avait sur l'écran.

Elle composa le numéro de la chambre d'Hernandez et le regarda tendre paresseusement la main pour décrocher le combiné.

— Oui ? dit-il.

— Monsieur Hernandez ? Ici la sécurité. Nous avons une alerte. On nous signale de la fumée à votre étage. Nous allons être obligés de vous faire évacuer tout de suite.

— Le feu ? Oui, j'ai entendu le signal d'alarme.

Il se redressa d'un coup.

— Nous n'en sommes pas encore certains, monsieur. Des gens de notre équipe vont monter. Mais d'autres invités nous signalent de la fumée au vingtième étage. Nous vous demandons de bien vouloir rassembler vos valeurs et de descendre par l'escalier de secours jusqu'à ce que nous puissions évaluer la situation.

— Bon, d'accord. Au revoir.

Elle le vit sauter au bas de son lit et fut surprise par son agilité et sa rapidité. Tandis qu'il enfilait ses chaussures, elle passa à la caméra de la penderie, appuya sur la touche enregistrement et attendit.

Quelques instants plus tard, la porte de la penderie s'ouvrit et, cette fois, Hernandez s'agenouilla devant le coffre au lieu de se pencher dessus. Il tendit la main pour entrer la combinaison et enfonça les touches en plein devant la caméra. Cassie devina que le dernier chiffre était un 2 et le nota sur le bloc-notes de l'hôtel.

Tandis qu'Hernandez retirait rapidement son argent du coffre et commençait à s'en bourrer les poches, elle expira fort et, tout excitée, appuya sur la touche play-back. Puis elle visionna encore l'ouverture du coffre, au ralenti.

Et elle eut ce qu'elle voulait. Elle écrivit le dernier chiffre qui lui manquait sur le bloc.

4-3-5-1-2

Ce n'était pas le moment de faire la fête. Elle repassa tout de suite à l'écran chambre. Debout devant son bureau, Hernandez était en train de se rattacher la mallette au poignet. Cassie décrocha son téléphone et l'appela. Hernandez décrocha à toute allure.

— Oui ? dit-il.

— Monsieur Hernandez ? Ici la sécurité. Nous avons isolé le problème et il n'y a plus de danger. Vous n'êtes plus obligé de quitter votre chambre.

— Qu'est-ce que c'était ?

— Nous pensons que quelqu'un a laissé une cigarette allumée sur un chariot de service à deux pas d'un détecteur de fumée. C'est ça qui a déclenché l'alarme.

— Bon mais... vous pouvez arrêter le signal ?

— Nous y travaillons, monsieur. Désolés de vous avoir...

— C'est Vincent qui vous a demandé d'appeler ma chambre ?

Cassie fut décontenancée un instant.

— Pardon ? dit-elle.

— Vincent Grimaldi.

— Euh... non, monsieur. Nous n'avons fait qu'appliquer les consignes habituelles. Bonne nuit, monsieur.

Elle raccrocha. C'était la deuxième fois en une demi-heure qu'on parlait de ce Vincent Grimaldi. Elle était certaine d'avoir entendu ce nom auparavant. Elle y pensait encore lorsque le signal d'alarme fut enfin arrêté dans le couloir.

Elle alla jusqu'à la porte de sa suite et se colla au chambranle pour écouter. Elle entendit des voix d'hommes au bout du couloir. Elle ne put distinguer leurs paroles, mais se dit qu'ils avaient dû trouver la cigarette qu'elle avait laissée brûler sur un chariot de service près d'un détecteur de fumée.

Il ne lui manquait plus qu'une chose : qu'Hernandez veuille bien s'endormir.

Elle repassa sur la caméra de la chambre et vit qu'il s'était mis en caleçon et T-shirt. De nouveau sur le lit, il regardait la télévision. Il avait éteint toutes les lampes, seule restait la lumière du poste. Cassie consulta sa montre ; il était presque minuit. Elle repensa au nom qu'Hernandez et le garde du corps de l'hôtel avaient mentionné — Vincent Grimaldi. Il lui disait quelque chose, mais pas moyen de mettre un visage dessus.

Elle décrocha son téléphone, appela l'opératrice de l'hôtel et demanda à parler à Vincent Grimaldi. Un instant plus tard la connexion étant faite, quelqu'un décrocha à la première sonnerie.

— Sécurité, lança une voix masculine. Bureau de M. Grimaldi.

— Oh, dit-elle. Je dois m'être trompée de numéro. Je voulais savoir ce qu'il faut faire pour ouvrir un crédit au casino. M. Grimaldi s'occupe-t-il de ça ?

À l'autre bout du fil on pouffa.

— Oui, en quelque sorte, lui répondit l'homme. Mais ce n'est pas lui qui s'occupe des formulaires de demande. M. Grimaldi est le directeur du casino, madame. C'est lui qui gère tout ce qui se passe ici. Vous n'avez qu'une chose à faire : descendez au casino et demandez aux caissiers près du Sphinx. Ils vous aideront.

— Bien, dit-elle. C'est ce que je vais faire. Merci.

Elle raccrocha. Le nom de Grimaldi ne lui était plus inconnu — en fait, elle savait même très bien de qui il s'agissait. Six ans plus tôt, c'était ce nom-là qui s'était étalé à la une de tous les journaux après le dernier exploit de Max. Grimaldi s'était employé à étouffer l'affaire.

Elle se rappela qu'à l'époque il avait été présenté comme le responsable de la sécurité au Cleo. Les six années qui s'étaient écoulées depuis lors l'avaient donc vu grimper jusqu'au poste de directeur. C'était peut-être ce qui s'était passé avec Max qui avait assuré sa promotion.

Qu'Hernandez ait mentionné son nom ne lui parut pas bizarre. Il était normal qu'un grand flambeur invité par le casino connaisse le nom du directeur. Elle essaya d'oublier tout ça, mais ne put évacuer le trouble que suscitaient en elle les souvenirs associés à ce nom.

Comme elle avait besoin de se distraire, elle posa l'émetteur/enregistreur par terre, à côté de la chaise sur laquelle elle était assise, ouvrit la poche de devant de son sac à dos

148

et en sortit le jeu de cartes qu'elle avait acheté au Flamingo. Elle ôta les jokers du paquet et les glissa dans l'étui, qu'elle mit de côté.

Cartes qu'on coupe d'une main, qu'on étale ou qu'on bat en accordéon de haut en bas, elle reprit sa vieille routine d'échauffement. Elle se sentait maladroite avec ses gants en latex. À un moment donné les cartes lui explosèrent même entre les mains, certaines tombant par terre. Elle ôta ses gants et les ramassa. Puis elle se mit à servir cinq joueurs imaginaires à la table de black-jack — sans oublier la banque, c'est-à-dire elle-même.

Tout en jouant elle reprit les paroles du croupier qui retourne les cartes, mais, son esprit se mettant bientôt à vagabonder, elle se rappela la première fois qu'elle avait rencontré Max. Dans son souvenir, cet événement avait toujours tenu de la collision entre deux âmes sœurs. C'était quelque chose qui se produisait rarement dans ce monde, quelque chose qui, c'était certain, ne lui arriverait plus jamais.

Interminable service de nuit au Trop, elle servait à la table de poker des Caraïbes lorsqu'il s'était installé au tabouret numéro deux. Il y avait un autre joueur, un vieil Asiatique assis au sept. Max était bel homme. Il avait tellement de présence qu'elle n'avait pu s'empêcher de regarder la manière dont il tenait ses cartes, dont il les pliait puis les ouvrait serré avant de les reposer vite à plat et de faire sa mise.

Sauf qu'il montait à tort et à travers et qu'il lui était vite apparu qu'il n'avait rien d'un joueur professionnel. Il perdait gros, mais ne semblait pas s'en soucier. Au bout d'une douzaine de parties, elle se douta qu'il n'était pas venu là pour jouer. Que, de fait, c'était pour surveiller l'autre joueur. Il était en train de monter une arnaque, ce qui le rendait d'autant plus fascinant.

À la pause, elle avait attendu près du guichet de la caisse et avait regardé Max observer l'Asiatique. Pour finir, celui-ci avait lâché son tabouret et déclaré que ça suffisait pour la journée. Au bout de quelques instants Max l'avait imité et avait commencé à le suivre. Il n'avait renoncé que lorsque sa cible avait pris un ascenseur.

C'était à ce moment-là qu'elle s'était lancée en allant droit à sa rencontre.

— Je veux en être, lui avait-elle dit.

Interloqué, Max s'était contenté de la dévisager.

— Je ne sais pas ce que vous êtes en train de fabriquer, avait-elle insisté, mais je veux apprendre. Et je veux que ce soit vous qui m'appreniez. Je veux en être.

Il avait continué de la regarder pendant encore quelques minutes, puis un fin sourire lui avait ourlé les lèvres.

— Je m'appelle Max, avait-il dit. Vous voulez boire un coup ou bien c'est interdit aux croupiers ?

— Ça leur est effectivement interdit, mais les règles, je viens juste de les laisser tomber.

Le sourire de Max s'était beaucoup élargi.

Tout en continuant de distribuer les cartes sur la table, elle jetait de temps en temps un coup d'œil sur l'écran de l'enregistreur. À une heure du matin, seule la lumière de la télévision éclairait encore la chambre d'Hernandez. Ce dernier s'était étalé en travers de son lit et, déjà sous les couvertures, avait détourné le visage du poste. Cassie remarqua que la lumière ne sautait pas. L'image était donc immobile. Elle comprit alors qu'il dormait et que le film payant qu'il avait regardé était terminé. L'écran était probablement tout bleu, ou occupé par un menu.

Elle consulta sa montre et se dit qu'Hernandez serait au plus profond de son cycle de sommeil vers 2 heures 45. Elle décida d'attaquer à trois heures. Cela lui laisserait amplement le temps de faire ce qu'il fallait avant l'arrivée de la lune noire dont parlait Leo.

Elle reglissa les cartes dans leur paquet et remit celui-ci dans son sac. Puis elle décida de faire quelque chose qui, elle le savait, allait la mettre inutilement en danger, mais qu'elle ne pouvait pas ne pas faire. Pour Max et pour elle.

16

Elle se fraya un chemin à travers la foule encore dense qui occupait les salons à cocktails de l'hôtel. Il y avait certes beaucoup de monde, mais la table qu'elle voulait était vide. Elle s'y assit et regarda la salle de jeu sans plus vraiment la voir. Avec Max lui revint le souvenir de tous les coups qu'ils avaient faits ensemble et aussi de la manière dont, le *Sun* et le *Review Journal* les ayant traités de « détrousse-flambeurs », l'Association des casinos de Las Vegas avait promis une récompense pour leurs arrestation et condamnation. Elle se rappela également comment au bout d'un certain temps ça n'avait même plus été une question d'argent. Comment tout tournait autour de l'excitation que leurs opérations leur procuraient. Comment ils pouvaient passer toute la nuit à faire l'amour après un boulot.

— Vous désirez ?

Elle leva la tête et regarda la serveuse.

— Euh... je voudrais un Coca avec une cerise et une bière à la pression.

La serveuse posa deux serviettes, une devant Cassie et une autre en face d'elle, de l'autre côté de la petite table ronde, puis elle lui sourit d'un air vaguement fatigué de ce monde.

— Vous attendez quelqu'un ou bien ce deuxième verre est-il là pour écarter les dragueurs ?

Cassie lui sourit et acquiesça d'un hochement de tête.

— Je veux juste être seule, dit-elle.

— Je vous comprends. Les clients sont durs ce soir. Ça doit être la lune.

Cassie la dévisagea.

— La lune ?

— Elle est pleine. Vous n'avez pas vu ? Elle brille plus fort que tous les néons du coin. Et, par ici, la pleine lune ajoute toujours un peu de tension. Je suis ici depuis assez long-temps pour le savoir.

Puis elle hocha la tête comme si elle voulait couper court à tout débat sur la question. Cassie lui renvoya son hoche-ment de tête et, la serveuse s'étant éloignée, tenta d'ignorer ce qu'elle venait d'entendre pour se concentrer sur le sou-venir de cette nuit où, six ans plus tôt, elle s'était assise au même endroit exactement. Mais rien à faire : si fort qu'elle pensât au beau visage de Max, son esprit était ramené à tous les malheurs qui avaient suivi. Encore une fois elle s'étonna que ce moment de joie intense qu'elle avait connu alors pût aussi être celui qui maintenant suscitait en elle tant de douleur, de crainte et de honte.

Elle fut tirée de sa rêverie par la serveuse qui était reve-nue et posait ses boissons sur les serviettes. Elle laissa aussi une fiche blanche avant de s'en aller. Cassie la retourna et découvrit qu'elle devait quatre dollars. Elle sortit un billet de dix de sa poche et le posa sur la table.

Puis elle regarda les bulles monter dans sa bière et former un col de mousse d'un bon centimètre d'épaisseur en haut du verre. Elle se rappela la mousse dans la moustache de Max ce soir-là et sut au plus profond d'elle-même que ce qu'elle allait faire avait aussi beaucoup à voir avec lui. Dieu sait comment, elle en était venue à croire que sa culpabilité serait moins lourde et que tout ce qui s'était passé avant serait racheté si elle s'acquittait correctement de sa tâche. L'idée était folle, mais c'était bien celle à laquelle elle s'était accrochée en secret, celle qu'elle semblait avoir maintenant mise aussi haut que toutes les autres. Si elle faisait bien ce boulot, elle pourrait remonter le temps et se faire pardonner ses fautes, quand bien même ce pardon ne durerait qu'un instant.

Elle prit son Coca et regarda autour d'elle pour s'assurer que personne ne l'observait. Elle surprit une femme en train de la dévisager, mais comprit vite que c'était son propre reflet qu'elle regardait dans la glace du fond de la salle. À cause de sa perruque, du chapeau et des lunettes, elle n'avait pas reconnu la personne qu'elle regardait.

Elle se détourna rapidement, reprit sa boisson, tendit le bras en travers de la table et choqua très légèrement son verre contre celui de Max.

— Jusqu'au bout, dit-elle. Jusqu'à l'endroit où le désert se fait océan.

Elle but une gorgée de Coca et y retrouva l'arrière-goût de cerise. Puis elle reposa son verre, se leva de table, quitta le salon et traversa le casino pour regagner les ascenseurs.

En suivant le rituel. Sans jeter un seul regard en arrière.

17

À 3 heures 5, Cassie Black ouvrit la porte de la suite 2015, regarda à droite, à gauche, et sortit dans le couloir avec la chaise de son bureau. Elle avait renoncé à son déguisement. Elle portait maintenant un jean et un T-shirt noirs, ce dernier moulant et sans manches. Autour de sa taille se trouvait la petite banane renfermant les outils dont elle aurait besoin. Elle posa la chaise sous l'applique lumineuse posée près de la porte de la suite 2014 et monta dessus. Elle humecta ses doigts gantés, enfila sa main dans l'abat-jour et tourna l'ampoule jusqu'à ce qu'elle s'éteigne. Elle plaça ensuite la chaise sous l'applique de la suite 2015 et l'éteignit à son tour. Elle rapporta enfin la chaise dans sa chambre et retourna dans le couloir munie d'une taie d'oreiller noire et d'une paire de lunettes de vision nocturne qu'elle se passa autour du cou.

Elle appuya sa porte contre le loquet afin qu'elle ne se referme pas complètement et traversa le couloir. Elle ôta la pancarte NE PAS DÉRANGER du bouton et la posa par terre. Puis elle prit sa carte électronique, vérifia l'heure à sa montre et glissa la carte dans le lecteur. Le petit témoin vert fixé sur la plaque de propreté s'alluma. Elle tourna silencieusement la poignée et commença à pousser.

Il y eut un léger déclic avant que la pâte adhésive y aille de son petit bruit de succion en lâchant et que le loquet se détache du chambranle de la porte. Elle passa les doigts par l'ouverture et rattrapa le loquet avant qu'il ne puisse dégringoler ou cogner par terre. Au même instant elle entendit le clip du système d'alarme d'Hernandez — celui-là même qu'elle avait trafiqué — se détacher de l'encadrement. Elle fit le tour de la porte et, soigneusement et sans faire le moindre bruit, elle la referma. Elle décrocha le loquet et le posa sur le tapis. Puis elle se releva et s'immobilisa un instant tandis que ses yeux s'habituaient à l'obscurité de la suite et que l'adrénaline, elle le sentit, se ruait dans son sang. On aurait dit un doigt plein de douceur qui lui descendait le long de la colonne vertébrale. Tous les fins poils blonds de ses bras se hérissèrent comme sous un courant électrique.

Enfin elle entra dans la suite et contempla la salle de séjour. La trouvant vide ainsi qu'elle s'y attendait, elle centra son attention sur les doubles portes qui donnaient sur la chambre. L'une d'elles ayant été laissée entrouverte, elle entendit de profonds ronflements. Leo ne s'était pas trompé — une fois de plus, pensa-t-elle. Oui, Hernandez ronflait. C'était comme d'avoir un système d'alarme sur les lieux mêmes de son mauvais coup.

Elle franchit la porte et se retrouva dans la lumière bleutée de la chambre. Elle avait bien deviné — l'écran de télévision affichait un menu bleu après le film qu'Hernandez avait regardé. La lueur projetée dans la pièce était si forte que Cassie décida de se passer de ses lunettes de vision nocturne.

Dans la lumière bleue, elle voyait la grosse poitrine d'Hernandez se soulever et s'abaisser. Ses ronflements étaient profonds et sonores. Elle se demanda s'il était marié et si sa femme pouvait dormir dans la même pièce que lui.

Plus loin, sur la table de nuit, les chiffres de son réveil rougeoyaient. Elle avait tout le temps. À côté, elle vit sa montre et son portefeuille — et son arme. Apparemment, il l'avait sortie de sa veste accrochée dans la penderie afin d'être paré. Elle fit le tour du lit et s'approcha de la table de nuit. Hernandez grogna et se mit à bouger. Elle se figea sur place.

Il leva la tête, puis la laissa retomber, ouvrit la bouche et la referma, changea de position. Allongé sur le dos, il dormait avec la courtepointe remontée jusqu'au cou. Les ressorts du lit protestèrent lorsqu'il redistribua son poids sur eux. Enfin il retrouva une position confortable et cessa de bouger.

Après un long moment d'immobilité, Cassie fit les trois pas qui la séparaient de la table de nuit et s'empara de l'arme. Elle déplia lentement sa taie d'oreiller et l'y glissa. Elle y fit aussi tomber le portefeuille et prit la montre. Elle la retourna dans sa main en faisant attention à ce que le bracelet en métal ne tinte pas. Puis elle passa son doigt sur le dessous du boîtier et sentit qu'il était en acier inoxydable. Aucune aspérité signalant la marque gravée comme il y en aurait eu sur une Rolex. C'était une contrefaçon. Elle la reposa doucement sur la table de nuit et s'éloigna lentement du lit à reculons.

Elle dut se retenir de foncer droit sur le coffre, de l'ouvrir, de piquer le fric et de se tailler : il fallait récupérer les caméras. L'équipement étant fait maison, les flics auraient pu remonter jusqu'aux établissements Hooten's L & S. Et s'ils pouvaient remonter jusque-là, ils pouvaient remonter sans problème jusqu'à Jersey Paltz. Et ensuite Leo.

Elle tira la chaise de dessous le secrétaire, la plaça sous la caméra du détecteur de fumée et monta lentement dessus. Elle ouvrit le boîtier et, à l'aide d'une petite paire de pinces coupantes qu'elle sortit de sa banane, elle sectionna le fil qui conduisait au ruban de Conduct-O. Elle referma ensuite, très soigneusement, le boîtier et ôta le détecteur de fumée du mur, sa partie adhésive s'en détachant avec un petit crissement. Elle pivota sur la chaise pour regarder le lit. Hernandez n'avait pas bougé.

En redescendant de sa chaise, elle faillit bien pousser un hurlement lorsqu'elle s'entrevit dans la glace accrochée à une des portes de la suite et crut qu'il y avait quelqu'un d'autre dans la pièce. Elle glissa le détecteur de fumée dans sa taie d'oreiller et remit la chaise à sa place. En se retournant vers le lit, elle approcha son poignet de sa poitrine et appuya sur le bouton qui allumait le cadran de sa montre. Il était maintenant 3 heures 11 du matin et il ne lui restait plus qu'à s'occuper de la penderie et du coffre.

Elle sortit son couteau de vitrier de sa banane, retrouva la marque de crayon sur le montant de la porte, enfila la lame de l'outil dans la fente et, en suivant la même procédure que précédemment, ouvrit la penderie sans allumer la lumière à l'intérieur. Une fois entrée, elle referma les portes derrière elle, fit glisser doucement et sans bruit les habits d'Hernandez d'un côté, monta sur le coffre-fort et attrapa l'ampoule au-dessus de sa tête. Elle la dévissa et la laissa sur l'étagère, à côté de l'oreiller supplémentaire.

Puis elle s'accroupit par terre et se servit d'un tournevis pour ôter la plaque de la prise électrique derrière laquelle se trouvait la deuxième caméra. Elle coupa le Conduct-O et ôta l'émetteur. Elle passa ensuite la main derrière le coffre, s'empara de l'antenne, la sortit de sa cachette, sectionna tous les rubans et la rangea dans sa taie d'oreiller avec le reste de l'équipement.

Enfin le coffre. Elle respira un bon coup, approcha les doigts du pavé numérique et y tapa soigneusement la combinaison 4, 3, 5, 1, 2 qu'elle avait apprise par cœur. Le coffre s'ouvrit en faisant le bruit étouffé d'un étui de balles de tennis dont on ôte le couvercle. Elle se figea et attendit, l'oreille gauche plaquée contre les lattes de la porte. Hernandez ronflait toujours aussi fort.

Elle tira doucement la porte du coffre pour l'ouvrir entièrement, puis elle changea de position afin de se placer entre l'ouverture et la chambre derrière elle. Enfin elle sortit son petit crayon lumineux et ne l'alluma qu'après l'avoir introduit dans le coffre.

Le faisceau de lumière dévoila la grosse liasse de billets qu'Hernandez y avait déposée. À côté se trouvait un porte-clés avec quatre clés. Et rien d'autre.

Elle éteignit la lumière et resta immobile un instant – pour réfléchir. Où était passé le contenu de la mallette ? Où était le demi-million de dollars en liquide promis par les associés de Leo ?

Elle tendit de nouveau la main, s'empara de la pile de billets et les étala sur ses genoux. Elle ralluma brièvement la lumière et s'aperçut qu'il n'y avait pratiquement que des billets de cent dollars. À vue de nez elle n'avait pas loin de cent mille dollars sur les genoux. Cela faisait certes beaucoup d'argent – bien plus qu'elle n'en avait jamais eu ou volé. Mais elle était loin du total que tous, elle comprise, avaient espéré. Il y avait quelque chose qui clochait. *Où était la mallette ?*

Elle s'aperçut alors qu'elle ne l'avait pas vue en passant

dans les autres pièces. Elle allait devoir revenir dans la suite pour la chercher. Hernandez avait-il eu un accès de paresse et décidé de ne pas l'ouvrir pour en transférer le contenu dans le coffre ? Se croyait-il en sécurité avec son pistolet et son alarme de porte ?

Cassie fit tomber la pile de billets dans la taie d'oreiller, referma le coffre et se redressa. Elle enroula le bout de la taie d'oreiller autour de sa main droite et le serra fort afin que son butin ne fasse pas de bruit. Elle rouvrit la porte droite de la penderie et s'apprêtait à sortir lorsque le téléphone sonna sur la table de nuit d'Hernandez.

Elle rentra vite dans la penderie et en referma la porte sans faire de bruit.

La sonnerie retentit une deuxième fois, puis elle entendit bouger Hernandez. Elle avait fait une erreur. Plutôt que de battre en retraite dans la penderie, elle aurait dû en sortir avec ce qu'elle avait et regagner sa suite de l'autre côté du couloir.

Parce que maintenant elle était coincée. C'était probablement la sécurité qui appelait... pour lui dire que quelqu'un était entré en face !

Les ressorts du sommier grincèrent tandis qu'Hernandez remuait sur son lit. Il décrocha à la quatrième sonnerie.

— Allô ? dit-il d'une voix râpeuse.

Cassie ferma les yeux et écouta. Elle ne pouvait rien faire.

— Qu'est-ce que tu branles ? lança Hernandez d'un ton furibard. Quelle heure il est ?

Cassie rouvrit les yeux et se rappela l'arme et le portefeuille. Si jamais il allumait, il verrait qu'ils avaient disparu de la table de nuit et viendrait tout de suite vérifier le coffre.

— Y'a trois heures de décalage, espèce de connard !

Elle plongea la main dans son sac et serra les doigts autour de son shocker. Elle l'alluma à l'intérieur du sac et l'en sortit tout doucement. Et s'aperçut aussitôt que le témoin de charge était éteint. Elle tenta de le remettre en marche plusieurs fois, mais rien à faire : le voyant rouge refusait de s'allumer. L'arme était déchargée. Alors elle se souvint qu'elle ne l'avait pas éteinte en la cachant dans son sac avant d'aller retrouver Jerry Paltz. L'avoir laissée aussi longtemps allumée après avoir flanqué une bonne décharge à Paltz avait vidé les piles.

Elle regarda entre les lattes de la porte et vit la forme massive d'Hernandez se découper dans la lumière bleue de la chambre. Il était assis au bord de son lit. Elle abaissa sa taie d'oreiller jusque par terre et plongea la main dedans.

— Ouais, bon, tu m'appelles. Rien à foutre qu'il soit nerveux ou pas ! Qu'est-ce que tu veux que j'y fasse à trois heures et quart du matin ?

Cassie sortit le Smith & Wesson.

— Ouais, ouais, plus tard. Salut.

Hernandez raccrocha à toute volée.

— Putain ! hurla-t-il.

La lueur bleutée de la télévision disparaissant, la penderie fut plongée dans le noir complet. Cassie entendit grincer les ressorts tandis qu'Hernandez essayait de se remettre à son aise pour retrouver le sommeil. Elle avait allumé tout doucement ses lunettes de vision nocturne et les ajustait sur sa figure lorsqu'il lâcha un autre juron.

— Merde !

Une lumière s'alluma dans la chambre. Elle entendit le lit qui protestait, puis des bruits de pas qui se rapprochaient sur le tapis. Hernandez venait voir dans la penderie. Elle se tassa tout au fond et leva son pistolet, coudes au corps et en le tenant à deux mains. Et se dit qu'elle ne tirerait pas. Qu'elle le ferait seulement reculer jusqu'au moment où elle pourrait se sauver.

La grande ombre d'Hernandez bloqua la lumière qui filtrait entre les lattes. Cassie se tendit.

Mais l'ombre s'en fut et personne ne vint ouvrir les portes de la penderie. Cassie baissa son arme et fit un pas en avant. Quelques instants plus tard, elle entendit la lunette des W.-C. claquer violemment contre le réservoir de la chasse, puis Hernandez qui urinait. Elle abaissa complètement son arme et dut beaucoup lutter pour ne pas tout laisser en plan, attraper sa taie d'oreiller et foncer vers la porte. Elle aurait sûrement atteint l'escalier avant qu'il comprenne ce qui se passait. Et elle serait armée. Il ne pourrait rien faire d'autre qu'appeler la sécurité. Mais à cette heure-là, celle-ci serait réduite au minimum. Elle aurait quitté l'hôtel avant que quiconque ait pu réagir.

Au lieu de ça, elle resta dans la penderie et attendit. Elle savait qu'il n'y avait pas de meilleure fuite que celle qui passe inaperçue. Mais ce n'était pas la vraie raison. La vraie raison, c'était la mallette. Elle la voulait. Elle en avait besoin.

Hernandez tira la chasse, un long moment s'écoulant avant qu'il finisse par repasser devant elle et retourne au lit. La lumière s'éteignit sans qu'il ait remarqué que son arme et son portefeuille avaient disparu de sa table de nuit.

Cassie se rassit lentement par terre, le dos contre le coffre et les genoux repliés devant elle. Elle ralluma le cadran de sa montre et regarda l'heure. 3 heures 20. Elle en éprouva un sentiment de détresse immense. Elle croisa les bras sur ses genoux et baissa la tête. Elle savait qu'elle ne pourrait pas quitter la penderie avant que la lune noire ait commencé.

Elle songea à Leo. Elle se demanda s'il était toujours éveillé à cette heure et s'il pensait à la lune noire — s'il était en train de consulter sa montre. Il avait parlé de malchance. Mais pour elle, la malchance avait commencé bien avant la lune noire. Elle avait commencé avec le coup de téléphone qu'on avait passé à Hernandez. C'était ça, la tuile. Et il faudrait qu'elle le dise à Leo. Qu'elle explique. Mais il comprendrait, sûrement. Et s'il ne comprenait pas, elle ferait ce qu'il faut pour l'y obliger.

18

À 3 heures 46 du matin, Cassie Black rouvrit les yeux dans la penderie de l'homme qu'elle essayait de dévaliser. Il avait fini par se remettre à ronfler, l'heure était venue d'achever le travail. Elle se redressa lentement, poussa la porte, remit ses lunettes de vision nocturne et regarda le lit. Hernandez était de nouveau sous les couvertures, la tête redressée sur deux oreillers. Si jamais il ouvrait les yeux, il ne verrait qu'elle, mais, respiration lourde et ronflements gutturaux, tout indiquait qu'il dormait profondément. Qu'il se réveille n'avait d'ailleurs plus d'importance pour elle. Elle en avait assez d'attendre. Trouver la mallette, sortir de la suite et quitter Las Vegas pour de bon, il n'y avait plus que ça qui comptait.

Elle se pencha en avant et se massa le mollet gauche. Elle avait attrapé une crampe pendant l'attente. Lorsqu'elle fut enfin prête, elle s'enroula la taie d'oreiller autour de la main et une fois de plus elle ouvrit la porte de la penderie en grand.

L'espace d'un instant, elle resta immobile dans la chambre et fixa la masse endormie dans le lit. Voir la cible en train de dormir était toujours ce qu'il y avait de plus étrange dans ce travail. C'était comme d'être au courant d'un secret qu'on n'était pas censé connaître. Elle balaya la pièce du regard, mais rien : pas trace de la mallette nulle part.

Elle repassa dans l'alcôve à reculons et regarda dans la salle de bains. Rien non plus. Elle regagna la chambre, s'agenouilla par terre, glissa son crayon lumineux sous le lit et l'alluma. En dehors d'un bel assortiment de moutons et d'un menu du service en chambre, l'espace était vide.

Elle se releva, se rendit dans la salle de séjour et la passa au peigne fin, un mètre carré après l'autre. Toujours rien qui aurait pu laisser deviner où se trouvait la mallette. Elle commença à paniquer et repensa à la décision qu'elle avait prise de descendre au bar pour y boire un Coca à la cerise et se remémorer les derniers instants qu'elle avait vécus avec Max. Et si Hernandez en avait profité pour se lever de son lit, quitter sa suite et aller planquer sa mallette ailleurs avant de réintégrer sa chambre ? Ça semblait ridicule, sauf que cette mallette, elle n'arrivait toujours pas à mettre la main dessus.

Soudain elle se rappela le coffre-fort. Fait inexplicable, les clés d'Hernandez se trouvaient à l'intérieur. Elle essaya de comprendre ce que ça voulait dire et parvint très vite à une conclusion. Les clés attachées au porte-clés ouvraient la mallette et les menottes. Les mettre dans le coffre plutôt que de prendre les mesures propres à protéger la mallette et son contenu n'avait de sens que si lesdites mesures avaient été déjà prises d'une autre manière. Si Hernandez n'avait pas quitté la suite, comment faire autrement que d'utiliser le coffre si l'on voulait protéger la mallette ?

Cassie revint dans la chambre et scruta le lit. Et revit ce qu'elle avait découvert dans le judas lorsque la cible avait ouvert sa porte : la mallette. Elle était attachée à son poignet droit. Cassie passa du côté droit du lit et fit glisser doucement les mains sur les couvertures froissées, en prenant grand soin de ne pas effleurer les formes qu'y dessinait le corps du dormeur. Elle ne respirait plus. Jamais encore elle ne s'était trouvée aussi près de sa victime. Trop près, se dit-elle tandis que tous ses sens se concentraient sur le lit et l'énorme corps qui y ronflait.

Enfin sa main toucha quelque chose de plat et dur : elle avait trouvé la mallette. Elle commença à soulever la courte-pointe et continua jusqu'au moment où la mallette et le poignet droit d'Hernandez furent à découvert.

Se rendant alors compte qu'elle avait besoin des clés pour arriver à ses fins, elle retourna dans la penderie et rouvrit le coffre. Et remarqua qu'elle avait laissé le Smith & Wesson dessus. Elle le reprit, ouvrit le coffre et saisit doucement des clés. Et les étudia à la lumière verte de ses lunettes. Il y en avait quatre et Cassie avait vu assez de menottes en prison pour savoir que la petite à fût rond était celle qui l'intéressait. Elle la sépara des autres de façon à pouvoir s'en servir sans que ces dernières se mettent à tinter et quitta encore une fois la penderie pour regagner la chambre à coucher.

Hernandez n'avait pas bougé. Elle posa le pistolet sur le lit et sans faire de bruit glissa la clé dans la menotte attachée à la poignée en acier de la mallette. Puis elle la fit tourner, la menotte s'ouvrant aussitôt avec un déclic métallique. Cassie commença à ôter cette dernière au moment même où, probablement alerté par ce léger bruit, Hernandez se mettait à bouger.

Cassie libéra la menotte, se redressa et décolla la mallette du lit. Puis elle se pencha de nouveau en avant et s'empara du pistolet. Hernandez poussa un soupir et donna des coups de pieds sous les couvertures. Il était en train de se réveiller.

166

Cassie leva son arme. Et se dit qu'elle serait capable de tirer s'il le fallait. Elle n'aurait qu'à accuser le coup de fil importun, la lune noire, ou le destin. Ça n'avait aucune importance. L'important, c'était qu'elle ferait ce qu'il fallait. Elle brandit l'arme droit devant elle et la pointa sur la masse qui s'agitait dans le lit.

DEUXIÈME PARTIE

19

Il n'y avait personne à la vigie et ce fut la première chose que Jack Karch remarqua en traversant le casino. Que Vincent Grimaldi n'y ait pas pris place ne le surprit pas autrement : il savait parfaitement où celui-ci était passé. Cela dit, depuis l'ouverture du Cleo, la coutume et la pratique ordinaire voulaient qu'il s'y trouve toujours quelqu'un. Vingt-quatre heures sur vingt-quatre, sept jours sur sept. Quand ce n'était pas Grimaldi qui surveillait, c'était quelqu'un d'autre. De fait, Karch n'ignorait pas que tout ça n'était qu'illusion. Que tour de passe-passe. Il savait bien que c'était l'apparence de la sécurité qui créait la sécurité. Il n'en restait pas moins qu'il n'y avait personne là-haut et que ça, ça voulait dire que Vincent ne l'avait pas appelé pour des babioles. Cette idée l'excita bien davantage que le demi-litre de café qu'il avait acheté au 7-Eleven et avalé en venant.

Tout en zigzaguant entre les tables et les joueurs éméchés qui croisaient son chemin sans rien voir, il garda les yeux fixés sur la porte derrière la mezzanine, s'attendant à en voir sortir un agent de la sécurité qui, peut-être, rajusterait son col de chemise ou sa cravate en allant prendre son poste. Mais personne ne se montrant, Karch finit par baisser les yeux lorsqu'il eut atteint le vestibule des ascenseurs de la tour Euphrate.

171

Ce dernier était vide, à l'exception d'une femme qui attendait, son gobelet de petite monnaie en plastique à la main. Elle regarda son visage sévère, puis se détourna en posant sa main libre sur l'ouverture du gobelet comme si elle voulait en protéger le contenu. L'air de rien, Karch s'approcha du cendrier installé sous le bouton d'appel, posa son pied dessus et se pencha en avant comme s'il s'apprêtait à lacer sa chaussure. Tout cela pour avoir le dos tourné à la femme. Puis, au lieu de nouer son lacet, il plongea le doigt dans le sable noir qu'on venait d'aplanir après en avoir ôté les mégots de cigarettes et l'enfonça jusqu'au moment où il sentit ce qu'il savait y trouver. Il retira la carte électronique au moment même où l'ascenseur annonçait son arrivée en sonnant.

Il suivit la femme dans la cabine, chassa le sable noir de la carte en soufflant dessus et se servit de cette dernière pour enclencher la touche Suites Dernier Étage après que la femme eut appuyé sur le bouton du sixième. Debout à côté d'elle, il n'eut aucun mal à voir entre ses doigts écartés. Son gobelet était à moitié plein de pièces de cinq cents. La femme était une petite joueuse et ne voulait pas qu'il s'en aperçoive. Ou bien alors c'était qu'il avait l'air suspect. Elle avait à peu près le même âge que lui et une chevelure abondante. Il pensa qu'elle devait être montée du Sud. Elle avait baissé la tête, mais il savait très bien qu'elle surveillait son reflet dans le bois poli de la porte. Il avait, il ne le savait que trop, un visage qui rendait les gens méfiants. Son menton et son nez étaient trop anguleux, sa peau restait jaunâtre malgré tout le temps qu'il passait dans le désert et ses cheveux noirs avaient le luisant d'une limousine. Mais ce n'était rien à côté de ses yeux. Ils avaient la couleur d'une flaque d'eau gelée et paraissaient à peu près aussi vivants.

172

Il plongea la main dans sa poche et sortit son paquet de cigarettes. Serrant ensemble les quatre doigts de sa main droite afin d'en masquer le reflet, il prit deux cigarettes et plaça la première dans la paume de sa main gauche tandis qu'il faisait passer la deuxième dans son autre main. Il s'attendait à entendre la femme protester, mais elle garda le silence. En véritable expert, il lui fit alors le tour de magie que son père lui avait appris bien des années auparavant. En tenant la deuxième cigarette au bout des quatre doigts et du pouce de sa main gauche, il lui fit croire qu'il se l'enfonçait dans l'oreille pour la ressortir de sa bouche et la replacer entre ses lèvres avec sa main droite.

Il observa le reflet de la femme et comprit qu'elle l'avait regardé faire. Elle se tourna légèrement comme si elle était sur le point de dire quelque chose, mais se ravisa. Puis, la porte s'étant ouverte au sixième, elle sortit. Au moment où, quittant le vestibule, elle prenait à gauche et où la porte de l'ascenseur commençait à se refermer, il l'appela.

— Hé, dit-il, vous avez quand même regardé !

Puis il rit en son for intérieur tandis que, les portes continuant à se refermer, la femme lui tournait le dos.

— La prochaine fois, apportez vos nickels ailleurs ! lui lança-t-il dès que l'ascenseur recommença à monter.

Il secoua la tête. Et dire que le Cleo avait jadis été si prometteur ! Ce n'était plus maintenant qu'un casino pour joueurs fauchés, un endroit où les tapis étaient sans épaisseur et la piscine fréquentée par des types en sandales et chaussettes noires. Une fois encore il se demanda ce qu'il foutait, pourquoi et comment il avait fait son compte pour se vendre à Vincent Grimaldi.

Dix secondes plus tard, il arrivait au vingtième. Il passa

dans le couloir et le trouva vide, à l'exception d'un chariot de service qu'on y avait poussé. Il l'évita, remarqua que ça sentait le rance et fila sur la droite.

Il leva les yeux sur la première porte qu'il longeait et découvrit que c'était celle de la suite 2001. Il ne l'avait pas oubliée, et cela remontait pourtant à loin. C'était là qu'il avait fait sa première offre à Vincent Grimaldi. Ça lui parut si ancien qu'il en fut agacé. Qu'avait-il fait depuis ? Pas grand-chose, il le savait. Vraiment pas grand-chose. Peut-être n'était-il lui aussi qu'un joueur fauché au milieu d'un palace pour minables. Ses pensées revenant à la vigie du casino, il imagina la vue de la salle de jeu qu'on devait y avoir.

Arrivé à la porte de la suite 2014, il l'ouvrit avec sa carte électronique.

À peine entré, il vit que Vincent Grimaldi se tenait devant la porte-fenêtre de la salle de séjour. Il donnait l'impression de regarder dans le vide, par-delà la ville et le désert qui s'étendait au pied des montagnes brunes bordant l'horizon. Le ciel était clair et le temps superbe.

Grimaldi, qui ne semblait pas l'avoir entendu entrer, ne se retourna pas. Karch traversa le vestibule et pénétra dans la salle de séjour. Il remarqua que les portes de la chambre étaient fermées. L'endroit sentait le vieux cigare, le désinfectant et quelque chose d'autre. Il essaya de trouver, et son cœur s'emballa. Ça sentait la poudre brûlée. Pour une fois, Vincent avait sans doute vraiment besoin de lui.

— Vincent ? dit-il.

Grimaldi se retourna. De petite taille et très bronzé, il avait une figure en V, les traits marqués et la peau un peu trop tirée sur les pommettes. Cheveux gris fer parfaitement ramenés en arrière, costume Hugo Boss impeccable. Il s'habillait toujours comme si c'était l'hôtel et le casino du Mirage qu'il dirigeait. De fait, le mirage, c'était lui. Le Cleopatra était en train de glisser de la deuxième à la troisième zone. Seul l'endroit du Strip où il se trouvait freinait un peu cette dégringolade. Mais, ça ne faisait aucun doute, Grimaldi n'était plus que le capitaine d'une vieille péniche perdue dans un océan de paquebots de luxe tels que le Belagio, le Mandalay Bay et le Venitian.

— Jack ! s'écria-t-il. Je ne t'avais pas entendu. Où étais-tu passé ?

Karch ignora sa question et consulta sa montre. Huit heures dix. À peine quarante minutes s'étaient écoulées depuis qu'il avait reçu l'appel au secours de Grimaldi sur son beeper. Ce n'était pas mal, surtout si l'on considérait que Grimaldi avait refusé de lui dévoiler la nature du problème au téléphone.

— Qu'est-ce qu'il y a ? demanda-t-il.

— Il y a qu'on a un gros problème.

Il fit un pas en avant et tendit le bras pour reprendre la carte électronique que Karch tenait toujours dans sa main. Karch la lui donna, eut envie d'allumer une cigarette, mais décida d'attendre.

— C'est ce que tu m'as dit au téléphone, reprit-il. Mais maintenant je suis ici, Vincent, et qu'est-ce que je suis censé faire, hein ? Deviner de quoi il s'agit ou attendre que tu veuilles bien me le dire ?

— Non, Jack, je vais te montrer. T'auras qu'à voir.

Il lui indiqua les portes de la chambre en avançant le menton. C'était un geste caractéristique de Grimaldi, qui économisait toujours ses mouvements et ses mots.

Karch le regarda un instant. Il attendait un complément

d'explications, mais rien ne vint. Il se retourna et gagna la porte de la chambre. L'ouvrit et entra dans la pièce.

Elle était plongée dans l'obscurité, seul un rayon de soleil y filtrant sur quelque deux centimètres de largeur entre les deux rideaux fermés. La bande de lumière coupait le lit en diagonale, à l'endroit même où reposait le corps d'un homme obèse au visage tourné vers le plafond. Il lui manquait l'œil droit, celui-ci ayant été oblitéré lorsqu'une balle tirée à bout portant lui était entrée dans l'orbite et lui avait traversé le cerveau. La tête de lit en bois et la portion de mur se trouvant derrière le lit étaient couvertes de sang et de matière grise. Vingt centimètres au-dessus de la tête de lit, la balle avait fait un trou dans le mur.

Karch repassa devant le lit et baissa la tête pour examiner le cadavre. Le mort portait un T-shirt blanc et un caleçon bleu pâle. Karch s'aperçut que des menottes étaient attachées à son poignet droit — les deux autour du même poignet. Et aussi que sur le lit, entre les jambes de la victime, reposait une arme de poing. Il se pencha en avant et l'examina. Smith & Wesson, fini satiné.

Grimaldi s'approcha du seuil de la chambre, mais ne le franchit pas.

— Qui l'a trouvé ? demanda Karch sans détacher les yeux du cadavre.

— Moi.

Karch leva la tête et haussa les sourcils. Il s'attendait à une réponse du genre la femme de ménage, même si de fait c'était un peu tôt pour ça. Mais le directeur du casino, non. Il fut surpris. Grimaldi le sentit et offrit une explication.

— Je devais déjeuner avec lui à sept heures. Enfin... c'était prévu. Quand j'ai vu qu'il ne descendait pas, j'ai appelé dans sa chambre. Et comme il ne répondait pas, je suis monté. Et c'est ça que j'ai trouvé. C'est à ce moment-là que je t'ai appelé.

Karch pensa que tout cela devenait bien étrange.

— Qui était-ce, Vincent ?

— Une mule, rien de plus. Originaire de Miami. Il s'appelle... s'appelait... Hidalgo. Mais nous l'avions inscrit sous un pseudonyme.

Karch attendit, mais Grimaldi en resta là.

— Écoute, Vincent, dit-il, tu veux me mettre au parfum, ou il faut que je fasse appel à Seymour le Voyant dans les salons de l'hôtel pour qu'il m'aide à deviner le reste ?

Grimaldi souffla un grand coup. Karch savourait. Le vieil homme était dans la merde et avait besoin de lui. Karch était déjà sûr de quelque chose et avait bien l'intention d'en tirer le maximum. Et si, pour finir, ça impliquait de remettre Vincent Grimaldi à sa place, il le ferait en un clin d'œil. Il songea au poste de vigie en bas. Il s'y serait bien vu. En train de suivre les mouvements d'argent. De tout regarder.

— Non, je vais te dire.

Il entra dans la pièce et baissa les yeux pour regarder le corps.

— Histoire de fric, reprit-il. Ce gros lard avait deux millions et demi de dollars sur lui. Ils ont disparu et il aurait du mal à nous dire où ils sont passés, tu crois pas ?

— Deux millions et demi de dollars ? Mais pour quoi faire ? Il ne les avait quand même pas apportés ici pour jouer au black-jack, si ?

Il vit une veine se mettre à battre fort tout en haut de la tempe de Grimaldi. Le vieil homme était en colère et Karch savait à quel point il pouvait être dangereux quand ça lui arrivait. Sauf que là, Karch était comme le petit gamin qui se tient au pied de l'arbre de Noël un manche à balai dans les mains : il lui fallait absolument savoir si toutes les boules de verre étaient vraiment si fragiles que ça.

— Il devait faire une livraison, enchaîna Grimaldi. Ce matin. C'était de ça que nous devions parler.

Il montra le cadavre d'un geste et ajouta :

— Et ce matin je débarque et c'est sur ça que je tombe. Cet enfoiré avait fait monter quelqu'un avec lui et maintenant, le fric a disparu. Et il faut que je le rende, moi, ce fric. Il est en compte, tu vois ce que je veux dire ? Il faut qu'on le retrouve et vite fait. Il...

Karch secoua la tête, sortit de sa bouche la cigarette qu'il n'avait toujours pas allumée et coupa la parole à Grimaldi.

— En compte chez qui ?

— Écoute, Jack, y a des choses que t'as pas besoin de savoir. Tout ce que t'as à faire, c'est de te mettre au boulot et de retrouver le...

— Salut, Vincent, dit Karch, et... bonne chance sur ce coup-là !

Il agita la main et se dirigea vers la porte. Il était déjà passé dans la salle de séjour et se dirigeait vers la sortie lorsque Grimaldi le rattrapa.

— Bon, bon, arrête, Jack. Calme-toi ! Je vais te dire, d'accord ? Je vais tout te raconter puisque t'as l'air d'en avoir besoin.

Karch s'immobilisa. Il était toujours devant la porte, Grimaldi se trouvant dans son dos. Il remarqua que le loquet du verrou avait disparu. Il leva la main et toucha le carré sans peinture où on avait vissé ce dernier sur le montant de la porte. Les trous des vis étaient remplis d'une sorte de cire grisâtre. Il s'en frotta un peu entre le pouce et l'index et eut le sentiment d'avoir déjà vu ça quelque part. Il se retourna vers Grimaldi.

— Bon, alors, Vincent, dit-il, tu me racontes et depuis le

début, s'il te plaît. Si tu veux mon aide, il va falloir me dire absolument tout. Sans rien laisser de côté.

Grimaldi acquiesça d'un signe de tête et lui montra le canapé. Karch repassa dans la pièce et s'assit, Grimaldi allant reprendre sa place devant la baie vitrée. De l'endroit où se trouvait Karch, Vincent Grimaldi donnait l'impression d'être entièrement encadré par du ciel bleu. On aurait dit un gros nuage de colère noire posé au milieu. Karch enleva la cigarette de sa bouche et la remit dans la poche de sa veste, avec celle dont il s'était servi pour faire son tour de magie dans l'ascenseur.

— Bon, alors, voilà l'histoire, dit Grimaldi. Il y a quinze jours, quelqu'un m'a averti qu'il allait y avoir des problèmes avec le transfert. Il était arrivé quelque chose en amont. Ce qu'ils appellent « un problème d'associés ».

Karch acquiesça d'un signe de tête. Il n'était pas aussi mouillé que Grimaldi, mais son boulot lui donnait bien plus qu'un aperçu de ce qui se passait. Hôtel et casino, le Cleopatra était à vendre et un consortium de Miami appelé le Buena Suerte Group [1] s'était mis sur les rangs. Après douze semaines d'enquête sur le passé de ces acheteurs potentiels, l'Unité de recherches de la Commission des jeux de l'État du Nevada était sur le point de déposer ses conclusions et de faire ses recommandations à la commission afin que celle-ci entérine ou refuse la vente. Composée de membres tous nommés, cette commission suivait pratiquement tout le temps les avis de l'Unité, le rapport de cette dernière devenant de ce fait un des éléments clés dans toute ouverture ou achat de casino à Las Vegas.

— Qu'est-ce qui s'est passé ? demanda Karch. D'après

1. Ou « Groupe de la bonne chance » *(NdT)*.

mes renseignements, Buena Suerte devait sortir de l'affaire blanc comme neige.

— Jack, le reprit Grimaldi, ce qui s'est passé n'a pas d'importance. Ce qui est important, c'est le fric.

— Tout est important, lui renvoya Karch. Il faut que je sois au courant de tout. Que s'est-il passé ?

Vaincu, Grimaldi leva les mains en signe de capitulation.

— Un nom a fait surface, d'accord ? Et l'Unité a trouvé un lien entre un des directeurs de Buena Suerte et un certain Hector Blanca. Et maintenant, bien sûr, tu vas me demander qui est cet Hector Blanca. Sache seulement qu'il s'agit d'un commanditaire qui devait continuer à ne pas se manifester. Je n'ai pas l'intention d'en dire plus.

— Tu me laisses deviner ? Cuba Nostra, lança-t-il du ton « je te l'avais bien dit ».

Karch et Vincent avaient déjà beaucoup parlé de cet hybride. On y trouvait des soldats de la Mafia transférés du nord-est des USA pour faire équipe avec des exilés cubains fixés à Miami, le but de l'opération étant de prendre le contrôle du crime organisé en Floride du Sud. Dans les milieux bien informés, on racontait que le groupe avait secrètement financé un référendum sur le jeu qui avait foiré quelques années plus tôt. Dès lors, si l'on ne pouvait pas monter de casinos en Floride, il devenait assez logique de chercher à investir son argent ailleurs.

Et cet ailleurs, tout aussi logiquement, incluait un Nevada où il n'y avait pas besoin d'approbation par voie référendaire pour lancer des établissements de jeu. Il suffisait de se débrouiller avec l'URCJ et de tirer parti de la mauvaise mémoire qu'on semblait avoir dans les conseils municipaux. Le fait que, née du rêve d'un escroc, Las Vegas ait été gérée pendant plusieurs décennies par des individus ayant le même genre d'idées paraissait se perdre

180

dans l'amnésie générale. Las Vegas avait ressuscité sous les espèces de « la ville pour tous les Américains ». On y trouvait des navires de pirates et des tours Eiffel miniatures, des chutes d'eau et des grands huit. Bienvenue à toutes les familles de ce pays. Bandits, restez chez vous. L'ennui, c'était que chaque fois que les édiles donnaient l'autorisation de construire un nouveau quartier dans le désert, les excavatrices de la civilisation étaient à deux doigts de remettre à nu les vrais fondements de la cité. Sans parler de certains fils et petits-fils des grands ancêtres — jusques et y compris de ceux qu'on avait enterrés loin dans le désert —, qui ne pouvaient pas se résoudre à passer la main.

— Pas question de parler de Cuba. Nostra, enchaîna Grimaldi en mettant toutes sortes d'accents cubains et italiens dans ses paroles. Ce coup-là, c'est pour mes fesses, et je me fiche pas mal de savoir que tu te trouves sacrément intelligent.

— Bon, d'accord, Vincent. Alors, parlons de tes fesses qui sont dans la merde. Qu'est-ce qui s'est passé ?

Grimaldi se retourna et regarda dehors en parlant.

— Je te l'ai dit, Jack, j'ai entendu des rumeurs selon lesquelles il y aurait eu un problème. On me l'a signalé, mais on m'a aussitôt précisé que le problème pouvait disparaître, qu'on pouvait tout aplanir moyennant finance.

— Pourquoi toi ?

— Pourquoi moi ? Parce que c'est moi qui avais le contact. Tu crois peut-être que je vaux pas un clou, mais ça fait quarante-cinq ans que je travaille dans cette ville, moi. Il y avait déjà une éternité que j'étais là quand ton père a décroché son premier boulot. J'en ai vu des choses, moi. Et j'en sais !

Il jeta un coup d'œil par-dessus son épaule et regarda

Karch droit dans les yeux en prononçant ces derniers mots, Karch y vit un rappel de ce que Grimaldi savait sur lui. Il se détourna et le regretta aussitôt.

— Pas de problème, Vincent, reprit-il. Combien allait coûter cette petite opération de nettoyage ?

— Cinq millions. Deux millions et demi d'avance, le reste après le vote de la commission.

— D'où il faut conclure que, en t'en mêlant pour arranger le coup, tu allais asseoir ta position dans le nouveau système.

— En gros, oui, Jack. Et la tienne aussi. Tous ceux qui bossent avec moi en auraient profité. J'allais être promu à la direction. J'aurais enfin été en mesure de choisir mes bonshommes dans les casinos et de mettre qui bon me semblait à la surveillance.

— Et M. Hector Blanca ? Il avait pas envie d'avoir un bonhomme à lui à la vigie ?

— Aucune importance. Le marché que j'avais conclu me laissait le choix.

Karch se leva et rejoignit Grimaldi à la fenêtre. Ils continuèrent de parler en regardant le désert et les montagnes au-delà.

— Ce qui fait que le type sur le lit, cet... Hidalgo, était venu avec le premier versement et s'est fait détrousser. Pour moi, c'est plutôt leur problème à eux, Vincent, pas à nous.

Grimaldi lui répondit d'un ton égal en usant de propos sévères, mais mesurés. Fini les pitreries : c'était dans ces moments-là, et Karch le savait, qu'il était le plus dangereux. Aussi dangereux qu'un chien à la queue cassée. Tu essaies de le caresser, tu te retrouves avec une main en moins.

— C'est mon problème à moi et donc le tien, lui rétorqua-t-il. C'est moi qui avais arrangé la transaction. Dès qu'Hidalgo est descendu de son avion à l'aéroport

McCarran, le fric et lui passaient sous ma protection. C'est comme ça que Miami voit les choses et c'est pour ça que c'est pour mes fesses.

Karch haussa les sourcils.

— Tu en as déjà parlé à Miami ? demanda-t-il.

— J'en ai parlé à Miami juste avant de t'appeler. Pas très marrant comme coup de téléphone, mais on m'a bien fait comprendre le tableau. La mule n'est pas une grande perte, mais l'argent, c'est pas pareil. Ils m'en tiennent responsable.

Il marqua une pause et lorsqu'il reprit la parole il y eut comme une note de désespoir, voire de supplication dans sa voix. Légère, sans doute, mais qu'on ne pouvait manquer. C'était la première fois que Karch l'entendait depuis toutes ces années qu'ils travaillaient ensemble.

— Il faut que je récupère le fric, Jack, reprit Grimaldi. Le rapport de l'URCJ part à l'imprimerie mardi. Après, il sera trop tard pour changer. Il faut que je récupère le fric et que j'effectue le règlement, sinon c'est la vente qui fout le camp. Et ça ? si jamais ça arrive, Miami va nous envoyer du monde.

Encore une fois il se servit de son menton pour lui montrer quelque chose — le désert ce coup-ci.

— C'est là-bas qu'ils m'emmèneront, Jack. Moi et tous ceux qui n'auront pas fait tout ce qu'il faut dans cette ville. On ira dormir dans le sable.

Il secoua la tête de haut en bas, une fois, vite, et sèchement.

— J'ai soixante-trois ans, Jack, reprit-il. Ça fait quarante-cinq ans que je bosse dans c'te putain de ville et c'est ça que je vais avoir comme cadeau ?

Karch s'autorisa dix secondes de pur délice avant de lui répondre.

183

— On ne peut effectivement pas laisser faire, Vincent. Et on ne le fera pas.

Grimaldi approuva d'un hochement de tête et ses lèvres formèrent un sourire dépourvu de tout humour.

— Ah, Jack ! s'exclama-t-il. C'est que tu connais toutes les ficelles, toi ! T'es pas l'« As de pique » pour rien, allez ! Je savais bien que je pouvais compter sur toi.

20

Il commença par le cadavre. Il en étudia la position et analysa les motifs que le sang avait dessinés en giclant sur la tête de lit et sur le mur. Il était clair que l'obèse était assis sur son lit lorsqu'il avait pris la balle dans la figure. C'était au pied du lit que le tireur se tenait lorsqu'il avait fait feu.

— Un gaucher, dit-il.

— Quoi ?

— Le tireur... c'est un gaucher. À tous les coups ou presque.

Il prit la place du tireur, tendit le bras gauche et hocha la tête. Hidalgo ayant été touché à l'œil droit par quelqu'un qui se trouvait devant lui, il y avait toutes les chances pour que le tireur ait tenu son arme dans la main gauche.

Son regard passa ensuite du corps à la tête de lit, puis au mur. Chez lui, Karch avait deux ou trois livres consacrés aux traces laissées par le sang qui gicle — on y trouvait par exemple l'art et la manière de comprendre ce que signifie la goutte de forme elliptique par opposition à la ronde. Etc., etc. Mais il n'avait jamais dépassé les chapitres d'introduction : la prose était d'un ennui rare et les renseignements donnés assez peu utilisables dans le genre de travail qu'il effectuait. Ce qu'il fallait lire dans le tableau qu'il avait sous les yeux ? Pas grand-chose. Le type avait commencé par être vivant, puis il était mort. Point final.

— A-t-on entendu des coups de feu ? demanda-t-il.

— Non, répondit Grimaldi. Mais comme je tenais à ce qu'il soit isolé, aucune des suites voisines n'était occupée. Ah oui... je ne sais pas si ça a un rapport, mais il y a eu une alerte au feu dans le courant de la nuit.

Karch le regarda.

— À cet étage, aux environs de onze heures, précisa Grimaldi. Quelqu'un avait laissé une cigarette sur un chariot de service rangé dans un recoin, juste au-dessous d'un détecteur de fumée.

Karch adressa un signe de tête au cadavre.

— Et M. Hidalgo a été évacué ? A-t-il quitté sa chambre ?

— Pas qu'on sache. J'ai demandé qu'on rassemble les bandes de vidéo-surveillance de façon à pouvoir tout regarder.

Karch hocha la tête sans trop savoir comment cette alerte au feu pouvait entrer dans le scénario. Il regarda encore une fois le corps.

— À mon avis, ce qu'on a sous les yeux est une tentative assez peu convaincante de nous faire croire à un suicide. Cela dit...

— Ce n'est pas un suicide, Jack. C'est un putain de vol.

— Je sais, Vincent, je sais. Écoute-moi. J'ai dit une tentative destinée à nous le faire croire. Mais minable, cette tentative. Tu ferais mieux de m'écouter avant de partir au quart de tour.

Il décida d'arrêter ses commentaires incessants. Que Grimaldi comprenne donc tout seul. Ce qui le gênait le plus dans tout ça, c'étaient les menottes. Il ne voyait pas pourquoi on ne les avait pas enlevées à Hidalgo.

— Vincent, dit-il, je ne me trompe pas en disant que tu as fouillé la suite de fond en comble pour retrouver le fric, n'est-ce pas ?

— Non, et le fric a disparu. Avec la mallette.

— Et les clés ?

— Les clés ?

— Oui, les clés, répéta Karch en lui montrant le poignet du mort avec ses deux menottes autour. La clé du bracelet... où est-elle ?

— Je n'en sais rien, Jack. Je n'ai pas vu de clés. Celui qui a piqué le fric a dû piquer les clés avec. Mais il va avoir une surprise.

— Une surprise ?

— La clé de la mallette n'était pas dans le lot. Monsieur Gros Lard ici présent ne l'avait pas. C'était M. Bla... son patron ne voulait pas qu'il ouvre la mallette et s'imagine de prendre du fric pour descendre jouer aux tables. Bref, c'est à moi qu'il a envoyé la clé pour que je puisse ouvrir la mallette à la livraison ce matin. Sauf que maintenant, j'ai bien la clé, mais pas de putain de mallette à ouvrir. Et la mallette a une protection électronique avec décharge de courant. T'essaies de l'ouvrir avec une clé, tu te retrouves sur le cul en moins de deux. Quatre-vingt-dix mille volts.

Karch approuva d'un signe de tête et sortit un petit carnet et un stylo de sa poche. Et nota l'histoire de la mallette et de la clé.

— Qu'est-ce que tu écris ? lui demanda Grimaldi.

— Juste deux ou trois notes. Pour avoir tout bien en tête.

— Je ne veux pas que ces renseignements tombent dans de mauvaises mains.

Karch se retourna et le regarda dans les yeux. Grimaldi baissa la tête.

— Oui, bon, je sais, Jack. Tu sauras rester discret.

Karch fit le tour du lit et regarda la montre posée sur la table de nuit. On aurait dit une Rolex. Il passa son stylo dans le bracelet en métal et la souleva juste ce qu'il fallait pour voir en dessous.

— Celui qui a fait le coup est assez futé pour savoir que c'est une copie.

— C'est à la portée du premier escroc venu, Jack ! Ces machins-là partent pour cinquante dollars sur les trottoirs de Fremont Avenue. Non, celui qui a fait le coup est assez futé pour savoir que c'était le fric qu'il voulait et rien d'autre.

Karch hocha la tête et reposa la montre. Puis il gagna la penderie, l'ouvrit et jeta un coup d'œil au coffre-fort. La porte en était ouverte et il n'y avait plus rien dedans.

— Parle-moi un peu de ce type, Vincent, dit-il. Quand est-il arrivé en ville ?

— Il y a trois jours. Je ne savais pas trop à quel moment il allait falloir payer. Le type qui devait recevoir le fric était censé nous le dire. Il fallait juste qu'on ait le fric prêt. Hidalgo est arrivé lundi et on attendait.

Karch s'accroupit et appuya sur la porte du coffre. Puis il examina le pavé numérique.

— Il est resté dans sa chambre tout le temps ? demanda-t-il.

— Non, il est beaucoup descendu au casino. Je lui ai ouvert un crédit et ce con a commencé à me lessiver. Putain ! À un moment donné, je me suis dit qu'il allait faire sauter la banque si on n'arrivait pas à effectuer le versement au plus vite.

Karch se retourna et regarda Grimaldi.

— Combien a-t-il gagné, Vincent ?

— Je lui ai avancé cinquante bourdons lundi. Et hier soir il avait cent jetons de mille et des poussières. Il se démerdait bien. Il filait jusqu'à des cent dollars de pourboire comme si c'était de la petite monnaie.

Karch reporta son attention sur le coffre et en rouvrit la porte. Il jeta un coup d'œil à l'intérieur, mais sans vraiment regarder. Il réfléchissait à ce que Grimaldi venait de lui apprendre.

— Dis, tu vois ce que tu as fait ? lui lança-t-il enfin. C'est toi qui t'es attiré ce truc sur la tête.

— Qu'est-ce que tu déconnes ?

— Tu as avancé du fric à ce type et il a réussi à en gagner davantage. Sauf qu'il l'a aussi montré à tout le monde. Dans cette ville, c'est comme de faire couler du sang dans l'eau. Notre gros lard a attiré l'attention d'un requin.

— Qu'est-ce que t'es en train de me dire ? Que le type qui a fait ça l'a fait pour les cent mille dollars et pas pour les deux millions et demi ?

— Ce que je suis en train de te dire, c'est que le type qui a fait ça voulait les cent mille dollars et que le reste, il l'a trouvé en plus. Il n'a jamais eu une chance pareille de toute sa vie !

— Mais... c'est pas possible, Jack. Ce...

— Qui était au courant, Vincent ? Je veux dire... qui savait qu'il y avait tout ce fric ici et que c'était Hidalgo qui l'avait ?

— Moi et personne d'autre.

— Et les gens de Miami ? Il n'aurait pas pu y avoir une fuite de leur côté ?

— Non, chez eux, il n'y avait qu'une personne dans le coup.

— Et si la mule l'avait dit à quelqu'un ?

— C'est pas vraisemblable, Jack. Il travaillait pour la source, et sans intermédiaires. Il savait très bien que si le fric disparaissait, c'était à lui qu'on irait poser des questions.

— Sauf s'il mourait avant. Et le type qui devait recevoir le versement ?

— Il savait que l'argent était à Las Vegas, mais il ne savait ni qui l'avait ni où il se trouvait exactement. Sans compter que... pourquoi lui piquer ce qu'on allait lui donner ?

— Exactement. Si personne ne savait que le fric était ici, ça n'en prouve que mieux ce que je te disais. C'est un type aux aguets qui a fait le coup, Vincent. Quelqu'un qui a repéré les cent mille dollars d'Hidalgo et a décidé de foncer. Et là, pour décrocher le gros lot...

Toujours accroupi sur les talons, Karch scruta la penderie et examina les habits d'Hidalgo. Tous avaient été repoussés de côté pour permettre au voleur de travailler. Puis il remarqua quelque chose sur le mur derrière le coffre. On aurait dit de la peinture écaillée. Il s'agenouilla et regarda derrière le coffre. Ce n'était pas de la peinture écaillée, mais un bout de ruban peint. Il tendit la main, attrapa l'amorce et tira dessus. Le ruban montait le long du mur, traversait le plafond, sortait de la penderie, longeait le bord du plafond de l'alcôve et s'arrêtait au-dessus de l'entrée.

— Putain, mais... Qu'est-ce que c'est que ça ? s'écria Grimaldi.

— Du ruban conducteur. Le mec qu'a fait ça est un pro, Vincent. Il surveillait sa cible !

— Comment ça ? Avec des caméras ?

Karch acquiesça d'un signe de tête et regagna la penderie. Il scruta encore une fois le plafond et les murs. Vit le petit trou percé dans le mur de droite et trouva encore du ruban. L'arracha du mur et le suivit jusqu'à l'arrière du coffre.

— Il avait deux caméras, reprit-il. Une dans la chambre pour surveiller Hidalgo... et l'autre ici même, pour avoir la combinaison. Du beau travail, Vincent.

— J'ai jamais entendu parler de types qu'auraient utilisé des caméras depuis... depuis la dernière fois. Le coup de Max Freeling.

190

Karch regarda Grimaldi.

— Moi non plus, dit-il. Mais on sait que c'est pas Max qui nous a fait ça, pas vrai ?

— Là, t'as pas tort ! s'exclama Grimaldi.

Karch quitta la penderie et retraversa la suite en examinant les plafonds et le haut des murs. Arrivé à la porte d'entrée, il l'ouvrit. Se remit sur les talons et passa le mécanisme de fermeture en revue.

— Des empreintes ? demanda Grimaldi dans son dos.

— Il n'y en aura pas.

Karch tourna le verrou et s'aperçut que le pêne n'en sortait qu'à moitié. Il referma la porte et tira sur le verrou. Et hocha la tête. Il avait toujours admiré le travail bien fait. Il se redressa, ferma la porte et regarda Grimaldi sans pouvoir s'empêcher de sourire.

— Bordel, mais qu'est-ce qu'il y a de si marrant ! voulut savoir Grimaldi.

— Rien, dit Karch en souriant encore plus fort. C'est juste qu'un adversaire qui s'y connaît me fait toujours bander. Là, je suis vraiment content que tu m'aies appelé, Vincent. Je vais adorer.

— Écoute, Jack, je me fous pas mal que ça te fasse bander ! Ce que je veux, c'est retrouver le fric !

Karch le laissa gueuler. Ça ne le gênait pas. Il voyait déjà comment il allait se servir de ce travail qu'on lui demandait pour obtenir ce qu'il voulait depuis toujours.

— Vincent, t'as un problème, dit-il.

— Comme si je le savais pas ! Pourquoi crois-tu que je t'ai appelé ?

— Non : t'as un problème à l'intérieur d'un autre problème. Regarde ça.

Il recula de façon à pouvoir lui montrer le mécanisme de fermeture de la porte.

— Il a baisé le verrou, Vincent. Gros Lard croyait être bien à l'abri dans sa suite, mais le verrou et le loquet étaient nazes. Comme son alarme Radio Shack de quatre sous !

Karch arracha le système d'alarme de la porte et le jeta par terre.

— Sauf que regarde un peu : tout ça ne fonctionnait qu'à l'intérieur. La serrure principale, elle, était intacte. Ce qui veut dire que...

— Qu'il avait une clé.

Karch approuva d'un signe de tête.

— T'es pas mauvais, Vincent, dit-il d'un ton qui laissait entendre exactement le contraire. Oui, il avait une clé. Et ça, ça veut dire que quelqu'un la lui avait procurée. Quelqu'un d'ici.

Grimaldi baissa les yeux et Karch regarda le vieil homme changer à nouveau de couleur. Il n'attendit pas que la vague de colère s'apaise.

— D'après moi, ce type avait aussi la clé d'une des suites vides, de façon à pouvoir installer ses caméras, surveiller son bonhomme et passer à l'attaque au bon moment.

— Tu veux qu'on aille voir ?

— Et comment !

La première suite qu'ils vérifièrent était la 2015 et se trouvait directement en face. Dès qu'il fut entré, Karch annonça qu'il connaissait l'endroit où le voleur avait attendu que la cible s'endorme.

— Comment le sais-tu ? lui demanda Grimaldi.

Karch lui montra la table. Les magazines, le menu du service en chambre et le classeur de renseignements de l'hôtel avaient été mis en tas et repoussés de côté, avec la bouteille de vin de bienvenue.

— C'est ici qu'il a attendu, dit-il.

Il jeta un coup d'œil à la pièce, mais sans en attendre

grand-chose. Le type était bon et les chances qu'il ait commis une erreur pratiquement nulles. La chambre à coucher donnait l'impression de ne pas avoir été dérangée. Il passa la tête dans la salle de bains, mais n'y découvrit rien d'inhabituel. À supposer qu'il se soit servi des toilettes, le voleur avait pris la précaution de rabattre le couvercle après.

Karch regagna la salle de séjour. Grimaldi se tenait au milieu, les bras croisés. Karch cherchait une méchanceté qui retournerait bien le couteau dans la plaie lorsqu'il remarqua quelque chose sous la table, près des rideaux. Il s'approcha et se mit à genoux pour ramper sous la table.

— Qu'est-ce que t'as vu, Jack ?

— Je ne sais pas.

Il passa la main sous le bas du rideau, le souleva et trouva une carte à jouer par terre. L'as de cœur. Karch la regarda un instant. Il remarqua que deux coins opposés avaient été coupés — la carte provenait d'un paquet vendu dans un magasin de souvenirs. Dès qu'on ne s'en servait plus dans un casino, les jeux de cartes étaient coupés en deux coins opposés et vendus dans les magasins de souvenirs. On les coupait pour s'assurer que personne n'essaie d'en remettre une en jeu à une table.

— Qu'est-ce que c'est ? demanda Grimaldi dans son dos.

— Une carte. L'as de cœur.

Karch repensa soudain à ce que son père disait de cette carte qu'il appelait « la carte du fric » : « La carte du fric, on la suit. »

— L'as de cœur ? répéta Grimaldi. Et ça veut dire quoi, à ton avis ?

Karch ne répondit pas. Il tendit la main, ramassa la carte et la tint par les bords entre le pouce et l'index. Puis il ressortit de dessous la table, la carte devant lui. Une fois debout, il tourna le poignet de façon à pouvoir examiner le haut de la carte. On y voyait deux flamants roses dont les cous enlacés formaient l'image d'un cœur.

— Elle vient du Flamingo, dit-il.

Grimaldi fixa la carte des yeux.

— Et alors ?

Karch haussa les épaules.

— Et alors, peut-être rien. Sauf que notre type a dû rester ici un bon moment pour regarder ce que lui envoyaient ses caméras. Peut-être a-t-il fait des parties de solitaire pour tuer le temps.

— Ben, s'il a laissé tomber l'as de cœur, il risque pas d'avoir gagné !

— Bien vu, ça, Vincent !

Grimaldi explosa.

—Écoute, Jack ! s'écria-t-il. Tu me donnes un coup de main ou t'as décidé de passer ton temps à lâcher des vannes et à me faire passer pour un con ? Parce que si c'est ça, moi, je cherche quelqu'un d'autre qui pourra faire le boulot sans me les briser !

Karch attendit un bon moment avant de lui répondre d'un ton calme.

— Vincent, dit-il enfin. Si tu t'es adressé à moi, c'est parce que tu sais parfaitement que personne d'autre ne peut te faire ça aussi bien que moi.

— Alors, cessons de causer et mettons-nous au boulot. Le temps presse !

— Comme tu voudras, Vincent. Et donc ?

Karch reposa les yeux sur la carte qu'il tenait toujours par les côtés. Il savait qu'il pouvait appeler la police métropolitaine et demander à l'inspecteur Iverson de lui rembourser sa dette en faisant effectuer un relevé des empreintes sur la carte. Sauf que du coup ledit Iverson se retrouverait dans un truc qui risquait de devenir très sale. Karch décida de réserver cette solution comme dernière cartouche. Il gagna la table et ouvrit le classeur contenant les renseignements touristiques sur l'hôtel. Dans l'une des poches se trouvaient du papier à lettres et des enveloppes. Il en prit une, y glissa la carte et mit le tout dans la poche intérieure de sa veste.

— Des empreintes ? répéta Grimaldi.

— Peut-être. Mais je vais commencer par essayer d'autres trucs.

Ils retraversèrent le couloir pour réintégrer la suite 2014 et continuer à regarder à droite et à gauche en envisageant les solutions qui s'offraient à eux. Que Miami se foute complètement de la mule ouvrait nombre de possibilités. Ils pouvaient ressortir de la suite et laisser les choses suivre leur cours naturel lorsque la femme de ménage découvrirait le corps. Mais ils pouvaient aussi faire venir un chariot de linge dans la chambre, y déposer le cadavre et, une camionnette les attendant au quai de chargement, descendre par l'ascenseur de service. Toute trace du séjour d'Hidalgo à l'hôtel pouvait en outre être effacée sur les ordinateurs et les bandes vidéo et son corps enterré dans le désert après le coucher de soleil.

— Il va falloir quatre mecs pour soulever ce sac à merde, se lamenta Grimaldi.

— Plus tu mets de gens au courant, plus tu t'exposes aux ennuis, lui répliqua Karch.

— Sauf que si on laisse faire, c'est la police qui débarque, et officiellement. Tu parles de la pub pour l'hôtel ! Je ne me rappelle même plus la dernière fois qu'il y a eu un meurtre dans un hôtel de la ville. Non, non, Jack, tout le monde se ruera là-dessus comme Mike Tyson sur l'oreille d'Evander.

— C'est vrai. Mais c'est peut-être le genre de pression

qu'il faut mettre sur notre gars. Peut-être que ça le forcera à l'erreur.

— Oui, bon, mais... et si la police le cueille avant nous ?

Karch se contenta de le regarder d'un air de dire que c'était une idée absurde.

— C'est toi qui décides, Vincent, dit-il. On perd du temps. Je veux aller voir les bandes en bas et me mettre au boulot, moi.

Grimaldi acquiesça d'un signe de tête.

— Bon, d'accord, pas de flics. Je vais faire monter des types et je m'occupe du reste.

— Bien vu, Vincent, lui dit Karch, mais sur un ton qui pouvait faire douter Grimaldi de sa sincérité. Allons visionner ces bandes.

Ils ressortirent de la suite à reculons et laissèrent le cadavre sur son lit, Grimaldi prenant bien soin d'accrocher le panneau NE PAS DÉRANGER à la poignée de la porte.

21

Ce n'était pas la première fois que Karch se rendait au bureau de Grimaldi au deuxième étage. Ayant un contrat secret de consultant en sécurité avec le Cleopatra — pas d'archives, tout réglé en liquide —, il l'y avait souvent retrouvé, les tâches qu'on lui fixait alors n'ayant pourtant que peu de rapport avec ce qui se passait au casino en dessous. Karch traitait ce que Grimaldi aimait appeler les « problèmes de sécurité ancillaire ». Karch appréciait beaucoup ce statut d'intervenant extérieur. Il savait en effet que jamais il ne serait le genre d'homme qui se promène en blazer bleu avec un profil de la reine d'Égypte sur sa poche de poitrine.

Vaste et respirant l'opulence, le bureau de Grimaldi comportait une aire de travail, une autre où l'on pouvait s'asseoir et un bar privé. L'entrée se faisait par l'énorme centre de sécurité du casino, endroit où des dizaines de techniciens vidéo siégeaient dans des cabines afin d'y surveiller les écrans où s'affichaient les images retransmises par les centaines de caméras installées dans la salle de jeu. La pièce était faiblement éclairée et, fragilité de l'équipement électronique oblige, n'était jamais chauffée à plus de dix-sept degrés. La plupart des techniciens y portaient des pull-overs sous leurs blazers bleus. À Las Vegas, il suffisait de voir un type en pull en plein été pour savoir qu'il passait son temps à regarder des écrans vidéo.

Le bureau était équipé de fenêtres donnant sur le centre de sécurité d'un côté, sur le casino de l'autre. Et juste derrière le fauteuil de Grimaldi se trouvait la porte ouvrant sur la vigie. On ne pouvait entrer dans cette dernière pièce qu'en passant par le bureau — et pas une fois Grimaldi n'avait invité Karch à regarder les opérations d'en haut. Karch en éprouvait de l'agacement, sa frustration étant décuplée par le fait qu'à son avis Grimaldi en était parfaitement conscient.

À peine entré, Karch remarqua la présence d'un homme assis derrière le bureau de Grimaldi et surveillant la console multi-écrans installée à droite.

— Ça donne quoi ? demanda Grimaldi en se tournant pour baisser les jalousies.

— Ça nous donne une surprise, lui répondit l'homme sans même lever le nez de dessus les quatre écrans allumés sur sa console.

— Dites-nous ?

À ce « nous » le technicien leva la tête. Il adressa un hochement de tête à Karch, puis baissa de nouveau les yeux.

— On dirait bien que notre gars s'est fait dépouiller par une femme, dit-il.

Grimaldi fit le tour du bureau et regarda les écrans par-dessus l'épaule du technicien.

— Faites voir ?

Karch resta de l'autre côté du bureau. Il regarda la porte en verre qui donnait sur la vigie. Grimaldi ne se donna pas la peine de le présenter au technicien.

Pendant les cinq minutes qui suivirent, ce dernier se servit de bandes tournées la veille pour montrer à son patron comment Hidalgo avait passé sa soirée. On appelait ça « la piste vidéo ». Il y avait suffisamment de caméras disposées dans les salles de jeu de n'importe quel casino pour ne jamais perdre la trace de quiconque arrivait sur la « toile de surveillance ». Les meilleurs techniciens en avaient toutes les subdivisions en mémoire et pouvaient passer d'une caméra à l'autre en faisant voler leurs doigts sur le clavier afin de suivre une cible.

C'est ce que fit le technicien de Grimaldi, sauf qu'on n'était pas en direct. Il avait relié ensemble toutes les séquences de la soirée précédente. Grimaldi y vit Hidalgo en train de jouer au baccara et au black-jack, et tenter même quelques tours de roulette. Qu'il joue à ceci ou à cela, il donnait toujours l'impression de le faire sans parler plus que nécessaire à ses compagnons de jeu ou aux employés du casino. Pour finir, la bande témoin affichant 22 heures 38, ils le regardèrent se rendre au comptoir des VIP et y retirer sa mallette en aluminium brossé du coffre-fort. Un garde du corps arriva aussitôt pour l'accompagner jusqu'aux ascenseurs.

— Qui est ce garde ? demanda Karch.

— Il s'appelle Martin, dit Grimaldi. Il est chef d'équipe. Il travaille ici depuis deux ou trois ans et vient du Nugget. Je lui avais demandé d'escorter Gros Lard pendant toute la semaine.

— Il va falloir lui parler.

— Je ne sais pas ce que ça donnera, mais ça ne pose pas de problème.

Le technicien leur indiqua un nouvel écran où la piste d'Hidalgo reprenait. On l'y voyait monter dans un ascenseur avec Martin. Hidalgo sortait sa carte-clé de sa poche, Martin la lui prenait et l'engageait dans la fente du panneau de contrôle avant d'appuyer sur le bouton du dernier étage. Bien qu'il n'y eût pas de bande-son, il était clair que les deux hommes ne se parlaient pas.

— Et c'est là qu'on perd sa trace, dit le technicien.

— Pas de caméras dans les couloirs, c'est ça ? demanda Karch.

— Non. On le perd dès qu'il quitte l'ascenseur pour entrer dans sa suite.

— Et pendant l'alerte au feu ? insista Grimaldi. Est-ce qu'on le revoit quelque part ?

— Non, répéta le technicien. J'ai vérifié toutes les caméras de surveillance des escaliers et des ascenseurs. Il n'a pas été éva...

— Attendez une minute ! lança brusquement Karch. Revenons en arrière. Rembobinez la bande de l'ascenseur.

Le technicien regarda Grimaldi qui lui confirma l'ordre de Karch. Il rembobina jusqu'au moment où Karch jugea qu'il était remonté assez loin. Puis il repassa la bande, Grimaldi et Karch la regardant en silence. Et là, il était clair que Martin disait quelque chose à Hidalgo, qui plongeait aussitôt la main dans sa poche pour en sortir sa carte électronique. Et c'était Martin qui s'en servait pour enfoncer le bouton du dernier étage.

— Vincent, reprit Karch, tu m'as bien dit que Martin était chef d'équipe, non ?

— Si.

— Il a donc une clé des suites du dernier étage.

Grimaldi garda le silence pendant qu'il associait ce qu'ils venaient de découvrir sur la bande à la remarque de Karch.

— Ah, l'enfoiré ! Il s'est servi de la carte d'Hidalgo alors qu'il aurait dû prendre la sienne.

— Sauf qu'il ne l'avait peut-être pas sur lui.

200

— Parce que peut-être il l'aurait... où est cette femme dont vous me parliez ?

Le technicien entra divers codes, la bande d'un des écrans se rembobinant jusqu'à l'endroit présélectionné. Un grand plan de la salle de baccara apparut. Un seul client y jouait à une table et c'était Hidalgo. En se servant d'une bille de roller enchâssée dans la console, le technicien avança la bande de deux ou trois plans à la fois. Puis il montra le bas de l'écran, son index venant se poser sous l'image d'une femme adossée à la grille qui séparait la salle du reste du casino.

— Elle, dit-il.

— Quoi, « elle » ? demanda Grimaldi.

— Elle essaie de ne pas le montrer, mais elle est en train de le surveiller.

Il continua de pousser la bille de roller et l'image avança d'un plan. Les trois hommes regardèrent l'écran en silence. La femme avait l'air de se reposer ou d'attendre quelqu'un. Elle portait un petit sac à dos sur une épaule et tenait un sac à main noir dans une main. Elle donnait l'impression d'être arrivée depuis peu et d'attendre un mari qui se serait arrêté pour jouer une ou deux parties de black-jack avant de monter avec elle à la chambre. Mais, à deux reprises, elle jetait un œil dans la salle de baccara, son regard semblant tomber chaque fois pile sur Hidalgo. Et chaque fois aussi elle s'attardait plus que le temps d'un simple coup d'œil en passant. Karch trouva cela curieux, mais cela ne lui suffit pas.

— Hidalgo est le seul à jouer, fit-il remarquer. Qui d'autre pourrait-elle regarder ?

— C'est vrai, dit le technicien, mais je l'ai suivie, elle aussi.

Il éjecta une bande de la console et en installa une autre. Grimaldi s'approcha de lui pour regarder l'écran. Karch

201

posa les mains à plat sur le bureau de Grimaldi et se pencha en avant pour mieux voir. La bande leur montra la femme aux deux sacs qui entrait au casino à huit heures et se dirigeait vers le comptoir des VIP où on lui remettait une enveloppe.

— C'est sûrement la clé, dit Grimaldi. La clé de ce fumier de Martin !

Karch pensait la même chose, mais se garda de le dire. Il pensait aussi que les boucles de cheveux noirs qui encadraient et masquaient le visage de la femme devaient être une perruque. Il regarda l'inconnue se tasser contre un téléphone dans l'entrée — afin d'ouvrir son enveloppe loin des caméras, probablement. Après quoi elle se retournait et gagnait la salle de jeu. Elle se déplaçait sans hésitation et semblait avoir un but précis. Les sacs qu'elle portait paraissaient lourds, mais elle les tenait droit.

La « piste vidéo » la suivait à travers tout le casino, jusqu'à un ascenseur de la tour Euphrate.

— Sacrément bonne, la nana, dit le technicien. Elle n'a pas levé les yeux une seule fois. On n'a absolument rien. Avec son chapeau et ces cheveux-là, elle aurait tout aussi bien pu se balader sous un parapluie.

Karch sourit en regardant l'écran. Le technicien avait raison. La fille était bonne et rien qu'à savoir ce qu'elle avait fait au vingtième, il se surprit à s'enthousiasmer. Malgré son déguisement, il commençait à avoir des impressions d'elle en regardant la bande vidéo. Jeune, la petite trentaine sans doute, la peau bien tendue sous le menton, la ligne de la mâchoire, là, sous le rebord de son chapeau, toute en ferme détermination. Pas de boucles d'oreilles, pas de bagues ou autres bijoux visibles. Aucune distraction. Tout entière attachée à son but. Il regretta de ne pas avoir vu ses yeux : ils devaient être incroyables.

Sur l'écran de l'ascenseur, elle sortait une carte électronique de sa poche revolver pour enclencher la commande du dernier étage.

— La voilà, notre clé ! dit Grimaldi.

Karch aurait bien aimé qu'il la ferme et se contente d'observer sans rien dire.

— Bon, reprit le technicien en entrant une nouvelle commande sur son clavier. Et donc, elle quitte l'ascenseur au vingtième. Mais on la revoit encore deux fois.

— Deux fois ? répéta Grimaldi.

— Oui, monsieur. La première, elle descend retrouver quelqu'un qui ne viendra pas.

Il leur montra l'écran où la piste vidéo avait repris. Sans rien dire, les trois hommes regardèrent des petits bouts d'enregistrement la montrant en train de traverser le casino pour rejoindre le salon, y choisir une table vide et commander quelque chose à la serveuse. La piste reprenait douze minutes plus tard et la montrait seule à une table où l'on avait posé deux consommations.

— Mais bordel ! s'écria Grimaldi. Vous ne nous aviez pas dit que personne n'était venu ?

— Personne n'est venu, lui répondit le technicien. Elle a bien commandé les boissons, mais personne n'est venu.

— On regarde, vous voulez bien ? dit Karch que leurs bavardages agaçaient.

Sur l'écran la femme jetait un coup d'œil autour d'elle comme si, mine de rien, elle voulait s'assurer que personne ne l'observait, puis elle prenait le verre posé devant elle. Karch eut l'impression que c'était du Coca-Cola. Après quoi elle tendait le bras en travers de la petite table ronde et trinquait avec le verre de bière. Karch se pencha plus près de l'écran et regarda les lèvres de la jeune femme, alors

203

que de toute évidence elle disait quelque chose à haute voix.

— Je crois que vous avez suivi le mauvais client, dit Grimaldi d'une voix tendue par la frustration. Cette nana parle toute seule. Nous n'avons pas de temps à...

— Attendez, monsieur, regardez ça. Elle repart vers les ascenseurs et remonte au vingtième.

Il mit la bande en avance rapide.

— Et après, on ne la revoit plus avant quatre heures du matin. C'est là qu'elle redescend et regardez ce qu'elle porte. Elle est montée avec deux sacs et elle redescend bien avec deux sacs. Mais quelque chose a changé.

La femme réapparaissait dans la salle du casino et fendait rapidement la foule des joueurs invétérés. Karch vit tout de suite que le technicien avait raison. Les choses avaient changé. Elle portait bien son sac à dos sur une épaule, mais son sac de gym avait disparu. À la place elle portait un grand sac en toile noire muni de deux poignées. Le technicien appuya sur une touche et l'image se figea. Le deuxième sac contenait un objet de forme rectangulaire et dont les dimensions étaient clairement visibles à travers la toile. C'était la mallette de la cible.

— La petite salope ! dit très calmement Grimaldi. C'est elle qui a mon fric.

— Vous l'avez suivie dehors ? demanda Karch au technicien.

Celui-ci appuya sur une touche qui fit redémarrer la vidéo et se contenta de lui montrer l'écran.

Les caméras avaient suivi l'inconnue tandis qu'elle traversait l'énorme salle du casino et se dirigeait vers la porte sud. Ce n'était ni l'entrée ni la sortie principale. Karch savait aussi qu'elle ne donnait ni sur un parking ni sur un point de ramassage. En fait, elle donnait sur le trottoir qui emmenait les piétons jusqu'à Las Vegas Boulevard.

— Vincent, dit-il, elle n'est pas sortie par la porte de devant.

Il avait parlé d'un ton si brusque que Grimaldi leva les yeux de dessus la console. Le vieil homme haussa les sourcils : il avait bien remarqué le ton qu'avait pris Karch, mais il n'en comprenait pas le sens.

— Elle ne s'est pas garée ici parce qu'elle ne voulait pas que les caméras repèrent sa voiture, reprit Karch. Elle s'est garée ailleurs et a fait le reste du trajet à pied.

Il lui indiqua l'écran bien que celui-ci fût vide.

— La sortie sud, répéta-t-il. Elle se dirigeait vers le Flamingo.

Impressionné, Grimaldi hocha la tête.

— L'as de cœur. Tu connais quelqu'un au Flamingo ?

Karch acquiesça.

— Pas de problème, dit-il.

— Alors, tu y vas.

— Attends une minute, Vincent. Et Martin ? C'est par lui qu'il faut commencer.

— Je m'en occupe. Tu suis l'argent, Jack. C'est ça la priorité et le temps presse !

Karch hocha la tête. Grimaldi avait sans doute raison de voir les choses de cette manière. Il songea à l'as de cœur qu'il avait trouvé au vingtième étage. Suivre l'argent. Suivre la carte du pognon.

— Bon ? Qu'est-ce que tu attends ?

Karch s'arracha à ses pensées et regarda Grimaldi.

— J'y vais, dit-il.

Il jeta un coup d'œil à la vigie, puis il se dirigea vers la sortie. Et s'arrêta à la porte.

— Vincent, reprit-il, ça vaudrait peut-être le coup de renvoyer quelqu'un là-haut pour vérifier les conduits de climatisation.

— Pour quoi faire ?

— Elle est montée avec deux sacs, un sac à dos et un sac de gym. Elle est redescendue avec le sac à dos et la mallette. Où est passé le sac de gym ?

Grimaldi réfléchit un instant et sourit, impressionné que Karch ait remarqué l'absence d'un sac.

— Je vais faire vérifier, dit-il. Tu restes en contact avec moi. Et n'oublie pas, monsieur « Je connais toutes les astuces », le temps presse.

Karch le fusilla de l'index et du pouce en souriant et franchit la porte du bureau.

22

Karch suivit le chemin que la femme avait emprunté pour quitter le Cleopatra. Tandis qu'il se frayait un passage entre les tables et les crétins qui se mettaient en travers de sa route, comme l'inconnue au sac l'avait fait sur la bande vidéo qu'il avait visionnée quelques minutes plus tôt, il repensa à elle. Elle avait effectué un parcours presque parfait. Mais elle avait regardé sa cible une fois de trop et un peu trop longtemps lorsqu'elle se trouvait à la grille de la salle de baccara. C'était la seule erreur qu'elle avait commise. On ne pouvait que l'admirer et il attendait avec impatience le moment où il ferait sa rencontre. Parce que, aucun doute n'était permis là-dessus, ce moment-là viendrait un jour. Cette femme était peut-être bonne, mais il était meilleur. Ils se retrouveraient face à face.

Bougon, il poussa de côté un type en short qui s'était mis sur son chemin en regardant par les panneaux vitrés de l'atrium d'un air absent.

— Ben, vous excusez pas ! protesta le traînard.

Karch se retourna vers lui sans ralentir l'allure.

— Va te faire foutre, petit merdeux ! lui cria-t-il. Retourne donc paumer ton fric !

— Hé, toi ! lui lança l'homme.

Karch s'arrêta et se retourna entièrement. L'homme

comprit vite qu'il avait mis les pieds où il ne fallait pas et commença à repartir dans l'autre direction. Karch le regarda filer jusqu'au moment où, l'inconnu s'étant retourné, leurs regards se croisèrent à nouveau. Karch eut un large sourire et lui fit comprendre qu'il l'avait obligé à se sauver comme un gamin.

Il suivit l'allée du Nil jusqu'à la sortie par où était passée la femme, se retrouva dans le Strip et prit la direction du Flamingo qui se dressait une rue plus loin. Ce n'est qu'en arrivant devant le vénérable casino qu'on avait si souvent agrandi et rénové qu'il se rendit compte qu'il avait besoin de liquide. Il s'engueula de ne pas avoir demandé à Grimaldi de lui faire une avance sur frais, songea à rebrousser chemin, mais devina que ce retard mettrait son associé en colère. Au lieu de ça, il chercha donc un distributeur de billets à l'intérieur du bâtiment et y retira les trois cents dollars qu'il avait le droit de prendre sur son compte. D'habitude, Don Cannon lui faisait payer cinq cents dollars pour une piste vidéo, mais cette fois-ci il devrait s'accommoder de trois cents. Karch ne pensa pas que ça poserait problème. L'argent lui arriva uniquement en billets de cent, au contraire de ce qui se passait dans tous les distributeurs situés à l'extérieur du casino. Toujours debout devant la machine, il plia deux fois ses billets afin de pouvoir les loger facilement dans la paume de sa main droite et ferma légèrement cette dernière avant de la laisser pendre naturellement à son côté, tout en songeant aux mains de Michel-Ange. Le maître. Dans sa tête, il vit la main de David pendre librement à son flanc. Et la manière dont celles du Crépuscule reposaient négligemment sur la tombe de Lorenzo de Medicis. Jeune homme encore, son père était parti étudier les mains des maîtres en Italie. Le fils n'avait pas eu à se donner cette peine. Il y avait une copie grandeur nature du *David* de Michel-Ange dans le dôme des allées marchandes du Caesar's Palace.

Karch gagna le coin des téléphones, en retrait de l'entrée, et décrocha un appareil de service. Il demanda qu'on lui passe Don Cannon à la sécurité, son appel étant aussitôt transféré à un intermédiaire qui lui demanda son identité. Il fut alors mis en attente et, cette fois-ci, dut poireauter plus d'une minute. Il en profita pour réfléchir à ce qu'il allait dire. Cannon était chef d'équipe à la salle des écrans. Karch avait fait sa connaissance cinq ans plus tôt, lors d'une affaire de personne disparue. Depuis lors Cannon s'était montré, moyennant finance, très coopératif. Des relations de ce genre, depuis douze ans qu'il travaillait dans le Strip, Karch s'en était fait dans presque tous les casinos. Toutes étaient légales, sauf celles qu'il entretenait avec Vincent Grimaldi. Mais là, enfin, il voyait un moyen de se dégager de l'emprise du bonhomme.

Il entendit comme un aboiement à l'autre bout du fil :

— Jack Karch !

— Don ? Comment ça va ?

— On est parés. Qu'est-ce que je peux faire pour toi ?

— Je suis sur une affaire et j'aimerais bien un peu d'aide côté caméras.

— Un peu de magie électronique, c'est ça ? C'est quoi, ton problème ?

— De l'élémentaire. Un type qui s'est fait refaire par une pute au Desert Inn. Il m'a appelé parce qu'il n'avait pas envie que ça s'ébruite... si tu vois ce que je veux dire. Pas de flics, pas de traces. Mais la fille lui a piqué des bijoux qui avaient une valeur sentimentale à ses yeux — une montre et une bague. Tu vois... avec des trucs gravés dessus et autres conneries de ce genre. Il ne peut pas les remplacer tout de suite et s'il retourne à Memphis demain et qu'il ne les a pas sur lui, ça risque de se passer assez mal avec madame.

— Je vois le tableau. Mais quel rapport avec le Flamingo ?

— Je crois que la nénette s'est garée dans votre garage... celui qui donne dans Koval Street. Mon bonhomme l'a rencontrée au bar du Bugsy hier soir ; après quoi ils ont filé au Desert Inn en taxi. Elle l'a dépouillé quand il a roulé sous la table à force de boire. J'ai sa trace quand elle traverse le Desert Inn et passe sur le trottoir. Je crois qu'elle venait par ici. Vers quatre heures ce matin.

— T'as dit « par ici ». T'es ici ?

— Oui, je suis en bas.

— Pourquoi tu ne l'as pas dit plus tôt ? Monte donc.

Il raccrocha avant que Karch ait pu lui répondre quoi que ce soit. Karch gagna les ascenseurs et monta au deuxième étage. Une fois dans la cabine, il sortit un mouchoir de sa poche revolver et en fit une boule qu'il enfonça dans la pochette de sa veste de costume, de façon à ce qu'on ne la voie pas, mais qu'elle serve quand même à maintenir la poche ouverte sur environ deux centimètres. Il plongea ensuite la main dans sa poche et la ressortit en tenant une pièce de vingt-cinq cents et une autre de dix. Frappés récemment, le quarter et la dime brillaient beaucoup. Karch se pencha en avant et glissa le quarter dans une de ses chaussures et la dime dans l'autre. Et l'un après l'autre, il secoua ses pieds pour faire passer les pièces sous sa voûte plantaire — en espérant que Canon ne le regardait pas sur ses écrans.

Une fois sorti de l'ascenseur, il gagna l'entrée du centre de sécurité et appuya sur la sonnette, à gauche de la porte en acier. Un Interphone avait été installé au-dessus de la sonnette, mais il resta silencieux. Au bout de cinq secondes, la porte s'ouvrit et il entra.

Grand et solidement charpenté, Don Cannon avait les cheveux foncés, une barbe et des lunettes. Qu'on l'ait engagé pour sa carrure et ce qu'il était capable d'en faire au casino lorsque c'était nécessaire n'avait rien d'impensable. Au fil des ans, il était néanmoins monté en grade, les parties du casino qu'il voyait maintenant se réduisant à celles qu'il surveillait sur ses écrans avec ses collègues de la salle de vidéo. Il attendait Karch dans une petite antichambre, de l'autre côté de la porte en acier. Ils se serrèrent la main comme ils le faisaient à chaque fois, les billets de cent dollars pliés passant d'une main droite à l'autre sans la moindre anicroche. Comme dans la plupart des hôtels du Strip, la direction du Flamingo avait pour règle de ne jamais accepter de rémunération en son nom propre ou pour son personnel lorsqu'elle aidait quelqu'un dans une enquête criminelle. Cela dit, Karch n'ignorait pas la valeur des petits cadeaux et savait parfaitement que c'était grâce à eux que la porte en acier s'ouvrirait encore la prochaine fois qu'il y sonnerait.

— Je suis un peu léger sur ce coup-là, dit Karch à voix basse, mais le solde arrivera un peu plus tard, si tu n'y vois pas d'inconvénient.

— Pas de problème. J'ai chargé le segment quatre heures du matin pendant que tu montais. Tu viens derrière ?

Tout en empochant son argent, Cannon fit entrer Karch dans une salle des écrans qui ressemblait beaucoup au centre de sécurité du Cleopatra. Assis devant des consoles multiplex à douze écrans, des techniciens vidéo passaient sans relâche d'un écran à un autre et se servaient de leurs claviers ou de joysticks pour orienter leurs caméras ou agrandir telle ou telle prise de vues. Ils surveillaient tout, mais c'était essentiellement l'argent qui retenait leur attention. L'argent, tout finissait par se réduire à ça.

Cannon monta sur une estrade à l'autre bout de la pièce. Une seule console y avait été installée afin de permettre au chef d'équipe de surveiller à la fois les caméras et les techniciens.

— Tu dis qu'elle venait du Desert Inn, c'est bien ça ? demanda-t-il. Elle était à pied ?

Il s'assit sur un fauteuil à roulettes qu'il tira tout près de la console. Karch se posta derrière lui.

— C'est ce qu'on dirait. Un peu après quatre heures.

— Ça fait une trotte. Bon alors, voyons. On commence par l'entrée nord.

Ses doigts se mirent à voler sur le clavier tandis qu'il y entrait des consignes de recherche en continuant de bavarder.

— On est passé au numérique depuis la dernière fois que je t'ai vu. C'est absolument génial !

— Dément.

Karch n'avait aucune idée de ce que « passer au numérique » pouvait bien vouloir dire, mais il s'en moquait.

— Bon, ça y est, reprit Cannon. Voilà la porte de sortie à quatre heures du mat. Je passe tout en accéléré jusqu'à ce que tu voies quelque chose.

Il lui montra un écran maître juste devant lui sur la console. On y voyait les images de vingt-quatre caméras disposées selon des angles différents. Il déplaça le joystick, une flèche traversant aussitôt l'écran pour s'arrêter dans un des petits carrés. Il appuya sur la touche « enter », l'image du petit carré envahit tout l'écran. Elle venait d'une caméra installée au-dessus de la sortie et braquée sur un jeu de portes en verre à ouverture automatique. L'image défilait rapidement. Des voitures fonçaient dans le lointain, les gens qui passaient sur le trottoir semblant courir au trot. Karch regardait fixement l'écran en scrutant toutes les silhouettes qui entraient dans le bâtiment ou le quittaient par les portes en verre.

— Là ! dit-il au bout de trois minutes ou presque. Je crois que c'est elle. Rembobine un peu.

— OK.

Cannon repassa en marche arrière jusqu'au moment où la silhouette entraperçue par Karch reparut dans l'encadrement de la porte.

— Là ! répéta-t-il.

L'image se figea, puis repartit au ralenti. Les portes automatiques s'étant ouvertes, la femme que Karch avait suivie sur les écrans vidéo du Cleopatra entra dans le champ en portant son sac à dos et le sac en toile où était enfermée la mallette.

— C'est elle, dit-il.

— Pas vilaine pour une pute. Je me demande combien elle prend.

— Cinq cents dollars minimum, d'après le type.

Cannon poussa un sifflement.

— C'est rouler le client, dit-il. Je me fous pas mal qu'une bonne femme soit comme ci ou comme ça, y a pas un cul qui vaille cinq cents dollars le coup.

Karch rit poliment avec lui.

— Dis, reprit-il, elle lui a aussi piqué ses bagages ?

— Ouais, mais ça, mon client, ça ne l'embête pas vraiment. Tout ce qu'il veut, c'est sa montre et sa bague.

— Je sais pas, moi, dit Cannon. Elle tient son sac comme si elle y avait déposé la réserve d'or de Fort Knox !

Karch commença à transpirer. Il avait espéré que Cannon lui passe la bande vidéo sans trop l'analyser.

— Bon, voyons un peu où elle va, dit-il pour détourner son attention.

La manœuvre parut marcher. Cannon se tut et suivit la

213

femme d'une caméra à l'autre jusqu'au moment où elle quitta le casino par la sortie de derrière et entra dans le parking self-service de huit étages situé dans Koval Street.

— C'est forcément une perruque qu'elle a, mais même comme ça, c'est la première fois que je la vois, fit remarquer Cannon au bout de cinq minutes de silence. Si tu veux, on peut vérifier dans notre fichier putes.

— Vous avez un fichier putes ?

— C'est comme ça qu'on l'appelle. On a pratiquement toutes les filles de la ville. On la reconnaît, on a son nom. Le seul ennui, c'est qu'elle a pas levé le nez une seule fois. Jusqu'à présent, on n'a pas de cliché d'elle qui soit bien clair.

Et c'est pas demain que t'en auras un, pensa Karch.

— Voyons d'abord ce qu'elle fait, dit-il seulement. On s'inquiétera de ça plus tard.

Arrivé dans le garage, la femme prit l'ascenseur jusqu'au huitième. Puis elle gagna un van bleu rangé dans le coin le plus éloigné de l'ascenseur. À cette heure de la nuit, les étages supérieurs étaient pratiquement vides. Il n'y avait pas d'autre véhicule à vingt mètres à la ronde.

— Pas de plaque, fit remarquer Cannon. On dirait que cette nana prend beaucoup de précautions. T'es sûr que c'est une pute, Jack ? Déjà que je la remets pas trop... Sans compter que les trois quarts des filles ont des chauffeurs. Surtout celles qui bossent dans la catégorie cinq cents dollars du coup.

Karch garda le silence. Il regardait l'écran avec une attention soutenue. La fille ouvrit la portière côté chauffeur avec une clé, chargea ses sacs dans le van et monta. Les phares s'allumèrent dès que le moteur démarra. Avant d'enclencher la vitesse, elle se retourna et cogna sur la paroi qui séparait la cabine de l'arrière du véhicule. Karch vit ses lèvres bouger tandis qu'elle disait quelque chose. Il était clair qu'il y avait quelqu'un à l'arrière.

— Don, tu me repasses ça, s'il te plaît ?

— Pas de problème.

Cannon remonta en arrière et repassa l'image de la fille en train de frapper à la cloison. Il l'arrêta et entra quelques commandes dans son ordinateur afin de la rendre plus nette. Puis il passa à la bille de roller et remit au ralenti.

— Elle a dit quelque chose, reprit-il. Je ne... On dirait un truc du genre : « Comment ça va ? » ou « Comment vas-tu ? » Quelque chose comme ça.

— Comment ça va là-bas derrière ? dit Karch.

— Putain, Jack, je crois que t'as raison ! T'es bon, mec. Tu serais pas de trop ici.

— Je deviendrais fou en moins d'une semaine ! Tu vas pouvoir nous faire un gros plan sur l'arrière du camion ?

— Dès qu'elle sortira du parking.

Cannon revint à l'écran maître — où il n'y avait maintenant plus que des images en provenance des caméras du garage —, et suivit la descente du camion jusqu'au moment où celui-ci arriva devant la sortie de Koval Street. À l'instant où il la franchissait, l'arrière du véhicule fut photographié par une caméra placée au ras du sol, dont l'objectif était calé sur la hauteur moyenne d'une plaque d'immatriculation.

La plaque arrière manquait elle aussi.

— Putain ! s'écria Karch, tout surpris de son propre éclat.

— Attends une seconde, dit Cannon.

Il remonta en arrière et repassa la scène au ralenti. Puis il arrêta l'image du camion et l'agrandit. Karch le regarda, puis repassa à l'écran et comprit enfin ce qu'il était en train de faire. Les plaques d'immatriculation du véhicule avaient disparu, mais il y avait une vignette d'autorisation de stationnement sur le côté gauche du pare-chocs. Cannon fit habilement le point dessus et grossit l'image. Les lettres et les chiffres les plus grands devinrent presque clairs. Karch reconnut le chiffre de l'année et tentait de déchiffrer les lettres lorsque Cannon poussa un sifflement.

— Quoi ? demanda Karch.

— J'ai l'impression que c'est HLS.

— Moi aussi. C'est quoi ?

— Hooten's Lighting & Supplies. C'est leur logo. Tu sais bien... la société qui fabrique toutes ces merdes, dit-il en lui montrant la console.

— Bien, bien, dit Karch.

Il ne savait pas quoi ajouter. Cette découverte rendait l'histoire qu'il avait racontée à Cannon de plus en plus tirée par les cheveux. Pour la première fois de la soirée, il sentit à quel point il faisait froid dans la salle. Il se croisa les bras sur la poitrine.

— Je pige pas, reprit Cannon. Une pute qui conduit un van de chez Hooten's ? T'es sûr que ton client t'a pas raconté des salades ?

Il regarda Karch qui décida qu'il valait mieux sortir tout de suite de ce faux pas.

— Pas trop, non, dit-il. Et je ne fais rien de plus avant d'en avoir le cœur net. Si ce type m'a menti, c'est moi qui prends. Merci pour le coup de main, Don. Je ferais mieux de retourner au Desert Inn pour lui causer, à ce mec.

— Moi, je sais pas, dit Cannon, ça me paraît bizarre. Tu veux jeter un coup d'œil au dossier putes ? Y'a de sacrées beautés dans ce fichier, tu sais ?

Karch fronça les sourcils et secoua la tête.

— Non, peut-être plus tard. Laisse-moi d'abord causer à ce mec, et après on voit. Oh et... on se revoit pour que je te règle le solde de la piste vidéo.

Karch lui montra la console d'un signe de la tête.

— Laisse tomber, Karch. Et d'ailleurs, on dirait bien que je t'ai mis plus de trous dans ton histoire que je n'en ai bouché. Non, tout ce que je veux, c'est que tu me fasses un tour de magie. T'as quelque chose à me montrer ?

Karch lui fit le grand jeu, comme si sa demande le prenait vraiment au dépourvu.

— Ben, c'est-à-dire que...

Il tâta ses poches.

— T'as de la monnaie ? Un quarter ou autre ?

Cannon se renversa dans son fauteuil de façon à pouvoir glisser sa main dans sa poche et finit par en ressortir une pleine poignée de pièces. Karch remonta les manches de sa veste jusqu'à mi-hauteur de ses avant-bras, choisit un quarter fraîchement fabriqué et tout brillant, et le prit avec la main droite. Puis il lui fit une variante du célèbre tombé français avec une disparition en jeté conçue par J. B. Bobo. C'était un tour qu'il faisait depuis l'âge de douze ans. Il aurait pu l'exécuter les yeux fermés. Il s'en acquitta avec une belle fluidité de mouvements et une aisance étudiée.

En levant la paume de la main droite à hauteur de poitrine, il tint le quarter par les bords entre le pouce et quatre doigts et l'inclina légèrement en avant de façon à ce que Cannon en voie le côté face. Puis il posa la main gauche par-dessus la pièce, comme s'il voulait s'en emparer. Au moment même où sa main se refermait sur la pièce, il laissa tomber celle-ci dans sa paume droite, achevant ainsi la partie fausse prise du tout.

Il ferma ensuite le poing gauche et le tendit vers Cannon en commençant à faire jouer ses muscles et à serrer de plus en plus fort le poing comme s'il voulait pulvériser la pièce que prétendument il y tenait. Dans le même temps, il fit tourner sa main droite au-dessus de son poing gauche toujours fermé. Tout cela sans lâcher son poing gauche des yeux une seule seconde.

— Et que ça tourne et que ça tourne, chantonna-t-il en reprenant la comptine, tant et tant qu'à la fin on ne sait où elle est.

De la main droite il agrandit alors de plus en plus son cercle et soudain fit claquer ses doigts et ouvrit les deux mains, paumes en l'air. La pièce avait disparu. Cannon regarda vite dans une main, puis dans l'autre, et partit d'un grand sourire. C'était la réaction habituelle. Le tour jouait sur deux impressions fausses. Le spectateur sceptique croit que la pièce n'a jamais quitté la main gauche et se retrouve tout bête lorsque la pièce a disparu tout à fait.

— Fantastique ! s'écria Cannon. Où elle est passée ?

Karch secoua la tête.

— C'est ça l'ennui avec ce tour-là, dit-il. On ne sait jamais trop où elle va refaire surface. Et ça, tu vois, je ne suis jamais arrivé à maîtriser vraiment. Bah... faudra que t'ajoutes ton quarter à ce que je te dois.

Cannon rit très fort.

— T'es cool, Jack. Comment tu l'as appris, celui-là ? Ton père ?

— Oui.

— Il vit encore ?

— Non, il est mort. Il y a longtemps.

— Et il bossait dans le Strip, n'est-ce pas ?

— Ouais, à droite et à gauche. Une fois, il a fait le lever de rideau pour Joe Bishop qui faisait le lever de rideau pour Frank Sinatra au Sands [1]. J'ai des photos des trois ensemble.

— Génial. Les Rats ! La belle époque, pas vrai ?

_____

1. Soit le casino des sables *(NdT)*

218

— Ouais, y'avait des jours avec.

Karch revit son père revenant de l'hôpital après l'incident du Circus, Circus. Les deux mains bandées. On aurait dit qu'il y tenait deux balles de base-ball. Et ses yeux semblaient regarder très très loin et fixement.

Karch comprit qu'il avait cessé de sourire et regarda Cannon.

— Bon, bref, vaudrait mieux que j'y aille et que je m'occupe de cette histoire. Merci de ton aide, Don.

Il lui tendit la main, Cannon la lui serra.

— Quand tu veux, Jack, dit-il.

— Pas la peine de me raccompagner.

Il se tourna vers les marches et commença à s'éloigner. Puis brusquement il s'arrêta et s'appuya à la rambarde.

— Mais qu'est-ce que ?...

Il souleva le pied gauche et ôta sa chaussure. Sans même jeter un coup d'œil à Cannon, mais en sachant que celui-ci l'observait, il regarda à l'intérieur de sa chaussure et la secoua. Il y avait quelque chose qui faisait du bruit à l'intérieur. Il la retourna et laissa tomber le quarter qu'il s'était glissé dans l'autre main un peu plus tôt. Il le ramassa et regarda Cannon. Le grand costaud abattit son poing sur la console et commença à rire en secouant la tête.

— Je t'avais bien dit que c'était une vraie saloperie, ce tour ! On ne sait jamais où elle va refaire surface, cette pièce.

Et il la lança à Cannon qui la rattrapa dans son gros poing.

— Celle-là, je la garde, Jack ! s'écria-t-il. C'est de la magie, bordel, de la magie !

Karch le salua, descendit les marches et quitta la salle des écrans. Il attendit d'être sorti du Flamingo et hors de portée des caméras de Cannon pour plonger la main dans sa

219

pochette de costume et en ressortir le mouchoir et le quarter qu'il y avait laissé tomber en faisant ses ronds avec sa main droite.

La dime, il la ressortirait de sa chaussure un peu plus tard, dès qu'il aurait un moment pour s'asseoir.

23

Quatre-vingt-dix minutes plus tard, Karch se tenait, un téléphone cellulaire à la main, devant le parking employés de la Hooten's Lighting & Supplies Company. Rangé de l'autre côté du grillage se trouvait le van bleu qu'on avait filmé en train de quitter le garage du Flamingo quelque six heures plus tôt. Sauf que maintenant il y avait une plaque d'immatriculation à l'arrière. Karch faisait les cent pas, attendant impatiemment qu'on le rappelle. Les premiers frissons de la montée d'adrénaline commençaient à lui chatouiller le crâne. Il approchait du but. Du fric et de la femme. Il rejeta la tête en arrière, ce geste semblant accentuer la vague de plaisir qu'il sentait l'envahir.

Lorsque le téléphone sonna, il avait déjà le doigt sur le bouton.

— Karch, dit-il.

— Ivy. Je l'ai.

Inspecteur à la police métropolitaine, Iverson, alias Ivy, lui vérifiait les plaques d'immatriculation pour cinquante dollars le coup. Il faisait d'autres choses à d'autres prix et se servait de son pouvoir pour gagner deux salaires. Karch était toujours prudent dans ses demandes, même lorsque le service demandé n'avait rien d'illégal. Au fil des ans il avait appris à traiter tous les flics de Las Vegas — et Iverson plus que les autres — avec les mêmes précautions que les prostituées, les prêteurs sur gages et autres requins des casinos qu'il fréquentait régulièrement.

Karch pencha la tête de côté et cala son téléphone dans le creux de son cou pendant qu'il sortait son crayon et son carnet de sa poche.

— Bon, alors, qu'est-ce que vous avez ?

— Le véhicule appartient à un certain Jerome Zander Paltz, quarante-sept ans. Adresse : 312, Mission Street. C'est dans Las Vegas Nord. Je l'ai passé au sommier, il est blanc comme neige. À ce propos, c'était en plus et gratis.

Katch avait cessé d'écrire dès qu'il avait entendu le nom du bonhomme. Jerome Paltz, il connaissait. Ou était à peu près sûr de connaître. Oui, il connaissait un Jersey Paltz qui bossait chez Hooten's. Il comprit brusquement qu'il avait toujours cru que ce surnom de Jersey disait l'État d'où il venait. Il savait maintenant que ce n'était qu'un raccourci entre ses deux prénoms.

— Hé, boss, on est toujours là ? reprit le flic.

Karch laissa là ses pensées sur Jersey Paltz.

— Oui, oui. Merci, Ivy. Ça m'éclaircit pas mal de trucs.

— Vraiment ? Et quoi donc ?

— Oh, des trucs sur lesquels je travaille en ce moment. De la surveillance de chantier. Au Venetian. Le van y a été vu à plusieurs reprises et j'avais des doutes. Mais comme Paltz est sur la liste des fournisseurs... Il travaille pour la Hooten's L & S qui installe les caméras. Donc, inutile de pousser plus loin.

— C'est quoi qu'ils ont comme problème, au Venetian ? Le vol ?

— Oui, essentiellement de matériaux de construction. Et comme le van de ce Paltz n'avait pas de signe particulier, je me suis dit que ça valait peut-être le coup de vérifier.

222

— Bref, retour à la case départ, c'est ça ? C'est quoi, qu'on cherche ? Un voleur en brouette ?

Karch songea qu'Iverson devait sourire à l'autre bout du fil.

— C'est ça même, dit-il. Mais merci quand même. Ça va m'économiser du temps.

— À plus.

Karch referma son téléphone et regarda le van bleu à travers le grillage en réfléchissant à la suite des événements. Arriver à Paltz changeait pas mal les choses.

Pour finir, il rouvrit son portable, téléphona aux renseignements et obtint le numéro de la Hooten's Lighting & Supplies. Il appela et demanda qu'on lui passe Jersey Paltz, qui décrocha au bout de trente secondes.

— Jerome Paltz ?

On ne lui répondit pas tout de suite.

— Oui, dit-on enfin, qui... ?

— Jersey Paltz ?

— Qui est à l'appareil ?

— Jack Karch.

— Ah. Et c'est quoi, ce « Jerome » ? Personne ne me...

— C'est bien comme ça que vous vous appelez, non ? Jerome Zander Paltz. C'est de là que vous vient votre surnom de Jersey, n'est-ce pas ?

— Oui, mais personne...

— Je voudrais que vous sortiez du magasin. Tout de suite.

— C'est quoi, ce plan ?

— Tout simplement que je vous demande de venir tout de suite. Je vous attends dehors. Dans le parking employés. Je suis garé sur le bas-côté. Juste en face de votre van, de l'autre côté de la grille.

— Et si vous me disiez un peu de quoi il s'agit ? Je ne...

— Je vous le dirai quand vous serez ici. Quittez le magasin tout de suite. Je peux peut-être encore vous aider, mais il va falloir coopérer et sortir tout de suite.

Il referma son portable avant que Paltz ait le temps de lui répondre. Puis il regagna sa voiture et y monta. C'était une Lincoln noire — une Towncar à l'ancienne avec un coffre énorme. Il l'aimait bien, mais le réservoir se vidait un peu trop vite et on le prenait trop souvent pour un chauffeur de limousine. Il régla le rétroviseur de façon à pouvoir se vautrer sur son siège sans lâcher de l'œil l'entrée du parking, une trentaine de mètres derrière lui. Il ouvrit sa veste et sortit son 9 mm Sig Sauer de son étui. Puis il passa la main sous son siège et chercha entre les ressorts jusqu'au moment où ses doigts se refermèrent sur le silencieux qu'il y avait attaché avec du sparadrap. Il le dégagea, le fixa au canon du Sig Sauer et posa l'arme entre son siège et la portière.

Au bout de cinq minutes d'attente, il vit Jersey Paltz entrer dans le champ de vision de son rétroviseur et commencer à se diriger vers la Lincoln. Il venait d'allumer une cigarette et avançait d'un pas décidé — comme quelqu'un en colère, peut-être même. Karch sourit. Il allait bien s'amuser.

Paltz s'assit à la place du mort en ronchonnant beaucoup. Son haleine sentait le bagel à l'oignon.

— Vaudrait mieux que ça en vaille le coup, lança-t-il. Je bosse, moi.

Karch attendit que son regard et celui de Paltz entrent en contact avant de répondre.

— J'espère bien, dit-il seulement.

Paltz attendit quelques instants, puis explosa :

— Bon, alors, merde ! Qu'est-ce que vous voulez ?

— Je ne sais pas. Et vous ? Vous m'avez appelé.

— Quoi ? Mais c'est vous qui venez juste de me télé...

Karch éclata de rire, Paltz la fermant aussitôt tant il n'y comprenait plus rien. Karch tourna la clé de contact et fit démarrer la voiture. Il la mit en prise et regarda par-dessus son épaule gauche pour se préparer à redescendre sur la chaussée. Les serrures des portières, il l'avait entendu, s'étaient fermées automatiquement dès qu'il avait enclenché le levier de vitesses.

— Hé mais, minute, bordel ! s'écria Paltz. Je bosse, moi ! Il est pas question d'aller se bala...

Il essaya d'ouvrir sa portière, mais le système de fermeture automatique l'en empêcha. Pendant qu'il cherchait un bouton qui l'aurait désengagé, Karch fit vrombir le moteur et redescendit sur la route.

— Calmez-vous, dit-il, y a pas moyen de débloquer les portières tant qu'on roule. C'est un truc de sécurité. Et tenez, je me disais justement que Ted Bundy[1] aurait dû piloter une Lincoln.

— Mais bordel ! s'écria Palz en levant les mains en l'air de dégoût. Où on va ?

— On a un problème, Jerome, lui répondit calmement Karch.

Il prit vers l'ouest, par Tropicana Boulevard. Au loin, les crêtes des montagnes se dessinaient au-dessus de l'horizon citadin.

— Qu'est-ce que vous racontez ? On n'a pas de problèmes du tout ! Je ne vous ai pas parlé depuis un an et arrêtez de m'appeler comme ça !

— Jerome Zander Paltz... Jerry Z... Jersey. C'est quoi, le nom que vous voulez sur la pierre ?

— Quelle pierre ? Et si vous me di...

1. Célèbre tueur en série des années quatre-vingt *(NdT)*.

225

— Celle qu'ils vont mettre sur ta tombe, connard !

Enfin Paltz la boucla. Karch lui jeta un coup d'œil et hocha la tête.

— Eh oui, tête de nœud ! C'est aussi grave que ça ! On a repéré ton van. La nuit dernière. C'est sur bande vidéo.

Paltz commença à secouer la tête comme s'il essayait de sortir d'un cauchemar.

— Je vois pas de quoi vous parlez, dit-il. Et d'abord, où est-ce qu'on va ?

— Dans un coin tranquille. Où on pourra causer.

— Pas question de causer. Vous causez et moi, je sais absolument rien sur ce que vous dites.

— Eh bien, mais c'est parfait ! On parlera quand on y sera.

Dix minutes plus tard, le labyrinthe des quartiers industriels commença à s'éclaircir au fur et à mesure qu'ils se rapprochaient du désert. Karch jeta un coup d'œil à Paltz et s'aperçut que son client commençait à mieux comprendre la nature des ennuis qui l'attendaient. C'était toujours comme ça quand le désert apparaissait. Il tendit la main, attrapa son Sig et le posa sur ses genoux, canon pointé sur le ventre de Paltz.

— Eh merde ! s'exclama celui-ci quand il vit l'arme et comprit enfin, et entièrement, où il en était. Quelle petite salope !

Karch eut un grand sourire.

— De qui parlons-nous ?

— De Cassie Black, c'est comme ça qu'elle s'appelle, répondit Paltz sans attendre. Qu'elle aille se faire foutre ! Je vais pas la protéger.

Karch plissa les paupières en réfléchissant. Cassie Black. Le nom lui disait vaguement quelque chose, mais il avait du mal à situer.

— Celle qu'était avec Max Freeling y a six ans de ça, précisa Paltz. (Karch se tourna vivement vers lui.) Je déconne pas. Vous vous rappelez pas ?

Karch secoua la tête. Ça n'avait pas de sens.

— C'était elle qui repérait. Elle est pas rentrée, dit-il.

— Il faut croire que Max a dû lui apprendre des trucs.

— Sauf qu'ils l'ont coincée. Elle a été expédiée à High Desert. Elle l'avait tué.

— Homicide sans intention de donner la mort, Karch. Et de toute façon elle est dehors maintenant. Elle m'a dit qu'elle vivait en Californie. À Los Angeles.

Karch réfléchit et consulta sa montre. Il y avait à peine trois heures qu'il avait retrouvé Grimaldi à la suite 2014 et il avait déjà un nom et toute une histoire à lui raconter. Il roula les épaules et savoura l'excitation qu'il sentait monter dans sa poitrine. Puis il revint à ses pensées et au problème qui l'occupait.

— Tu sais quoi, Jerome ? enchaîna-t-il. Je croyais qu'on avait passé un marché. Je croyais que chaque fois que tu entendrais parler d'un truc qui pouvait avoir le moindre rapport avec le Cleopatra, tu me rencardais. Et mes messages, je les vérifie tout le temps. Jusqu'à des deux ou trois fois par jour quand je ne suis pas au bureau. Et là, c'est assez drôle, mais je n'ai pas eu un seul coup de téléphone de toi la semaine dernière. Ni la semaine d'avant, d'ailleurs. En fait, je n'en ai jamais eu dont je me souviendrais.

— Écoutez, je ne savais pas que ça serait au Cleo que ça se passerait. Et de toute façon, j'aurais pas pu appeler. J'étais détenu.

— Détenu ? Comment ça « détenu » ?

— Attaché à l'arrière du van.

Paltz passa les dix minutes qui suivirent à lui donner sa version des événements de la veille au soir. Karch l'écouta en silence, sans rien oublier des incohérences et des trous qu'il y avait dans son récit.

— Ce qui fait que j'aurais pas pu vous appeler, conclut Paltz. Je l'aurais fait et j'en avais bien l'intention, mais elle m'a enfermé dans le van toute la nuit. Regardez un peu ça.

Il se retourna et se pencha en travers de son siège. Karch haussa son arme, Paltz levant aussitôt les mains en l'air et lui indiquant la commissure de ses lèvres où l'on voyait des blessures toutes fraîches et apparemment douloureuses.

— Ça, c'est le bâillon qu'elle m'a collé en travers de la gueule, dit-il. Je ne vous raconte pas des blagues.

— Assis.

Paltz reprit sa place. Ils roulèrent en silence une minute pendant que Karch réfléchissait à l'histoire de Paltz.

— Peut-être, mais tu ne me dis pas tout, reprit-il. Savait-elle que c'est toi qui me les as dénoncés la dernière fois ?

— Non. Ça, personne ne le savait en dehors de vous.

Karch acquiesça d'un hochement de tête. L'affaire n'ayant pas été jugée, il n'avait jamais été obligé de raconter son histoire en public. Seuls les flics... et l'un d'eux n'était autre qu'Iverson...

— Avec qui travaillait-elle, ce coup-ci ?

— Elle bossait en solo. Hier, elle s'est pointée comme ça au comptoir et c'est de là que c'est parti. J'ai jamais vu personne d'autre.

Il n'empêche : ce qu'il racontait ne tenait pas encore complètement la route.

— Tu ne me dis toujours pas tout, répéta-t-il. Tu lui as fait quelque chose. T'as essayé de la dépouiller ?

Paltz garda le silence et Karch y vit la confirmation de ce qu'il pensait.

— Évidemment, dit-il. T'as compris qu'elle était seule sur le coup et t'as essayé de la refaire. Sauf qu'elle, elle s'y attendait et qu'elle t'a baisé. Même que c'est pour ça qu'elle pouvait pas te laisser filer avant d'avoir terminé.

— Oui, bon, j'ai essayé de l'avoir. Et alors, bordel ?

Karch ne répondit pas. Ils avaient depuis longtemps franchi les limites de la ville. Karch aimait bien le désert, surtout au printemps, juste avant qu'il commence à faire trop chaud.

— Qu'est-ce qu'elle faisait à Los Angeles ? demanda-t-il.

— Elle ne me l'a pas dit et je ne le lui ai pas demandé. Écoutez... où est-ce qu'on va ? Je vous ai dit tout ce que je savais.

Karch garda le silence.

— Écoutez, Karch, je sais ce que vous faites. Vous croyez que j'ai quitté le magasin sans dire à personne qui j'allais voir au parking.

Karch le regarda d'un air étonné.

— Mais c'est bien, ça, Jersey ! s'écria-t-il. C'est exactement ce que je me disais.

Le bluff ne valait même pas la peine qu'on s'y arrête. Karch savait très bien que les relations de Paltz avec ses collègues étaient telles qu'il leur aurait dit qu'il sortait fumer une cigarette et rien d'autre.

Il engagea la grande Lincoln sur une petite route appelée Saddle Ranch Road au cadastre du comté. Elle faisait partie de terrains mesurés et découpés en lotissements quelque trente ans plus tôt. On y avait bien tracé deux ou trois routes, mais le plan ayant capoté, aucune maison n'y avait jamais été construite. Si vite qu'elle s'étendît, la ville en avait encore pour deux décennies avant d'y être. Alors les maisons surgiraient de terre. Karch espéra qu'il ne serait plus là pour le voir.

Il arrêta la voiture devant un vieux bureau de ventes abandonné. Les fenêtres et les portes y avaient depuis longtemps disparu. Des impacts de balles et des graffitis en tout genre couvraient les murs, à l'intérieur comme à l'extérieur, le plancher étant jonché de cannettes de bière et de verre brisé. Le soleil du matin s'était pris dans une toile d'araignée argentée accrochée en travers de la porte. Karch regarda le yucca qui avait poussé environ dix mètres derrière elle. C'était lui qui l'avait planté à cet endroit bien des années plus tôt − pour marquer un lieu et rien de plus. Il était toujours étonné de voir à quel point l'arbre avait réussi à grandir dans un coin aussi désolé.

Il coupa le moteur et regarda Paltz. On aurait dit que celui-ci n'avait plus une goutte de sang dans les veines.

− Écoutez, répéta-t-il, je vous ai dit tout ce que je savais sur cette pute et ce qui s'est passé. Y'a pas besoin de me...

− Descends.

− Quoi ? Ici ?

− Oui, ici.

Il leva son arme afin que Paltz qui essayait d'ouvrir la portière ne l'oublie pas. La portière était toujours fermée. Amusé, Karch regarda comment les mains de son passager palpaient follement la serrure à la recherche du bouton de déblocage. Enfin il le trouva et ouvrit. Il descendit de voiture, Karch le suivant de son côté.

Arrivé à l'avant de la Lincoln, Karch baissa de nouveau son arme le long de son flanc.

− Qu'est-ce que vous allez faire ? lui demanda Paltz qui avait levé les mains en l'air en signe de reddition.

Karch ignora sa question et jeta un coup d'œil autour de lui.

− Ce coin... dit-il. Ça fait des années que j'y viens. Depuis que je suis enfant. Mon père m'y amenait souvent en voiture pour qu'on puisse regarder les étoiles. L'hiver, on s'asseyait sur le capot de la Dodge et c'était le moteur qui nous réchauffait.

Il se retourna et regarda la ville derrière lui.

— Ah, mec ! Le soir, il était capable de regarder le Strip et de me dire le nom de tous les casinos rien qu'à la couleur de leurs néons. Le Sands, le Desert Inn, le Stardust... Qu'est-ce que j'aimais cet endroit à cette époque ! Maintenant... maintenant, c'est de la merde. Plus aucune classe.

Il n'acheva pas sa phrase. Il regarda Paltz comme si c'était la première fois qu'il le voyait.

— Combien elle t'a filé ?

— Rien.

Karch marcha droit sur lui. Aussitôt Paltz bafouilla une autre réponse.

— Si, bon, huit mille dollars. Mais c'est tout. C'était pour l'équipement. Elle ne m'a filé aucun pourcentage. Elle m'a donné les huit mille et m'a laissé partir.

Karch se dit brusquement qu'il était bien étrange qu'elle l'ait laissé filer — et même qu'elle l'ait payé — alors qu'elle n'avait pas laissé la vie sauve à Hidalgo. Il y avait là une contradiction à laquelle il allait devoir réfléchir. Il s'était passé quelque chose dans la chambre d'hôtel et il n'y avait sans doute qu'une seule personne qui pouvait lui dire de quoi il retournait.

— Où sont ces huit mille dollars ?

— Dans un coffre, chez moi. On n'a qu'à y aller. Je vous montrerai où.

Karch eut un sourire sans humour.

— Elle t'a parlé de ce qu'elle avait fait avant de te laisser filet ?

— Elle m'a rien dit du tout. Elle m'a juste détaché avant de dégager. J'ai trouvé les huit mille dollars sur le siège avant, avec les clés.

— Et la mallette ?

— Quelle mallette ?

Karch réfléchit un instant, puis décida de laisser courir. Il doutait fort qu'elle lui ait parlé de ça. Elle avait sans doute déjà compris que la mallette était piégée électroniquement et ne l'avait probablement toujours pas ouverte.

Karch arriva aussi à la conclusion qu'il ne tirerait plus grand-chose de Paltz — sauf, peut-être, les huit mille dollars qu'il avait chez lui.

— Viens ici, dit-il en lui montrant l'avant de la Lincoln. Pose ton portefeuille sur le capot. Avec tes clés.

Paltz s'exécuta et se planta devant la voiture tandis que Karch restait à sa place, près de l'aile gauche du véhicule.

— Vous n'avez pas volé les gens qu'il fallait, dit-il. Et elle a tué le mauvais bonhomme.

— Je vois pas où vous vou... J'ai rien volé, moi. J'ai...

— Tu l'as aidée et ça te rend aussi coupable qu'elle. Tu comprends ?

Paltz ferma les yeux, et quand il parla sa voix n'était plus que gémissements désespérés.

— Je m'excuse. Je ne savais pas. S'il vous plaît, il faut me faire une fleur...

Karch regarda les broussailles derrière lui. Encore une fois il s'attarda sur le yucca, puis il posa les yeux plus loin. Le désert était vraiment beau, jusque dans sa désolation.

— Tu sais pourquoi je viens ici ?

— Oui.

Karch faillit rire.

— Non, je veux dire... dans cet endroit précis.

— Non.

— Parce qu'il y a trente ans de ça, quand ils ont cartographié le coin et ont commencé à vendre des lotissements aux gogos, ils ont tout arrangé pour que ça ait l'air vendable.

Quasiment qu'ils allaient se mettre à construire dès qu'ils auraient ton fric en main. Ça faisait partie de l'arnaque et ça a drôlement bien marché.

Paltz hocha la tête comme s'il trouvait l'histoire intéressante.

— Mon père avait acheté une parcelle...

— C'est pour ça que vous veniez ?

Le ton qu'il avait pris était forcé. Karch ignora sa question.

— Trente ans, ça fait un bout, dit-il. La terre est de nouveau très dure, mais il suffit d'aller n'importe où ailleurs et de commencer à creuser pour trouver dans les trente centimètres de terre meuble et la roche juste en dessous. On s'imagine vite que c'est comme de creuser à la plage. On en est loin. La terre sous cette couche-là n'a pas été touchée depuis deux ou trois millions d'années. La pelle rebondit quand on essaie de l'y enfoncer !

Il regarda Paltz.

— Ce qui fait que j'aime bien, ici. Bon, comprends-moi, c'est toujours du boulot, mais sur un mètre de profondeur, c'est faisable. Et y a pas vraiment besoin de plus.

Et il se fendit d'un sourire entendu. Paltz démarra comme il se doutait bien qu'il allait le faire. Il courut autour du bureau de ventes et dépassa le yucca en essayant de s'en faire un paravent. Ça aussi, Karch connaissait. Il s'écarta de la Lincoln et partit calmement sur la gauche du bureau pour améliorer son angle de tir. En avançant, il ôta le silencieux du Sig — ce n'était plus nécessaire et ça risquait d'affecter la précision. Il fit le point sur la chaîne de montagnes sans le silencieux.

Paltz se trouvait à une trentaine de mètres. Il se déplaçait de droite à gauche, ses pieds soulevant de petits nuages de sable et de poussière tandis qu'il courait désespérément en zigzag. Karch fit tomber le silencieux dans la poche de sa veste et s'immobilisa. Il écarta les pieds, leva son arme fort classiquement à deux mains, comme au stand de tir, et se mit à suivre les mouvements de Paltz. Il visa soigneusement et tira une seule fois, en anticipant la course de sa cible d'une cinquantaine de centimètres. Il abaissa son arme et regarda Paltz qui commençait à battre des bras et piquait du nez dans le sable. Il savait qu'il l'avait touché dans le dos, peut-être même à la colonne vertébrale. Il attendit d'autres mouvements puis, au bout de quelques instants, il vit Paltz remuer dans le sable et rouler sur le dos. Il était clair qu'il ne se relèverait pas.

Karch chercha la douille et la trouva dans le sable. Elle était encore chaude au toucher lorsqu'il la ramassa et la glissa dans sa poche. Il revint à la Lincoln et se servit de la télécommande pour ouvrir le coffre. Il ôta sa veste, la plia sur le pare-chocs et attrapa sa salopette. Il enfila les jambes, fit passer ses bras dans les manches du vêtement et remonta la fermeture Éclair jusqu'à son cou. La salopette était ample et noire, parfaite pour le travail de nuit.

Il sortit sa pelle et se dirigea vers l'endroit où Paltz était tombé. Paltz avait une grosse fleur de sang marron au milieu du dos. Sa figure était maculée de poussière et de sable. Du sang s'était répandu sur ses lèvres et sur ses dents. Cela signifiait que la balle lui avait perforé un poumon. Il respirait vite et fort. Il n'essaya même pas de parler.

— Bon, allez, dit Karch. Ça suffit.

Il se pencha en avant et colla le canon du Sig sous l'oreille gauche de Paltz. Avec l'autre main il tint la pelle par le manche et en plaça la partie métallique de façon à ce qu'elle bloque les éclaboussures. Il tira une fois, dans le cerveau, et sentit Paltz s'immobiliser. La douille éjectée heurta la pelle avec un bruit métallique et tomba dans le sable. Karch la ramassa et la rangea dans sa poche avec l'autre.

Puis il rangea le Sig dans son étui et regarda le ciel. Il n'aimait pas faire ça dans la journée. Et ce n'était pas seulement parce que ça l'obligeait à porter une salopette noire en plein soleil. Des fois, quand il y avait de l'engorgement à l'aéroport McCarran, les avions étaient mis en attente et tournaient très bas de ce côté-là de Las Vegas.

Il n'en commença pas moins à creuser en espérant que rien de tel ne se produirait et en se demandant si ce serait vraiment une coïncidence si, au bout d'un moment, sa pelle tapait dans des ossements déjà enterrés à cet endroit.

24

Karch s'immobilisa devant le miroir de répétitions et ajusta sa cravate. Une Hollyvogue avec spirales Art déco qui avait appartenu à son père. Il avait décidé de la porter avec sa veste Hollywood en gabardine et le pantalon à plis qu'il avait choisi en ville chez Valentino.

Son beeper sonna, il le prit sur la commode. Il reconnut le numéro de Vincent Grimaldi, l'effaça, accrocha l'appareil à sa ceinture et finit d'ajuster sa cravate. Il n'avait pas l'intention de rappeler Grimaldi. En fait, il tenait à l'informer personnellement des progrès de son enquête.

Lorsqu'il en eut fini avec sa cravate, il revint chercher ses armes dans la commode. Il enfila le Sig dans son étui et boucla la lanière de sécurité par-dessus. Puis il prit son petit .25, un Beretta qui tenait dans la paume de sa main. Il se retourna vers la glace et se tint les mains le long du corps, le .25 caché dans la main droite. Il fit encore quelques gestes et mouvements divers, en vérifiant chaque fois qu'on ne voyait pas son arme. La main droite de David, pensa-t-il, la main droite de David.

Puis il répéta la fin. En déplaçant ses mains apparemment vides comme s'il était en pleine conversation, il en sortit brusquement son arme pointée sur lui. Cette série de gestes une fois répétée comme il fallait, il remit le petit pistolet dans la pochette en soie de magicien qu'il avait demandé à un tailleur de lui coudre sur l'arrière de son pantalon, dans la ceinture − une pochette par pantalon. Enfin il tendit les mains vers le miroir et les rapprocha de son visage comme s'il allait prier. Il tira sa révérence et recula de quelques pas − fin du spectacle.

En se rendant au garage, il fit un arrêt à la cuisine et sortit un bocal à conserves d'un des placards. Il en ôta le couvercle et y laissa tomber les deux douilles de balles qu'il avait tirées dans le désert. Puis il leva le bocal en l'air et le regarda. Il était presque à moitié plein de douilles. Il le secoua et écouta les douilles tinter à l'intérieur. Puis il le remit dans le placard et sortit un paquet de céréales Honeycomb. Il mourait de faim. Il n'avait pas mangé de toute la journée et les efforts physiques qu'il avait déployés dans le désert lui avaient pompé toute son énergie. Il commença à manger les céréales à même la boîte, en faisant attention à ne pas mettre de miettes sur ses vêtements.

Il passa dans le garage qu'il avait illégalement transformé en bureau et s'assit à sa table de travail. Il n'avait pas besoin d'un bureau dans un bâtiment commercial comme la plupart des détectives privés. Les trois quarts de son travail − du côté légal − lui arrivaient par téléphone. Il s'était spécialisé dans la recherche des personnes disparues. Moyennant le versement de cinq cents dollars mensuels, deux inspecteurs de la police métropolitaine de Las Vegas chargés de ces recherches l'aiguillaient sur les affaires à suivre. Règlement oblige, la métro ne pouvait pas se mettre à chercher un adulte signalé disparu avant un délai de quarante-huit heures. Cette pratique reposait sur le fait que, presque toujours, ces personnes disparues ne « disparaissaient » que de manière très volontaire et pour « reparaître » un ou deux jours plus tard. À Las Vegas en tout cas. C'étaient des gens qui venaient en vacances ou pour un congrès et se faisaient la malle dans une ville où tout était fait pour casser les inhibitions. Ils couchaient avec des strip-teaseuses ou des putes, ils paumaient leur argent et avaient honte de rentrer chez eux, ou alors ils en gagnaient des tonnes et ne voulaient plus réintégrer leur domicile. Les raisons étaient innombrables et c'était pour ça que la police avait opté pour le « attendons voir ».

Cela dit, ce délai de quarante-huit heures et toutes les raisons qui l'expliquaient ne calmaient nullement les proches, qui en devenaient parfois complètement hysté-riques. Et c'était là que Karch et une légion d'autres détec-tives privés entraient en scène. En graissant la patte aux flics de la police métropolitaine, Karch s'assurait que ses nom et numéro de téléphone étaient souvent répétés aux per-sonnes qui, après leur avoir signalé telle ou telle disparition, n'avaient aucune intention d'attendre les quarante-huit heures d'attente imposées par le règlement avant qu'on lance les recherches.

Les cinq cents dollars qu'il déposait chaque mois sur un compte bancaire auquel les deux flics avaient accès étaient une bonne affaire. C'était souvent jusqu'à une douzaine d'appels à l'aide qu'il recevait par mois. Il se faisait payer une indemnité de quatre cents dollars par jour plus les frais, avec un dépôt minimum équivalent à deux jours de travail. Il lui arrivait fréquemment de localiser le ou la disparue en moins d'une heure grâce à ses paiements par carte de cré-dit, mais ça, il ne le disait jamais à ses clients. Il leur deman-dait de lui virer ses honoraires sur son compte, et seulement alors leur révélait l'endroit où se cachait l'être cher. Pour Karch, tout cela n'était guère qu'un énième tour de passe-

passe. Se débrouiller pour que le mouvement ne s'arrête pas et faire dévier l'attention du spectateur. Ne jamais montrer ce qu'on a au creux de la main.

Son bureau était une sorte d'autel dressé à la gloire d'un Las Vegas depuis longtemps disparu. Les murs n'étaient qu'un seul et même *collage* [1] de photos des grands du spectacle des années cinquante et soixante. On y voyait d'innombrables clichés de Frank Sinatra, Dean Martin et Sammy Frey, certains où ils apparaissaient seuls, d'autres où on les avait pris en groupes. Il y avait aussi des photos de danseuses et des fiches de combats de boxe encadrées.

Karch possédait également des cartes postales représentant des stations balnéaires où l'on avait beaucoup joué et qui n'existaient plus. Il détenait encore une collection de jetons, elle aussi sous verre − un de chaque casino ayant ouvert dans les années cinquante. Il avait enfin un énorme agrandissement du Sands en train de s'effondrer lorsqu'on l'avait dynamité pour ouvrir la nouvelle ère du Las Vegas propre. Bon nombre de ces photos étaient signées, le destinataire en étant rarement Jack Karch lui-même. De fait, toutes ou presque étaient dédiées à « L'Étonnant Karch ! », son père.

Au centre du mur qu'il avait en face de lui lorsqu'il était assis à son bureau se trouvait le plus grand document encadré de la pièce − l'agrandissement d'un cliché représentant l'énorme panneau entouré de néon qu'on avait planté devant le Sands :

AVEC FRANK SINATRA
JOEY BISHIP ET
L'ÉTONNANT KARCH !

1. En français dans le texte *(NdT)*.

Karch regarda longtemps les photos en face de lui avant de se mettre au travail. Il avait neuf ans lorsqu'il avait vu le nom de son père apparaître sur le grand panneau. Et un soir, son père l'avait emmené voir le spectacle depuis les coulisses. Il était en train de faire un tour appelé l'« Art de la cape » lorsque, quelqu'un lui ayant tapé sur l'épaule, Karch avait levé les yeux sur... Frank Sinatra en personne ! L'incarnation même de Las Vegas avait fait semblant de lui décocher un coup de poing au menton et lui avait demandé avec un grand sourire s'il avait, lui aussi, un point d'exclamation au bout de son nom. C'était le souvenir le plus indélébile de son enfance. Ça et ce qui était arrivé à son père quelques années plus tard, au Circus, Circus.

Karch se détourna de la photo et regarda son répondeur. Il avait reçu trois messages. Il appuya sur la touche de rembobinage et s'empara d'un crayon pour être prêt à écrire. Le premier message émanait d'une certaine Marion Rutter. Originaire d'Atlanta, elle voulait qu'il se lance à la recherche de son époux, Lyle, qui n'était pas rentré d'un colloque de vendeurs de matériel de cuisine à Las Vegas. Elle était très inquiète et voulait qu'on entame les recherches tout de suite. Karch nota ses nom et adresse bien qu'il ne puisse pas la rappeler pour l'instant, son carnet de commandes étant complet.

Les deux autres messages avaient été laissés par Vincent Grimaldi. Il avait l'air agacé. Il exigeait que Karch le rappelle immédiatement.

Il effaça les messages et se renversa dans son fauteuil en cuir rembourré. Il prit encore une poignée de céréales et se mit à étudier les deux tas d'argent liquide posés devant lui sur son bureau. Il s'était rendu chez Jersey Paltz après sa petite expédition dans le désert, avait pris les clés du mort pour entrer, ouvert le coffre-fort qu'il avait trouvé dans un placard et raflé tout le fric. Le premier tas comprenait 8 000 dollars en billets de cent. Le deuxième 4 480 en coupures de vingt. Il avait tout de suite estimé que les 8 000 revenaient à Grimaldi. Moins les 550 de frais qu'il avait déjà eus. Allez, se dit-il, on y ajoute l'essence et autres babioles et on arrondit à 600. Le deuxième tas ? Celui-là, il le garderait dans son intégralité. Cet argent-là n'avait rien à voir avec l'arnaque du Cleo. Tout donnait l'impression qu'il s'agissait des économies personnelles de M. Paltz.

Karch prit ce qui lui revenait et le déposa dans un tiroir du bureau, qu'il referma à clé. Il sortit une facture vierge et prépara un reçu pour les 7 400 qu'il allait rendre à Grimaldi. Il y ajouta quelques explications pour la somme qu'il déduisait pour ses frais. Il ne porta son nom nulle part sur la facture. Lorsqu'il eut terminé, il plia l'argent dans le reçu et glissa le tout dans une enveloppe qu'il rangea dans la poche intérieure de sa veste.

Il resta quelques instants immobile à son bureau, à se demander s'il n'aurait pas dû déduire plus d'argent du total pour couvrir le voyage que, il le savait déjà, il ferait à Los Angeles. Pour finir, il décida que non, se leva et fit le tour de son bureau pour gagner la rangée de meubles classeurs installés sous la photo du Sands en train de s'effondrer. Il déverrouilla un tiroir avec une clé, chercha un dossier et revint dans son bureau avec.

Le dossier portait la mention FREELING, MAX. Karch l'ouvrit et en répandit le contenu sur le bureau. On y trouvait plusieurs procès-verbaux de la police, ainsi que des pages entières de notes manuscrites et un paquet de coupures de presse jaunies et méticuleusement pliées. Il les déplia et lut celle qui avait le plus gros titre. Six ans et demi plus tôt elle avait fait la une du *Las Vegas Sun*.

LE DERNIER PLONGEON
DU DÉTROUSSE-FLAMBEURS
Par Darlene Gunter
de la rédaction du *Sun*.

Un homme en qui les autorités voient le responsable d'une série de cambriolages dans les chambres des grands flambeurs des casinos du Strip a préféré plonger dans une mort certaine plutôt que de se rendre à la police dans une suite du dernier étage du Cleopatra.

Son corps a traversé la verrière de l'atrium, expédiant une pluie d'éclats de verre sur les gens qui jouaient encore à 4 heures 30 du matin. Le cadavre ayant atterri sur une table de craps [1] hors service, l'incident a causé un moment de panique parmi les gens qui se trouvaient dans les salles. D'après les autorités, néanmoins, personne n'aurait été blessé au cours de cet incident, hormis la victime.

D'après les porte-parole de la police métropolitaine, l'individu, un certain Maxwell James Freeling, 34 ans, habitant Las Vegas, aurait fait une chute de vingt étages après s'être jeté par la fenêtre d'une suite du Cleopatra plutôt que de se laisser prendre par un agent de la sécurité de l'hôtel qui avait monté une opération pour s'emparer de sa personne.

Tard dans la soirée de mercredi, on ne comprenait toujours pas clairement pourquoi la police métropolitaine n'avait pas été associée à l'opération. Ni pourquoi Max Freeling avait préféré sauter par la fenêtre dans le seul but de ne pas se faire prendre. Vincent Grimaldi, le chef de la sécurité de l'hôtel, n'a rien dit de plus sur l'incident, mais a exprimé son soulagement que l'affaire se soit produite à une heure où le casino était au plus bas de son affluence.

« Nous avons eu de la chance que ce soit arrivé à ce moment-là, nous a-t-il déclaré. Il n'y avait pas beaucoup

---

1. Jeu de dés qui ressemble au zanzi ou à la passe anglaise *(NdT)*.

de monde. Qui sait ce qui aurait pu en résulter si ça s'était produit à une heure de grande affluence ? »

Grimaldi a précisé que le casino resterait ouvert pendant qu'on réparerait le plafond de l'atrium. Il a ajouté qu'une petite partie de la salle devrait être fermée aux joueurs pendant les travaux. Après la mort de Freeling, une jeune femme de 26 ans a été détenue à l'hôtel et livrée à la police. Elle a été arrêtée au moment où elle se précipitait vers le corps de Freeling après sa chute. Les autorités ont alors déclaré qu'à ses réactions on voyait bien qu'elle avait des « liens » avec le suspect.

« Si elle s'était contentée de filer, nous n'aurions sans doute jamais rien su d'elle », nous a confié l'inspecteur Stan Knapp. C'est en courant vers ce type qu'elle s'est démasquée.

Cette femme, dont la police refuse de donner l'identité jusqu'à son inculpation officielle, a été interrogée au Quartier général de la police métropolitaine pendant toute la journée de mercredi.

D'après la police, Freeling serait le voleur hautement qualifié qui a frappé quelque onze fois pendant les sept derniers mois, et toujours dans des hôtels attenant aux casinos du Strip. Chaque fois, c'était un ou une invitée de l'établissement qui se faisait délester de son argent liquide et de ses bijoux dans sa chambre par un voleur entré pendant qu'il ou elle dormait.

Ce voleur avait été qualifié de « détrousse-flambeurs » par la police parce que ses cibles étaient toujours des joueurs invités par des hôtels et qui gagnaient de grosses sommes. D'après certaines sources policières, on estime que le butin amassé pendant ces onze cambriolages s'élèverait à plus de 300 000 dollars. Apparemment, le voleur avait recours à divers moyens pour pénétrer dans les chambres d'hôtel – parfois il y entrait par les grilles de la climatisation, parfois aussi en se faisant remettre les clés par des femmes de chambre ou des réceptionnistes crédules. Aucune des victimes n'a jamais vu ce voleur. D'après la police qui n'a pas voulu en dire davantage, il aurait pu surveiller ses cibles à l'aide de caméras cachées.

Karch cessa de lire. Parce que c'était le premier article écrit sur l'affaire, il ne comportait que peu de renseignements, l'auteur du papier s'étant débrouillé pour tirer tous ces paragraphes de deux ou trois malheureux petits faits. Karch passa à l'article du lendemain.

UNE COMPLICE FORMELLEMENT ACCUSÉE
DANS LA MORT DU DÉTROUSSE-FLAMBEURS
par Darlene Gunter
rédaction du *Sun*.

Une femme dont la police pense qu'elle aurait été chargée des repérages a été inculpée dans la mort du « détrousse-flambeurs », survenue lorsque celui-ci est tombé du dernier étage du Cleopatra.

Cassidy Black, 26 ans, habitant Las Vegas, a été inculpée de meurtre en application des lois de l'État qui stipulent que tout individu prenant part à un délit est responsable de toute mort survenant pendant l'exécution de ce délit.

Bien que Cassidy Black ait été en train d'attendre Max Freeling dans l'entrée du Cleopatra lorsque celui-ci a sauté par une fenêtre du vingtième étage, elle est, d'après John Cavallito, district attorney du comté de Clark, légalement responsable de sa mort. Toujours d'après Cavallito, Cassidy Black, qui a été aussi accusée de cambriolage et de vol en bande, pourrait écoper d'une peine de prison allant de quinze ans à perpétuité si elle était reconnue coupable des charges qui pèsent contre elle. Cassidy Black est toujours détenue sans caution à la prison du comté.

« Elle est tout aussi responsable de cet incident et de cette série de délits que Freeling lui-même », nous a déclaré Cavallito lors de sa conférence de presse. Elle était sa complice et mérite de subir, et subira, toutes les rigueurs de la loi.

La mort de Freeling a été qualifiée d'« accident » et non de suicide. Max Freeling serait passé au travers d'une fenêtre d'une suite du vingtième étage en essayant de ne pas se faire prendre. D'autres détails concernant les événements tragiques de la nuit de mercredi à jeudi ont été révélés le lendemain par Cavallito et les inspecteurs de police chargés de l'enquête.

Celui qu'on appelle le « détrousse-flambeurs » avait frappé onze fois en sept mois dans divers casinos du Strip, forçant l'Association des casinos de Las Vegas à offrir une récompense de 50 000 dollars pour la capture et la condamnation du coupable. D'après la police, ce voleur s'en serait pris aux flambeurs qui repartaient dans leurs chambres avec leurs gains en liquide.

Dans la journée de mardi, un détective privé qui espérait toucher la récompense aurait contacté la direction du Cleopatra pour l'informer que, d'après lui, le « détrousseur » était en train de repérer un invité de l'hôtel-casino.

Ce détective privé, un certain Jack Karch, aurait alors accepté de jouer le rôle d'appât. Lorsque le joueur qui avait été repéré et dont le nom n'a toujours pas été dévoilé a décidé de se retirer dans sa chambre pour la nuit, il a été procédé à un échange et c'est Karch qui, déguisé en joueur, est remonté à la suite.

Deux heures plus tard, Karch éteignait les lumières et faisait semblant de dormir. Freeling serait alors entré dans sa chambre par un conduit de climatisation auquel il aurait accédé en passant par le plafond du poste de nettoyage. Mais au moment même où il pénétrait dans la pièce, Karch l'aurait surpris et, tout en le tenant en respect avec son arme, se serait servi d'un talkie-walkie pour demander l'aide des agents de sécurité de l'hôtel qui attendaient non loin de là.

Mais avant que ceux-ci aient pu entrer, M. Freeling se serait rué sur la fenêtre d'une manière plutôt inexplicable, a poursuivi Cavallito. Il se serait jeté dans la vitre et serait passé au travers. Toujours d'après Cavallito, il y avait un petit rebord sous la fenêtre et Freeling a peut-être cru pouvoir échapper à l'arrestation en se collant à la paroi du bâtiment pour gagner le câble qui sert à abaisser la passerelle de nettoyage le long des vitres de l'immeuble.

Malheureusement, la vitesse prise par son corps en traversant la vitre l'a projeté plus loin et a entraîné sa chute. Il s'est écrasé sur le toit de verre de l'atrium et l'a traversé, créant ainsi un début de panique chez les quelques clients du casino qui jouaient encore à cette heure. Personne n'a été blessé.

Après son exposé, Cavallito n'a accepté de répondre qu'à un nombre limité de questions en arguant du fait que l'enquête et la mise en accusation de Cassidy Black étaient toujours en cours. Il a en particulier refusé d'expliquer comment il se faisait que le détective privé Jack Karch ait su que Freeling était en train de suivre un joueur du Cleopatra.

Les efforts que nous avons déployés pour joindre Karch et lui demander de nous livrer ses appréciations se sont révélés vains, aucun des messages que nous lui avons laissés à son bureau n'ayant eu droit à la moindre réponse. Enfant, Karch a de temps en temps pris part au spectacle de son père, le magicien qu'on connaissait sous l'appellation de « L'Étonnant Karch ! ». Aujourd'hui décédé, « L'Étonnant Karch ! » fut un habitué des casinos et hôtels du Strip des années cinquante jusqu'au début des années soixante-dix.

Dans sa jeunesse, Karch a eu droit au surnom d'« As de

pique », suite à un tour de magie dans lequel son père l'enfermait dans un sac de courrier placé à l'intérieur d'une caisse elle-même fermée au cadenas et où il disparaissait... pour être remplacé par une carte : l'as de pique.

Le district attorney John Cavallito a certes exonéré Karch de toute accusation dans la mort de Freeling, mais cela ne l'a pas empêché de critiquer la décision prise par ce même Karch et la direction du Cleopatra de monter une opération destinée à capturer le « détrousseur » sans tenir la police informée.

« Nous aurions beaucoup apprécié qu'ils contactent la police métropolitaine avant de se lancer dans cette affaire, nous a-t-il confié. Nous aurions sans doute pu éviter ce pénible incident. » Vincent Grimaldi, le responsable de la sécurité du Cleopatra a refusé de nous donner son avis sur cette dernière remarque.

Le porte-parole de l'Association des casinos de Las Vegas a lui aussi refusé de nous dire si Karch pouvait prétendre à la récompense, vu la mort du suspect et l'arrestation de sa complice.

D'autres détails concernant cette affaire se sont fait jour dans la journée d'hier. D'après les autorités, le suspect aurait été déjà condamné deux fois pour cambriolage et aurait passé un total de quatre années dans diverses prisons de l'État. Ayant grandi à Las Vegas, il est, comme Karch, le fils d'un père plus que célèbre. Celui-ci, Carson Freeling, fut en effet condamné en 1963 pour avoir pris part à l'attaque à main armée du Royale Casino, attaque qui, comme beaucoup le pensent dans la région, aurait été inspirée par le film *L'Inconnu de Las Vegas*, avec Frank Sinatra et « Les Rats ».

Maxwell Freeling était âgé de trois ans lorsque son père fut arrêté. Carson Freeling est mort en prison en 1981.

Karch étudia la photo qui accompagnait l'article. C'était celle de Cassidy Black, le cliché ayant été pris le jour de son arrestation. Longs cheveux blonds en désordre et yeux rouges à force d'avoir pleuré. Il se rappela qu'elle avait refusé de dire quoi que ce soit aux flics de la métro et avait résisté à douze heures d'interrogatoire. Elle n'avait pas calé et ça, il admirait.

Il ne l'avait jamais rencontrée pendant toute la durée de l'enquête sur la mort de Freeling. De fait, il ne s'était même jamais trouvé dans la même pièce qu'elle. Il ne pouvait donc pas être sûr que la femme qu'il voyait sur la photo était bien celle qu'il avait suivie sur les écrans de vidéo-surveillance du Cleopatra et du Flamingo, mais ses tripes lui disaient que c'était elle.

Il feuilleta les autres coupures de journaux et arriva au dernier article qui, lui aussi, s'ornait d'une photo de Cassidy Black. On l'y voyait en uniforme de prisonnière. Les fers aux pieds, elle était conduite au tribunal par deux gardes. Il y avait quelque chose qui lui plut beaucoup dans l'angle de sa mâchoire et la façon qu'elle avait de regarder vers le haut. Elle avait conservé toute sa dignité et cela se voyait, malgré les menottes, malgré sa salopette de détenue et la situation dans laquelle elle se trouvait.

Il revint à l'article et se mit à le lire. On arrivait au dernier moment de la saga, celui du grand nettoyage. L'article était court et complètement enterré dans les pages du *Sun*.

LE DÉTROUSSE-FLAMBEURS :
BLACK PLAIDE COUPABLE
ET RÉCOLTE LA PRISON
Par Darlene Cunter
rédaction du *Sun*.

Membre du gang dit des « détrousse-flambeurs », Cassidy Black a plaidé coupable des accusations qui lui sont faites dans la série de délits ayant conduit à la mort de son associé il y a deux mois. Elle a été immédiatement condamnée à la prison.

Suivant les termes d'un accord négocié avec le bureau du district attorney du comté, l'ancienne croupière de black-jack âgée de 26 ans a plaidé coupable d'homicide involontaire et de complicité de cambriolage. La juge du tribunal de région Barbara Kaylor l'a condamnée à 15 ans de prison.

Habillée en uniforme de détenue, Cassidy Black n'a pas dit grand-chose pendant l'audience. Elle a prononcé le mot « coupable » après l'énoncé de chacune des charges pesant sur elle, puis a affirmé avoir compris toutes les consé-quences juridiques de l'accord passé avec la juge.

L'avocat de la défense, Jack Miller, a déclaré que cet accord était le meilleur qu'elle pouvait espérer de la justice, étant donné les preuves écrasantes de sa participation aux délits reprochés à Maxwell James Freeling, délits qui au bout de sept mois conduisirent à son arrestation et à la mort du cambrioleur, lorsque ce dernier sauta d'une fenêtre du vingtième étage du Cleopatra.

« Cet accord lui laisse encore une chance de repartir du bon pied, a-t-il notamment déclaré. À condition qu'elle n'y fasse pas de bêtises, elle pourrait ressortir de prison dans six ou sept ans. Elle aura alors à peine la trentaine, ce qui lui donnera tout le temps de recommencer à vivre et se rendre utile à la société. » D'après les autorités, les preuves accumulées contre elle montrent clairement qu'elle repé-rait les victimes de Freeling et surveillait les lieux lorsque celui-ci détroussait les flambeurs endormis dans leurs suites.

Karch referma la pince sur les autres articles sans même finir celui qu'il avait commencé. L'accord passé par Cassidy Black avait empêché qu'il y ait procès et lui avait évité, à lui, d'avoir à témoigner sur ce qui s'était passé dans la suite. La condamnation de la jeune femme lui avait aussi permis de prétendre à une récompense qu'il n'avait fini par obtenir qu'après avoir embauché un avocat pour traîner l'Association des casinos de Las Vegas en justice. Tous impôts et honoraires d'avocat payés, il s'était retrouvé à la tête de 26 000 dollars, mais enchaîné au service de Grimaldi. Devenu sa bonne à tout faire, il s'occupait des coups tordus et du sale boulot, sans parler des petites virées dans le désert avec le coffre plein.

Mais tout ça va changer, se dit-il. *Bientôt. Très bientôt.*

Il replia soigneusement les coupures de presse, referma le dossier et la boîte de céréales et rapporta cette dernière à la cuisine en retournant à la porte d'entrée.

Là, il prit le porte-vêtements qu'il avait préparé un peu plus tôt et choisit un feutre rond sur son porte-chapeaux. Celui qu'il emportait toujours en voyage. Un Mallory, lut-il sur la doublure, le « Couvre-chef des jeunes gens élégants ». Il l'ajusta sur son crâne et en rabaissa le bord comme un vieux musicien de jazz. C'était comme ça que le portait le boxer Joe Louis le soir où il l'avait vu à l'entrée du Caesar's Palace. Il sortit dans la lumière étincelante du soleil.

25

En traversant le casino du Cleo, Karch sentit qu'un regard s'était posé sur lui et leva les yeux sous le rebord de son chapeau : Vincent Grimaldi l'observait du haut de la vigie. Karch n'eut pas besoin de le voir gesticuler pour savoir qu'il était en colère et qu'il l'attendait. Il se détourna et gagna les ascenseurs en accélérant un peu l'allure.

Introduit quelque deux minutes plus tard dans le bureau de Grimaldi, il se retrouva nez à nez avec son cogneur attitré. Il ne se rappelait plus son nom, mais se souvint que celui-ci se terminait par une voyelle. Rocco ou Franco, quelque chose comme ça.

— Il veut me voir, lui dit Karch.

— Oui, on a essayé de vous joindre toute la matinée.

Karch remarqua l'emploi du « on » et la moue de mépris qu'afficha le cogneur en lui faisant signe de franchir la porte conduisant à la passerelle d'accès à la vigie.

En se frayant un chemin jusqu'au bureau de Grimaldi, Karch vit aussi que celui-ci était couvert d'outils et d'articles divers : une perceuse électrique, un appareil photo Polaroid, une grosse lampe de poche et un petit pot de pâte adhésive. Il prit la perceuse et découvrit qu'elle était enveloppée dans un manchon de caoutchouc noir cousu avec du fil à pêche.

— On a trouvé tout ça dans le conduit d'aération de la cham...

— De la suite 2015, oui, je sais, dit Karch. Je lui avais dit de le chercher.

Il reposa la perceuse et renvoya sa moue de mépris au cogneur. Puis il franchit la porte, la referma derrière lui et continua de fixer la brute des yeux.

Grimaldi ne se retourna pas pour saluer Karch. Les mains agrippées à la rambarde de la vigie, il contemplait l'océan de joueurs qu'il avait sous les yeux. C'était la première fois que Karch se trouvait dans cette pièce. Il regarda autour de lui, puis il baissa les yeux sur la salle et fut saisi d'une sorte d'admiration craintive. Pour finir il se retourna et vit que le cogneur de Grimaldi était toujours collé à la porte vitrée et l'observait. Karch se retourna et s'approcha de Grimaldi.

— Vincent, dit-il.

— Mais où t'étais, Jack ? J'arrête pas de t'appeler partout.

— Désolé, Vincent, mais j'étais assez occupé.

— À quoi faire ? Changer de costume ? Tu veux ressembler à qui ? À Bugsy Seigel ou à Art Pepper ?

— Tu m'as appelé, Vincent. Qu'est-ce que tu veux ?

Grimaldi consentit enfin à le regarder. Il y avait de l'avertissement dans l'air.

— Tu sais quoi ? dit-il. Je commençais à me demander si j'avais eu raison de te mettre sur ce coup-là. J'ai les fesses à l'air et je n'ai aucune idée de ce que t'es en train de foutre en dehors de changer d'habits et choisir des chapeaux ! Je ferais peut-être mieux de refiler le dossier à Romero. Je sais que lui, il meurt d'envie d'y aller !

Karch garda son calme. Il se doutait bien que Grimaldi ne faisait que râler.

— Si c'est ça que tu veux, Vincent... Mais je croyais que t'avais envie de revoir ton pognon.

— Et comment que j'en ai envie, bordel !

Quelques joueurs de craps levèrent les yeux en entendant cet éclat. Ils jouaient à la table sur laquelle Max Freeling s'était écrasé six ans plus tôt.

Karch décida d'arrêter de jouer au chat et à la souris avec Grimaldi.

— Écoute, Vincent, dit-il, je travaillais, d'accord ? Et j'ai progressé. J'ai le nom de la fille et je sais où elle est. Je serais déjà parti si tu ne m'avais pas appelé sans arrêt.

Grimaldi se retourna vers lui, les yeux brillants d'excitation.

— T'as son nom ?

— Oui.

Karch lui montra les tables de craps, en bas, et poursuivit :

— Tu te rappelles le truc avec Max Freeling, n'est-ce pas ? Le type qui a fait un vol plané ?

— Évidemment.

— Bon. Et tu te rappelles la fille qu'ils avaient ramassée ? Celle qui faisait le guet ?

— Oui. Elle a écopé de quinze ans, non ?

— De cinq à quinze, Vincent. Et elle a dû drôlement bien se conduire parce qu'elle n'en a fait que cinq avant de sortir de taule. C'était elle, hier soir, Vincent.

— Tu déconnes ! C'était juste la nana qui faisait le pet et ce matin, tu m'as dit que c'était du travail de pro. Quelqu'un qui savait très bien ce que...

— Je sais. Et je te dis que c'est elle. Crois-moi, c'est elle.

— Et pourquoi t'en es si sûr ?

Karch passa les dix minutes suivantes à lui détailler la manière dont il avait retrouvé Jerome Paltz et l'avait questionné.

— Quel petit fumier ! s'écria Grimaldi. J'espère que tu t'es occupé de lui.

— T'inquiète pas pour ça.

Le visage sombre de Grimaldi se fendit d'un sourire qui découvrit ses dents d'un blanc étincelant.

— C'est pas pour rien qu'on t'appelle l'As de pique, tiens ! Le mec qu'a toujours une pelle dans son coffre !

Karch laissa courir. Il se rappela quelque chose et tapota sa veste, sous sa poche de poitrine.

— J'ai les huit mille dollars qu'elle a payés pour l'équipement, reprit-il. Moins les frais. Je te les laisse sur ton bureau ?

— C'est bon, Jack. Et devine quoi ? Moi aussi, j'ai quelque chose pour toi. Un nom.

Karch le regarda.

— C'était Martin, le type à l'intérieur ?

Grimaldi acquiesça d'un signe de tête.

— Il a joué au con, mais on a fini par le lui faire cracher. Il nous a tout donné sauf le nom de la fille parce que ça, il ne le savait pas. Ce qui fait qu'avec ce que tu as trouvé, on a tout le tableau.

— Qui serait quoi ?

— Que le coup aurait été monté par un type de Los Angeles, un certain Leo Renfro. C'est lui qui a contacté Martin et a trouvé la fille pour faire le boulot. C'est lui l'intermédiaire.

— D'où connaissait-il Martin ?

— Il ne le connaissait pas. Quelqu'un l'a mis en contact avec lui.

— Comment ?

— C'est là que ça devient chiant. Il s'avère que Martin espionnait pour le compte de Chicago. Il y a quelques années de ça, quand il bossait au Nugget, il était au service de Joey Marks. Mais quand Marks et son équipe ont été liquidés par le FBI, tout s'est un peu dispersé et il a dû quitter le Nugget. C'est à ce moment-là qu'il est venu ici, et sans ardoise. Évidemment, je ne savais rien de tout ça quand je l'ai embauché. Bon, bref, comme je te l'ai dit, il ne connaissait pas ce Renfro. Ça ne l'a pas empêché de se dire qu'il y avait un beau coup à tenter quand il a vu Hidalgo ramasser son pognon à la table de baccara et remonter tous les soirs à sa chambre avec sa mallette menottée à son bras. Il a averti les mecs de Chicago, qui l'ont mis en contact avec ce Leo Renfro pour monter l'affaire.

Karch l'écoutait à peine. À la seule mention du mot Chicago, il avait commencé à sentir son sang lui battre dans les tempes. Il serra les poings.

— Dis donc, Jack, tu m'écoutes ? s'écria Grimaldi.

Karch acquiesça d'un signe de tête.

— Oui, oui, je t'écoute.

— Bon, je sais pour ton père et tout ça... mais je voulais juste te faire connaître le dessous de toutes les cartes, d'accord ?

— Merci, Vincent. T'es sûr que Martin n'en voulait qu'au fric que la cible gagnait ? Qu'il était pas au courant pour les deux millions et demi ?

Grimaldi se rapprocha un peu de lui. Il avait un sourire sans humour sur le visage.

— Disons simplement qu'on l'a interrogé assez longuement et énergiquement sur ce point, vu ? Et que la réponse est non. Non, les mecs de Chicago n'étaient pas au courant. C'était juste un coup contre le casino. Comme tu l'avais dit, Jack. J'ai vraiment fait une connerie en permettant à ce type de jouer. Il s'est fait du pognon et ça a attiré les requins. Marks et ses potes de Chicago. Tous les gens qui sont dans le coup bossent avec Chicago.

Karch se contenta d'acquiescer d'un signe de tête et garda les lèvres serrées.

— Donc, si la fille est de Los Angeles et ce Renfro aussi, c'est là que se trouve le fric. Il faut que tu y ailles et que tu le récupères avant qu'ils le filent aux types de Chicago.

— Il y a des chances pour qu'ils l'aient déjà, Vincent.

— Peut-être, mais peut-être pas. Elle a tué le mec dans son lit. Peut-être qu'ils veulent savoir où en sont les flics sur l'affaire avant de passer à la suite. Il va falloir qu'on y aille pour être sûrs. Et même s'ils ont déjà filé le fric, je veux qu'on s'occupe de ces mecs-là. On fait le nécessaire, quoi. Tu connais la procédure.

Grimaldi consulta sa montre.

— Cela dit, je crois qu'on peut encore tenter le coup pour le fric. Y'a à peine six heures que ça s'est passé et on a déjà toute l'histoire. Tu y vas et tu le récupères. T'as quelque chose sur la fille ?

— Pas encore, non. Mais si elle vient de Los Angeles, c'est qu'elle a dû se soustraire à son contrôle judiciaire. Je pourrais essayer de vérifier, mais ça laisserait des traces et j'ai pas l'impression que t'aies envie de ça.

— Pas trop, non. Tu gardes ça en réserve. Tu ferais peut-être mieux de commencer par Renfro et partir de là.

Karch approuva d'un signe de tête.

— T'as son adresse ?

Grimaldi secoua la tête.

— On a juste son numéro de portable. Son nom et son numéro, c'est tout ce qu'avait Martin. Il va falloir remonter la piste. Romero a tout ça sur un bout de papier. Il a aussi le nom d'un type que je connais à Los Angeles. Si t'as besoin d'aide pour quoi que ce soit — pour remonter la piste ou autre —, tu l'appelles et tu le mets dans le coup. Il y aura pas de traces avec lui. C'est un mec bien et il a des tas de relations dont il ne sera que trop content de nous faire profiter.

— C'est parfait.

— Bon, allez. Tu t'attrapes un avion tout de suite et tu devrais atterrir aux environs de trois heures au plus tard et...

— Je prends pas l'avion, Vincent. Jamais.

— Jack ! C'est une question de temps !

— Alors, tu dis à ton mec de Los Angeles de s'en occuper. Moi, j'y vais en bagnole. J'y serai avant cinq heures.

— Oui, bon, d'accord. T'y vas en bagnole. Et si tu faisais un autre petit arrêt dans le désert... pour moi. Tu sais bien... sur le trajet, quoi.

Karch se contenta de le regarder.

— J'ai toujours Martin et Gros Lard dans des corbeilles à linge sur le quai de chargement.

— Quoi ? Posés comme ça ?

— Y'a Longo qui surveille. Personne ne peut s'en approcher.

Karch secoua la tête.

— Alors tu dis à Long-O et à Romer-O de faire ce qu'il faut. Moi, je dégage, Vincent.

Grimaldi fit semblant de l'abattre avec son index.

— Super, Jack, dit-il. Et ce coup-là, je veux être tenu au courant. T'as compris ?

— Parfaitement.

— Allez, Jack ! Va chercher le fric.

Avant de quitter la vigie, Karch regarda encore une fois toute l'étendue du casino. Il aimait bien la vue qu'on avait de cet endroit. Il se fit un petit signe de tête à lui-même et gagna la porte en verre.

TROISIÈME PARTIE

26

Cassie Black appuya sur le bouton de l'Interphone à midi et se plia presque en deux lorsque ce simple geste déclencha une douleur incroyable dans son bras épuisé. Leo lui ouvrit, elle le poussa de côté pour entrer avec la mallette. Il vérifia qu'il n'y avait personne dans la rue, puis il tourna le dos à son amie pour refermer la porte. Il tenait une arme à la main. Elle parla avant même qu'il ait pu dire un mot – et de voir qu'il était armé.

– On a un gros problème, Leo, dit-elle. Ça a été... pourquoi t'as sorti ça ?

– Pas ici. Ne parle pas près de la porte d'entrée. Viens dans le bureau.

– Quoi ? C'est encore tes conneries à la Feng Shui ?

– Non, non, à la John Gotti[1]. Et puis, qu'est-ce que ça peut faire ? Entre.

Encore une fois il la conduisit à travers toute la maison jusqu'à son bureau. Il portait une descente de bain blanche et avait les cheveux mouillés. Cassie se dit qu'il avait dû faire quelques longueurs de bassin – un peu tard pour lui, à moins qu'il n'en ait eu besoin pour faire retomber le stress.

Ils entrèrent dans le bureau. Cassie leva la mallette avec son bras droit et l'abattit sur la table.

---

1. Un des gros bonnets de la Mafia new-yorkaise (NdT).

— Putain, mais vas-y doucement, tu veux ? s'écria-t-il. Je deviens fou, moi, ici. Où t'étais passée ?

— Assise sur mon cul, au milieu du living.

Elle lui montra la mallette.

— Cette saloperie a essayé de m'électrocuter.

— Quoi ?

— Elle est piégée. J'ai essayé de l'ouvrir et ç'a été comme si j'étais frappée par la foudre. Ça m'a expédiée au tapis, Leo. J'ai mis trois heures à retrouver mes esprits. Regarde un peu ça.

Elle se pencha en avant et écarta ses cheveux à deux mains. Au sommet de son crâne, il découvrit une coupure superficielle et une bosse qui avait l'air de faire mal.

— J'ai heurté le coin de la table en tombant, reprit-elle. Ça a dû m'assommer encore plus fort que la décharge électrique.

La colère qu'il ressentait de ne pas avoir été tenu au courant de ce qui se passait céda immédiatement la place à une surprise et une inquiétude sincères.

— Nom de Dieu ! s'écria-t-il. T'es sûre que ça va ? Tu ferais bien d'aller montrer ça un médecin.

— J'ai l'impression d'avoir le bras de Nolan O'Brien. Tu sais, le joueur de base-ball ?

— Ryan, la corrigea-t-il.

— Oui, bon. C'est comme s'il était mort. J'ai encore plus mal au coude qu'à la tête.

— Et... t'es restée par terre pendant tout ce temps ?

— À peu près, oui. Il y a du sang sur mon tapis.

— Ben merde alors ! Je croyais que t'étais morte, moi. Je devenais complètement dingue. J'ai appelé Las Vegas et tu sais pas ce qu'on m'a dit ? On m'a dit qu'il s'était passé des trucs bizarres.

— Qu'est-ce que tu racontes ?

262

— Le mec a disparu, Cassie. La cible. C'est comme s'il n'avait jamais existé. Il n'est pas dans sa chambre et son nom a été effacé de l'ordinateur. Plus aucune trace de lui.

— Bon et alors ? C'est pas le pire. Regarde ça.

Elle voulut ouvrir les fermetures, mais Leo lui attrapa vite les poignets pour l'en empêcher.

— Non ! s'écria-t-il.

Elle l'écarta.

— T'inquiète pas, Leo. J'ai des gants solides... comme ceux des mecs qui bossent sur les fils à haute tension. Ça m'a pris pas loin d'une heure pour crocheter les serrures avec ces trucs-là, mais j'y suis arrivée. Et j'ai débranché les piles. Plus de problèmes avec la mallette, mais c'est pas la même chose avec ce qu'il y a dedans. Regarde un peu ça.

Elle déverrouilla les fermetures et l'ouvrit. La mallette était bourrée de liasses de billets de cent dollars, toutes entourées de plastique et portant le chiffre 50 écrit à l'encre noire. Elle vit Leo ouvrir la mâchoire de surprise, puis prendre l'air consterné. L'un comme l'autre ils savaient que tomber sur une mallette remplie de grosses coupures ne poussait pas vraiment à faire la fête. Ce genre de trésor ne faisait pas la joie du vrai voleur et déclenchait plutôt l'inquiétude et les soupçons. Tel l'avocat qui au tribunal ne pose jamais de question au témoin sans en connaître la réponse à l'avance, le voleur professionnel ne pique jamais à l'aveugle. Faucher des trucs sans connaître les risques encourus n'est pas son genre. Et ce ne sont pas les problèmes juridiques qui l'inquiètent, mais d'autres questions autrement plus sérieuses.

Une bonne dizaine de secondes s'écoula avant qu'il reprenne la parole.

— Merde...

— Ouais...

— Merde de merde de merde...

— Je sais...

— T'as compté ?

— J'ai compté les liasses. Il y en a cinquante. Et si ce 50 écrit à l'encre signifie bien ce qu'on pense qu'il signifie, ce sont deux millions cinq cent mille dollars que tu as sous les yeux. Et ça, c'est pas de l'argent qu'il a gagné, Leo. Ce fric-là, il l'a apporté avec lui.

— Attends, dit celui-ci, attends une minute. Réfléchissons un peu.

Cassie commença à se masser le coude sans même s'en rendre compte.

— À quoi veux-tu réfléchir, Leo ? Les caissiers de casino ne règlent pas les gains des joueurs en liasses de cinquante mille dollars enveloppées dans du film en plastique, Leo. Ce type n'a pas gagné ce fric à Las Vegas, point à la ligne. Il l'a apporté avec lui. C'est un paiement. Peut-être pour de la drogue, peut-être pour autre chose. Mais bon, nous, on l'a pris... je l'ai pris, moi... avant livraison. Ce type, la cible, c'était juste un coursier. Il n'avait même pas la clé de la mallette sur lui. Il allait seulement la livrer et ne savait sans doute même pas ce qu'elle contenait.

— Il n'avait pas la clé ?

— Dis, Leo, t'écoutes ce que je te dis ? Je suis tombée sur le cul en essayant de la crocheter, cette mallette. Tu crois que je me serais amusée à ce genre de manœuvre si j'avais eu les clés ?

— Je te demande pardon, je te demande pardon, j'ai oublié, d'accord ?

— Je lui ai pris ses clés, à ce type. Il en avait une qui ouvrait les menottes, mais il n'en avait pas pour sa mallette.

Leo se laissa tomber dans son fauteuil tandis que Cassie déposait son sac à dos sur le bureau et commençait à y fouiller. Elle en sortit quatre liasses de billets de cent entourées d'un élastique et les lui montra.

— Ça, c'est ce qu'il a gagné, dit-elle. Cent vingt-cinq mille dollars. Et la moitié des renseignements de ton indic ou de tes associés ne valaient pas un clou.

Elle glissa de nouveau sa main dans son sac, en ressortit le portefeuille qu'elle avait pris sur la table de nuit de la suite 2014 et le lui jeta.

— Il ne s'appelle pas Hernandez et n'est pas du tout originaire du Texas.

Leo ouvrit le portefeuille et regarda le permis de conduire dans son étui en plastique. Le document avait été émis par l'État de Floride.

— Hector Hidalgo, dit-il. Miami.

— Et il a des cartes de visite professionnelles. C'est l'avocat conseil de la Buena Suerte Corporation.

Leo secoua la tête, mais le fit un peu trop vite, comme s'il cherchait à se débarrasser du renseignement plutôt que de nier. D'abord, Cassie ne dit rien. Elle posa les mains à plat sur le bureau, se pencha en avant et prit le visage de quelqu'un qui a vu le geste et veut savoir ce que sait celui qui l'a fait. Leo jeta un coup d'œil à sa piscine, Cassie suivant aussitôt son regard. Elle vit le tuyau de l'aspirateur automatique qui se déplaçait lentement à la surface de l'eau, l'engin proprement dit se trouvant quelque part sur le fond du bassin.

Il se retourna vers elle.

— Je ne savais rien de tout ça, Cassie, dit-il. Je te jure.

— Je te crois pour le fric, Leo. Mais pas pour la Buena Suerte Corporation... Tu me dis ce que tu sais ?

— Que ça représente des tonnes de fric. Ce sont les Cubains de Miami.

— Et ce fric est propre ?

Il haussa les épaules, l'air de dire que la réponse n'était pas évidente.

— Ils essaient d'acheter le Cleo.

Cassie se laissa tomber dans un fauteuil en face de lui.

— C'est le règlement de la licence d'exploitation. J'ai volé un putain de paiement !

— Essayons de réfléchir.

— T'arrêtes pas de dire ça, Leo !

Elle posa son bras blessé sur sa poitrine.

— Et alors, qu'est-ce que tu veux qu'on fasse d'autre ? s'écria-t-il. Il faut étudier tous les angles possibles.

— C'était pour qui, ce cambriolage ? Tu n'as jamais voulu me le dire, mais maintenant il le faut.

Il acquiesça d'un signe de tête, puis il se leva. Il gagna la porte coulissante, l'ouvrit, alla se planter au bord de la piscine et regarda l'aspirateur qui glissait sur le fond du bassin sans faire de bruit. Cassie s'arrêta derrière lui. Il se mit à parler sans lâcher l'eau des yeux.

— C'est des mecs de Las Vegas, dit-il, mais ils bossent pour Chicago.

— Chicago, répéta-t-elle. Tu veux dire l'Orga ?

Son silence lui donna la réponse.

— Comment as-tu fait ton compte pour te retrouver avec eux, Leo ?

Il se mit à longer le bord du bassin, les mains profondément enfoncées dans les poches de sa descente de bain.

— Écoute ! Et d'un, je suis quand même assez intelligent pour ne pas aller me fourrer avec l'Orga, d'accord ? Faudrait voir à me faire un peu confiance ! J'avais pas le choix, Cassie.

— D'accord, Leo, je comprends. Raconte-moi.

— Tout a commencé il y a un an. J'ai rencontré des types.

266

C'était à Santa Anita, ou j'étais allé voir Carl Lennertz, tu te rappelles ?

Elle acquiesça d'un signe de tête. Lennertz jouait les éclaireurs et avait toujours l'œil pour ce qu'il appelait « un bon livre » – l'affaire. Il vendait ses tuyaux moyennant un forfait ou dix pour cent du brut qui atterrissait dans la poche de Leo. Cassie l'avait vu deux ou trois fois avec Leo et Max quelques années auparavant.

— Bon, alors, il était avec deux autres types et il a fait les présentations. C'était juste deux types qui traînaient sur les champs de courses et cherchaient à donner un coup de main à droite et à gauche. Ils disaient bosser dans le capital-risque.

— Et tu les as crus sur parole.

Un camion au pot d'échappement en mauvais état passa en pétaradant sur l'autoroute voisine. Leo attendit que le bruit s'estompe avant de répondre.

— Je n'avais aucune raison de mettre leur parole en doute, dit-il. Ils étaient avec Carl et c'étaient des bons. En plus, à l'époque, c'étaient plutôt les vaches maigres et je raclais les fonds de tiroir. J'avais besoin d'argent pour des investissements et ils étaient là. J'ai donc pris rendez-vous pour plus tard, on s'est réunis et je leur ai demandé, enfin... de m'assurer les arrières sur deux ou trois trucs que j'avais en cours. Ils m'ont dit OK, pas de problème.

Il gagna le bord du bassin où un filet fixé à un manche de trois mètres de long avait été accroché au grillage. Il le descendit et s'en servit pour sortir un colibri mort tombé dans l'eau.

— Les pauvres ! J'ai l'impression qu'ils sont incapables de distinguer la flotte. C'est le troisième cette semaine, dit-il en secouant la tête.

— Les colibris morts portent la poisse, tu sais.

267

Il jeta le petit corps par-dessus le grillage. Cassie se demanda si ce n'était pas plutôt le même oiseau que le voisin lui réexpédiait dans sa piscine. Elle garda le silence. Elle avait envie que Leo reprenne son histoire.

Il raccrocha le filet sur le grillage et revint vers elle.

— C'est comme ça que ça a commencé. Ça devait me laisser du soixante-cinq pour cent une fois le boulot payé. Je comptais sur une durée de six semaines, maximum. Le premier coup, c'était des diamants et là, ça s'écoule toujours très vite. Le second, c'était un hangar à vider – du mobilier italien. J'avais un acheteur en Pennsylvanie et c'était bien une histoire de six semaines, pas plus. J'allais me faire deux cent mille dollars et leur en refiler cent. Ce n'était pas si mal. Les trois quarts de l'argent dépensé en frais devaient payer les renseignements. Les gens avec qui je bossais avaient leur équipement.

Il s'égarait et donnait beaucoup trop de détails sur ses plans au lieu de dire ce qui s'était passé.

— Tu peux glisser sur tout ça, Leo. Lis-moi juste la dernière page du roman.

— La dernière page, c'est que les deux boulots ont foiré. Les renseignements sur les diamants étaient bidons. Je m'étais fait refaire. J'avais largué quarante mille dollars et le type s'est envolé. Et en plus, les meubles avaient été fabriqués à Mexicali. C'était du toc et les étiquettes « Made in Italy » étaient aussi fausses que les neuf dixièmes des nichons de cette ville. Sauf que je ne l'ai pas su avant que le camion arrive à Philadelphie et que mon client jette un coup d'œil à la marchandise. Tu parles d'un merdier ! J'ai été obligé d'abandonner le camion sur le bord de la route à Trenton.

Il marqua un temps d'arrêt comme s'il essayait de retrouver un détail, puis il leva la main d'un air résigné.

— Et c'est comme ça que ça a fini. Je devais cent mille dollars à ces mecs et je ne les avais pas. Je leur ai expliqué la situation, mais ça les a aussi émus qu'un juge en audience de nuit peut l'être par une pute[1]. Cela dit, je croyais avoir gagné du temps. En fait, c'étaient des paroles en l'air et ils se sont empressés de refiler ma reconnaissance de dette à d'autres.

Cassie acquiesça d'un signe de tête. Elle aurait pu terminer l'histoire à sa place.

— Et donc, deux autres mecs se sont pointés et m'ont raconté qu'ils représentaient le nouveau créancier, reprit-il. Et ils m'ont bien fait comprendre que ce nouveau créancier n'était autre que l'Orga, mais sans jamais le dire. Tu comprends ? Et après, ils m'ont expliqué qu'il allait falloir établir un échéancier. Pour finir, ça m'a coûté deux mille dollars par semaine, rien qu'en intérêts. Et juste pour pas couler. Ça m'étranglait complètement. J'en devais toujours cent mille et je n'allais plus jamais m'en sortir. Jamais. Jusqu'au jour où ils se sont pointés avec une proposition.

— Qui était ?

— Ce boulot-là, répondit-il en lui montrant la mallette toujours posée sur le bureau. Ils m'ont dit d'arranger le coup avec leur mec de Las Vegas et ont ajouté que, si je réussissais, non seulement ils effaçaient mon ardoise, mais ils me filaient une part du butin.

Il secoua la tête, gagna la table et les chaises installées à l'autre bout du bassin et s'assit. Puis il tendit la main pour tourner la manivelle du parasol. Et commença à l'actionner, le parasol s'ouvrant aussitôt comme une fleur. Cassie le

1. Dans les grandes villes américaines, les flagrants délits sont souvent jugés jusqu'à une ou deux heures du matin (NdT).

rejoignit, s'assit à son tour et posa son coude gauche dans sa main droite.

— Comme quoi ils savaient parfaitement ce qu'il y avait dans la mallette, dit-elle.

— Peut-être.

— Y'a pas de peut-être, Leo ! Ils le savaient. Sinon, ils n'auraient pas été aussi généreux avec toi. Quand doivent-ils venir ?

— Je ne sais pas. J'attends un coup de fil.

— Ils t'ont pas donné de nom ?

— Qu'est-ce que tu veux dire ?

— Un nom, Leo. Le nom de ton créancier.

— Si, si. Turcello. Le nom qu'il y avait sur ton paquet à la réception. Ce serait le gars qui a recollé les morceaux après la disparition de Joey Marks.

Cassie se détourna. Elle n'avait jamais entendu parler de ce Turcello, mais savait très bien ce qu'avait été Joey Marks. Ç'avait été le chef des cogneurs de Las Vegas – le énième d'une longue liste de gros bras. De son vrai nom Joseph Marconi, il était universellement connu sous celui de Joey Marks très précisément à cause des marques qu'il laissait sur ceux que, pour finir, il décidait de laisser vivre. Cassie se rappela comment Max et elle avaient passé un an entier dans la peur de ce type qui voulait une part de leur butin. Un jour, après avoir été incarcérée à High Desert, elle avait lu dans le journal comment il avait été abattu dans sa limousine au cours d'un très bizarre échange de coups de feu avec le FBI et la police, dans le parking d'une banque de Las Vegas. Elle avait aussitôt fait la fête – ce qui en prison s'était réduit à avaler un gobelet de corn flakes parfumés à la pomme qu'elle s'était acheté avec un paquet de cigarettes.

Elle ne savait pas qui était ce Turcello qui le remplaçait,

270

mais elle ne doutait pas qu'il soit tout aussi psychopathe que Marks. Il le fallait bien pour avoir été nommé à ce poste.

— Et maintenant, tu m'as mise dans le même bateau que toi et ces gens, dit-elle. Merci, Leo ! Merci de...

— Non, Cassie, tu te trompes. Je t'ai protégée. Ils n'ont jamais entendu parler de toi. J'ai pris le boulot et c'est moi qui l'ai organisé. C'est comme je t'ai dit : sur ce coup-là, personne ne connaît personne. Ils ne savent pas que tu es de la partie et ils ne le sauront jamais.

Sa promesse n'avait rien de rassurant. Cassie ne pouvait plus rester assise en ayant l'impression que sa vie lui passait sous le nez. Elle se leva, gagna le bord du bassin et regarda l'eau calme et claire. Son bras gauche pendait à son côté comme un poids mort.

— Qu'est-ce que tu vas faire ? lui demanda-t-elle enfin. Si j'ai bien compris, l'Orga de Chicago s'est servie de nous pour piquer un règlement que les Cubains de Miami voulaient faire à un troisième larron dans le rachat du Cleo. Nous sommes donc au beau milieu de ce qui ne va pas tarder à être une jolie guerre de gangs, Leo. Tu le vois, non ? Alors, qu'est-ce qu'on fait, Leo ?

Il se leva, vint vers elle, la serra fort dans ses bras et parla calmement.

— Pour toi, personne ne sait. Je te promets. Personne ne sait et personne ne saura jamais. Tu n'as pas à t'inquiéter.

Elle se dégagea.

— Bien sûr que si, Leo ! Redescends sur terre, tu veux ?

Le ton qu'elle avait pris le fit taire. Il leva les bras en l'air et les rabaissa en signe de reddition. Puis il commença à se taper les lèvres du poing tandis que Cassie faisait les cent pas le long du bassin. Au bout d'une minute, elle reprit la parole.

— Que sais-tu de Buena Suerte ?

— C'est comme je t'ai dit, Cassie : je ne sais rien. Mais je vais passer des coups de fil.

Après un autre silence, il haussa les épaules.

— Et si on rendait le pognon en disant que c'était une erreur ? On trouve un intermédiaire qui...

— Pour avoir les types de Chicago aux fesses ? Pour faire la connaissance de ce Turcello ? Tu veux bien réfléchir un peu, oui ? Ce n'est pas possible.

— Je n'aurais qu'à leur dire que quand tu es entrée dans la chambre, la mallette n'y était pas.

— Tu parles comme ils vont te croire ! Surtout maintenant que la cible a disparu.

Leo se laissa retomber dans son fauteuil sous le parasol. Un air de défaite se répandit sur son visage. Il y eut un long moment de silence pendant lequel ni l'un ni l'autre ne se regardèrent.

— Y'a des fois où on prend trop, dit Cassie en s'adressant plus à elle-même qu'à Leo.

— Quoi ?

— Max disait souvent qu'il y a des fois où on pique trop de fric, répéta-t-elle. C'est ce qu'on vient de faire.

Leo médita ces paroles en silence. Cassie croisa les bras sur sa poitrine. Lorsqu'elle reprit la parole, sa voix était ferme et décidée. Elle regarda Leo droit dans les yeux.

— Gardons le fric, dit-elle, tout le fric. On partage et on se tire, Leo. Un million trois chacun. C'est plus que suffisant. Au cul Miami et Chicago. On prend tout et on dégage.

Elle n'avait pas fini de parler que Leo secouait déjà la tête.

— Pas question...

— Leo...

— Absolument pas question. Parce que tu crois qu'on

peut échapper à ces types ? Et pour filer où, hein ? Dis-moi seulement un endroit où ça vaudrait le coup de vivre et où ils ne pourraient pas nous retrouver. Y'en a pas, Cassie. Rien que pour te prouver que c'est pas possible, ils sont prêts à te cavaler aux fesses jusqu'au bout du monde ! Rien que pour rapporter tes mains dans une boîte à chaussures au buffet dominical de leurs petits copains de Chicago ou de Miami, ils...

— J'en prends le risque, Leo. J'ai rien à perdre.

— Peut-être, mais moi si ! Je suis installé et la dernière chose dont j'aie envie, c'est bien de passer le reste de mon existence à changer de nom tous les mois et à serrer mon Glock dans mon dos chaque fois que j'ouvre une porte !

Cassie gagna la table et s'accroupit à côté de lui. Elle tint le bras du fauteuil à deux mains et regarda Leo dans les yeux, mais celui-ci se détourna aussitôt.

— Non, Cass, dit-il, je ne peux pas.

— Leo, tu peux même prendre deux millions et moi le reste. Ça fera toujours beaucoup plus que ce dont j'ai besoin. Avant-hier je me disais que j'aurais bien de la chance si je m'en tirais avec deux ou trois cent mille dollars. Prends deux millions, Leo. Ça devrait te suffire à...

Il se leva, s'écarta d'elle et regagna le bord du bassin. Cassie posa son front sur le bras du fauteuil. Elle savait qu'elle n'arriverait pas à le convaincre.

— C'est pas le fric, reprit-il. T'écoutes ce que je te dis ? Un million ou deux, c'est pas ça qui compte. Qu'est-ce que ça peut faire qu'on ait ci ou ça si on n'est plus là pour le dépenser ? Que je te dise... Y avait un type, il y a quelques années de ça... Ils l'ont poursuivi jusqu'à Juneau ! En Alaska, bordel de merde ! Ils sont montés jusque là-haut et ils l'ont éviscéré comme un saumon ! Tous les deux ou trois ans, ils sont obligés de faire un exemple. Pour que personne ne sorte du rang. Et moi, j'ai pas envie de leur servir d'exemple.

Toujours accroupie comme une enfant qui se cache, Cassie se retourna et regarda le dos de son ami.

— Et donc, qu'est-ce que tu veux faire ? lui demandat-elle. Attendre que quelqu'un vienne ici pour t'étriper ? Ça ou courir, c'est quoi la différence ? En dégageant, on a au moins une chance de s'en sortir.

Leo regarda au fond du bassin. L'aspirateur continuait de s'y déplacer sans bruit.

— Eh merde ! dit-il.

Quelque chose dans le ton de sa voix fit qu'elle le regarda avec espoir. Elle commença à se dire que peut-être elle l'avait convaincu. Elle attendit qu'il poursuive.

— Deux jours, dit-il enfin sans lâcher le fond du bassin des yeux. Donne-moi quarante-huit heures pour voir ce que je peux faire. Je connais des gens à Miami. Je passe quelques coups de fil et je vois. Et je vérifie aussi pour Las Vegas et Chicago. Peut-être que j'arriverai à nous en sortir. Ouais. On fait un deal et peut-être même qu'on se garde une part du gâteau.

Il hochait la tête en se préparant à affronter la plus grosse négociation de sa vie – de leurs vies à tous les deux. Il ne voyait pas que Cassie secouait la tête. Elle ne pensait pas qu'ils aient la moindre chance en procédant comme ça. Mais elle se leva et s'approcha de lui.

— Leo, dit-elle, il faut que tu comprennes bien quelque chose. Turcello ne te donnera jamais une part de ce qu'il y a dans la mallette. Ça n'a jamais été dans ses intentions. Si t'appelles ces mecs et tu leur dis que t'as le fric, c'est comme si tu leur criais : « Hé, vous ! Venez donc me trouver la peau. » Le saumon de l'année, c'est toi qui vas l'être.

— Non ! Je te dis que je peux arranger le coup pour

qu'on s'en sorte. J'arriverai à négocier avec eux. Faut quand même pas oublier que tout ça, c'est rien que du fric. Du moment que tout le monde en récolte un peu, on devrait pouvoir s'en sortir.

Elle comprit qu'elle n'allait pas réussir à le convaincre. Elle se résigna.

— Bon, d'accord, Leo, dit-elle. Deux jours. Mais pas plus. Après, on partage et on se tire. On prend les risques qu'il faut.

Il acquiesça d'un signe de tête.

— Appelle-moi ce soir, dit-il. Je saurai peut-être des choses. Sinon, tu fais comme d'habitude. Il n'y a qu'au garage que je peux te joindre ?

Elle lui donna son numéro de portable. Elle ne s'inquiétait plus de le voir arrêté ou d'apprendre que les flics avaient trouvé son numéro dans son carnet. Cette inquiétude-là semblait remonter à des millions d'années.

— Bon, j'y vais, Leo, dit-elle. Qu'est-ce qu'on fait du fric ?

Avant qu'il ait pu lui répondre, elle se rappela quelque chose qui lui était complètement sorti de l'esprit.

— Et mes passeports, tu les as ? lui demanda-t-elle.

— Tout ce que je peux te dire, c'est qu'ils sont en route. Je vais passer à la boîte ce soir. S'ils n'y sont pas, ils y seront demain. Je te le garantis.

— Merci, Leo.

Il hocha la tête, elle se tourna vers la porte coulissante.

— Attends une minute, reprit-il. J'ai un truc à te demander. À quelle heure es-tu entrée dans la chambre ?

— Quoi ?

— Quelle heure était-il quand tu es entrée dans la chambre du type hier soir ? Tu as bien dû consulter ta montre.

Elle le regarda. Elle savait bien où il voulait en venir.

275

— Il était trois heures cinq, dit-elle.

— Et qu'est-ce que... c'était un boulot de cinq à dix minutes maximum, n'est-ce pas ?

— Normalement, oui.

— Comment ça, « normalement » ?

— Il a reçu un coup de fil, Leo. J'étais à côté du coffre-fort dans la penderie. Le téléphone a sonné et il s'est mis à parler. Je crois que c'était pour le règlement. Il allait le faire aujourd'hui. Après, il a raccroché et il est passé à la salle de bains.

— Et t'as filé.

— Non, je suis restée dans la penderie.

— Combien de temps ?

— Jusqu'à ce qu'il se rendorme. Jusqu'à ce que je l'entende ronfler. Je ne pouvais pas faire autrement, Leo. C'était pas sûr. Tu n'y étais pas, Leo. Je ne pouvais pas me barrer avant que...

— T'es restée pendant la lune noire, c'est ça ?

— Y avait rien à faire, Leo ! C'est ce que j'essaie de te...

— Ah, nom de Dieu !

— Leo...

— Je te l'avais dit. Je ne t'avais demandé que ça !

— Y avait rien à faire. Il a reçu son coup de téléphone... à trois heures du matin, Leo ! La déveine, quoi !

Il secoua la tête comme s'il ne voulait plus entendre.

— Ben, ce coup-là, ça y est, dit-il. Nous...

— Je suis navrée, Leo. Vraiment navrée.

Un bourdonnement, là, tout près de son oreille gauche, retint son attention. Elle se retourna et vit un colibri qui faisait du surplace, ses ailes comme une tache floue.

L'oiseau piqua sur la gauche, puis vira par-dessus le bassin et redescendit à une trentaine de centimètres de la surface. On aurait dit qu'il y observait son reflet. Il s'abaissa encore, puis il toucha l'eau. Ses ailes battirent follement, mais elles étaient déjà trop lourdes, déjà il était pris au piège.

— Tu vois ce que je te disais ? Connards d'oiseaux.

Leo fit le tour du bassin pour aller chercher le filet et tenter de sauver la vie à la minuscule créature.

27

Juste avant d'arriver à Los Angeles, Jack Karch quitta le freeway 10 à la sortie de l'aéroport Ontario et suivit les panneaux conduisant au parking longue durée. Il longea cinq allées de voitures garées avant de trouver une Towncar du même modèle que la sienne et immatriculée en Californie. Il se rangea en double file derrière le véhicule et laissa tourner le moteur tandis qu'il sortait la perceuse à piles se trouvant dans les outils récupérés dans le conduit de climatisation de la suite 2015.

La perceuse fut éblouissante. Il ôta les plaques de devant et de derrière en moins d'une minute. Il les glissa sous son siège et fila vers la sortie. Il était resté si peu de temps dans le parking que le caissier lui annonça qu'il était en dessous des dix minutes de battement autorisées et ne lui devait rien. Puis il lui demanda s'il avait une cigarette de rab et Katch s'empressa de la lui offrir.

Il n'avait pas traîné depuis Las Vegas. Il avait roulé très régulièrement à cent soixante jusqu'au moment où il était arrivé dans les embouteillages de Los Angeles. Les quatre-vingts derniers kilomètres lui avaient pris une heure : frustrant. Il décida qu'à Los Angeles on roulait comme on traverse les casinos – en oubliant qu'il y a d'autres conducteurs sur la route et que ces gens ont peut-être besoin d'aller quelque part. Une fois en ville, il passa de la 10 à la 101 et obliqua vers le nord, en direction de la San Fernando Valley. Bien qu'au moins deux ans se soient écoulés depuis son dernier séjour à Los Angeles, Karch y était allé assez souvent pour s'y retrouver. Et pour trouver une rue précise, il avait son guide Thomas Brothers dans la sacoche posée sur le siège à côté de lui. Le volume datait de quelques années, mais ferait sûrement l'affaire. Karch avait pris la direction de la Valley parce que le numéro de téléphone que Grimaldi avait arraché à Martin comme étant celui où contacter Leo Renfro avait un indicatif 818 et que celui-ci couvrait toutes les banlieues nord de la ville. Karch se doutait bien que ce Leo habitait dans la zone de son indicatif.

Il quitta le freeway à la sortie Ventura Boulevard et roula jusqu'à la première station d'essence équipée d'une cabine publique. Il ouvrit sa sacoche et en retira la feuille de papier à lettres à en-tête du Cleopatra où on avait inscrit le nom de Leo Renfro avec son numéro de portable. Sous le pli, Grimaldi avait aussi porté le nom de son contact à Los Angeles, mais Karch n'avait aucune intention de l'appeler. En aucun cas le plan qu'il avait échafaudé ne permettait qu'un parfait inconnu – quelle que soit la personne qui s'en portait garante – ait connaissance de ses faits et gestes. Ç'aurait été tout simplement idiot, et idiot, Karch n'était pas près de le devenir. C'était le même raisonnement qui l'avait empêché de se servir de ses contacts dans la police pour remonter la piste de Leo Renfro et de Cassie Black. Ce boulot-là, il fallait le faire sans laisser de traces.

Surprise, surprise ! Il y avait un annuaire en parfait état dans la cabine ! Il le sortit de son logement et attaqua les pages blanches dans l'espoir peu vraisemblable d'y trouver les nom et adresse de Leo Renfro. Qui n'y figurait pas. Karch passa aux pages commerciales et chercha les publicités pour messageries de portables. En les jugeant à la taille et à la qualité de leurs annonces, il dressa la liste des meilleures sociétés avec leurs numéros de téléphone. Puis il cassa sur le rebord de la tablette de la cabine un rouleau de quarters qu'il avait pris aux caisses du Cleo et passa son premier coup de fil.

L'appel fut reçu par un répondeur qui lui présenta un menu. Karch fit son choix et fut transféré au service facturation, où on le mit en attente pendant deux minutes avant qu'une voix humaine se fasse entendre.

— Los Angeles Cellular à votre service.

— Je viens d'être muté dans une autre ville et j'aimerais résilier mon abonnement chez vous.

Après x publicités vantant les services offerts par la société à l'extérieur de Los Angeles, on passa enfin aux choses sérieuses.

— Nom ?

— Leo Renfro.

— Numéro de compte ?

— Je ne l'ai pas sous la main en ce...

— C'est le même que celui de votre téléphone.

— Ah bon, bon.

Karch regarda la feuille de papier et lut le numéro que Grimaldi avait fait cracher à Martin pendant son interrogatoire.

— Un instant, s'il vous plaît.

— Prenez votre temps.

Karch entendit quelqu'un taper sur un clavier.

— Je suis désolé, monsieur, mais je ne trouve pas d'abonnement sous ce nom, à moins que...

Karch raccrocha aussitôt et composa le numéro de la société suivante. Il répéta son histoire jusqu'au moment où, au septième appel, il tomba enfin sur ce qu'il cherchait.

Renfro avait souscrit un abonnement auprès de la SoCal Cellular. L'opératrice ayant fait apparaître les renseignements adéquats sur son écran, Karch passa à la dernière phase de son plan.

— J'aimerais que vous m'envoyiez la facture de solde à ma nouvelle adresse à Phenix, si ça ne vous dérange pas.

— Absolument pas, monsieur. Laissez-moi juste le temps de faire monter l'écran de fermeture de compte.

— Je vous demande pardon.

— Je vous en prie. Ça ne prendra qu'une seconde.

— Prenez votre temps.

Il laissa passer quelques secondes, puis il reprit en ces termes :

— Vous savez quoi ? Je viens juste de m'apercevoir que je dois revenir ici à la fin de la semaine prochaine pour régler quelques affaires. Tout compte fait, il se pourrait que j'aie encore besoin de mon téléphone. Je devrais peut-être attendre un peu avant de fermer mon compte.

— Comme vous voudrez, monsieur.

— Euh... allez, attendons un peu.

— Bien, monsieur. Vous voulez aussi attendre pour le changement d'adresse ?

Il sourit. Rien ne marche aussi bien que lorsque c'est la victime elle-même qui pousse à la roue.

— Non, non, allons-y tout de suite. Ah et puis... peut-être que je devrais attendre. J'ai déjà fait suivre mon courrier. Mais euh... minute ! Comme ça, j'ai oublié, mais... vous m'adressez vos factures à quelle adresse ? Chez moi ou à mon bureau ?

— Je ne sais pas, monsieur. 4000 Warner Boulevard, numéro 25. C'est quoi ?

Il ne répondit pas. Il écrivait l'adresse sur son papier à entête.

— Monsieur ?

— Mon bureau, mon bureau, dit-il. Et donc, tout est parfait. On laisse comme ça pour l'instant et je m'en occuperai la semaine prochaine.

— Parfait. Merci de nous avoir appelés.

Il raccrocha et regagna sa voiture. Il chercha la rue dans l'index et découvrir qu'il ne s'était pas trompé : Leo Renfro habitait bien dans sa zone téléphonique. Ce n'était pas à Los Angeles, mais à Burbank. Karch fit démarrer la Lincoln et consulta la pendule numérique au tableau de bord. Il était très exactement cinq heures. Pas mal, se dit-il. Il commençait à se rapprocher sérieusement de la cible.

Un quart d'heure plus tard, il se garait devant une poste restante privée avec magasin d'emballage attenant, au 4000 Warner Boulevard. Il ne fut pas déçu. Ç'aurait été trop facile, et douteux, si l'adresse qu'il avait soutirée à la SoCal Cellular l'avait conduit directement chez Leo Renfro.

Il nota les heures d'ouverture affichées sur la porte. La boutique allait fermer dans trois quarts d'heure, mais un avis l'informa que les clients pouvaient accéder à leurs casiers vingt-quatre heures sur vingt-quatre. Il réfléchit un instant et décida que Renfro était sans doute du genre à venir prendre son courrier après la fermeture afin de n'avoir aucun contact avec les employés de la boutique. C'est en y pensant qu'il eut soudain l'idée d'un plan d'attaque.

Il entra dans la boutique et vit qu'elle était en L, le comptoir se trouvant au bout d'un jambage tandis que les casiers s'alignaient le long du deuxième. À gauche de la porte se trouvait un comptoir avec agrafeuses, rouleaux de Scotch et plusieurs gobelets en plastique remplis de crayons, d'élastiques et de trombones. Derrière ce comptoir il vit aussi un type en train de travailler sur quelque chose qu'il avait posé par terre. Au-dessus de lui, un rideau de sécurité qui fermait le côté magasin à clé, alors que les clients de la poste restante pouvaient toujours ouvrir la porte d'entrée avec une clé et accéder à leurs boîtes vingt-quatre heures sur vingt-quatre.

Il regarda à gauche et s'aperçut que ces boîtes étaient munies d'une petite fenêtre permettant de voir d'un seul coup d'œil si on avait du courrier. Il entra dans la partie casiers et trouva tout de suite le 520. Il dut se pencher pour voir dedans. Il y découvrit une enveloppe à plat sur le fond. Il regarda à droite. Un miroir fixé au-dessus de la porte donnait à l'employé la possibilité de surveiller ce qui se passait côté boîtes aux lettres, mais pour l'instant l'homme était toujours derrière son comptoir à travailler par terre.

Karch sortit un petit crayon lumineux de la poche de sa chemise et l'alluma. Il éclaira l'intérieur du casier 520 et arriva à lire ce qui était écrit sur le devant de l'enveloppe. L'envoi était bien destiné à Leo Renfro. Pas d'adresse d'expéditeur dans le coin supérieur gauche, mais des initiales. Il se pencha plus près du verre pour les déchiffrer et s'aperçut qu'il s'agissait d'un nombre : 773.

Parce qu'il y avait déjà du courrier dans la boîte, Karch réfléchit un instant et se demanda s'il était bien nécessaire de continuer à exécuter son plan. Il décida que oui. Son idée, si elle marchait, sèmerait la confusion dans l'esprit de Renfro et laisserait ce dernier passablement sur le cul.

Il rangea ses clés et fit le tour pour gagner le comptoir. Un jeune homme d'une vingtaine d'années se tenait derrière et jetait des petites boules de polyester dans un grand carton posé par terre. Il parla sans lever la tête.

— Que puis-je faire pour vous ?

Très répandue à Los Angeles, cette façon impersonnelle

de servir le client agaçait beaucoup Karch, mais cette fois-là il en fut plutôt content : il n'avait pas envie que l'employé lui porte énormément d'intérêt.

— Je voudrais une enveloppe, dit-il.

— De quelle taille ?

— Aucune importance. Ordinaire.

— Modèle dix ?

Il lâcha le carton qu'il était en train de remplir et alla au mur du fond. Des boîtes et des enveloppes de tailles diverses y étaient exposées. Au-dessous se trouvaient des casiers remplis d'enveloppes classées par tailles. Karch passa les enveloppes en revue et découvrit la dix.

— Oui, dit-il, ça ira très bien.

— Matelassée ou pas ?

— Euh... matelassée.

L'employé en sortit une, la rapporta au comptoir et, ton geignard et voix haut perchée, lui annonça qu'il devait cinquante-deux cents, taxe d'État comprise. Karch fit l'appoint.

— Beau chapeau, ajouta l'employé.

— Merci.

Karch emporta son enveloppe au comptoir près de la porte, se demanda brusquement si de fait l'employé ne s'était pas payé sa tête, mais décida de laisser tomber.

Son dos empêchant le postier de voir ce qu'il faisait, Karch plongea ensuite la main dans la poche de sa veste et en sortit l'enveloppe contenant l'as de cœur qu'il avait trouvé par terre en passant la suite 2015 au peigne fin. Il glissa la carte à jouer dans l'enveloppe qu'il venait d'acheter et la ferma à l'agrafeuse.

Puis il prit le marqueur le plus épais qu'il pût trouver dans les gobelets en plastique et adressa son envoi en reprenant les indications qu'il avait reçues à la cabine téléphonique. En grosses lettres il porta les mentions N'ATTENDEZ

284

PAS ! et URGENT ! des deux côtés. Dans le cadre réservé à l'expéditeur, il écrivit 773 et recopia le numéro de téléphone de Leo Renfro au dos de l'enveloppe.

Il retourna au comptoir et vit que l'employé était en train de fermer son carton avec du Scotch. Une fois encore, celui-ci ne leva pas les yeux de dessus son travail. Il ne se donna même pas la peine de lui demander ce qu'il voulait. Il s'appelait STEPHEN, d'après le badge accroché à sa chemise.

— Je vous demande pardon, Steve, dit Karch, mais ça vous ennuierait de mettre ça dans la boîte qui convient ?

Contrarié, le jeune homme reposa son rouleau de Scotch et s'approcha du comptoir. Il prit l'enveloppe qu'on lui tendait et la regarda comme si la question de savoir si oui ou non il pouvait s'acquitter de ce qu'on lui demandait était envisageable.

— Je voudrais que vous la mettiez dans sa boîte parce que c'est quelqu'un qui la relève toujours tôt le matin.

Le jeune homme finit par décider qu'eh bien oui, il pouvait faire ce qu'on lui demandait et disparut dans un couloir qui avait l'air de conduire à la salle du courrier.

— Et c'est Stephen que je m'appelle ! lança-t-il à Karch.

Karch s'écarta du comptoir et en tourna le coin pour aller jusqu'au casier 520. Par la petite fenêtre il vit qu'on laissait tomber l'enveloppe qu'il venait de donner à l'employé sur la lettre que Leo Renfro avait déjà reçue.

Il quitta le magasin avant que l'employé ait eu le temps de revenir au comptoir. Arrivé près de la Towncar, il cria :

— Et ça fera cinquante-deux cents... Et c'est Stephen que je m'appelle !

Une fois dans sa voiture, il répéta ces mots en travaillant l'intonation et la hauteur de voix jusqu'à ce qu'il ait à peu près l'espèce de gémissement maussade de l'employé.

Quand il en fut assez près, il fit démarrer le moteur et déboîta.

Il ne pouvait pas passer son coup de fil d'une cabine téléphonique avec trop de circulation en bruit de fond. Il roula une dizaine de minutes dans Burbank à chercher ce qu'il voulait. Il repéra enfin un fast-food Bob's Big Boy et se gara dans le parking de derrière, près d'une benne à ordures.

À l'intérieur du restaurant, il trouva un téléphone public à l'entrée des toilettes. Il inséra ses pièces et appela le portable de Leo Renfro. Il savait bien qu'il prenait des risques. La boîte aux lettres de Renfro pouvait très bien n'être qu'un écran. Qu'elle soit manifestement à son nom ne signifiait pas que les types du magasin auraient son numéro de portable. Mais il avait prévu une stratégie de rechange pour ce cas-là.

Le téléphone fut décroché au bout de deux sonneries, mais personne ne dit mot.

— Allô ? lança enfin Karch en imitant au mieux une espèce de gémissement suraigu.

— Qui est à l'appareil ?

— Monsieur Renfro ? Stephen à l'appareil. Stephen de la Warner Post & Pack it.

— Comment avez-vous eu ce numéro ?

— Il est sur l'enveloppe.

— Quelle enveloppe ?

Karch se concentra sur sa voix.

— C'est pour ça que je vous appelle. Vous avez reçu une enveloppe. C'est marqué « Urgent » et « N'attendez pas ». Et comme y avait votre numéro de téléphone dessus... Je sais pas, moi, je m'suis dit qu'il valait mieux vous appeler. On va fermer et comme vous êtes pas venu... Je m'suis dit qu'il valait mieux vous appeler au cas où, vous voyez... si vous attendiez quelque chose ?

— Il y a une adresse de réexpédition ?

— Oui... enfin non. Y'a juste sept cent soixante-treize.

— Bon, merci. Mais je vous en prie : ne me rappelez plus jamais ici.

Renfro raccrocha brutalement. Karch garda l'écouteur à l'oreille comme s'il voulait donner à Renfro la possibilité de poser quelques questions supplémentaires. Pour finir, il raccrocha en se disant que son astuce avait marché. L'impression qu'il retirait de cette conversation était que Renfro se méfiait. Ça voulait dire que la nuit risquait d'être longue.

De retour dans la salle du restaurant il se rendit au comptoir et commanda deux hamburgers à point, avec Ketchup à part et deux cafés – le tout à emporter. Pendant qu'on lui préparait sa commande, il repassa dans le parking. Il ressortit les plaques volées de sa voiture et remplaça celle de l'arrière. Une benne à ordures le masqua pendant qu'il travaillait. Puis il monta dans la Lincoln, sortit de son emplacement et s'y remit en sens inverse.

Et changea la plaque de devant. La perceuse de Cassie fit encore des merveilles. Il décida qu'il allait la garder quand le boulot serait fini. Ça et deux ou trois autres petits trucs.

28

Encore une horreur à ajouter à un jour déjà bien horrible. Assise dans la Boxster rangée le long du trottoir d'en face, Cassie laissa tourner le moteur. Ils avaient laissé le rideau de la baie vitrée ouvert. À travers la salle de séjour qui donnait sur Lookout Mountain Road, elle voyait jusque dans la cuisine allumée, où ils avaient tous les trois pris place. Elle ne pouvait pas la voir sous cet angle, mais se rappelait qu'il y avait un annuaire du téléphone sur la chaise où la petite était assise. La demoiselle devait se croire trop grande pour demander un coussin, mais les cinq ou six centimètres supplémentaires de l'annuaire étaient les bienvenus.

Cassie se détourna et regarda le panneau. Un petit bout de bois peint avait été accroché au bord inférieur, sous le nom de l'agence immobilière.

EN MAIN TIERCE

Elle n'avait jamais acheté de maison, mais savait ce que ça voulait dire : une offre d'achat avait été acceptée. La maison était en train d'être vendue et ses propriétaires allaient déménager bientôt. Elle serra fort son volant. Son coude et son épaule l'élancèrent. Elle repensa à l'idée de Leo. Elle savait bien qu'il n'y aurait peut-être pas assez de temps pour un autre boulot – pas avec ce genre de fric à la clé en tout cas. Elle se surprit à espérer qu'il échoue. C'était plus fort qu'elle. Elle voulait l'argent tout de suite. Elle voulait disparaître.

Son portable sonna. Elle le sortit de son sac à dos et l'ouvrit. C'était Leo, mais il ne dit pas son nom. La connexion était abominable. Elle fut surprise qu'il ait même réussi à la joindre dans les collines.

— Comment te sens-tu ? lui demanda-t-il.

— Pareil qu'avant.

— Bon, tu sais pour les trucs... t'attendais ? Je viens juste d'avoir... coup de fil. Je vais les chercher ce soir.

Elle en avait entendu assez pour remplir les blancs.

— Bien, dit-elle. Mais ça ne me servira à rien si j'ai pas l'argent.

— ... J'y travaille. Je suis en train de réussir... J'en saurai peut-être plus demain. D'une façon ou d'une autre, je...

— Et moi, qu'est-ce que je fais en attendant ?

— J'entends pas.

— Qu'est-ce que je fais en attendant ? répéta-t-elle en haussant le ton, comme si la force de sa voix pouvait remédier à la faiblesse du signal.

— On en a déjà parlé, Cass. Tu t'occupes... juste... tes trucs.... fais tout comme d'habitude jusqu'à ce qu'on trouve un...

— Oui, bon, d'accord. La connexion est dégueulasse. Je veux partir.

— Écoute, ma douce, on y est presque. J'attends juste que...

— Je veux pas rendre le fric, Leo. On est en train de faire une connerie. Tu es, toi, en train de faire une connerie. Tout ça ne me dit rien de bon. Il faut se tirer, Leo. Maintenant ! Tout de suite !

Il resta longtemps silencieux. Et ne se donna même pas

la peine de lui rappeler qu'il ne fallait pas l'appeler par son prénom. Elle croyait avoir perdu la connexion lorsqu'il reprit la parole.

— Écoute, Cassie, dit-il d'un ton trop calme. Moi aussi, ça me... pas trop comme vibrations. Plus que d'habitude. Mais il faut... couvrir tous... arrières. C'est la seule façon de...

Elle secoua la tête et regarda encore une fois le panneau de l'agence.

— Bien sûr, Leo, dit-elle. Comme tu voudras. Tout ce que je veux, c'est que t'oublies pas de m'appeler pour me dire ce que t'as décidé de faire de ma vie.

Elle referma son portable et l'éteignit au cas où Leo aurait essayé de la rappeler. Elle eut brusquement l'idée d'aller lui piquer l'argent pendant qu'il dormait. Elle ne prendrait que sa part et lui laisserait le reste pour qu'il en fasse ce qu'il voulait. Elle était en colère, mais cette pensée la remplit de culpabilité. Elle l'écarta et regarda de nouveau la maison.

Elle vit le mari se lever de table et regarder la rue à travers l'enfilade du bâtiment. Non, c'était elle qu'il regardait. Il ôtait sa serviette, il commençait à faire le tour de la table, il allait sortir pour savoir ce qu'elle fabriquait devant chez lui.

Elle mit vite la Boxster en prise et s'éloigna.

29

Summer Wind, voilà, c'était cette chanson-là. Elle le troublait à chaque coup. Chaque fois qu'il l'entendait sur son CD « Les plus grands succès de Frank Sinatra », il ne pouvait s'empêcher d'appuyer sur la touche « bis » afin de l'écouter à nouveau. Pas que les autres chansons auraient été mauvaises, mais aucune n'égalait *Summer Wind*. C'était la crème de la crème. Comme Sinatra lui-même.

Cela faisait quatre fois qu'il écoutait ce CD en surveillant l'entrée de la Warner Post & Pack it, depuis un parking encombré du bar Le Presnick qui se trouvait à quelques immeubles du bâtiment. Il était exactement onze heures lorsqu'il vit le stop s'allumer à l'arrière d'une voiture qui passait devant. Jeep Cherokee noire de cinq ans d'âge, environ. C'était la deuxième fois qu'elle longeait lentement le magasin. Karch baissa le son et se prépara. Il avait déjà enfilé sa salopette noire, mais pour une autre raison cette fois. Il en avait orné les manches de divers bouts de chatterton épais et précoupé. Il plongea la main dans sa mallette ouverte et en ôta le récepteur télécommandé de GPS, la boîte de connexion cellulaire et l'antenne, sans oublier le GPS lui-même. Il en sortit aussi les outils dont il allait avoir besoin et descendit de la Lincoln après en avoir ouvert le coffre. Dont il tira le Rollerboy mécanique – une espèce de planche rembourrée et montée sur des roulettes de deux centimètres et demi –, avant de refermer la voiture à clé et de traverser rapidement le Warner Boulevard.

Le bâtiment de la Warner Post & Pack it n'était pas construit en mitoyenneté et se dressait au bas de la limite de propriété, comme tous les autres du boulevard, séparés les uns des autres par d'étroits espaces allant de trente centimètres à un mètre. Karch se glissa dans l'espèce de couloir qui séparait la poste privée de la bâtisse voisine, un magasin plus bas qu'elle. Large d'environ soixante centimètres, l'espace servait de dépotoir aux passants. Karch se retrouva dans les détritus – essentiellement des bouteilles et des emballages de fast-food – quasiment jusqu'aux genoux. Sans parler de l'odeur : ça puait l'urine. Son entrée avait fait bruyamment fuir une créature invisible qui avait disparu dans les ténèbres.

Il se posta à environ un mètre du coin de la maison, hors de portée de la lumière de la rue, et attendit. Il savait que la Cherokee allait revenir et que ce serait Leo Renfro qui tiendrait le volant. Ce qu'il devrait faire alors, il l'avait déjà fait bien des fois. Mais jamais aussi vite qu'il faudrait ce coup-là. Cinq minutes, il n'aurait pas plus de temps pour terminer son installation. Ça ne laissait aucune place pour les retards ou les erreurs.

Le bruit d'une voiture qui approchait lui arriva, filtré par les bâtiments. Il s'accroupit et tint son Rollerboy devant lui comme un bouclier. Il était peu probable que Renfro remarque sa présence, même s'il jetait un coup d'œil entre les maisons. Pour cela, il aurait fallu qu'il s'arrête et fasse glisser un faisceau lumineux dans l'ombre.

Le véhicule passa lentement devant lui et – il l'entendit – s'arrêta devant la poste privée. Karch s'approcha du coin du bâtiment contre lequel il s'était adossé. Il jeta un œil dehors et oui, il le vit, c'était bien la Cherokee qui s'était immobilisée le long du trottoir, phares allumés et moteur qui tourne. Il se rencogna dans l'ouverture et attendit. Il savait qu'il pouvait sortir et abattre Renfro tout de suite, mais à découvert la tâche était trop risquée et, plus important, le but n'était pas de le tuer. Récupérer l'argent, telle était la priorité numéro un. Pour y arriver, il allait devoir suivre Renfro jusque chez lui, jusqu'à l'endroit où il se sentait le plus en sécurité. Car c'était là, il le savait, qu'il trouverait l'argent et, sinon l'argent, en tout cas un moyen d'atteindre Cassidy Black.

Renfro coupa le moteur, Karch se tassa contre le mur, prêt à passer à l'attaque. Il sentit les piquants du stuc s'enfoncer dans son dos. Il se pencha en avant pour écouter. La portière de la Cherokee s'ouvrit et se referma. Puis il entendit des pas rapides sur l'asphalte. Il se poussa en avant et risqua de nouveau un œil. Âgé d'une bonne quarantaine d'années, l'homme qu'il vit en train de glisser une clé dans la serrure de la porte de la Warner Post & Pack it était d'apparence svelte.

Leo Renfro.

Dès qu'il eut ouvert la porte, l'homme regarda à droite et à gauche. Karch recula précipitamment et attendit. Dès qu'il entendit la porte de la poste se refermer, il ressortit de sa cachette et traversa le trottoir pour gagner la chaussée. Il alluma son crayon lumineux et le tint dans sa bouche. Puis il s'approcha de l'arrière de la Cherokee en se baissant. Il avait déjà installé son matériel sur ce type de véhicule et ne s'attendait pas à rencontrer de difficultés majeures.

Il posa son Rollerboy par terre et s'allongea dessus, sur le dos. Il attrapa ensuite le dessous du pare-chocs et d'une traction des bras se glissa complètement sous la voiture. Il n'y avait pas beaucoup de place et il y faisait très chaud ; sa poitrine frottant en plusieurs endroits contre le châssis enduit de cambouis, il dut garder le visage tourné de côté pour ne pas s'érafler, voire se brûler aux tuyaux du système d'échappement.

Il baissa la main le long de sa salopette et sortit le récepteur satellite et l'émetteur Cellulink de sa poche extérieure droite. Ces deux appareils étant petits l'un et l'autre, il les avait solidarisés à l'aide d'une bande de chatterton. La petite antenne de l'émetteur faisait partie du lot, la base de l'engin étant, elle, constituée par un gros aimant. Il tendit les bras en l'air et attacha les deux appareils au châssis de la voiture, juste au-dessous du siège du chauffeur. Bien que l'aimant donne l'impression de tenir comme il fallait, Karch doublait toujours la sécurité. De sa manche droite il arracha deux longs rubans de chatterton et s'en servit pour assurer la prise aux montants du châssis.

Puis il s'empara de la perceuse silencieuse de Cassie Black et fixa rapidement le fil terre à la caisse du véhicule à l'aide d'une vis. Il roula enfin jusqu'au bord du trottoir et essaya de voir à travers la vitre de la poste. Mais, placé comme il l'était, il ne put ni voir Renfro ni estimer le temps qu'il lui restait.

Il se reglissa rapidement sous la voiture et, arrivé au milieu, ouvrit le conduit électrique qui courait sur toute la longueur du châssis. Avec un Exacto, il fendit la gaine en plastique et en tira un paquet de fils. Il les écarta jusqu'au moment où il tomba sur un rouge, cette couleur lui indiquant qu'il s'agissait d'un fil plus reliant la batterie à un équipement arrière – un éclairage de coffre, c'était vraisemblable. L'extrémité du fil de l'émetteur GPS était équipée d'un connecteur à pinces qu'il coupla au fil rouge et serra jusqu'au moment où il sentit la pince sectionner la gaine en caoutchouc et entrer en contact avec le fil. Il regarda l'émetteur et vit alors le faible rougeoiement du voyant sous le chatterton.

Il n'avait pas le temps de remettre les fils en place. Il passa tout de suite à la dernière phase de l'opération – l'installation de l'antenne GPS. Il sortit le petit disque de sa poche gauche de salopette et commença à dévider le fil qui l'entourait. Au moment même où il connectait le fil à l'émetteur, il entendit la porte de la poste qui s'ouvrait. Il fit vite tourner son pinceau lumineux de façon à ce que la partie éclairée se trouve dans sa bouche. Et il attendit.

La porte du bâtiment s'étant refermée, il vit les pieds de Renfro se rapprocher de la portière du chauffeur. Il eut une envie folle de jurer, mais non, il valait mieux se taire. Il commença à dérouler le fil de l'antenne. Et attendit encore.

Au moment où Renfro ouvrait sa portière, il profita du bruit pour se glisser vers l'arrière du véhicule d'une poussée des bras. Il se retrouva directement sous le pare-chocs arrière, la partie inférieure de son corps sortant de dessous la voiture. Il déplia l'antenne et entoura le fil autour du tuyau d'échappement pile à l'instant où la Cherokee démarrait. Il reçut une pleine bouffée de gaz d'échappement brûlants dans la figure.

Il étouffa une quinte de toux, sortit en vitesse le disque et le plaça sur le pare-chocs – où il serait directement relié à des satellites. Avec son dernier morceau de chatterton, il attacha le fil et l'antenne au pare-chocs.

Rien à voir avec du travail soigné, mais, vu les circonstances, ça devrait faire l'affaire. Il savait que Renfro repérerait l'antenne dès qu'il regarderait l'arrière de sa voiture, mais il tablait sur le fait que cela ne se produirait pas le soir même. Sans compter que les choses importantes se passeraient dans l'heure qui allait suivre. Peut-être même plus vite que ça.

La Cherokee trembla en passant en prise, puis elle commença à déboîter. Karch laissa le pare-chocs lui passer sur la figure, puis il roula à bas du Rollerboy et se serra contre le trottoir. Il garda la tête baissée et se demanda si Renfro allait hésiter. Mais ce dernier continua d'appuyer sur l'accélérateur et s'éloigna. Pas une fois il ne jeta un coup d'œil en arrière. Ou s'il le fit, ce fut pour regarder la chaussée – pas le trottoir.

Karch releva enfin la tête et regarda la Cherokee disparaître au loin. Alors seulement, il sourit et se releva.

Dès qu'il eut retrouvé la Lincoln, il sortit son ordinateur portable de sa mallette, dégagea l'antenne et fit démarrer le logiciel Fas Trak. Avec l'émetteur et l'équipement qu'il venait d'installer sous la voiture de Renfro, il allait pouvoir suivre les déplacements de la Cherokee. Un signal partant du véhicule monterait jusqu'à trois satellites placés en orbite à des kilomètres et des kilomètres de la terre qui le renverraient aussitôt sur l'ordinateur de Karch, triangulant la position exacte de la voiture et lui retransmettant ces renseignements sur son modem par connexion cellulaire. Le système Fas Trak lui permettrait alors de suivre les déplacements de la voiture grâce à des données en temps réel apparaissant sur des cartes de niveau rue déployées sur son écran. Il pourrait aussi télécharger un suivi chronologique qui lui montrerait tout le parcours effectué par la voiture dans un laps de temps déterminé.

Mais Karch avait surtout envie de savoir si l'installation était bonne et s'il serait capable de suivre la Cherokee. En cas d'échec, il avait appris son numéro minéralogique par cœur et, manœuvre à laquelle il espérait ne pas devoir recourir parce qu'elle laisserait des traces, serait dès le lendemain matin en mesure de localiser le véhicule grâce aux très antiques ressources du DMV [1].

Il entra le code et la fréquence de l'émetteur et attendit. Au bout de ce qui lui parut être un moment interminable, pendant lequel il sentit des gouttes de sueur perler à son front, les contours d'une carte commencèrent à apparaître sur son écran. Et après le tracé des rues, ce furent des mots. « Région de Los Angeles. » Enfin une étoile rouge apparut et se mit à dessiner une ligne. Il tenait la Cherokee. Au bas de l'écran, une légende s'inscrivit :

RIVERSIDE DRIVE.
VÉHICULE ROULANT VERS L'OUEST.
23 HEURES 14 MN 06 S

Karch sourit. Il le tenait. Il avait réussi son installation. Il allait pouvoir retrouver son trésor à l'aide d'une carte ! Du moins l'espérait-il.

— Putain d'Adèle ! s'écria-t-il.

Il décida de ne pas suivre les déplacements de la Cherokee en temps réel. À son idée, Renfro avait ouvert l'enveloppe à la poste ou dans sa voiture. Dans l'un comme dans l'autre cas, la carte à jouer avait dû tout à la fois le rendre perplexe et l'inquiéter. En se fondant sur les deux passages qu'il avait effectués avant de se garer devant la poste, Karch était assez prêt à parier qu'il allait rouler en faisant de grands détours afin d'identifier et de semer tout poursuivant. Il

1. Division of Motor Vehicles, équivalent de notre Service des mines *(NdT)*.

entra une commande destinée à créer un fichier contenant un suivi chronologique du véhicule tel qu'il était reçu par le transpondeur, referma le logiciel et remit son portable dans sa mallette.

Il venait juste de descendre la fermeture Éclair de sa salopette et d'ouvrir sa vitre pour avoir un peu d'air lorsqu'il entendit une femme hurler à l'autre bout du parking. Il tourna la tête dans cette direction et regarda autour de lui. Glissa une cigarette entre ses lèvres et l'alluma. Il était prêt à remonter dans sa Lincoln lorsqu'il entendit un deuxième hurlement et vit qu'on bougeait de l'autre côté d'une BMW garée à quelque dix places de parking de là.

Il ne portait pas son holster avec le Sig Sauer. Il l'avait enlevé et glissé sous son siège avant d'enfiler sa salopette. Plutôt que de reprendre son arme, il ôta le haut de sa salopette et passa sa main dans son dos pour s'emparer du petit .25 caché dans sa poche de magicien. Puis il croisa les manches de la salopette autour de sa taille et partit voir ce qui se passait.

Son petit pistolet noir dans la paume de sa main, il longea la rangée de voitures d'un pas décontracté, arriva près de la BMW et entendit des pleurs. Il vit alors un couple debout derrière le véhicule. L'homme avait renversé la femme sur le capot de la voiture. Penché sur elle, il l'embrassait dans le cou, la tête de la jeune femme ne cessant d'osciller d'avant en arrière comme si elle voulait se détacher du reste de son corps.

— Tout va bien ? lança-t-il.

L'homme le regarda.

— Oui, tout va bien, dit-il. Ça vous ferait rien de dégager ?

Karch commença à longer le côté de la voiture. L'homme

s'éloigna brusquement de la jeune femme et se tourna vers Karch. Il avait écarté les bras et les jambes et l'attendait.

— Et si vous la laissiez tranquille, hein ? reprit Karch. À l'entendre, j'ai pas trop l'impression que...

— Et si t'allais te faire mettre, hein ? Elle va comme il faut. Elle aime crier. Ça t'emmerde ?

— Non, non, pas du tout. C'est peut-être parce que t'aimes bien la faire crier. Parce que tu t'imagines tout contrôler.

Le type se rua brusquement sur lui, mais Karch avait anticipé sa charge. Tel un toréador expérimenté, il feinta de côté et d'un coup de main réorienta l'élan de son adversaire qui alla s'écraser sur le flanc d'un minivan. Il le heurta tête la première, cabossant la portière. Il s'était déjà relevé et s'apprêtait à se tourner lorsque Karch entra vraiment dans la danse. Il laissa tomber son .25 dans sa main et en enfonça le canon sous la mâchoire de l'inconnu.

— Tu sens ça ? lui dit-il. Ça n'a pas l'air bien gros, n'est-ce pas ? C'est juste un .25 de rien du tout, un pistolet à bouchons, quoi ! Très peu fiable à moins qu'on soit au contact, comme maintenant. Je t'en balance une dans la caisse et elle va te foncer droit au cerveau dont elle n'aura même pas la force de ressortir. Sauf que quand elle y sera, elle rebondira dans tous les coins et te sectionnera tout ce que t'as dans le citron. De la purée que ça fera. Ça ne te tuera probablement pas, mais tu devras porter un bavoir et te déplacer en fauteuil roulant pendant le reste de tes...

— Hé, dis ! Tu le laisses, tu veux ? lui lança la fille dans son dos. Il a rien fait.

Karch commit l'erreur de ne pas la regarder.

— Ferme-la et recule ! lui renvoya-t-il. Ce type...

Elle l'attrapa par-derrière, il se servit de son bras gauche pour la repousser tout en gardant son arme pointée sur le

299

cou du type. Il entendit la femme s'écraser contre la BMW, puis tomber sur le trottoir.

— Johnny ! hurla-t-elle.

— T'as vu ce que t'as fait ? s'écria ce dernier. Parce que t'es un grand costaud, toi ! Regarde ce que tu lui as fait ! Un chevalier blanc avec une armure de connerie que t'es !

Karch se dégagea et recula jusqu'au moment où il put surveiller le type et la fille. Elle était assise sur le trottoir les jambes écartées et semblait un peu sonnée. Johnny courut vers elle, elle l'attrapa aussitôt par le cou. Et se remit à pleurer.

Karch se retourna et commença à rejoindre sa voiture en marchant vite. *Mais qu'est-ce qui m'a pris de faire un truc pareil ?* se demanda-t-il. *Je ne suis ici que pour une seule raison.*

Il remonta dans la Lincoln, recula et s'éloigna. Il vit Johnny qui, debout dans le parking derrière lui, le regardait disparaître.

Il se rangea le long du trottoir de Magnolia Boulevard, alluma le plafonnier et sortit de la boîte à gants l'index des fréquences de la National Law Enforcement Association[1]. Pour avoir ce volume, il avait dû payer 500 dollars à Iverson. En haut de chaque page, on pouvait lire la mention « Usage strictement restreint aux membres de l'Association ». Il avait bien ri en la découvrant pour la première fois.

Il trouva les coordonnées de la police de Burbank et entra trois fréquences de patrouille sur le scanner monté sous son tableau de bord. Puis il lança le balayage automatique sur les trois fréquences et attendit. Il fallait absolument qu'il sache si le couple avec lequel il s'était battu avait signalé l'incident.

1. Association nationale des membres du maintien de l'ordre *(NdT)*.

Pour un jeudi soir, tout semblait calme à Burbank. Après deux ou trois scènes de ménage qu'on avait assignées à diverses patrouilles, il entendit un appel en provenance du parking du Presnick. Non seulement l'incident était signalé, mais encore qualifié d'agression à main armée.

— Eh merde ! s'écria-t-il bruyamment.

Il tapa du poing sur son volant et consulta sa montre. Il était presque minuit. L'aéroport de Burbank était à deux pas, il le savait. Il aurait pu s'y rendre et essayer de se dégoter un autre jeu de plaques d'immatriculation. Mais il se faisait tard et il savait aussi qu'il valait mieux quitter la ville. Il mit la voiture en prise et roula jusqu'au moment où il arriva dans un quartier résidentiel. Alors il tourna dans une rue et franchit un carrefour avant de s'arrêter. Il éteignit les phares, passa la main sous son siège pour ressortir les plaques d'origine et descendit de la voiture avec sa perceuse. Une minute plus tard, il remontait dans la Lincoln avec ses plaques volées. Il les rangea sous son siège et remit en prise. Il attendit d'avoir franchi le carrefour suivant avant de rallumer ses lumières.

Il roula vers l'ouest et ne s'arrêta pas avant d'avoir quitté Burbank et de s'être bien enfoncé dans Hollywood Nord. Il écouta le signalement qu'on donnait de lui sur les fréquences de Burbank et ne put s'empêcher de sourire. Vingt-cinq kilos de trop et dix ans de plus ! Et le reste était tellement général que ça n'avait aucune valeur. Le numéro minéralogique était bien celui des plaques qui se trouvaient sous son siège, mais on s'était trompé sur la marque de la voiture. On parlait d'une Ford LTD noire. Il alluma une cigarette et se détendit. Burbank n'allait pas poser de gros problèmes.

Il était maintenant minuit, il se dit qu'il s'était écoulé assez de temps pour que Leo soit arrivé à destination. Il entra dans le parking d'un supermarché Ralph's ouvert vingt-quatre heures sur vingt-quatre et coupa le moteur. Il venait juste d'ouvrir le récepteur Fas Trak lorsque son beeper sonna. Il regarda le numéro, c'était Grimaldi. Il décida de ne pas le rappeler et alla même jusqu'à éteindre son portable. Il n'avait aucune envie de l'entendre sonner au mauvais moment.

Le logiciel Fas Trak s'étant chargé, il entra une commande destinée à ouvrir le suivi chronologique des renseignements fournis par l'émetteur placé sous la voiture de Leo Renfro. Une carte du nord de Los Angeles apparut sur son écran, une ligne rouge montrant le parcours effectué par la voiture. Karch ne s'était pas trompé. Renfro avait bien fait un énorme détour par la Valley en ne lésinant ni sur les boucles ni sur les demi-tours. L'ordinateur fit enfin apparaître que l'émetteur ne bougeait plus depuis douze minutes. Renfro s'était arrêté. D'après le logiciel, la Cherokee se trouvait à Citron Street dans Tarzana.

— À nous deux, Leo ! dit Karch tout haut.

Il enclencha la vitesse, fit sortir la Lincoln du parking et mit le cap sur Tarzana.

30

Retrouver la Cherokee fut assez simple. Elle était garée dans l'allée cochère d'une petite maison de Citron Street. En passant devant, Karch se demanda pourquoi Renfro ne l'avait pas rangée dans son garage. Il continua de rouler et fit le tour du pâté de maisons afin de vérifier qu'il n'y avait rien d'anormal ou de dangereux dans le coin. Enfin il gara la Lincoln le long du trottoir, à quelques maisons de la Cherokee. Il repassa les bras dans sa salopette et en remonta la fermeture Éclair. Il sortit son Sig Sauer de son étui et y fixa le silencieux. Il ne ferma pas la Lincoln à clé au cas où il lui faudrait s'enfuir rapidement et commença à descendre la rue à pied.

Avant d'approcher de la maison, il se mit à genoux sur le trottoir et passa la main sous la Cherokee afin de récupérer son équipement satellite. Il l'ôta du châssis et arracha les fils. Après quoi il gagna l'arrière du véhicule pour reprendre son antenne disque. Il fourra le tout dans la boîte aux lettres à l'entrée de l'allée. Il reprendrait tout ça plus tard, en regagnant sa voiture.

Curieux de savoir pourquoi Renfro avait décidé de garer la Cherokee au vu de tout le monde, il alla jusqu'au garage et posa son crayon lumineux sur une des petites vitres de la porte. Il vit que le garage était rempli de caisses de champagne. Un chargement détourné, sûrement. Il se demanda si ça vaudrait le coup d'embarquer tout ça. Revendre le lot à Vincent Grimaldi devrait lui rapporter un joli profit.

Il écarta cette idée et se concentra sur la tâche du moment. Il traversa le jardin de devant et descendit le long du côté gauche de la maison, en faisant attention à tout ce qui aurait pu indiquer la présence d'un chien. Celle d'éventuels systèmes d'alarme ne l'inquiétait pas. Les gens qui bossaient du mauvais côté de la loi en faisaient rarement usage. Ils savaient très bien avec quelle facilité on peut les détraquer et n'avaient aucune envie de posséder quelque chose qui aurait pu amener la police chez eux.

Il avait fait la moitié du chemin lorsqu'il tomba sur un portail en bois. Il l'escalada facilement et se laissa retomber de l'autre côté. Il fit glisser le faisceau de son crayon sur l'herbe et dans les buissons qui couraient le long du bâtiment. Aucune crotte de chien nulle part et pas davantage de traces de creusement dans les parterres de fleurs. Il éteignit sa lampe et continua de rejoindre le jardin de derrière. Le clair de lune était si fort qu'il n'avait pas besoin de lumière.

Parvenu au coin de la maison, il découvrit la surface bleutée d'une piscine et avait commencé à longer le mur du fond lorsqu'il entendit coulisser une porte. Il repartit vers le coin de la maison en quatrième vitesse et se posta de façon à voir tout l'arrière de la bâtisse. Un homme franchit la porte coulissante et gagna le bord du bassin. C'était le type de la poste. Renfro. Il regardait le fond de la piscine où se déplaçait un aspirateur automatique. Puis il leva les yeux et parut regarder fixement la lune. Karch sortit de sa cachette et leva son arme.

À cause de l'espèce de sifflement de l'autoroute proche, Renfro ne l'entendit même pas. Karch lui colla le bout glacé

304

de son arme sur la nuque. Renfro se tendit, mais ce fut bien tout. Dans le genre de métier qu'il exerçait, on s'attendait toujours à sentir le froid glacial du canon d'une arme sur sa nuque.

— Belle nuit, n'est-ce pas ? dit Karch. Bien claire.

— C'était justement ce que j'étais en train de penser, lui répliqua Renfro. C'est vous, l'as de cœur ?

— Oui, c'est moi.

— Je croyais pourtant avoir bien regardé.

— C'est parce que je n'y étais pas. Vous retardez d'une bonne dizaine d'années, Leo. Je vous ai collé un émetteur satellite sous la voiture. Je n'ai même pas eu besoin de vous suivre.

— On en apprend tous les jours.

— C'est pas impossible. Rentrons causer. Vous gardez les mains bien en l'air, que je puisse les voir.

D'une main il lui attrapa l'arrière du col de chemise et de l'autre lui maintint son arme sur la nuque. Ils revinrent vers la maison.

— Quelqu'un à l'intérieur ?

— Non, je suis seul.

— Vous êtes sûr ? Si je trouve quelqu'un, je le tue tout de suite pour vous montrer que je ne rigole pas.

— Je vous crois. Il n'y a personne.

Par la porte coulissante, ils entrèrent dans une pièce où Karch découvrit un bureau tout à l'autre bout. Un mur entier couvert de caisses de champagne. Karch poussa brutalement Renfro vers le bureau et le libéra. Puis il tendit le bras en arrière et referma la porte.

— Vous restez devant le bureau, dit-il.

Leo s'exécuta. Il garda les mains en l'air et la poitrine haute. Karch fit le tour et passa derrière le bureau. Il y remarqua l'enveloppe matelassée qu'il avait déposée à la

305

poste et celle qui se trouvait déjà dans le casier – on avait arraché les rabats de l'une et de l'autre. Il s'assit dans le fauteuil derrière le bureau et regarda Renfro.

— Très occupé, le Leo, en ce moment, dit-il.

— Oh, je sais pas, moi. C'est assez mou.

— Vraiment ? lui renvoya Karch en lui indiquant le mur de champagne. On dirait pourtant que vous vous apprêtez à faire une sacrée fête.

— C'est un investissement.

Karch prit l'enveloppe matelassée et la secoua jusqu'à ce que l'as de cœur dégringole sur le bureau. Puis il jeta l'enveloppe par-dessus son épaule et ramassa la carte à jouer.

— L'as de cœur, Leo. La carte du fric.

Il la rangea dans une poche de sa salopette. Puis il prit l'autre enveloppe et l'examina.

— Juste la curiosité. C'est quoi ce 773 ? Une espèce de code ?

— Oui. C'est un indicatif téléphonique.

Karch secoua la tête.

— J'aurais dû m'en douter. D'où ?

— Chicago. Il vient de changer.

— Ah, oui, c'est vrai ! Vous travaillez pour Chicago.

— Non, ça, c'est faux. Je ne travaille pour personne.

Karch hocha la tête en signe d'assentiment, mais son sourire montra bien qu'il n'en croyait rien. Il prit l'autre enveloppe et la secoua. Deux passeports tombèrent sur le bureau. Il en ramassa un et l'ouvrit à la page de la photo d'identité. Un permis de conduire de l'État d'Illinois et deux cartes de crédit y étaient attachées avec un trombone. Mais Karch s'intéressait plus à la photo.

— Jane Davis, lut-il à haute voix. C'est drôle, ajouta-t-il, à mon avis, elle ressemble plutôt à Cassidy Black.

Il regarda Renfro pour voir sa réaction. Il la vit l'espace d'un instant. La surprise, peut-être même la stupéfaction. Il sourit.

— Eh oui, reprit-il, j'en sais plus long que vous croyez.

Il prit le deuxième passeport, s'attendant à y trouver la photo de Renfro. Au lieu de ça, il tomba sur celle d'une petite fille. Une certaine Jodie Davis, d'après ce qui était écrit sous le cliché.

— Bah, je ne sais peut-être pas tout, dit-il. Qui est-ce, là ?

Renfro garda le silence.

— Allons, Leo, faudrait voir à me donner un coup de main. C'est pas comme si vous et moi, on pouvait avoir des secrets.

— Va te faire ! Tu fais ce que t'as à faire, mais je t'emmerde.

Karch se renversa dans son fauteuil et regarda Renfro du haut en bas, comme s'il le jaugeait.

— C'est vrai que vous autres de l'Orga, vous vous croyez absolument intouchables !

— Je bosse pas avec l'Orga, mais je t'emmerde quand même.

Karch hocha la tête comme si les protestations de Renfro l'amusaient beaucoup.

— Que je vous raconte un truc sur l'Orga, enchaîna-t-il. Y'a très longtemps de ça, à Las Vegas, il y avait un très grand magicien. Ça faisait longtemps qu'il était là, il avait bossé dans tous les casinos, mais son numéro n'avait jamais vraiment pris. Il passait toujours en lever de rideau, jamais comme attraction principale. Et ce type avait un fils, qu'il élevait tout seul. Bref... il passait dans les Salons du Clown au Circus, Circus. Du pas grand-chose, quoi. Juste un numéro à une table, pour trois fois rien − essentiellement des pourboires. Et donc, un soir il est en train de faire une

307

partie de bonneteau avec trois types qui n'arrêtent pas de lui dire de recommencer. Vous voyez, le genre : « Refaites-moi le coup et je suis sûr que cette fois-ci je vous ai. » Sauf qu'ils n'y arrivaient jamais. Pas moyen d'attraper l'as. Et ça continue comme ça jusqu'au moment où ça commence à chauffer. L'un d'entre eux croyait que le magicien ne faisait ça que pour se payer sa tête. Bon, bref, passons à la fin. Le magicien s'en va et se retrouve dans le garage de derrière où il a rangé sa voiture. Et devinez un peu qui c'est qui l'attend ? Les trois types du bar.

Karch s'arrêta, mais ce n'était pas pour faire un effet. C'était toujours à ce moment-là que l'histoire commençait à l'émouvoir. Chaque fois qu'il la racontait ou qu'il y repensait, la colère semblait lui bouillir dans la gorge comme un acide.

— Et l'un des trois, reprit-il, le patron, avait un marteau à la main. Ils n'ont pas dit un mot. Ils ont juste attrapé le magicien et l'ont obligé à se pencher sur le capot de sa bagnole. Et l'un d'entre eux a pris sa cravate pour lui faire un bâillon. Et après, le type au marteau a brisé toutes les phalanges du magicien l'une après l'autre. À un moment donné, le magicien s'est évanoui. Quand ils ont eu fini, ils l'ont laissé par terre, couché sur le béton à côté de sa voiture. Il n'a plus jamais retravaillé comme magicien. Il ne pouvait même plus tenir un quarter entre ses doigts. Chaque fois qu'il essayait, la pièce tombait par terre. Et moi, je restais assis dans ma chambre à l'écouter essayer des tours dans la pièce d'à côté. Et je n'arrêtais pas d'entendre tomber le quarter, encore et encore...

« Pendant un moment, il a conduit un taxi pour gagner sa vie. Pour finir, c'est le cancer qui l'a eu, mais il était déjà mort depuis longtemps.

Il regarda Renfro.

— Vous savez qui était l'homme au marteau ?

Renfro secoua la tête.

— C'était Joey Marks. Le type de l'Orga à Las Vegas.

— Joey Marks est mort, dit Renfro. Et comme je te l'ai déjà dit, je bosse pas pour l'Orga. Ni pour elle ni pour personne.

Karch se leva et fit le tour du bureau.

— Je suis venu chercher l'argent, dit-il calmement. Vous avez détroussé le mauvais client et je suis venu remettre de l'ordre dans tout ça. Je me fous de savoir si vous bossez pour l'Orga ou pas. Je ne partirai pas d'ici sans l'argent.

— Quel argent ? Je vends des passeports et j'investis dans le champagne. Je ne vole pas d'argent aux gens.

— Écoutez-moi, Leo. Martin est mort. Et Jersey Paltz aussi. Vous voulez pas finir comme eux, si ? Alors, où est l'argent ? Où est Cassie Black ?

Renfro se tourna de façon à lui faire face. Il avait la porte coulissante dans le dos. Derrière lui le bassin scintillait fort dans la nuit. Il baissa le front comme s'il faisait le point en lui-même avant de prendre une décision. Puis il hocha légèrement la tête et regarda Karch.

— Va te faire mettre, dit-il.

Karch secoua la tête.

— Non, ce coup-ci, c'est toi qui vas te faire mettre.

Il abaissa le canon de son pistolet et tira, froidement. La balle emporta le genou gauche de Renfro. Elle traversa os et tissus, frappa le carrelage derrière lui et rebondit dans la porte coulissante. Celle-ci se brisa en grands pans de verre qui se brisèrent à nouveau en s'écrasant par terre. Renfro s'affaissa sur le sol et s'attrapa le genou à deux mains. Son visage n'était plus qu'un masque de douleur.

En se brisant, le verre avait fait plus de bruit que ce à

quoi s'attendait Karch. Il ne restait plus rien du panneau, hormis un grand morceau de verre qui tenait encore au bas du montant. Il se dit que la maison avait dû être construite avant que l'emploi du verre Securit soit obligatoire. Il regarda dans le jardin et espéra que le bruit de l'autoroute avait couvert le vacarme.

Renfro commença à haleter et à gémir en roulant sur des éclats de verre qui lui entaillèrent les bras et le dos. Le sol devint vite glissant et rouge de sang. Karch enjamba Renfro et se pencha au-dessus de lui.

— Donnez-moi l'argent, Leo, et je vous promets de mettre vite un terme à tout ça. Vite et sans douleur.

Il attendit, mais n'obtint pas de réponse. Renfro était écarlate. Complètement tirées en arrière, ses lèvres découvraient ses dents qui grinçaient.

— Leo ? Leo, écoutez-moi. Je sais que c'est très douloureux, mais écoutez-moi. Si vous ne me donnez pas l'argent, nous allons y passer toute la nuit. Vous croyez que ça fait mal maintenant ? Vous n'imaginez pas...

— Je t'emmerde ! J'ai pas l'argent !

Karch acquiesça d'un signe de tête.

— Bon, au moins on fait des progrès, n'est-ce pas ? On a dépassé le stade du « Le fric ? Quel fric ? ». Sauf que si vous ne l'avez pas, où est-il ?

— Je l'ai filé aux types de Chicago.

Karch trouva que la réponse arrivait un peu vite. Il regarda attentivement Leo et décida qu'il lui mentait.

— Je ne crois pas, dit-il. Où est la fille, Leo ? Cassie Black. Où est Cassie Black ?

Renfro ne répondit pas, Karch fit un pas en arrière et lui tira calmement une balle dans l'autre genou.

Renfro poussa un hurlement suivi d'un chapelet d'injures qui se fondirent vite dans une manière de délire ponctué de gémissements. Il roula sur la poitrine, les coudes serrés et le visage dans les mains. Il avait les jambes écartées derrière lui, deux flaques de sang s'agrandissant autour de ses genoux. Karch regarda par la porte brisée, au-delà du bassin, et vérifia que, lumières qui s'allument ou autre, les voisins n'avaient pas remarqué le bruit. Il n'entendit que celui de l'autoroute. Il espéra que cela avait suffi à le couvrir.

— Bon, bon, bafouilla Leo dans ses mains, je vais te dire. Je vais te montrer.

— Voilà, Leo. C'est bien. Enfin on avance.

Renfro leva la tête et se redressa sur les coudes. Puis il se mit à ramper vers la porte brisée en tirant ses jambes mortes et en laissant deux grandes traînées de sang derrière lui.

— Je vais te dire, répéta-t-il en s'étranglant dans ses larmes. Je vais te montrer.

— Parlez-moi, Leo, dit Karch. Où allez-vous ? Vous êtes incapable d'aller nulle part ! Vous ne pouvez même pas marcher, nom de Dieu ! Dites moi simplement où il est.

La douleur le tenaillant, Renfro fit encore une trentaine de centimètres vers la porte. Lorsqu'il parla, ce fut d'un ton haché et en serrant les dents.

— Tu vois... vois... saloperie de lune... la lune noire...

— Qu'est-ce que c'est que ces histoires ? Où est le fric ?

Karch comprit qu'il était allé trop loin. Renfro délirait tant il souffrait et avait perdu de sang. Il ne serait plus bon à rien dans peu de temps.

— La lune noire, répéta Renfro. C'est la lune noire.

Karch l'accompagna un peu.

— La lune noire ? répéta-t-il. Ça veut dire quoi ?

Renfro ne bougeait plus. Enfin il tourna la figure vers Karch et le regarda. Plus aucune tension ne se lisait sur son visage. Il semblait presque détendu.

— Ça veut dire que tout peut arriver, espèce d'enculé.

Sa voix était de nouveau forte. Soudain, il se redressa sur ses coudes, puis sur les mains. Et d'une pleine extension il se jeta sur le bas de la porte coulissante. Son cou retomba sur le morceau de verre toujours accroché au montant.

Karch comprit trop tard.

— Non, putain, non ! cria-t-il.

Il se pencha en avant, attrapa Renfro par le col de sa chemise et tira en arrière pour le dégager de la plaque de verre. Puis il le laissa retomber par terre, le prit par l'épaule et le retourna sur le dos.

Il avait réagi trop tard. Une entaille large et profonde ouvrait le cou de Renfro. Celui-ci s'était tranché la gorge. Du sang lui gargouillait sur le côté gauche du cou, à l'endroit où la carotide avait été sectionnée.

Leo avait les yeux brillants lorsqu'il regarda Karch. Un sourire sanglant se forma sur son visage. Lentement il leva la main pour tenir son cou en place. Sa voix n'était plus qu'un gémissement rauque.

— T'as perdu, dit-il.

Il laissa retomber sa main, le sang se mettant à couler à flots de sa blessure. Il ne cessait de sourire en regardant Karch.

Celui-ci se mit à genoux et se pencha sur lui.

— Tu crois m'avoir eu, hein ? Tu crois que c'est gagné ?

Leo ne put que sourire. Et ce sourire, Karch le savait, voulait dire : « Va te faire enculer ! » Karch leva son arme et en inséra le canon dans la bouche de Renfro.

— Non, coco, t'as pas gagné, dit-il.

Il se redressa et tourna la tête. Et appuya sur la détente. La balle fit exploser l'arrière du crâne de Renfro et le tua sur le coup.

Karch retira son arme et examina le visage du mort. Il

avait les yeux ouverts et, Dieu sait comment, souriait encore.

— Putain de merde ! s'écria Karch. Tu ne m'as pas eu !

Puis il se remit sur les talons et regarda autour de lui. Il vit qu'une goutte de sang avait éclaboussé le dessus blanc d'une de ses chaussures Lire Tread bicolores. Il l'effaça du pouce et essuya ce dernier sur la chemise de Leo.

Il se releva et regarda le bureau. Et soupira bruyamment. Une longue nuit de recherches l'attendait, il le savait. Il lui fallait absolument retrouver l'argent. Il lui fallait absolument retrouver Cassie Black.

31

Ce vendredi-là, Cassie Black arriva au boulot à dix heures et se présenta à Ray Morales pour savoir s'il y avait du nouveau. Il avait pris ses appels pendant son absence. Il lui répondit que tout était calme, mais qu'un client devait passer essayer une Boxster neuve à trois heures de l'après-midi. Ce monsieur venait de recevoir un contrat de la Warner Brothers pour développer un scénario – contrat à six zéros. Ray avait trouvé le renseignement dans l'*Hollywood Reporter* et jugeait que la vente ne poserait pas de problème. Elle le remercia d'avoir pensé à elle et s'apprêtait à regagner son bureau lorsqu'il l'arrêta.

— Dis, t'es sûre que ça va ? lui demanda-t-il.

— Oui, pourquoi ?

— Je sais pas. T'as pas l'air d'avoir beaucoup dormi ces derniers temps.

Elle remonta le bras droit et y posa son coude gauche qui lui faisait encore mal après la décharge électrique qu'elle y avait reçue.

— Non, je sais, dit-elle. Je réfléchis à des tas de trucs. Et des fois, ça m'empêche de dormir.

— Des trucs ? Quels trucs ?

— Je ne sais pas. Des trucs. Je serai au bureau si t'as besoin de moi.

Elle le quitta et s'en alla retrouver le réconfort de son petit bureau. Elle rangea son sac sous sa table, posa les coudes sur son sous-main et se passa les mains dans les cheveux. Elle avait envie de hurler : « Je peux plus continuer comme ça ! », mais tenta de chasser ses craintes en se rappelant que, d'une manière ou d'une autre, sa vie allait changer très bientôt.

Elle décrocha son téléphone pour vérifier sa boîte vocale, même si le mardi précédent elle avait enregistré un message pour signaler qu'elle ne serait pas là pendant quelques jours et qu'il fallait s'adresser à Ray Morales jusqu'à son retour. Elle n'en trouva pas moins quatre messages qui l'attendaient. Le premier émanait d'un carrossier qui lui annonçait que le jeu de roues chromées pour la Speedster modèle 58 était prêt. Le second avait été laissé par un des clients potentiels de Ray – un producteur de la Fox qui avait déjà téléphoné la semaine précédente. Ce n'était pas pour lui parler de l'essai qu'il l'avait fait, mais pour lui dire qu'il appréciait son style et aurait bien aimé l'inviter la semaine suivante, à la première du film d'un de ses amis. Cassie ne se donna même pas la peine de noter son numéro de portable.

— Si mon style te plaisait tellement, pourquoi tu ne m'as pas acheté la bagnole, hein ? marmonna-t-elle seulement.

Le troisième message était de Leo. Sa voix trahissait une angoisse qu'elle ne lui avait jamais connue. L'appel était arrivé à minuit dix. Elle se repassa le message trois fois de suite.

« Salut, c'est moi. Ton portable n'a pas l'air de fonctionner. J'ai pas pu t'avoir. Mais bon... je reviens de la boîte. J'ai les trucs que tu voulais, mais y a autre chose et c'est pas bon. Quelqu'un s'est procuré mon adresse je sais pas trop comment et m'a envoyé quelque chose. Un as de cœur du Flamingo. Je sais pas ce que ça veut dire, mais ça veut sûrement dire quelque chose. Tu m'appelles dès que t'as ce message ? N'oublie aucune des précautions et garde le profil bas. Et oh... tu effaces le message, d'accord ? »

Elle appuya sur la touche 3 pour effacer le message avant de passer au quatrième. Il était arrivé à sept heures et demie du matin – et on avait raccroché aussitôt. Pas de bruit de fond, juste quelques secondes d'un type qui respirait fort. Elle se demanda si c'était Leo.

Elle raccrocha, se pencha en avant, reprit son sac à dos et le posa sur ses genoux. Puis elle y fouilla jusqu'au moment où elle trouva la boîte contenant le jeu de cartes qu'elle avait acheté au magasin de souvenirs du Flamingo. Elle l'ouvrit rapidement, retourna le jeu figures en l'air et passa toutes les cartes en revue. Plus elle arrivait au bout du talon et plus forte était la peur qui montait en elle. Lorsque, la dernière carte en main, elle constata qu'elle n'avait toujours pas vu l'as de cœur, elle jura tout haut et balança le jeu à travers la pièce. Il alla heurter l'affiche de Tahiti, où il explosa et retomba en pluie par terre et sur le bureau.

— Bordel de merde !

Elle enfouit son visage dans ses mains et se demanda ce qu'elle allait faire. Puis elle reprit son téléphone pour appeler Leo, mais se ravisa. *N'oublier aucune des précautions*. Elle songea à se servir de son portable, mais écarta aussi cette idée. Elle ouvrit le tiroir du bureau, prit de la petite monnaie dans un plumier et se leva.

Elle ouvrit la porte et rentra presque dans Ray Morales qui venait voir ce qui s'était passé.

— Excuse-moi, dit-elle en faisant mine de l'éviter.

316

Ray regarda son bureau et vit les cartes qui étaient tombées dans tous les coins.

— Qu'est-ce qui se passe ? demanda-t-il. Tu joues à « je jette le jeu et je ramasse toutes les cartes » ?

— Moins une, dit-elle.

— Quoi ?

— Non, rien. Je reviens tout de suite, Ray. Il faut que j'aille faire un tour.

Sans rien dire, il la regarda traverser la salle d'exposition et sortir par la porte de verre.

Elle descendit jusqu'au Cinerama Dome devant lequel, elle le savait, se trouvait une cabine publique. Elle composa le numéro du portable de Leo de mémoire et laissa sonner dix fois avant de raccrocher. Déjà à douter de tout, elle refit le numéro au cas où elle se serait trompée. Cette fois, l'appareil sonna douze fois avant qu'elle raccroche. La peur qui avait commencé à monter en elle pendant qu'elle cherchait l'as de cœur monta de plusieurs crans.

Elle essaya de se calmer en pensant aux raisons pour lesquelles Leo aurait pu ne pas lui répondre. Leo et son portable étaient soudés ensemble comme des frères siamois. À supposer qu'il n'ait pas branché son appareil, l'appel qu'elle venait de passer aurait été transféré sur un répondeur. Elle n'aurait pas eu droit à ces sonneries continues dans le vide. Le portable était donc branché, mais Leo ne lui avait pas répondu. Tout le problème était de savoir pourquoi.

La piscine, elle s'en souvint brusquement. Le matin, Leo faisait des longueurs de bassin. Peut-être avait-il laissé son portable sur la table, mais comment aurait-il pu entendre s'il était en train de nager – pas avec le bruit de l'eau qui éclaboussait autour. Sans parler de celui de l'autoroute.

L'explication la calma un peu. Elle rappela encore une fois et encore une fois n'obtint pas de réponse. Elle remit l'appareil sur sa fourche et décida de retourner au garage. Elle reviendrait plus tard, dans une demi-heure-trois quarts d'heure. Elle se souvint qu'un jour Leo lui avait dit qu'il pouvait nager jusqu'à des cinq kilomètres d'affilée. Elle n'avait aucune idée du temps que ça pouvait prendre, mais se dit qu'une demi-heure devait suffire.

Cinq minutes plus tard, elle retrouvait la salle d'exposition du magasin et vit Ray avec un type coiffé d'un feutre rond. Celui-ci regardait une Porsche Carrera carrosserie argent avec spoiler en champignon. Ray l'aperçut et lui fit signe d'approcher.

— Cassie, dit-il, je te présente M. Lankford. Il aimerait acheter une voiture.

Le client se tourna vers elle et lui sourit d'un air embarrassé.

— Enfin, c'est-à-dire que... j'aimerais voir pour une voiture. Enfin... l'essayer. Après, on verra.

Il lui tendit la main.

— Terrill Lankford, dit-il.

Elle lui serra la main. Poigne solide, main sèche comme de la poudre.

— Cassie Black, dit-elle.

Elle regarda Ray. Elle n'avait aucune envie de s'occuper de ce type. Vendre des voitures était le dernier de ses soucis.

— Ray, dit-elle, Billy est-il arrivé ? Aaron ? Peut-être qu'ils...

— Meehan est parti essayer une voiture et Curtiss n'arrivera pas avant midi. J'ai besoin que tu montres une voiture à M. Lankford.

Le ton qu'il avait pris disait bien que son attitude lui

déplaisait et qu'il n'était pas question de discuter. Elle reporta son attention sur Lankford. Tout propre et bien habillé d'un costume rétro qui allait bien avec le chapeau. Vu son teint hâlé, il devait s'intéresser aux coupés. Ce qui tombait bien étant donné qu'il n'y en avait pas dans la série Boxster. Il n'avait plus le choix que dans la gamme plutôt coûteuse des Carrera.

— Vous avez une idée du modèle ? lui demanda-t-elle.

Il sourit en lui montrant des dents parfaites. Elle remarqua qu'il avait les yeux gris trottoir, ce qui était plutôt inhabituel chez un homme aux cheveux aussi noirs que les siens.

— Une Carrera, dit-il.

— Très bien, monsieur. Je vais vous en préparer une. Si vous voulez bien remettre votre permis de conduire et votre attestation d'assurance à Ray, il va vous les faire photocopier pendant que je vous amène la voiture.

Lankford ouvrit la bouche, mais aucun son n'en sortit.

— Vous avez bien une attestation d'assurance, n'est-ce pas ?

— Bien sûr, bien sûr, dit-il.

— Parfait. Vous la donnez à Ray et je vais chercher la voiture. Cab ou coupé ?

— Pardon ?

— Cabriolet ou coupé... décapotable ?

— Ah. Eh bien... vu le temps qu'il fait, pourquoi ne baisserions-nous pas la capote ?

— Bonne idée. Nous en avons justement une de disponible. Argent arctique. Ça vous va ?

— Génial.

— Bien. Vous me retrouvez à l'abri voiture dès que vous en avez fini avec Ray ?

Elle lui montra les portes en verre à l'autre bout de la salle d'exposition.

— C'est entendu, dit-il.

Tandis que Ray l'emmenait au bureau du financement où se trouvait la photocopieuse, elle gagna celui de Ray et décrocha la clé de la Porsche. Après quoi elle se rendit dans son propre bureau et sortit son portefeuille de son sac à dos.

Elle jeta un coup d'œil autour d'elle, revit les cartes éparpillées dans toute la pièce et comprit que si Lankford désirait conclure affaire, elle devrait l'installer dans le bureau de Ray pendant qu'elle rangerait le sien. Elle n'en avait pas le temps maintenant.

Elle allait quitter son bureau lorsqu'elle se rappela quelque chose. Elle attrapa son téléphone portable et l'attacha à sa ceinture. Juste au cas où Leo appellerait, se dit-elle.

Elle se rendit au parking latéral, puis se dirigea vers la voiture. Elle y monta, glissa son portefeuille dans le porte-CD du tableau de bord et fit démarrer le moteur. Elle abaissa les vitres, vérifia le niveau d'essence – il y en avait encore un quart de réservoir –, et amena la voiture à la porte de la salle d'exposition juste au moment où Lankford en sortait.

— Vous me laissez conduire jusqu'à la sortie ? lui cria-t-elle par-dessus le bruit du moteur qui tournait fort en chauffant. Je vous laisse le volant après ?

Il lui sourit et lui fit signe qu'il était d'accord, puis il s'assit à côté d'elle. Elle s'engagea dans Sunset Boulevard et prit vers le nord, dans Vine Street. Au croisement d'Hollywood Boulevard, elle tourna à gauche et descendit Cahuenga vers le nord, les collines et Mulholland Drive.

Au début, ils roulèrent sans rien dire. Avant de parler affaires, Cassie aimait bien laisser le client écouter le moteur, sentir sa puissance dans les virages et tomber amoureux de sa voiture. Elle aimait bien ne pas démarrer sur le baratin et les détails concrets avant qu'il ait pris le volant. Sans compter qu'elle ne songeait guère à Lankford et à l'intérêt qu'il manifestait pour une voiture de 75 000 dollars. Elle n'arrêtait pas de penser à l'appel de Leo et à l'angoisse qui s'y entendait.

De Cahuenga jusqu'en haut des Santa Monica Mountains, la Carrera filait sans effort dans les virages de Mulholland Drive. Au belvédère d'Hollywood Cassie quitta la chaussée, coupa le moteur et descendit.

— À vous, lança-t-elle.

C'étaient les premières paroles qu'elle prononçait depuis qu'elle était montée dans la voiture.

Elle longea la rambarde et regarda la coquille de l'Hollywood Bowl tout en bas. Puis son regard glissa jusqu'aux flèches des immeubles du centre-ville. Épais, le smog était rouge orangé. Mais, Dieu sait comment, ça n'était pas trop horrible.

— Jolie vue, dit Lankford dans son dos.

— Parfois, lui répondit-elle.

Elle se retourna pour le regarder prendre place derrière le volant. Elle fit le tour de la Porsche et s'assit sur le siège du mort.

— Pourquoi ne pas continuer dans Mulholland Drive encore un peu ? Vous vous rendrez mieux compte de la manière dont elle répond. Après, on descend Laurel Canyon jusqu'à la 101 et on remonte dans Hollywood. Ça vous donnera la possibilité de forcer un peu sur le freeway et de voir si ça vous plaît.

— Bonne idée, dit-il.

Il ne mit pas trop longtemps pour trouver la clé de contact à gauche et faire démarrer le moteur. Il sortit du parking en marche arrière, passa la première et s'engagea dans Mulholland. Il gardait la main sur le levier de vitesses en conduisant. Cassie comprit tout de suite qu'il savait ce qu'il faisait.

— On dirait que vous avez déjà conduit ce genre d'engin, dit-elle, mais je vais quand même vous faire le baratin.

— Pas de problème.

Elle se mit à énumérer les caractéristiques de la voiture en commençant par le système de refroidissement à eau, la transmission, les suspensions et les freins. Puis elle arriva à l'aménagement de la cabine et attaqua le catalogue des petites douceurs.

— Vous avez une commande de vitesse de croisière, un système de contrôle de la traction et un ordinateur embarqué, tout ça en version standard. Platine CD, vitres et toit ouvrant automatiques, deux airbags. Et ici, en bas...

Elle lui montra l'espace compris entre ses jambes et l'avant du siège. Lankford baissa bien les yeux, mais recentra vite son attention sur la route.

— ... un échancrement pour l'air bag côté passager... au cas où il y aurait un petit enfant dans la voiture. Vous avez des enfants, monsieur Lankford ?

— Appelez-moi Terrill et non, je n'ai pas d'enfants. Et vous ?

Elle garda le silence un instant.

— Pas vraiment, dit-elle enfin.

Lankford sourit.

— Pas vraiment ? Je croyais que pour une femme la réponse était toujours oui ou non.

Elle ignora sa remarque.

— Que pensez-vous de cette voiture... Terrill ?

— Très souple. Très chouette.

— Absolument. Et... dans quoi travaillez-vous ?

322

Il lui jeta un coup d'œil. Le vent menaçait d'emporter son chapeau. Il tendit la main et se l'enfonça sur le front.

— Disons que j'interviens en cas de crise. Je suis consultant en affaires. J'ai une société à moi. Je m'occupe de diverses choses. Un vrai magicien, quoi. Je fais disparaître les problèmes des gens. Pourquoi cette question ?

— Simple curiosité. Ces voitures sont chères. Vous devez être bon dans ce que vous faites.

— Oh mais certainement ! Certainement. Et le prix n'est pas un problème. Je paie en liquide. De fait, Cassie, j'attends une assez grosse rentrée d'argent dans pas longtemps. Très bientôt même.

Cassie le regarda et frissonna de peur. Plus l'instinct que la déduction. Lankford appuya un peu plus fort sur l'accélérateur, la Porsche commençant aussitôt à prendre les virages plus sec. Lankford la regarda de nouveau.

— Cassie. C'est le diminutif de quoi ? Cassandra ?

— Cassidy.

— Comme dans Butch Cassidy ? Vos parents aimaient les hors-la-loi ?

— Non, comme dans Neal Cassidy [1]. Mon père était toujours sur la route. Enfin... c'est ce qu'on m'a dit.

Lankford fronça les sourcils et appuya encore un peu plus fort sur le champignon.

— Ah, comme c'est dommage ! Mon père et moi étions vraiment proches.

— Je ne me plains pas. Pourriez-vous ralentir un peu, monsieur Lankford. J'aimerais réintégrer le garage en un seul morceau, si ça ne vous dérange pas.

Lankford commença par ne pas réagir, ni de la voix ni

1. Un des grands écrivains de la génération beat avec Ginsberg et Kerouac (*NdT*).

du pied. La voiture prit encore un virage en force, les pneus protestant bruyamment contre l'effort qu'on leur demandait pour ne pas lâcher la chaussée.

— Je vous ai deman...

— Oui, dit-il enfin, je sais. Vous voulez rentrer vivante.

Quelque chose dans le ton qu'il avait pris lui fit comprendre que ce n'était pas à la possibilité d'avoir un accident de voiture qu'il pensait. Cassie le regarda et remua sur son siège de façon à avoir le dos contre la portière.

— Je vous demande pardon ? dit-elle.

— J'ai dit que vous vouliez rentrer vivante, Cassidy.

— Bon, garez la voiture. Je ne sais pas trop à quoi vous...

Lankford écrasa la pédale de frein et braqua violemment sur la gauche. La Porsche dérapa et fit un tête-à-queue avant de s'immobiliser. Lankford regarda Cassie, sourit, enclencha la première et lâcha la pédale d'embrayage d'un coup. La voiture ayant bondi en avant, il commença à faire de la vitesse dans les virages en reprenant la direction d'où ils étaient venus.

— Mais qu'est-ce que vous foutez ? s'écria Cassie. Arrêtez cette voiture ! Arrêtez-vous tout de suite !

Elle tendit la main droite en l'air et attrapa la poignée de stabilisation. Elle réfléchissait aussi vite que roulait la voiture dans l'espoir de trouver une solution, une échappatoire.

— De fait, reprit-il, je ne m'appelle pas Lankford. Ce nom-là, je l'ai trouvé hier soir, dans un livre de la bibliothèque de Leo Renfro. Ça s'intitule *Shooters*. J'ai commencé à le lire. J'ai cru que ça parlait d'un type qui travaillait dans ma branche, mais je me trompais. Bon, mais quand votre patron est venu dans la salle d'exposition et m'a demandé mon nom, c'est tout ce que j'ai pu lui sortir sur le coup, vous voyez ? En fait, je m'appelle Karch. Jack Karch. Et je viens chercher le fric, Cassie Black.

Malgré la terreur qui montait en elle, Cassie pensa à quelque chose. *Jack Karch*, se dit-elle. *Je connais ce nom.*

32

La Porsche tanguait follement dans le véritable slalom de Mulholland Drive. Jack Karch roulant beaucoup trop vite pour ses capacités de conducteur, de temps en temps la voiture franchissait la ligne jaune sur la route à deux voies ou quittait carrément la chaussée pour filer sur l'accotement. L'aiguille du compte-tours frôlait le rouge, mais Karch ne voulant pas ôter la main du volant pour enclencher la vitesse supérieure, le moteur rugissait et gémissait dans les virages. Cassie s'accrochait à la poignée à deux mains, ce qui ne l'empêchait pas d'être violemment secouée d'avant en arrière sur son siège. Karch se mit à hurler par-dessus le vacarme du moteur.

— Je veux ce fric, bordel !

Cassie Black garda le silence. Elle était bien trop occupée à surveiller la route qui se déroulait devant eux et à se demander quand ils allaient passer par-dessus bord et s'écraser dans le ravin.

— Martin est mort ! Paltz est mort ! Leo est mort ! cria-t-il encore.

À ce nom, Cassie se tourna aussitôt vers lui. Elle eut l'impression qu'on lui transperçait le cœur. Karch lâcha l'accélérateur. La voiture continua de rouler vite, mais le bruit du moteur et du vent baissa de manière considérable.

— Ils sont tous morts, reprit-il. Mais je n'ai ni envie ni vraiment besoin de vous faire du mal, Cassie Black.

Il sourit et secoua la tête.

— De fait, je vous admire. Vous faites de l'excellent boulot et ça, je le respecte. Mais je suis venu chercher l'argent et vous allez me le donner. Vous me le donnez, on n'en parle plus.

Elle prit un ton calme et sévère.

— Je ne sais pas de quoi vous parlez, dit-elle. S'il vous plaît, arrêtez la voiture.

Un air de déception sincère s'afficha sur le visage de Karch, qui secoua la tête.

— J'ai passé toute la nuit chez Leo, dit-il. J'ai tout foutu en l'air. J'ai trouvé des tonnes de champagne et la mallette que je cherchais. Mais pas ce qu'il devait y avoir dedans. Et vous, je ne vous ai pas trouvée avant le petit matin, quand je vous ai vue là, juste devant moi. Le portable de Leo. J'ai appuyé sur la touche rappel de numéro et suis tombé sur le garage. J'ai écouté la liste de tous les services et tiens, tiens ! qu'est-ce que c'est que j'entends ? Votre nom ! Cassie Black ! J'ai enclenché la touche message juste pour entendre votre voix. « Concessionnaire Porsche d'Hollywood. Cassie Black à l'appareil. Je serai absente de mon bureau pendant quelques jours, mais appelez Ray Morales et il pourra... » Bla bla bla, bla bla bla, arrête de me raconter des conneries, Cassie Black ! J'aime pas ça. Je veux le fric !

— Et moi je vous ai dit d'arrêter la bagnole !

— Pas de problème.

Soudain il vira brutalement à droite, la voiture s'engageant sur une voie gravillonnée qui coupait à travers un bosquet. Cassie pensa qu'il s'agissait d'un accès incendie ou d'utilité publique. Quoi qu'il en soit, il était clair que Karch

327

s'éloignait de la grand-route pour se mettre à l'abri des regards indiscrets.

Ils avaient fait environ deux cents mètres lorsqu'il écrasa le frein, et la Porsche dérapa avant de s'immobiliser. Projetée en avant, Cassie sentit son corps buter sur le harnais, puis retomber en arrière. Elle n'avait pas plus tôt retrouvé ses esprits qu'il se penchait sur elle et lui collait le canon long et noir d'une arme sur la figure. Il remonta sa main libre et la bloqua sous la mâchoire de la jeune femme.

— Écoute-moi ! lança-t-il. Dis, tu m'écoutes ?

Il lui appuyait si violemment sur la mâchoire qu'elle fut incapable de répondre autrement qu'en hochant la tête.

— Bien, reprit-il. N'oublie surtout pas que pour l'instant les gens pour qui je travaille ne s'intéressent qu'à une chose : l'argent. L'argent et rien d'autre. Alors, c'est pas la peine de jouer ça comme tes copains Leo ou Jersey. Tu n'arriverais qu'à y laisser la peau.

Cassie le regarda fixement au bout du canon de l'arme. Elle s'aperçut qu'il y avait fixé un silencieux.

— Surtout ne réfléchis pas, reprit-il. Parle.

— Bon, dit-elle. Ne me faites pas de mal et je vous dirai où est le fric.

— Il va falloir faire plus que ça, ma jolie. Il va falloir m'y conduire.

— D'accord. Tout ce que vous...

Il lui coupa la parole en lui appuyant sur le cou.

— T'as un seul essai. Tu comprends ?

Elle acquiesça d'un signe de tête. Karch relâcha lentement la pression, puis il retira sa main. Il s'était radossé à son siège lorsqu'il fit brusquement claquer ses doigts et se pencha de nouveau en avant. Il lui effleura le visage, elle se tendit, il lui toucha l'oreille.

— J'ai jeté un coup d'œil à ton bureau avant de te retrouver à la porte de la salle d'exposition, dit-il. Il y avait des cartes à jouer absolument partout. Tu cherchais quelque chose ? Ça serait pas ça, par hasard ?

Il enleva sa main et fit comme s'il lui retirait quelque chose de l'oreille. Et lui mit une carte sous le nez. L'as de cœur. Il sourit.

— Petit tour de magie, dit-il.

Enfin elle se souvint. La magie. Karch. Elle se rappela les articles dans la presse. Elle les avait lus dans sa cellule avant d'être officiellement inculpée. Jack Karch. C'était bien lui.

Il lut quelque chose sur son visage.

— T'as pas trop aimé, n'est-ce pas ? Eh bien, figure-toi que c'est pas terminé. Quand on aura fini nos petites affaires, je te ferai un numéro où il y a vraiment des trucs qui disparaissent.

Il se réinstalla derrière le volant, le bras droit toujours posé sur la console et son arme bien enfoncée dans les côtes de la jeune femme.

— Et maintenant, reprit-il, il va falloir travailler ensemble. Ça te va ? Passe la première.

Il appuya sur la pédale d'embrayage, elle tendit la main et enclencha la vitesse. Il mit la voiture en mouvement. Il fit demi-tour et remonta la route gravillonnée en direction de Mulholland Drive. Après avoir atteint le plein régime, il ordonna à Cassie d'enclencher la seconde. Elle s'exécuta. Il recommença à lui parler comme s'ils étaient en train de faire une petite balade dominicale.

— Tu sais quoi ? enchaîna-t-il. Faut que je te dise... la façon dont t'as fait ce boulot... chapeau ! Je crois qu'en d'autres circonstances, toi et moi, tu vois... on aurait pu... je sais pas... faire des trucs.

Il ôta sa main du volant et lui montra le levier de vitesses.

— Tu vois ? On travaille bien ensemble.

Elle ne répondit pas. Elle savait qu'il était psychopathe et capable de parler sincèrement de faire des trucs avec une femme sur laquelle il pointait une arme. Elle comprit qu'elle devait agir, qu'il fallait que ça bouge. Elle savait qu'il allait la tuer. La disparition dont il lui avait parlé, ce serait elle qui en serait la victime. Elle ne put s'empêcher de sourire devant la tristesse de la situation. Elle savait très bien qu'elle n'aurait eu aucun mal à prouver que cet homme l'avait déjà tuée six ans et demi plus tôt.

— Qu'est-ce qu'il y a de si drôle ? demanda-t-il.

Elle le regarda. Il avait surpris son sourire désinvolte.

— Rien. Les caprices de l'existence, j'imagine. Les coïncidences.

— Quoi ? Le destin ? Le mauvais sort ? Ce genre de trucs ?

Elle bougea le bras droit de façon à pouvoir poser sa main entre ses jambes. Karch le remarqua et lui enfonça le canon de son pistolet encore plus fort dans le flanc.

— La lune noire ?

Elle se tourna vivement vers lui.

— Oui, Leo m'en a vaguement parlé hier soir, enchaîna-t-il. Plus tard, quand je fouillais dans sa maison, je suis tombé sur un bouquin où on en parlait. Il était très croyant, ce monsieur. Pas que ça lui aurait fait du bien, remarque. Bon, mais... on va où ?

Ils avaient retraversé le bosquet de pins et arrivaient à Mulholland Drive. Cassie sentit que c'était peut-être le moment d'y aller. Elle respira un grand coup et se lança.

— Quand vous serez sur la route, prenez à...

Elle commença à lever le bras gauche comme pour lui indiquer la direction, puis elle le tendit brusquement en avant et détourna l'arme de son ventre. Aussitôt elle attrapa le volant de la main gauche tandis que de la droite elle appuyait sur la commande d'arrêt de son airbag. Puis elle braqua le volant à droite, la voiture quittant violemment la route pour s'écraser sur un arbre. Tout cela s'était déroulé si vite que Karch n'eut pas plus le temps de tirer que de hurler.

Dès que la voiture heurta l'arbre, l'airbag côté conducteur explosa dans la figure de Karch et le colla contre son siège.

Le harnais de sécurité empêcha Cassie de se fracasser le crâne sur le pare-brise. Estourbie un bref instant, elle comprit qu'il ne fallait pas en rester là. Elle détacha sa ceinture et tenta frénétiquement d'ouvrir sa portière. Mais celle-ci refusa de bouger. Cassie ne réessaya même pas. Elle se redressa et sauta hors de la voiture. Et descendit aussitôt la colline en fonçant entre les arbres. Sans se retourner une seule fois pour regarder la Porsche.

Karch, lui, avait été plus que momentanément sonné par la collision. L'airbag l'avait frappé directement à la mâchoire, la minuscule dose d'explosif qu'il faut pour le faire sortir du volant lui brûlant en plus légèrement le visage et le cou. L'impact lui avait en plus fait lâcher son arme qui avait atterri sur un des sièges à l'arrière. L'airbag commençant à se dégonfler, Karch sortit peu à peu de son hébétude et l'écarta de sa figure du revers de la main. Il essaya de bondir hors du véhicule, mais sa ceinture le retint. Il la détacha à toute vitesse, se mit à genoux sur le siège et regarda dans tous les sens avant d'apercevoir Cassie Black qui filait rapidement entre les arbres.

D'instinct il sut qu'il ne pourrait pas la rattraper. Elle avait pris beaucoup d'avance et savait probablement où elle allait. Elle était sur son territoire, pas lui.

— Merde ! s'écria-t-il.

Il regarda les sièges arrière et retrouva son Sig Sauer. Il le reprit et se rassit. Il tourna la clé de contact pour essayer de faire redémarrer la voiture, mais rien ne se produisit. Il tourna la clé plusieurs fois, mais n'entendit qu'une sorte de déclic sec et rien d'autre.

— Merde ! répéta-t-il.

Il tenta d'ouvrir sa portière, mais elle s'était bloquée. La collision semblait avoir tellement endommagé la carrosserie que les portes étaient hermétiquement fermées. Il essayait encore de se dégager lorsqu'il vit le petit portefeuille noir que Cassie Black avait rangé dans le porte-CD du tableau de bord. Il tendit la main en avant, s'en empara et l'ouvrit. Permis de conduire délivré par l'État de Californie. Il examina la photo, puis il lut l'adresse. Cassie Black habitait Selma Street, à Hollywood.

Il jeta un coup d'œil dans les bois. Cassie y avait disparu depuis longtemps. Toujours assis au volant de la Porsche, il leva le portefeuille en l'air comme si elle s'était retournée pour le regarder.

— Regarde un peu ce que j'ai trouvé ! cria-t-il. T'as pas encore gagné, ma belle !

Il ôta le silencieux du Sig Sauer et tira un coup en l'air, juste pour lui faire savoir qu'il arrivait.

Elle descendait la colline en courant et en faisant attention où elle mettait les pieds lorsqu'elle commença à entendre de la musique. Elle s'y repéra comme sur un phare dans la nuit, finit par sortir du bois et se retrouva dans un parking qui se trouvait juste derrière l'Hollywood Bowl. Elle suivit la route d'accès jusqu'à Highland Avenue, puis elle rejoignit Sunset Boulevard à pied.

Il lui fallut vingt minutes pour revenir au garage. Elle s'en approchait déjà lorsqu'elle aperçut deux voitures de police garées à l'entrée du parking. Elle vit aussi, rangée le long du trottoir, juste devant la salle d'exposition, un véhicule banalisé avec un gyrophare amovible posé sur le tableau de bord. Et, juste derrière, une ambulance aux portières fermées.

Beaucoup de gens sur le trottoir, la plupart du magasin et des ateliers de réparation. Elle se porta à la rencontre de Billy Meehan, un vendeur qui contemplait la salle d'exposition d'un air effondré.

— Billy, dit-elle, qu'est-ce qui s'est passé ?

Il se tourna vers elle et ses yeux s'écarquillèrent.

— Dieu soit loué ! s'écria-t-il. Je croyais que t'étais avec eux ! D'où tu viens ?

Elle hésita, puis décida de lui servir un mensonge qui, techniquement parlant, n'en était pas un.

— J'étais allée faire un tour. Avec eux, qui ça ?

Il lui posa les mains sur les épaules et se pencha vers elle comme s'il allait lui annoncer de très mauvaises nouvelles. Ce qu'il fit.

— Il y a eu une attaque à main armée, dit-il. Quelqu'un a obligé Connie et Ray à s'allonger par terre et les a tués tous les deux.

Elle porta la main à son visage et réprima un hurlement.

— Et ils ont piqué le cabriolet argent. On croyait que euh... que t'avais peut-être été prise en otage. Je suis content que tu ailles bien.

Elle se contenta de hocher la tête. Seul Ray Morales connaissait son passé. Elle se rendit compte que si d'autres employés avaient été au courant, ils l'auraient très probablement désignée comme suspecte numéro un auprès de la police. Elle se demanda si Karch n'avait pas compté là-dessus.

Elle se sentit brusquement très faible et dut s'asseoir. Ce fut presque comme si elle dégringolait le long du corps de

333

Meehan. Elle s'assit au bord du trottoir et tenta de comprendre ce qui s'était passé, mais n'arriva qu'à une conclusion : Karch avait abattu Connie et Ray parce qu'il n'avait pas de faux permis de conduire au nom de Lenkford et savait très bien qu'il ne pouvait pas laisser un document avec son vrai nom derrière lui. Pas avec le genre de projets qu'il avait en tête.

— Cassie, reprit Meehan, ça va ?

— J'arrive pas à y croire... ils sont morts ?

— Oui, tous les deux. J'ai jeté un coup d'œil dans la pièce avant l'arrivée de la police et... c'était pas joli joli.

Cassie se pencha en avant et vomit dans le caniveau. Son renvoi fut tellement profond qu'elle eut l'impression de se vider. Elle s'essuya la bouche avec la main.

— Cassie ! cria Meehan qui la regardait. Je vais te chercher un infirmier.

— Non, non, ça va. C'est juste que... pauvre Ray ! Lui qui voulait seulement aider !

— Comment ça ?

Elle comprit qu'elle avait commis une erreur en formulant ses pensées à haute voix.

— Non, c'est juste qu'il était si gentil ! Et Connie aussi. Ils lui auraient donné les clés ou l'argent. Pourquoi a-t-il fallu qu'il les abatte ?

— Je sais. Ça n'a pas de sens. À ce propos, t'as vu quelqu'un ?

— Non, pourquoi ?

— J'ai remarqué que tu disais « il ».

— Non, je n'étais pas là. Je disais « il » parce qu'il y a toutes les chances pour que ce soit un homme. J'arrive plus à penser droit.

— Je comprends. Moi non plus, j'arrive pas à y croire.

Elle s'était assise au bord du trottoir et, le visage enfoui dans les mains, semblait écrasée par tout le poids du monde. Les mots « C'est moi qui ai fait ça, c'est moi qui ai fait ça, c'est moi qui ai fait ça » ne cessaient de lui résonner dans la tête. Elle savait qu'elle devait quitter cet endroit et ne jamais y revenir.

Elle retrouva ses forces et se releva en s'agrippant au bras de Meehan pour retrouver son équilibre.

— T'es sûre que ça va ? insista-t-il.

— Oui, ça va. Merci, Billy.

— Tu devrais peut-être dire à la police que ça va et que tu es là.

— Bon, oui, c'est ce que je vais faire. Ou plutôt non... tu pourrais pas le leur dire, toi ? Je suis pas trop sûre d'avoir envie d'entrer.

— Naturellement, Cassie. Je vais le leur dire tout de suite.

Elle attendit quelques instants après son départ, puis elle descendit le trottoir jusqu'à l'allée qui passait derrière le garage. Elle longea l'atelier de réparation et entra dans le parking des ventes. La Boxster argent que Ray lui avait permis d'utiliser s'y trouvait encore. Elle la rangeait toujours là au cas où un client aurait été intéressé.

La voiture était ouverte, mais la clé de contact se trouvait dans son sac à dos, dans son bureau. Elle ouvrit la portière et appuya sur le bouton d'ouverture du coffre. Puis elle fit le tour de la Porsche, ouvrit le coffre, en sortit le manuel de l'utilisateur recouvert de cuir, referma le coffre et réintégra l'habitacle. Dans un des rabats du volume se trouvait une clé de rechange en plastique que le client pouvait glisser dans son portefeuille. Elle s'en empara, mit le moteur en route et passa du parking dans l'allée, qu'elle suivit en roulant tout doucement jusqu'au deuxième croisement. Alors seulement elle coupa vers Sunset Boulevard et, laissant le garage derrière elle, prit à droite vers la 101.

Des larmes coulaient sur son visage tandis qu'elle condui-sait. Ce qui s'était produit au garage changeait toute la donne. La mort de Leo était terrible et la blessait profondé-ment, mais Leo était un initié et connaissait les risques du métier. Ray Morales et Connie Leo, la directrice du service financier, étaient innocents. Leur assassinat disait jusqu'où Jack Karch était prêt à aller pour récupérer son fric. Il n'y avait maintenant plus de limites à rien. À la cruauté de Karch, à sa culpabilité à elle, à rien.

33

Karch regarda par la vitre du taxi lorsque celui-ci longea le garage. Il se moquait bien de tous les véhicules de police et de télévision stationnés autour des parois de verre de la salle d'exposition. Il passa vite en revue les gens qui se tenaient sur le trottoir. Il espérait y voir Cassie Black, mais savait bien qu'il avait pris du retard. Son portable n'ayant pas réussi à capter de signal dans les collines, il avait dû remonter dans Mulholland à pied, puis revenir au belvédère d'Hollywood où il s'était rappelé avoir vu une cabine publique. Il lui avait fallu presque une heure pour parcourir tout ce chemin. Et il lui avait fallu attendre vingt minutes de plus pour que le taxi qu'il avait appelé se pointe enfin.

Dans un très mauvais anglais, le chauffeur lui dit quelque chose sur ce qui s'était produit au garage, mais Karch ne lui prêta aucune attention. Le taxi traversa encore quelques carrefours et tourna dans Wilcox Avenue. Karch demanda au chauffeur de l'arrêter devant un magasin de souvenirs d'Hollywood, régla la course et descendit. Après que la voiture eut fait demi-tour en direction de Sunset Boulevard, il traversa la rue et retrouva sa Lincoln garée le long du trottoir. Sous ses pare-chocs se trouvaient deux plaques qu'il avait piquées le matin même dans un parking longue durée de l'aéroport de Los Angeles.

Il monta dans sa voiture, mit le contact et chercha Selma

337

Street dans son guide avant de déboîter. Il avait de la chance : c'était à peine à cinq minutes.

Il n'y avait pas de voiture garée devant le bungalow de Selma Street où, d'après son permis de conduire, Cassie Black habitait. Le bâtiment se trouvant dans une impasse, Karch décida d'y aller franchement. Il s'engagea dans l'allée cochère et s'y rangea. Entrer par effraction en plein jour n'était sûrement pas une bonne idée, mais il devait savoir si Cassie était déjà passée. Il décida qu'y aller carrément était la meilleure solution. Il donna deux coups de Klaxon et attendit. Pour finir il coupa le moteur, descendit de sa voiture et monta les marches en faisant tourner son porte-clés autour de son doigt. Lorsqu'il fut près de la porte, il se pencha en avant, sortit ses crochets et s'attaqua rapidement au verrou en jouant le monsieur qui se bat avec ses clés. Il ne savait pas si on l'observait, mais le spectacle qu'il offrit était de qualité.

Il lui fallut environ quarante secondes pour venir à bout de la serrure. Il tourna la poignée et entra.

— Cassie ! cria-t-il très fort pour tous les voisins qui auraient pu le regarder. Allez quoi ! J'attends, moi !

Il referma la porte, sortit son arme, y fixa rapidement son silencieux et commença à faire le tour des pièces.

La maison était vide. Il recommença à chercher, plus lentement, pour essayer de déterminer si Cassie était repassée chez elle depuis qu'elle lui avait échappé dans les collines de Mulholland. Peu meublée, la maison semblait en ordre. Il fut vite certain que Cassie Black n'y était pas revenue. Il s'assit sur le canapé de la salle de séjour et se demanda ce que ça pouvait vouloir dire. Avait-elle l'argent ou ne l'avait-elle pas ? Le fric se serait trouvé chez Leo et, Dieu sait comment, il l'aurait loupé bien qu'il ait passé toute la nuit à fouiller la maison ? Il y avait une autre possibilité, pire encore : que Renfro n'ait pas menti lorsqu'il prétendait l'avoir déjà refilé aux types de Chicago.

C'est alors qu'il sentit comme une bosse à l'endroit où il s'était assis. Il changea de place et souleva le coussin. Et trouva un cintre avec sept cadenas attachés dessus. Ça lui rappela à quel point Cassie Black était bonne. Il décida aussitôt que si jamais il découvrait que c'était elle qui avait le fric et qu'elle avait filé, il la poursuivrait jusqu'au bout de la terre. Pas pour aider Grimaldi et encore moins pour satisfaire les types sans visage qui tiraient les ficelles à Miami. Non, ce serait pour lui-même qu'il le ferait.

Il laissa le cintre sur le canapé et se leva pour recommencer ses recherches. Cette fouille-là serait la plus longue de toutes.

Logiquement, c'était par la chambre qu'il fallait attaquer. Il savait que les gens aiment bien dormir près des objets qui leur sont chers. Murs blancs et mobilier de base, la pièce comportait un lit à colonnes, deux tables de nuit, une commode et un miroir. Une affiche représentant une scène de plage à Tahiti était fixée à l'un des murs avec du Scotch. Il l'examina un instant et se rendit vite compte qu'il s'agissait d'un duplicata de celle qu'il avait vue dans le bureau de Cassie Black lorsqu'il la cherchait au garage Porsche. Cela faisait un moment qu'il l'étudiait lorsque le directeur des ventes avait passé la tête à la porte pour lui demander s'il avait besoin d'aide.

Il s'approcha du mur et examina encore une fois l'affiche en se demandant si cela avait la moindre importance pour la mission dont il était chargé. La femme qu'on voyait sur la plage ne ressemblait pas à Cassidy Black. Il décida qu'il s'en inquiéterait plus tard, se tourna vers la table de nuit la plus proche et ouvrit le tiroir du haut.

Celui-ci contenait une pile de revues de mécanique qui donnaient l'impression d'avoir été achetées dans une brocante. Pas une qui ne soit en mauvais état et vieille de plusieurs années. Il en feuilleta pourtant toutes les pages au cas où on y aurait caché un mot ou une adresse. Il ne trouva rien, laissa retomber la dernière revue dans le tiroir et le ferma d'un coup de pied. Celui du bas était vide, à l'exception d'un petit filet rempli de romarin et de copeaux de cèdre. Il le referma d'un coup sec et fit le tour du lit pour atteindre l'autre.

Avant de l'ouvrir, il sentit qu'il allait avoir de la chance. Sur la table se trouvait une lampe et, au contraire de l'autre, l'oreiller était marqué d'un creux. Il comprit que c'était de ce côté-là du lit que dormait Cassie Black.

Il s'assit sur le matelas et posa son pistolet près de sa cuisse. Puis il prit l'oreiller à deux mains et y enfouit le visage. Enfin il sentait son odeur. Celle de ses cheveux. Il n'était pas très bon lorsqu'il s'agissait de reconnaître des parfums, mais il crut sentir une odeur semblable à celle qui monte aux narines lorsqu'on ouvre une boîte de thé en sachets. Pas moyen d'en être sûr, cependant. Il remit l'oreiller à sa place.

Il ouvrit le tiroir du haut de la table de nuit et, ce coup-là, il décrocha le gros lot. Le tiroir était bourré d'objets personnels. Il vit des bijoux, des rubans à cheveux et des albums photos. Il vit une caméra et un appareil photo avec une optique à longue focale. Et posé sur tout ça, il vit une petite photo dans un cadre. Il la prit dans sa main et l'examina. On y voyait Cassidy Black assise sur les genoux d'un type en chemise hawaïenne. Elle tenait un verre rempli d'une boisson rose-orange avec un petit parasol en papier dedans. Karch faillit ne pas la reconnaître tant son sourire était large et lumineux.

Il n'eut pas le même problème avec le type. Jamais il n'aurait pu oublier son visage. Max Freeling ! L'homme qui en un instant avait changé sa vie à jamais. Karch savait très bien qu'il ne se serait pas trouvé là si, quelque six ans plus tôt, Max Freeling, dans cette chambre au dernier étage du Cleo, avait pris une autre décision. C'était bel et bien à cause de ce qui s'était passé dans cette chambre qu'il subissait la loi de Vincent Grimaldi depuis toutes ces années.

Il retourna le cadre et le heurta violemment contre le coin de la table. Il entendit le verre se fêler et remarqua qu'on avait écrit quelque chose sur le carton derrière la photo :

> *J'ai levé la tête, j'ai découvert les contours de Tahiti et j'ai aussitôt compris que j'avais enfin trouvé l'endroit que je cherchais depuis toujours.*
>
> W. Somerset Maugham.

Il retourna encore une fois le cadre et regarda de nouveau la photo. Une sorte de fêlure en fils de la vierge partait du visage de Cassidy Black et s'était répandue en travers de tout le cliché. Karch jeta le cadre dans une corbeille posée près de la table de nuit.

Du tiroir, il sortit ensuite un gros album de photos relié de cuir souple. Il s'attendait à y trouver d'autres photos de Max Freeling, mais eut droit à une surprise. Le volume était plein de clichés représentant une petite fille. Presque tous avaient été pris de loin – il jeta un coup d'œil à l'appareil photo avec optique à longue focale dans le tiroir –, et toujours au même endroit : une cour d'école.

Il feuilleta l'album et y découvrit une photo de la fillette en train de dribbler un ballon de basket. En lettres peintes sur le mur d'un bâtiment situé derrière la cour de récréation, on pouvait lire l'inscription : « Wonderland School ».

Il referma l'album et en sortit un autre. Il y trouva encore d'autres photos de la gamine – celles-là prises ailleurs qu'à l'école. On l'y voyait jouer dans une cour, devant une maison. Sur d'autres elle tirait un chariot ou tapait dans une balle, sur d'autres encore elle dévalait un toboggan ou riait aux éclats, perchée sur une balançoire. Regroupées à la fin du volume, mais pas encore classées, il en découvrit une série prise lors d'un voyage à Disneyland. Un des clichés la montrait en train de serrer Mickey sur son cœur.

Il se souvint brusquement de quelque chose, mit la main dans sa poche, en retira les deux passeports et ouvrit le premier à la page de la photo d'identité. C'était bien la même fillette. Jodie Davis, d'après le document.

Il rempocha les passeports et jeta l'album par terre. C'était une révélation, le genre d'instant où des souvenirs apparemment disparates et des renseignements récents se fondent en une vérité nouvelle. Enfin il comprenait quelque chose qui l'avait mis à la torture pendant six années.

Une idée commença à se former dans sa tête, un plan qui lui permettrait d'avoir l'argent et Cassie Black en même temps. Il referma le tiroir du haut et rouvrit celui du bas. Il était beaucoup moins encombré. Il y trouva un sèche-cheveux électrique qui n'avait pas l'air d'avoir beaucoup servi et de vieilles lettres de détenues de la prison de High Desert. Il en ouvrit une et s'aperçut qu'elle avait été écrite par une ancienne compagne de cellule de Cassie Black, Letitia Granville. Il jeta tout ça dans la corbeille à papier, glissa la main jusqu'au fond du tiroir, sous le sèche-cheveux, et en sortit une enveloppe en papier kraft.

Il la retourna et vit qu'elle était adressée à Cassidy Black, Pénitencier de High Desert. Ce qui se trouvait dedans était donc quelque chose qu'elle en avait emporté. Il fit courir

342

son pouce sous l'adresse de l'expéditeur et vit que l'enveloppe provenait de la société Renaissance Investigation de Paradise Road, Las Vegas. Il connaissait bien cette agence. Taille moyenne, cinq ou six détectives et un nombre égal de prétendues spécialités. C'était souvent contre eux qu'il se battait pour avoir les faveurs de la police métropolitaine en matière de recherches de personnes disparues. Il ouvrit l'enveloppe et y trouva un rapport d'enquête qu'on avait lu et relu. Il allait le consulter lorsqu'il fut interrompu par le hurlement de quelqu'un qui s'était encadré dans le montant de la porte derrière lui :

— Les mains en l'air, connard !

Il laissa tomber la feuille de papier, mit les mains devant lui et commença à tourner lentement la tête. Ce qu'il découvrit le stupéfia encore plus. Juste à l'entrée de la chambre à coucher se tenait une énorme Noire. Elle avait pris la position de tir Weaver qu'on apprend dans toutes les écoles de police du pays – pieds écartés, poids également distribué, mains fortement serrées sur l'arme de service et coudes légèrement pliés en avant. Autour de son cou il vit aussi une chaîne à laquelle était accroché un badge. La femme ne ressemblait à aucun policier qu'il aurait jamais vu, mais le Beretta 9 mm qu'elle pointait sur lui dissipa tous ses doutes.

— On y va doucement, dit-il calmement. Je suis de la partie.

34

Depuis qu'elle savait ce qui s'était passé au garage, Cassie Black avait l'impression d'être submergée et d'évoluer dans une espèce d'univers surréaliste où rien n'avait plus d'impact sur son existence. Tout au fond d'elle-même, elle savait bien qu'il s'agissait d'un mécanisme de défense instinctif. C'était ce qui lui permettait de continuer et de faire le nécessaire.

Debout dans le jardin de derrière, elle regardait fixement les taches de sang collées au morceau de verre encore attaché au montant de la porte coulissante.

Voir tout ce verre ensanglanté lui confirma ce que Karch lui avait dit. Elle savait maintenant que Leo était mort et qu'elle tomberait sur son cadavre si elle entrait dans la maison. Et quelle que soit la manière dont elle le découvrirait, cela lui laisserait une image qu'elle ne pourrait plus jamais s'ôter de la mémoire.

Elle regarda l'aspirateur immobile au fond de la piscine. Mais presque aussitôt son regard revint sur la porte barbouillée de sang. Elle savait qu'elle devait entrer. Elle finit par s'adresser un petit signe de tête et se dirigea vers la porte. Et découvrit tout de suite le corps de Leo par terre. Le vacarme d'un semi-remorque qui passait sur l'autoroute étouffa le soupir qui s'échappa de sa gorge sans même qu'elle le veuille. Elle franchit le montant de la porte et entra.

Face tournée vers le plafond, le cadavre de Leo reposait juste à côté de la porte. Elle eut l'impression qu'il y avait du sang partout. Malgré toutes les horreurs que suggérait le spectacle, elle ne put s'empêcher de remarquer ce qui ressemblait sinon à un sourire, au moins à un air de satisfaction sur sa figure. Elle s'accroupit à côté du corps et effleura les joues glacées du mort.

— Oh, Leo, dit-elle. Qu'est-ce que j'ai fait ?

Elle sentit les larmes lui revenir. Elle tenta de les contenir en fermant fort les paupières et en serrant les poings.

Puis elle finit par rouvrir les yeux et s'appliqua à étudier le corps et ce qui l'entourait comme un inspecteur de police aurait pu le faire : elle voulait savoir ce qui s'était passé. Que Karch soit venu la voir pour exiger la restitution de l'argent signifiait que Leo lui avait résisté. Elle examina les traînées de sang par terre et comprit. Il avait réussi. Il s'était jeté sur le pan de verre. Et c'était pour elle qu'il l'avait fait.

— Leo...

Elle ferma encore une fois les yeux et posa la tête sur la poitrine de son ami.

— On aurait dû filer ! murmura-t-elle. Je le savais !

Elle se redressa, armée d'une résolution nouvelle. Elle allait fuir. Elle savait que c'était là une décision égoïste, mais elle savait aussi que, si elle échouait, la mort héroïque de Leo n'aurait servi à rien. Car au bout du compte, qu'elle s'en sorte avait constitué son dernier espoir, l'objet de son ultime prière. C'était pour ça qu'il souriait. Elle ferait honneur à son courage.

Elle se releva et regarda autour d'elle. Le bureau avait été entièrement saccagé par la fouille de Karch. Mais lui, c'était deux millions et demi de dollars qu'il cherchait, et pas du tout ce qu'elle voulait trouver. Elle enjamba le cadavre, s'approcha du bureau renversé et examina les débris qui jonchaient le sol. Livres d'astrologie, papiers et carnets, tout était éparpillé par terre. Pas un tiroir qui n'ait été vidé. Au milieu de ce fatras elle aperçut deux enveloppes, l'une et l'autre adressées à Leo et comportant le même nombre – 773 –, en guise d'expéditeur. Elle se baissa pour les ramasser. Elles étaient vides toutes les deux. D'après le cachet de la poste, l'une d'elles avait été envoyée de Chicago deux jours plus tôt. Alors elle comprit, Karch avait trouvé les passeports. C'était lui qui les avait.

Elle se releva brusquement et sa tête heurta les pièces de I-Ching rouges qui pendaient au plafond et auraient dû se trouver juste au-dessus du bureau. Elle les regarda un instant, attrapa une chaise, monta dessus et les décrocha. Elle voulait emporter un souvenir de Leo. Sinon pour que ça lui porte chance, au moins pour ne jamais l'oublier.

En redescendant de la chaise, elle comprit qu'il n'y avait plus aucune raison de fouiller le reste de la maison. Karch avait les passeports en sa possession et rien de ce qu'elle aurait pu trouver ne l'intéressait. Elle rejoignit le corps de Leo, le contempla une fois encore et songea à la chanson qu'elle avait si souvent écoutée en se rendant à Las Vegas. Elle aurait bien aimé qu'un ange la chuchote à l'oreille de son ami.

– Au revoir, Leo, dit-elle.

Elle enjamba le pan de verre avec précaution et franchit le montant de la porte coulissante pour passer dans le jardin de derrière. Elle gagna le bord de la piscine et regarda l'aspirateur immobile au fond. En remontant le tuyau jusqu'à son raccord dans le mur, elle passa de l'autre côté du bassin, s'agenouilla et plongea la main dans l'eau. Elle tira sur le tuyau et commença à le ramener sur le bord en béton. Ce n'était pas facile et elle faillit bien piquer une tête à deux reprises. Pour finir, l'aspirateur et son sac étant remontés à la surface, elle les tira au sec.

L'eau assombrit le ciment blanc et trempa les genoux de son jean. Elle s'en moquait. Elle se battit avec l'ouverture du sac jusqu'au moment où elle aperçut la fermeture Éclair qui courait sur un de ses côtés. Elle l'ouvrit et en écarta les parois. À l'intérieur se trouvait un autre sac, en épais plastique blanc celui-là, et fermé par une ficelle. Elle le sortit soigneusement de l'autre et glissa ses doigts dans le nœud. Celui-ci était trop serré et elle n'avait pas les ongles qu'il fallait. Elle plongea la main dans sa poche revolver, en sortit son couteau suisse et trancha le nœud avec.

Puis elle regarda dedans. Rangés en liasses, les billets de cent dollars lui apparurent. Toujours enveloppés dans leurs emballages en plastique et aussi secs que s'ils sortaient de la planche à billets.

Elle referma le sac et regarda la porte brisée de l'autre côté du bassin. De cet endroit elle voyait le bout des chaussures de Leo pointées vers le ciel. Elle lui adressa ses remerciements en silence. Il lui avait dit que le meilleur endroit où cacher l'argent serait aussi le plus en vue. Il ne lui avait pas menti.

Elle contempla le bassin. En se battant avec l'aspirateur, elle avait créé un petit courant dans l'eau. Flottant à la surface elle vit un colibri mort, ses ailes minuscules déployées comme celles d'un ange.

35

Karch se leva doucement lorsque la femme lui en donna l'ordre.

— Qui êtes-vous, bordel ? lui demanda-t-elle.

Il hocha la tête en espérant que son geste serait pris pour une preuve de son désir d'obéir et de coopérer.

— Je m'appelle Jack Karch, répondit-il. Je suis détective privé. Ma licence se trouve dans la poche intérieure droite de ma veste. Vous permettez que je la sorte pour vous la montrer ?

— Plus tard, peut-être. Détective privé ? Qu'est-ce que vous lui voulez, à Cassie Black ? Et vous reculez de deux pas et vous vous adossez au mur.

Elle s'avança lentement dans la pièce. Il fit ce qu'on lui disait et n'oublia pas d'appuyer les épaules contre le mur tandis qu'il parlait. Il la vit jeter un coup d'œil au Sig Sauer toujours posé sur le lit.

— Je suis sur une affaire, dit-il. Un meurtre à Las Vegas. Dans un hôtel. Un flambeur qui s'est fait refroidir pour une somme d'argent considérable. Vous pourriez me dire qui vous êtes... si ça ne vous gêne pas ?

Elle était arrivée au pied du lit. Les yeux et le Beretta toujours braqués sur Karch, elle se pencha en avant et attrapa le pistolet de sa main libre.

— Agent Thelma Kibble, bureau des libertés conditionnelles de l'État, dit-elle.

— Kibble... ah oui ! Justement j'allais vous appeler pour vous parler de Cassie Black.

— Depuis quand le Nevada autorise-t-il ses privés à se balader avec des armes munies de silencieux ?

Il fit de son mieux pour avoir l'air surpris.

— Oh... vous voulez dire... ça ? Ce n'est pas à moi. Je l'ai trouvé dans le tiroir. Ça appartient à Cassie Black. Et faites attention à le tenir comme il faut. D'après moi, c'est une pièce à conviction.

— Et pour quoi exactement ? Vous parlez de meurtre...

— On a retrouvé le cadavre de son partenaire de toujours, un certain Jersey Paltz, dans le désert. Tué par balle.

Elle regarda l'arme dans sa main. Karch se trouvait à deux mètres d'elle environ. Il décida qu'il était trop risqué d'essayer quoi que ce soit à cette distance.

— Je vais vous dire, monsieur Karch, reprit-elle. Et si vous ouvriez tout doucement votre veste ?

— Bien sûr.

Il ouvrit lentement sa veste – et lui montra son étui vide.

— Je sais ce que vous allez dire, lança-t-il aussitôt. L'étui est vide, c'est sûrement à lui qu'appartient le Sig. Eh bien, vous vous trompez. J'ai une licence qui me permet de porter une arme cachée. Mais c'est une licence du Nevada. Qui n'est donc pas valide en Californie. Si j'avais une arme dans cet étui, je serais en infraction, mais mon arme est enfermée à clé dans le coffre de ma voiture. Si vous voulez bien m'accompagner, je vous la montre.

— Ce n'est pas ça qui m'inquiète pour l'instant, lui renvoya-t-elle. Ce que je me demande, c'est pourquoi vous êtes ici et pas la police de Las Vegas. S'il y a meurtre, pourquoi les autorités ne sont-elles pas impliquées ?

— Et d'un, elles le sont. Mais comme vous le savez sans doute, la police est gangrenée par la bureaucratie. J'ai été embauché par le Cleopatra pour enquêter sur le cambriolage dans la chambre. J'ai des employés et un compte pour mes frais. Je vais plus vite. La police viendra ici et entrera bientôt en contact avec vous. De fait, je travaille en étroite collaboration avec la métro de Las Vegas. Si vous voulez, je peux vous donner le nom et le numéro de téléphone d'un inspecteur qui se portera garant pour moi.

Si elle mordait à l'hameçon, il lui donnerait le numéro d'Iverson. Il saurait broder comme il faut. Karch devrait négocier quelque chose avec lui plus tard – pot-de-vin ou balle dans la peau. Mais Kibble ne mordit pas à l'hameçon.

— Même si quelqu'un se portait garant pour vous, ça ne m'expliquerait toujours pas pourquoi vous avez pris sur vous d'entrer dans la maison d'un suspect par effraction.

— Mais je n'ai rien fait de tel ! s'écria-t-il d'un ton indigné. La porte d'entrée était grande ouverte. Écoutez, j'ai ma voiture garée dans l'allée. Vous croyez que j'aurais fait un truc pareil si j'avais voulu entrer dans une maison par effraction ?

— Vous avez l'air d'avoir réponse à tout, monsieur Karch, dit-elle.

— Du moment que ces réponses sont vraies... Dites, ça vous ennuierait beaucoup de ne plus pointer ce truc-là sur moi ? Je crois avoir suffisamment établi mon identité et ce que je fabrique ici. Voulez-vous voir ma licence tout de suite ?

Elle hésita un instant, puis elle finit par abaisser son arme le long de son flanc. Il baissa les mains sans protester. Il espérait qu'elle aurait rangé son revolver, mais ce qu'il voyait ne lui déplaisait pas. Il décida de rester sur l'offensive.

— Bon et maintenant, dit-il, est-ce que je peux vous demander ce que vous faites ici ?

Kibble haussa les épaules, qu'elle avait considérables.

— Je fais mon travail, monsieur Karch. Une petite visite de routine, rien de plus. Je venais voir une de mes clientes.

— La coïncidence me semble un peu trop forte.

— J'ai eu un petit entretien avec elle il y a quelques semaines et je n'ai pas trop aimé ce qu'elle me racontait. Je l'ai donc mise sur ma liste de clients à surveiller. Et je n'ai pas pu le faire avant aujourd'hui.

— Et vous êtes venue ici au lieu d'appeler au garage ?

— Je l'ai appelée, mais elle avait laissé un message pour dire qu'elle ne serait pas là aujourd'hui. Et cessez de me poser des questions, monsieur Karch. Les questions, ici, c'est moi qui les pose.

— Parfait, dit-il en levant les bras en l'air en signe de reddition.

— Vous dites qu'il y a un homicide dans cette histoire ? Je connais Cassie Black sans doute mieux que personne dans le coin, et je peux vous assurer qu'elle n'est pas impliquée dans un meurtre. C'est impensable.

Il revit le corps d'Hidalgo couché sur le lit de la suite.

— Vous me permettrez de ne pas être d'accord avec vous sur ce point, officier Kibble. Les preuves parlent d'elles-mêmes. Sans compter que, si je me souviens bien, c'est d'une ex-détenue que nous sommes en train de parler, n'est-ce pas ? De quelqu'un qui a fait de la taule pour meurtre !

— Il s'agissait d'un homicide involontaire, et vous et moi savons parfaitement comment ça s'est passé. D'après la loi, elle est responsable de la mort de son associé, mais elle se trouvait vingt étages plus bas quand il est passé par la fenêtre. Il se peut que quelqu'un l'ait poussé, mais ce n'est sûrement pas elle.

— C'est ça qu'elle vous a dit ? Que quelqu'un avait poussé son associé ?

— C'est comme ça qu'elle voit les choses. D'après elle, les casinos auraient voulu faire un exemple. C'est pour ça qu'on l'a poussé.

— Des conneries, oui, mais passons. Comment est-elle arrivée ici ?

— Elle a fait un transfert de conditionnelle. Dès que Ray Morales lui a trouvé son boulot au garage, ç'a été facile comme bonjour. Elle avait la demande de son avocat et le transfert a été autorisé. Elle connaissait Ray de Las Vegas. Ça remonte à l'époque où elle vendait des voitures. Ray est un ancien détenu qui s'en est sorti. Il voulait lui donner une chance. Il devait aussi vouloir autre chose, mais elle ne s'en plaignait pas.

Que Ray Morales soit un ancien prisonnier, Karch l'avait déjà deviné. Lorsqu'il lui avait ordonné de s'allonger par terre dans le bureau de financement, il avait pris la chose avec une dignité qu'on ne trouve pas chez le citoyen ordinaire. La femme, elle, s'était conduite comme tout le monde. Elle s'était mise à gémir et s'apprêtait à pousser des hurlements. C'était elle qu'il avait dû abattre en premier.

— Bon, bref, reprit-il. Vous avez réussi à l'approcher ? À l'approcher d'assez près pour savoir ce qui la fait fonctionner ?

— Vous voulez dire... pourquoi elle s'est mise à dépouiller les grands flambeurs de Las Vegas ?

Il acquiesça d'un signe de tête.

— Si vous voulez savoir, je crois que ç'a à voir avec son père. C'était un déglingué de la flambe. D'après moi, c'était

352

la façon qu'elle avait de se venger des casinos. Je ne sais pas.

— Vous n'avez effectivement pas l'air de savoir. Ça vous ennuie que je m'assoie ? J'ai mal au dos.

Il releva les bras dans son dos comme s'il les étirait et ne cessa pas de parler.

— J'ai une pension de la police de Las Vegas. Invalidité partielle. Je me suis pété le dos en essayant de maîtriser un type bourré aux amphètes. Il m'a soulevé de terre et projeté dans un escalier.

Rien de tout cela n'était vrai et faisait seulement partie du tout qu'il était en train de lui faire. Tout en parlant, il glissa sa main gauche sous sa veste et sortit le .25 de la poche en soie cousue à l'intérieur de sa ceinture.

— Je n'avais jamais vu une telle force chez un être humain...

Il mit les mains en avant et les serra ensemble pour continuer ses prétendus exercices d'étirement. Cela lui permit de faire passer l'arme dans sa main droite. Puis il la tint dans sa paume en grognant et en se rasseyant sur le lit. Kibble se trouvait maintenant à environ un mètre vingt de lui et tenait toujours son arme le long de son flanc. Elle avait attrapé le Sig Sauer par le canon dans son autre main et le serrait lui aussi contre elle. Karch savait qu'il pouvait y aller, mais voulait d'abord obtenir quelques renseignements supplémentaires.

— Et cette gamine qu'elle a eue avec Max Freeling ? lança-t-il.

Kibble le jaugea un instant avant de répondre.

— Quelle gamine ? s'écria-t-elle. Et je vois pas le rapport avec ce cambriolage à Las Vegas.

Il sourit et secoua la tête.

— Ce n'est pas parce qu'un type lui a proposé de vendre

des bagnoles qu'elle est venue ici, agent Kibble. Elle est venue ici parce qu'elle et Max ont eu une fille et que cette fillette a atterri ici.

Il la regarda et ajouta :

— Et ça, je pense que vous le savez très bien.

— Je ne sais absolument pas où se trouve l'enfant, mais oui, vous avez raison. Cassie était enceinte quand on l'a arrêtée. Elle n'en a pas soufflé mot jusqu'à tant que ça se voie. Et quand elle l'a fait, elle avait déjà conclu un marché avec le juge et se trouvait à la prison de High Desert. C'est là qu'est née la gamine. Elle l'a nourrie trois jours, puis l'enfant a été donnée. C'est elle-même qui l'a mise à l'assistance pour adoption.

Karch acquiesça d'un signe de tête. Il ne connaissait pas tous ces détails, mais avait déjà deviné l'essentiel de l'histoire.

— Vous avez des enfants, officier Kibble ?

— Deux, oui.

— Trois jours. D'après vous, ça suffirait à créer un lien ? Un lien assez fort pour que personne ne puisse le briser ?

— Trois minutes, il n'en faut pas plus.

— Vous savez quoi ? Je suis vraiment fatigué...

Il bondit du lit et lui colla son .25 dans le gras du cou.

— ... de vos sarcasmes, agent Kibble. Ça commençait...

D'une claque il lui arracha son Beretta et tendit la main pour lui reprendre son Sig Sauer.

— ... à beaucoup m'agacer.

Kibble se figea sur place et écarquilla grands les yeux.

— Mais qu'est-ce que vous faites ? s'écria-t-elle.

— Ce que je fais ? Je suis en train de vous coller le canon d'un .25 dans le gras du cou, officier Kibble. Et je vais vous poser d'autres questions et vous allez me faire le plaisir de

m'épargner ce ton de merde quand vous me répondrez.
On est bien d'accord ?

— Oui, murmura-t-elle. Comme je vous ai dit, j'ai deux
enfants. Je n'ai qu'eux et je vous en prie...

Il passa devant elle et la poussa sur le lit. Il remit le .25
dans sa poche, lui braqua son Sig Sauer sur la figure et
vérifia que le silencieux y était toujours fixé comme il fallait.
Puis il attendit qu'elle le regarde de ses grands yeux affolés
avant de parler.

— Bon, dit-il. Si vous voulez revoir vos bambins, il va
falloir répondre à mes questions et sans aucune morgue.

— D'accord, d'accord. C'est quoi, vos questions ?

— Que savez-vous d'autre sur cette fillette ?

— Rien. Elle ne m'en a parlé qu'une fois pour me raconter sa naissance. C'est tout ce qu'elle m'a jamais dit là-
dessus.

— Et c'est venu comment ?

— J'étais en train de lui montrer des photos de mes garçons. C'est là qu'elle m'en a parlé. C'était tout au début.
Elle arrivait juste du Nevada. J'essayais de faire connaissance
avec elle. J'avais l'impression que c'était une bonne fille.

— Qu'est-ce qu'elle a dit d'autre ? Elle ne vous a pas dit
si sa fillette aurait atterri par ici ?

— Elle n'en a jamais parlé. Elle m'a dit qu'elle avait
annoncé à Max qu'elle était enceinte la dernière nuit... celle
où il est passé par la fenêtre.

— Cette nuit-là ? répéta-t-il.

— C'est ce qu'elle m'a dit. D'après elle, ce devait être
leur dernier boulot. Elle lui a annoncé qu'elle était enceinte
avant qu'ils y aillent et il est devenu très protecteur. Il n'a
pas voulu qu'elle en soit et c'est lui qui a fait le coup.

— Qu'est-ce que vous me racontez ? Que c'était elle qui
devait monter à la chambre ?

355

— Vous ne le saviez pas ?

— Comme si on pouvait le savoir ! Max a fini en bouillie sur une table de craps et elle n'a jamais parlé. Elle a préféré négocier avec le juge. Bon, eh bien maintenant je sais, dit-il en grimaçant.

Le puzzle de ce qui s'était passé cette nuit-là commençait à prendre forme. Il avait enfin l'impression de tout comprendre – avec six ans de retard. Il se détourna et s'éloigna du lit comme s'il voulait fuir un mauvais souvenir. Dans le miroir au-dessus de la commode, il vit Kibble se tendre comme si elle allait bouger. Puis elle s'aperçut qu'il l'observait.

— Surtout ne faites pas de conneries, agent Kibble. N'oubliez pas vos enfants à vous. Qu'a-t-elle dit sur Max ? Qu'il voulait faire du vol plané ?

— Elle refusait d'en parler. Surtout avec moi. Il n'y a eu qu'une fois où elle l'a fait. Mais très très peu. Et ç'a été pour me dire que quelqu'un avait dû aider Max à sauter.

— Bah, elle avait raison. Sauf que la personne qui l'a aidée, c'est elle.

— Quoi ? Vous y étiez ?

Il la regarda longuement et vit la peur monter dans ses yeux.

— C'est moi qui pose les questions maintenant, agent Kibble. Vous l'auriez oublié ?

Il marqua une pause pour lui donner le temps de répondre, mais elle n'en fit rien. Il la visa par tout son vaste corps et par tout le visage et finit par pointer son arme sur l'affiche où la femme se promenait sur la plage.

— Parlez-moi de Tahiti.

— Tahiti ? répéta-t-elle en se penchant en arrière pour regarder l'affiche. Tahiti, c'était un rêve.

— « C'était » ?

— Elle y est allée une fois avec Max. Elle avait gardé le fric d'un boulot et y a passé une semaine.

Karch regarda la corbeille à papier posée près de la table de nuit. La photo de Max et d'elle avec son petit parasol en papier dans son verre y était visible juste au bord. Il n'eut alors plus aucun doute : c'était bien à Tahiti que le cliché avait été pris.

— Elle croyait que c'était là que le bébé avait été... enfin vous voyez... conçu, reprit-elle. Ils avaient dans l'idée d'y retourner. Vous savez... dégager du boulot et vivre dans une île ou autre... à Tahiti. Vivre heureux jusqu'à la fin de leurs jours et élever le bébé.

— Mais tout ça s'est envolé par la fenêtre avec Max.

Kibble acquiesça d'un hochement de tête.

— Ils n'y sont jamais arrivés. Ce qui fait que Tahiti n'est plus rien maintenant. Pour Cassie au moins. C'est juste un rêve. Elle ne pense plus qu'à ça. Ça représente tout ce qu'elle n'a pas pu avoir avec Max.

Karch ne répondit pas tout de suite. Il regarda le rapport d'enquête de la Renaissance qui était tombé aux pieds de Kibble.

— C'est presque tout, dit-il enfin, les yeux toujours fixés sur le rapport. Mais notre petite Cassie a bel et bien un plan, agent Kibble. Quelque chose me dit que c'est le genre de fille à toujours en avoir un.

Il était complètement perdu dans ses pensées. Il passa vite en revue toutes ses hypothèses et regarda brusquement Kibble.

— Dernière question, lâcha-t-il au bout d'un moment. Qu'est-ce que je fais de vous maintenant ?

36

Elle se rangea le long du trottoir à une rue de Selma Street et chercha tous les signes qui auraient pu lui indiquer que Karch l'attendait chez elle. Rien ne sautait aux yeux – pas de voitures dans l'allée cochère et personne n'avait enfoncé la porte à coups de pied. Elle observa la rue pendant une dizaine de minutes, mais ne décela rien qui aurait pu la mettre sur ses gardes. Pour finir, elle roula jusqu'à une rue parallèle et se gara à un pâté d'immeubles de chez elle. Elle coupa entre deux maisons et grimpa par-dessus la barrière pour entrer dans son jardin. Elle avait laissé l'argent dans le coffre de la Boxster. Elle n'avait pas l'intention de lâcher longtemps sa voiture. Elle n'entrerait que pour une chose : reprendre une photo. Peut-être en profiterait-elle pour embarquer quelques vêtements de rechange, mais ce serait bien tout. Elle sortit la clé de secours du pot de fleurs posé dans la véranda de derrière et pénétra silencieusement chez elle par la porte de la cuisine.

Karch était passé. La maison n'avait pas été fouillée et saccagée comme celle de Leo, mais pour passer, il était passé. Elle le sentait. Elle savait. Quelque chose avait été dérangé, quelque chose n'allait pas. Elle entra dans la salle de séjour sans faire de bruit et comprit qu'elle ne se trompait pas en découvrant le cintre et ses sept cadenas sur la table basse. Elle n'y avait pas retravaillé depuis avant Las

Vegas. Ce n'était pas elle qui l'avait laissé comme ça. C'était lui.

Elle resta parfaitement immobile et se concentra sur les bruits de la maison pendant presque deux minutes. Lorsqu'elle fut sûre qu'il n'y avait que ceux-là à entendre, elle repartit dans la cuisine et sortit du tiroir de la table le plus grand couteau qu'elle put y trouver. Elle le tenait serré contre elle lorsque, arrivée dans l'entrée, elle entra lentement dans sa chambre.

La première chose qu'elle vit fut l'affiche. Elle pendait au mur, une espèce de grand X comme peint avec du sang la barrant en travers. Elle mit un bon moment avant de pouvoir en détacher les yeux afin d'examiner le reste de la pièce. On l'avait fouillée. Elle n'avait pas assez d'objets pour que les détritus qui jonchaient le sol donnent l'impression d'un pareil fatras. Elle ne s'en jeta pas moins par terre pour ramasser ses deux albums photos. L'idée qu'il ait pu les tenir dans ses mains et regarder les photos qui s'y trouvaient lui soulevait le cœur. Elle reposa les deux volumes sur le lit afin de ne pas oublier de les prendre, bien qu'elle sût parfaitement qu'elle n'en aurait plus besoin. Puis elle se mit à scruter le plancher dans l'espoir d'y trouver le seul et unique cliché dont elle avait effectivement besoin, celui qu'aucun autre n'aurait pu remplacer.

Pour finir, elle le découvrit dans la corbeille et s'aperçut que le verre du cadre avait été brisé. Elle le sortit de la corbeille et ôta le verre du cadre. La photo n'avait pas l'air abîmée, elle poussa un soupir de soulagement. C'était la seule qu'elle avait d'elle avec Max. Cinq années durant elle était restée collée au mur près de son lit au pénitencier de High Desert. Elle la sortit du cadre et la posa sur les deux albums. Il fallait se dépêcher. Elle prit un oreiller, en enleva la taie et y glissa les albums et la photo de Max.

Elle gagna ensuite la commode et bourra sa taie de sous-vêtements et de chaussettes. En guise de bijoux, elle n'avait que sa Timex et une paire de boucles d'oreilles qu'elle ne portait presque jamais – des anneaux en argent que Max avait vraiment payés pour les lui offrir à un anniversaire.

Elle fit un tour à la penderie pour y prendre quelques paires de jeans et des chemises. Elle ouvrit la porte avec les yeux déjà levés sur la ficelle de l'interrupteur et ne vit donc pas Thelma Kibble avant que, la lumière déjà allumée, elle baisse la tête pour regarder dans quoi elle avait buté.

Sa contrôleuse de conditionnelle gisait sur le plancher de la penderie, le dos appuyé au mur du fond et les jambes largement écartées. Elle avait la tête penchée selon un angle bizarre, la bouche grande ouverte et le devant de sa robe ample rouge de sang. Cassie repoussa la main qui s'était portée à ses lèvres et s'aperçut que c'était la sienne. La taie d'oreiller lui tomba de l'autre main et s'écrasa par terre avec un bruit mou.

Du coup, Thelma Kibble ouvrit lentement les yeux. C'en était à croire que malgré ce grand corps qu'elle avait le simple fait d'ouvrir les yeux avait épuisé toutes ses forces. Cassie s'agenouilla entre ses jambes écartées.

— Thelma ! Thelma ! s'écria-t-elle. Qu'est-ce qui s'est passé ?

Sans attendre une réponse qu'elle connaissait déjà, elle tendit la main en l'air et attrapa une des deux robes accrochées sur un cintre. Elle la roula en boule pour en faire une espèce de compresse et s'approcha encore de Kibble. Celle-ci n'avait qu'une blessure par balle en haut de la poitrine, mais une énorme quantité de sang s'en était déjà échappée. Cassie se demanda même comment elle faisait pour être encore en vie. Elle appuya la robe sur la plaie et regarda les lèvres de Kibble. Elles bougeaient, mais aucun son n'en sortait tandis que l'officier tentait de lui dire quelque chose.

— Ne dites rien, Thelma. Ne parlez pas ! C'était Karch ? Un type qui s'appelait Karch ?

Les lèvres de Kibble cessèrent de remuer un instant, puis elle hocha à peine la tête.

— Oh, Thelma ! s'écria Cassie Black. Je suis désolée.

— ... m'a... dessus avec... mon arme...

Sa voix n'était plus qu'un râle.

— Ne parlez pas, Thelma. Je vais aller chercher de l'aide. Vous vous accrochez et je vais chercher de l'aide. Vous arriverez à tenir ça ?

Elle lui souleva la main gauche et la posa sur la robe. Dès qu'elle lui lâcha la main, celle-ci commença à retomber. Elle attrapa un panier en plastique et le tira vers elle, le renversa et le serra fort contre le flanc de Kibble. Puis elle lui souleva de nouveau la main gauche, lui posa le coude sur le panier renversé et remit sa main sur la compresse improvisée. Le poids de son énorme bras maintint la main et la compresse en place.

— Accrochez-vous, Thelma ! lui ordonna-t-elle. Il n'y a pas de téléphone dans la maison. Il faut que j'aille à la voiture. Je vais demander de l'aide et je reviens tout de suite. D'accord ?

Elle attendit et vit que la mâchoire de Kibble s'était mise à trembler. L'officier essayait de lui dire quelque chose.

— Ne me répondez pas ! Économisez vos forces ! Je ramène de l'aide tout de suite.

Elle commença à se lever, mais vit que les lèvres de Kibble continuaient de bouger. Kibble était bien décidée à lui dire quelque chose. Cassie se pencha sur elle et se tourna de façon à lui présenter son oreille gauche.

— Il sait...

Cassie attendit, mais rien d'autre ne vint. Elle se retourna et regarda Kibble.

— Il sait ? Qu'est-ce qu'il sait ?

Kibble la regarda d'un tel air qu'elle sut que ce qu'elle avait à lui dire était important.

— Karch ? répéta-t-elle. Qu'est-ce qu'il sait, Thelma ?

Elle se retourna encore une fois et s'approcha d'elle.

— Ta fille. Il... il a sa photo.

Cassie bondit en arrière comme si on lui avait asséné un coup de poing. Elle regarda Kibble d'un air effrayé, puis elle baissa les yeux sur la taie d'oreiller comme si on y avait mis une bombe qui allait exploser d'un instant à l'autre. Elle l'attrapa dans sa main, en renversa le contenu, s'empara d'un des albums – celui qu'elle appelait « le livre de l'école » –, et l'ouvrit. La première photo y avait disparu de sa fenêtre en plastique transparent. En travers se trouvait une inscription au marqueur noir qui la glaça :

PAS DE FLICS
702 881 87 87

Elle n'eut aucun doute sur le sens du message.

— Va...

Elle leva les yeux de dessus l'album pour regarder Kibble.

— Vas-y tout de suite... Va la chercher...

Cassie la regarda longuement avant de hocher la tête. Puis elle se leva d'un bond, sortit en courant de la penderie et, son album photos avec le numéro de téléphone à la main, elle laissa tout en plan derrière elle.

37

Se maintenant très régulièrement à trois rues de distance, la Towncar de Karch suivait le break Volvo blanc depuis que la femme avait quitté la Wonderland School. Comme il s'y attendait, le véhicule n'alla pas bien loin. Il resta dans Lookout Mountain Road pratiquement jusqu'en haut de la colline, puis il tourna dans une allée cochère, juste à côté d'une maison de style 1920 très en retrait de la route. Karch ralentit et, passant devant le jardin, vit la femme et la fillette, au sac à dos, orné d'un visage souriant gagner le devant de la maison. Il continua de rouler, fit demi-tour dans une allée, une rue plus loin, revint devant la maison et se gara en face de l'allée cochère où se trouvait la Volvo blanche. La femme et la fillette étaient déjà rentrées dans la maison.

Il remarqua le panneau de l'agence immobilière avec son petit ajout signalant que le bien était en main tierce. Une autre pièce du puzzle était en train de se mettre en place. Il songea que, s'il avait jamais la chance de le lui demander, Cassidy Black lui confirmerait que c'était bien avec ce panneau que tout avait commencé. Elle l'avait vu et avait tout mis en branle.

— Nous y voici, dit-il tout haut.

Y aller de commentaires à haute voix alors qu'il n'y avait

que lui pour les entendre était quelque chose qu'il faisait beaucoup depuis quelque temps. Mais ça ne l'inquiétait pas. C'était de famille. Quand il était petit, il restait des heures entières assis dans sa chambre à écouter son père parler tout haut devant la glace dans la pièce voisine. Il faisait glisser des quarters sur ses dix doigts pour s'entraîner à des tours de pièces et de cartes. Il disait toujours que dans l'art du magicien le baratin est tout aussi important que ce qu'on fait avec ses mains. Les paroles ont elles aussi le pouvoir d'abuser.

Il entendit un cri et regarda du côté de la maison. La fillette était ressortie. Elle s'était changée et portait maintenant une salopette en jean par-dessus un T-shirt à manches longues. Elle tapait dans un ballon orné d'une coccinelle, cette activité lui fournissant matière à beaucoup crier. Il vit la femme s'encadrer dans le montant de la porte et la regarder. Il attendit jusqu'au moment où elle rentra de nouveau dans la maison et disparut. Elle semblait avoir confiance en la sécurité et la protection qu'offrait le jardin.

Il consulta sa montre et attendit que la femme remette le nez dehors pour jeter un coup d'œil à la fillette. Il voulait savoir combien de temps elle mettrait à le faire, ce qui lui donnerait une idée du temps dont il disposait. En attendant, il pensa beaucoup à Cassidy Black. Il n'était pas loin de croire qu'il aurait très bientôt l'atout maître dans la partie qu'ils étaient en train de jouer. Et la dernière donne se ferait sous sa direction à lui.

La femme mit six minutes avant de reparaître à la porte. Karch avait aussi compté le nombre de voitures qui étaient passées pendant ce laps de temps : il n'y en avait eu que trois. On ne pouvait jamais savoir avec la circulation, mais il se dit qu'il disposait de deux à trois minutes pour entrer dans le jardin et en ressortir sans risque.

Il prit le rapport d'enquête de la Renaissance Investigations posé sur le siège à côté de lui et vérifia encore une fois le nom. Puis il descendit de voiture et traversa la chaussée en regardant autour de lui pour repérer des témoins éventuels. Il n'en vit aucun. Le feu était au vert et il fallait y aller.

La fillette leva les yeux de dessus son ballon lorsqu'il arriva à l'entrée de la propriété. On y avait installé une barrière plus pour faire beau que pour vraiment sécuriser les lieux. À peine si elle lui montait jusqu'aux genoux. En cas de nécessité, il n'aurait qu'à passer le bras par-dessus pour s'emparer de la fillette.

Qui ne dit rien. Qui cessa de jouer et le regarda, rien de plus.

— Ça va ? lui demanda-t-il. Tu t'appelles bien Jodie Shaw, n'est-ce pas ?

Elle se tourna vers la maison et n'y vit pas sa mère à la porte. Elle reporta son attention sur Karch.

— C'est bien ça, non ? insista celui-ci.

Elle acquiesça d'un signe de tête, il parcourut les derniers mètres qui le séparaient de la barrière. Il avait les mains dans les poches, attitude qu'il estimait non menaçante.

— C'est ce que j'espérais, reprit-il. Ton Papa m'envoie du bureau pour t'emmener à la surprise-partie.

— La su'prise-partie ?

Il sortit les mains de ses poches et s'approcha encore de la petite barrière. Puis il prit la position de l'attrapeur de base-ball de façon à se trouver à son niveau. Il avait encore le visage au-dessus de la barrière. Par-dessus la tête de la fillette, il regarda vers la porte d'entrée. La femme n'y était pas, mais il savait qu'il valait mieux ne pas traîner. Il tourna la tête et regarda derrière lui, à droite puis à gauche. Pas de voisins nulle part, et aucune voiture. Il avait toujours le feu vert.

— La fête, c'est pour ta Maman qu'on la fait. Ton Papa ne veut pas qu'elle le sache, mais on va bien s'amuser. Il y aura beaucoup de tes amis et un spectacle de magie.

Il passa la main par-dessus la barrière et tout près de son oreille il fit mine d'attraper un quarter dans les airs. Quand il avait ôté sa main de sa poche, la pièce était serrée entre son médius et son annulaire, dans la position classique de Goshman. La fillette regarda la pièce et sa bouche s'ouvrit en un grand sourire de surprise.

— Hé mais ! dit-elle.

— On regarde de ce côté-là ?

Il lui sortit un autre quarter de l'oreille droite. La fillette souriait tout ce qu'elle savait.

— Comment t'as fait ?

— Si je te le disais, il faudrait que je te... euh, voyons... je te promets que si tu viens voir ton Papa avec moi, lui et moi, on te montrera. Qu'est-ce que t'en dis, Jodie ? Ça te va ? Il nous attend, mon bébé.

— Je suis pas un bébé et je pars pas avec les inconnus.

Karch jura en silence et jeta encore un coup d'œil à la porte de devant. Toujours personne.

— Je sais bien que tu n'es pas un bébé. C'est juste une expression comme ça. Et l'autre truc, c'est que je suis pas vraiment un inconnu. Toi et moi, on vient juste de se rencontrer, mais je connais ton père et lui aussi, il me connaît. Il me connaît même assez pour m'avoir demandé de venir te chercher.

Il regarda une dernière fois vers la porte d'entrée. Il savait qu'il traînait beaucoup trop, beaucoup beaucoup trop. De vert qu'il était, le feu était passé au rouge.

366

— Bon mais d'abord, reprit-il, ton père voudrait que tu viennes au bureau pour...

Il se redressa et tendit les bras par-dessus la barrière.

— ... pour que tu puisses crier « Surprise ! Surprise ! » quand ta mère arrivera.

Il la prit par-dessous les bras et la souleva. Il savait que pour réussir, il devait absolument la faire taire sur une dizaine de mètres – de la barrière jusqu'à la voiture. Pas plus. Après, ça n'aurait plus aucune importance. Il se tourna et traversa vite la chaussée pour regagner la Lincoln.

— Maman ? répéta timidement la fillette.

— Chuuuut ! lui répondit-il tout de suite. Il faut pas qu'elle sache, ma jolie. Y'aurait plus de surprise.

Il arriva à la voiture, ouvrit la portière arrière et la fit monter. Puis il referma la portière et bondit derrière le volant. Brusquement, il se rendit compte qu'il avait réussi. Il l'avait kidnappée sans aucun incident et sans se faire repérer. Il mit en prise et commença à descendre Lookout Mountain Road.

— On va danser à cette surprise-partie ? lui demanda Jodie à l'arrière.

Il ajusta le rétroviseur de façon à la surveiller. À peine l'eut-il fait qu'il entendit un hurlement dans le lointain. Les vitres étant remontées, il aurait été difficile de dire d'où il provenait. Il réajusta le rétroviseur et vit tout de suite que la femme courait derrière eux à une cinquantaine de mètres de la voiture. Elle serrait les poings sur ses tempes en voyant la Lincoln disparaître au loin. Il appuya vite sur le bouton de la radio.

Puis il regarda encore une fois dans le rétroviseur. La femme était toujours en train de hurler au milieu de la chaussée, mais le bruit de la radio couvrait ses cris. Frank Sinatra chantait *That's Life* [1].

1. Soit « C'est la vie » *(NdT)*.

Il pensa aux plaques d'immatriculation de la Lincoln. Il doutait que la femme ait pu lire celle de l'arrière, mais il savait qu'il allait devoir trouver un coin tranquille pour remettre les plaques d'origine. Quant au fait d'avoir été vu, il s'en moquait. Les vitres teintées étaient bien trop foncées. Il se sentit bien. Il n'était plus dans le rouge.

Puis il se rappela que la fillette lui avait posé une question. Il réajusta une nouvelle fois le rétroviseur et la regarda.

— Qu'est-ce que t'as dit ? lui demanda-t-il.

— On pourra danser à la fête pour ma Maman ?

— Bien sûr, mon bébé, on dansera comme des fous.

— Je suis pas un bébé.

— Ah bon ? Et qu'est-ce qu'on en a à foutre ?

38

Les vitesses de la Boxster craquèrent très fort lorsqu'elle les passa pour entrer dans Laurel Canyon.

— Ici, Police Secours. Comment peut-on vous aider ?

Elle avait mis le téléphone en position haut-parleur.

— Écoutez-moi. Vous avez un officier abattu par balle. Je dis bien : un officier abattu par balle.

Elle donna l'adresse de Selma Street et l'endroit exact où on pourrait trouver Thelma Kibble. Elle décrivit aussi sa blessure et demanda à l'opératrice d'envoyer une ambulance.

— Je fais ça en ce moment même par ordinateur, lui répondit l'employée. Vous pouvez me donner votre nom, s'il vous plaît ?

— Vous envoyez l'ambulance et ça ira, d'accord ?

Elle coupa la communication et appuya aussitôt sur la touche bis. Elle commença par tomber sur un disque l'informant que toutes les lignes de Police Secours étaient occupées, mais une opératrice finit par décrocher avant la fin du disque.

— Ici Police Secours. Comment peut-on vous aider ?

Au début, Cassie se demanda si ce n'était pas la même opératrice.

— On peut vous aider ?

Elle décida que non, ce n'était pas la même.

— Il y a un type qui essaie d'enlever une fillette, dit-elle. Il faut envoyer quelqu'un.

— À quel endroit, madame ?

Cassie regarda la pendule du tableau de bord. Il était trois heures et quart. Elle connaissait l'emploi du temps de Jodie Shaw par cœur et savait qu'elle quittait l'école à trois heures. S'il ne l'avait pas déjà fait, Karch allait attaquer à la maison. Elle donna à l'opératrice l'adresse de Lookout Mountain Road.

— Et dépêchez-vous ! cria-t-elle. S'il vous plaît !

Puis elle raccrocha.

Elle eut le feu pour elle au croisement des boulevards d'Hollywood et de Laurel Canyon et fonça vers le nord dans le canyon. Elle comprit qu'elle était sans doute plus près de Karch que n'importe quelle voiture de patrouille, à moins qu'il n'y en ait déjà une dans le canyon ou devant l'école. Elle devait donc arrêter un plan si jamais elle y arrivait la première.

La circulation ralentissant au fur et à mesure qu'on approchait de la portion de route à deux voies, elle se retrouva coincée derrière une vieille Ford LTD qui se traînait dans le canyon.

— Allez ! hurla-t-elle, la main écrasée sur le Klaxon. Appuie sur la pédale, quoi ! Appuie !

Elle vit le conducteur la regarder dans son rétroviseur. Elle lui fit signe de se serrer sur le côté, il se contenta de lui faire un doigt d'honneur et parut même ralentir délibérément. Elle le doubla au virage suivant, manœuvre dangereuse qui obligea une voiture qui venait en sens inverse à quitter la route. Son chauffeur et celui de la LTD lui firent la sérénade à grands coups de Klaxon. Elle leur montra son poing par la fenêtre et renvoya son doigt d'honneur au type de la LTD. Puis elle fonça.

Tourna dans Lookout Mountain Road, fila dans la colline et ralentit en passant devant l'école primaire de Wonderland. Il y avait encore des enfants qui jouaient dans la cour et la rue était encombrée de véhicules garés en double file – des parents qui venaient reprendre leurs enfants. Elle les évita et ne se donna même pas la peine de chercher Jodie. Elle connaissait son emploi du temps. Elle était déjà chez elle – ou avec Karch.

En négociant le dernier virage avant la maison des Shaw, elle sentit son cœur s'emballer dans sa poitrine. Devant elle, gyrophare allumé, se trouvait une voiture de police. Elle espéra que c'était en réponse à son appel au secours, mais tout au fond d'elle-même elle savait qu'il n'en était rien. Elle avait téléphoné à peine trois minutes avant.

Elle ralentit en arrivant devant la maison. Elle vit deux policiers, un homme et une femme, sur la pelouse, juste derrière la barrière. Ils regardaient une femme au visage tellement crispé que Cassie mit un petit moment à y reconnaître celui de Linda Shaw, la femme qui avait élevé sa fille.

La figure striée de larmes, elle serrait très fort sur sa poitrine ses poings aux phalanges blanches. La policière s'était penchée un peu en avant et la regardait dans les yeux. Elle avait posé sa main sur son bras pour la réconforter. Le policier parlait dans un émetteur radio tenu à la main. Cassie comprit qu'elle arrivait trop tard.

Tout d'un coup, leur attention étant attirée par les grondements de la Porsche qui rétrogradait, ils regardèrent tous les trois dans la rue.

Les deux policiers étudièrent la voiture pendant quelques instants, puis ils se tournèrent de nouveau vers la femme.

Mais Linda Shaw, elle, ne lâcha pas la Boxster des yeux, son regard venant se fixer sur Cassie. Les deux femmes ne s'étaient jamais rencontrées. Le processus d'adoption s'était effectué à l'aveugle, Cassie, qui était alors incarcérée, refusant de voir les gens qui allaient lui prendre son enfant.

Mais là, au moment où leurs regards se croisaient, elle sentit qu'on lui transmettait quelque chose. Les deux femmes venaient de se retrouver au cœur même des pires angoisses que peut éprouver une mère. Dans le regard torturé et les yeux mouillés de Linda Shaw, Cassie vit qu'il ne pouvait être de plus grand amour pour sa fille que celui de cette femme.

Elle fut la première à se détourner et laissa la Boxster poursuivre doucement sa route. Elle savait qu'elle pouvait monter à Sunset Plaza par Lookout Mountain Road, puis redescendre sur Los Angeles sans avoir à repasser devant la maison. Elle décida que c'était ce qu'elle ferait.

Puis elle irait où Karch voudrait qu'elle aille. Cette partie-là, ils la joueraient jusqu'au bout et selon ses modalités à lui.

QUATRIÈME PARTIE

39

Le ciel était bleu foncé et l'air frais et piquant. Karch adorait le désert la nuit. Il aimait la paix qui y régnait et les souvenirs que cela lui évoquait. Même à l'intérieur d'une Lincoln qui roulait à cent cinquante, il aimait ça. Le désert était fortifiant. C'était la ville qui détruisait tout.

Il se trouvait à mi-chemin entre Primm et Las Vegas et déjà les lumières du Strip éclairaient l'horizon comme un incendie. L'autoroute 15 était vide. Il consulta la pendule de bord et constata qu'il était presque huit heures. Le moment était venu d'appeler Grimaldi. À force d'attendre et de se poser des questions, le pauvre vieux devait devenir fou. Il alluma le plafonnier et regarda encore une fois la fillette. Elle était toujours endormie à l'arrière. Rien qu'à la regarder, il eut envie de bâiller. Il n'avait pas fermé l'œil depuis trente-six heures.

Il se secoua et avala quelques gorgées de café noir. Achetée à Barstow, sa boisson avait eu tout le temps de refroidir. Il reposa le gobelet dans le compartiment du tableau de bord prévu à cet effet et sortit son téléphone portable de la poche de sa veste. Il composa le numéro de Grimaldi à son bureau, puis il éteignit le plafonnier. Grimaldi décrocha à la première sonnerie.

— Oui ?

Il y avait beaucoup de bruit en arrière-plan. Des gens qui parlaient, criaient et applaudissaient. Il comprit que Grimaldi avait décroché au poste de la vigie.

— Vincent, dit-il, il faudrait que tu ouvres ton ordinateur.

— Mais où t'étais passé, bordel ?! Ça fait je ne sais pas combien de fois que je te beepe...

— J'essayais juste de te rapporter ton fric, Vincent. Bon et maintenant, si tu pouvais...

— Tout ce que je veux savoir, c'est si tu l'as. Je me fous pas mal que t'essaies de me le rapporter ! Essayer ne veut rien dire si on ne réussit pas.

— Ça vient, Vincent, ça vient. Mais je vais avoir besoin d'un petit coup de main pour le récupérer. Alors, tu peux me réserver une chambre ou tu peux pas ?

— Bien sûr que je peux. Je te mets en attente le temps d'appeler quelqu'un. Ne raccroche pas.

Grimaldi n'attendit même pas que Karch lui réponde. Celui-ci se retrouva en attente tandis que la Lincoln se rapprochait de plus en plus de Las Vegas. Au bout de cinq bonnes minutes, Grimaldi finit par reprendre la ligne. Les bruits de fond avaient disparu. Il avait regagné son bureau. Plus de chahut. Il alla droit au but.

— Numéro ?

— La suite 2001. Comme l'odyssée de l'espace.

— Minute, minute. C'est la...

— Je sais. Elle est occupée ?

— Je vérifie... Non, ce soir elle est libre.

— Parfait. Tu la bloques et tu la réserves sous le nom de Jane Davis. T'as un stylo ? Je te donne un numéro de carte de crédit.

Il sortit les passeports de sa poche et ôta le trombone de la carte American Express livrée avec les papiers d'identité. Il alluma le plafonnier et lui lut les chiffres.

— Bon, j'ai noté, dit Grimaldi. Et après ?

Le ton qu'il avait pris fit sourire Karch. Qu'est-ce qu'il pouvait être âpre au gain ! Karch comprit qu'il le tenait. Tout le problème serait de ne pas perdre le contrôle des opérations lorsque tout serait terminé. Il passa les dix minutes suivantes à lui détailler son plan – en regardant deux fois par-dessus son épaule pour s'assurer que la fillette dormait toujours et ne pouvait pas entendre. Pendant qu'il parlait, il passa sous le panneau BIENVENUE À LAS VEGAS qui ornait l'entrée de la ville depuis quatre décennies. Éclairés au néon, les hôtels du Strip furent bientôt en vue. Grimaldi ne cessait pas de l'agacer avec ses questions et ses doutes. Lorsque tout fut expliqué, le ton avait changé – on en était à l'exaspération pure et simple.

— T'es sûr que ça va marcher ? demanda Grimaldi.

— Ça s'appelle la synchronicité, Vincent ! lui répliqua-t-il, furieux. Tu connais ce mot ? Tout s'emboîtera à merveille et tu retrouveras ton fric. C'est bien ça que tu veux, non ?

— Oui, Jack, c'est ça que je veux !

— Bon, eh bien on roule ! Mieux vaut s'y mettre tout de suite. J'arrive.

Il referma son portable et le posa sur le siège à côté de lui. Puis il se tourna vers la fillette et vit qu'elle était toujours K.-O. Il venait d'éteindre le plafonnier lorsque le téléphone sonna. Il le prit à toute allure et l'ouvrit avant que la sonnerie ne réveille la gamine.

— Qu'est-ce qu'il y a qui va pas, Vincent ? dit-il. Tu trouves pas synchronicité dans ton dico ?

— Vincent ? Quel Vincent ?

C'était Cassie Black. Karch sourit en comprenant qu'il aurait dû s'en douter : Grimaldi n'avait pas son numéro de portable.

377

— Cassidy Black, dit-il très vite pour couper court. Je me demandais quand vous alliez vous décider à m'appeler. C'était plutôt bien vu, ce que vous avez fait aujourd'hui. Cela dit, je pense que si nous avions joué dans ma cour à moi, les choses auraient peut-être tourné...

— Où est-elle ?

Voix tendue comme un fil d'acier. Karch fit une pause, souriant toujours. L'instant était délicieux. Il dominait la situation et cette partie-là, il allait la gagner.

— Elle est avec moi, dit-il, et elle va très bien. Et ça ne devrait pas changer tant que vous ferez exactement ce que je vous dis. Est-ce que vous comprenez ?

— Écoutez-moi, Karch. Si jamais elle devait être blessée... rien n'ira plus. Je me ferai un point d'honneur de vous baiser la gueule. Est-ce que c'est bien compris ?

Il ne répondit pas tout de suite. Il entrouvrit sa vitre d'un petit centimètre, sortit une cigarette et l'alluma avec l'allume-cigares.

— Hé, Karch, vous m'écoutez ?

— Oui, je vous écoute. Je me disais seulement que tout cela est bien ironique. Enfin, je crois que c'est le mot qui convient... à l'école, je n'ai jamais été très bon en anglais. Peut-on dire qu'il est ironique de voir quelqu'un qui projetait de kidnapper un môme se plaindre qu'un autre l'ait fait avant lui ? C'est bien une situation ironique, non ?

Karch attendit sa réponse, mais rien ne vint. Son sourire s'élargit. Il savait qu'il fouaillait la plaie jusqu'à l'os. Et qu'il n'y avait jamais couteau plus tranchant dans ces cas-là que la pure et simple vérité.

— Alors dites-moi, Cassie Black, reprit-il, qu'est-ce que vous foutiez à Los Angeles ? Vous vendiez des voitures ou vous surveilliez la fifille ? Et c'était qui que vous alliez emmener avec vous à Tahiti ? Vu que Max n'est plus vraiment en état de faire le voyage...

Il attendit, mais ce fut encore une fois le silence au bout du fil.

— Non, moi, ce que je vois, reprit-il, c'est que j'ai dû arriver à la môme disons... une demi-heure, voire une heure avant vous. Alors, on m'épargne l'indignation vertueuse, d'accord ? Je suis pas preneur.

Il crut l'entendre pleurer, mais il n'aurait pu en jurer. Il se sentait curieusement proche d'elle. Peut-être était-ce parce qu'il connaissait son plan, son rêve secret. Il trouvait proprement merveilleux de savoir aussi intimement la chose même qui fait vivre un autre être humain. C'était presque de l'amour.

— Non, non, enchaîna-t-il calmement. C'est que je sais tout de vous et de vos projets, moi ! On garde un œil sur la fillette et on va jusqu'au bout de la conditionnelle... qu'est-ce qu'il vous restait à tirer ? Un an environ ? Et après, on pique la môme et on file au paradis... à Tahiti. Là où Max et vous avez passé ces instants merveilleux il y a si longtemps. À ce propos... J'ai un truc à vous... et c'est pas de la fillette que je parle.

Il cala le téléphone au creux de son épaule et ramassa les passeports sur le siège à côté de lui. Il en ouvrit un et regarda la photo de la femme avec laquelle il était en train de parler.

— Jane et Jodie Davis, dit-il. C'est-y pas mignon ? Les types qui ont fabriqué ça pour Leo ont fait de l'excellent boulot. Dommage que vous n'ayez pas eu la chance de vous en servir.

— Espèce de fumier ! cracha-t-elle.

Karch l'ignora et continua de triturer la plaie.

— Vous avez dû vous sentir drôlement mal en voyant le

379

panneau A VENDRE. Jodie m'a dit qu'ils partaient pour « Pawis », c'est comme ça qu'elle dit, dans un mois. Ça a dû vous secouer un sacré coup... et avancer bigrement la pendule. C'est là que vous êtes allée voir Leo pour qu'il vous file un boulot. Et qu'il vous a recollée au Cleo.

— Qu'est-ce que vous voulez, Karch ? J'ai le fric. On en cause et on arrête ça ?

— Où êtes-vous ?

— Qu'est-ce que vous croyez ? À Los Angeles.

— Pas bon, ça. Ça veut donc dire que vous n'avez pas eu mon message avant qu'il soit trop tard pour Kibble. Dommage, dommage. Va falloir trouver quelqu'un de sacrément imposant pour remplir son fauteuil au bureau des contrôleurs !

Il se mit à rire en prenant la bretelle de sortie pour Tropicana Boulevard. Il serait au Cleo dans dix minutes.

— On vous a jamais dit que vous étiez malade ? lui lança Cassie. Thelma Kibble ne vous avait rien fait.

— Que je vous dise un truc, ma poule. La moitié des gens que j'exécute ne m'ont jamais rien fait. Ni eux ni Jodie Shaw... excusez... Jodie Davis. J'en ai rien à foutre. Compris ?

— Vous êtes dingue.

— Exactement. Et donc, voici ce que vous allez faire. Vous m'écoutez ? Vous me rapportez le fric à Las Vegas le plus vite possible. Je me fous pas mal que vous preniez l'avion ou que vous veniez en bagnole. L'essentiel, c'est que vous soyez au Cleo avec le pognon au plus tard à minuit. Oui, oui, on revient sur les lieux du crime.

Il consulta la pendule du tableau de bord.

— Ça vous laisse quatre heures, reprit-il. C'est plus qu'il n'en faut. Dès que vous êtes ici, vous m'appelez et je demanderai à quelqu'un de vous faire monter.

— Vous...

— Ta gueule ! J'ai pas fini. Il vaut mieux que j'ai des nouvelles avant minuit. Sinon les Shaw seront obligés de retourner à la prison de High Desert, histoire de voir s'il y aurait pas une autre détenue qu'aurait un polichinelle dans le tiroir et serait prête à le leur filer !

— Je n'ai jamais voulu la donner !

Il écarta le téléphone de son oreille.

— Je n'avais pas le choix ! J'allais quand même pas élever ma fille en...

— Ouais, ouais, ouais. Et ça change quoi ? Max et toi deviez avoir les mêmes idées là-dessus.

À l'autre bout du fil, le silence dura longtemps.

— Mais qu'est-ce que vous déconnez ! s'exclama-t-elle enfin. C'est vous qui l'avez tué. Je sais très bien que vous étiez là-haut ce soir-là.

— J'y étais, mais pour le reste tu te goures, ma petite. Cela dit, je dois reconnaître que je n'ai jamais été très sûr de ce qui s'était passé jusqu'à aujourd'hui. Jusqu'au moment où j'ai découvert l'existence de la fillette.

Il marqua une pause, elle garda le silence.

— Tu veux que je continue ?

Il attendit. Enfin, et d'une toute petite voix, elle lui dit de continuer.

— C'est que vois-tu, reprit-il, j'étais dans le lit et je faisais semblant de dormir. Je l'ai laissé traverser la chambre et passer dans l'autre pièce, la salle de séjour. Alors, je me suis levé, j'ai sorti mon arme de dessous l'oreiller et je suis allé le retrouver. Je lui ai fait face. J'avais une arme et lui n'avait rien. Qu'est-ce que tu voulais qu'il fasse, hormis se mettre à genoux comme je le lui demandais ? Sauf qu'il n'a pas voulu. J'ai répété, il s'est contenté de me regarder dans les yeux. Et c'est là qu'il m'a dit quelque chose que j'ai mis toutes ces années à comprendre. Parce que tu vois, Cassie... je savais pas pour le bébé, moi, je savais pas pour toi et lui et surtout, surtout, je ne savais pas ce que tu lui avais dit juste avant qu'il monte faire le boulot.

40

Elle détestait conduire dans le désert la nuit. C'était comme de se trouver dans un tunnel sans fin. Et ce que Karch lui disait ne faisait qu'aggraver les choses. Des larmes commencèrent à obscurcir ce qu'elle voyait de la route à la lumière de ses phares. Elle les ravala et tenta de calmer sa voix.

— Qu'est-ce qu'il a dit ? lui demanda-t-elle. Dites-moi ce qu'il vous a dit.

Elle l'avait mis sur haut-parleur. Sa voix lui arrivait des ténèbres. Désincarnée et doublée d'un léger écho, elle lui donnait la sensation d'être complètement entourée par lui, le sentiment qu'il lui parlait à l'intérieur même de sa tête.

— Il a dit : « Pas question de recommencer. Mieux vaut personne qu'un père en cabane. » Après quoi, il s'est retourné et s'est jeté sur la fenêtre. Je n'ai jamais compris ce qu'il voulait dire jusqu'au moment où Kibble m'a dit ce qu'il venait d'apprendre ce soir-là. Vous lui aviez annoncé qu'il était père, que lui et vous... vous savez bien. Il a tout de suite compris que, s'il me suivait, il serait en prison quand l'enfant naîtrait et commencerait à grandir. Et ça, ça lui était arrivé à lui, vous vous rappelez ? Il a grandi avec un père en taule et ne souhaitait ça à personne.

Il s'arrêta de parler et Cassie ne trouva rien à dire. Elle

aurait aimé pouvoir raccrocher, garer la voiture quelque part et partir à l'aveuglette dans la nuit du désert. Ne plus se soucier de ce qui l'attendait dans les ténèbres, seulement ça !

Parce qu'elle croyait ce qu'il lui disait. Elle n'avait aucune raison de le faire, mais dans son cœur elle savait qu'il ne mentait pas sur ce qu'avait dit Max. Elle comprit alors que le lui annoncer ce soir-là, que le surprendre avec cette nouvelle avait tout fait dévier de manière terrifiante. Soudain elle revit son corps en lambeaux sur la table de casino. Elle s'était précipitée vers lui et avait pris sa tête dans ses mains. On avait dû l'arracher à lui.

— Ce qui fait que s'il vous faut absolument accuser quelqu'un, c'est à vous et pas à moi que vous devez vous en prendre. Vous aviez l'enfant dans le ventre et vous le lui avez annoncé. Qu'est-ce que tu penses de ça, Cassie Black ?

Elle ne répondit pas. Elle serrait si fort le volant que ses doigts étaient tout blancs dans la faible lumière des instruments de bord. Elle sentit un grand tremblement la submerger. Parti de sa poitrine, il roula jusque dans ses épaules et descendit si violemment dans ses bras qu'elle faillit perdre le contrôle de la voiture. Pour finir, cela passa. Elle essaya d'écarter ses pensées sur Max, de remettre ça à plus tard. C'était Jodie qui comptait. C'était sur elle qu'il fallait se concentrer.

— Tu sais quoi ? reprit Karch. Maintenant que j'ai compris ce qui s'est passé dans cette suite, le seul truc que je pige pas, c'est ce qui est arrivé à Hidalgo. Parce que quoi ? Pourquoi as-tu fait ça ?

Elle se demanda pourquoi il lui posait une question aussi évidente.

— Pourquoi ? répéta-t-elle. Mais pour l'argent !

— D'accord, d'accord, mais pourquoi avoir zigouillé ce

type ? À moins que ç'ait été absolument nécessaire et moi, j'ai pas l'impression...

— Qu'est-ce que vous me racontez ? Hidalgo ? Hidalgo est mort ?

— Allons, allons ! Un peu de bon sens. Tu...

— Non ! Je ne sais pas de quoi vous parlez !

— Plutôt de sang-froid, tout ça, non ? Un type assis dans son lit en slibard, sans défense, et toi, tu le flingues comme ça ?

Tandis qu'il parlait, elle se rappela les derniers moments qu'elle avait passés dans la chambre. Hidalgo bougeait beaucoup. Il était en train de se réveiller. Elle se trouvait au bout du lit, elle avait levé son arme. Elle était prête à faire ce qu'il fallait. À franchir la dernière ligne. L'avait-elle fait ? Était-elle passée de l'autre côté et avait-elle ensuite tout verrouillé dans sa mémoire ? Non, c'était impossible.

— Écoutez-moi, Karch. S'il est mort, c'est que quelqu'un d'autre l'a tué.

Il y eut un instant de silence, puis la voix de Karch lui revint.

— Ben voyons ! Comme tu voudras. Mais ça ne change rien à la situation. Tu reviens ici avec le fric et...

— Karch ?

— Quoi ?

— Qu'est-ce qui me dit que vous avez ma fille ?

Il rit faussement dans son téléphone.

— Ben, rien, justement.

— Il faut que je lui parle. Avant que j'y aille, il faut que je sache que vous la tenez. Et qu'elle est toujours vivante. Je vous en prie, Karch.

— Ah mais... si tu me le demandes aussi poliment...

Elle écouta. Elle crut entendre un Klaxon, puis ce fut Karch qui insulta quelqu'un. Elle comprit qu'il était dans une voiture et se dit qu'il avait dû se garer en faisant une queue-de-poisson à quelqu'un. Elle entendit comme un frémissement, puis sa voix lui revint, mais pas dirigée vers le micro du portable.

— Eh, fifille, dit-il, réveille-toi ! Y'a quelqu'un qui veut te causer. Dis bonjour.

Cassie entendit la respiration de sa fille avant d'entendre sa voix. Puis un seul mot, mais qui lui transperça le cœur comme une mèche de perceuse à bout diamanté.

— Maman ?

Sans même le vouloir, elle retint sa respiration. Elle essaya d'arrêter le torrent de larmes qui, elle le savait, menaçait de la submerger. Elle ouvrit la bouche et tenta de répondre au premier mot que sa fille lui avait jamais dit. Mais, avant même qu'elle ait pu proférer un son, le rire grossier de Karch retentit dans la voiture.

— Comme quoi la vérité sort de la bouche des enfants, pas vrai, Cassie ? dit-il. Au Cleo à minuit, Cendrillon. Sinon, je te l'écrabouille, ta petite citrouille.

Il coupa la communication et Cassie se retrouva brusquement à conduire dans le silence de la nuit. Dans le tunnel.

Elle songea à le rappeler, mais elle savait que tout ce qui devait être dit l'avait été. Par le pare-brise elle regarda le panneau BIENVENUE À LAS VEGAS qui passait devant elle. Parce qu'elle lui avait menti. De fait, elle était sur ses talons. Ça lui donnerait un avantage de temps – quelques heures pour se préparer –, mais très peu de chose en plus. Elle n'avait aucune idée de ce à quoi elle devait s'attendre.

La fillette se redressa sur la banquette arrière de la Lincoln et s'emplit les yeux des lumières étincelantes du Strip.

— Où on est ? demanda-t-elle.

— On y est presque.

— Je veux voir mon Papa.

Karch ajusta le rétroviseur et la regarda. Il eut l'impression qu'elle allait recommencer à pleurer. À mi-chemin de Las Vegas, elle s'était mise à chialer en demandant son père et sa mère. Il avait dû s'arrêter à Barstow pour la calmer. En gros, il avait acheté son silence avec des frites et un Coca. Il avait réussi à lui faire admettre de ne plus pleurer jusqu'à ce qu'ils arrivent à l'hôtel de Las Vegas où l'attendait son Papa. Ses pleurs avaient quand même l'avantage de tellement la fatiguer qu'elle avait dormi pendant le reste du voyage ou à peu près.

— Tu te rappelles notre accord, lui dit-il. On ne pleure pas et on ne se met pas en colère avant d'arriver à la chambre et de voir ton Papa. OK ?

— Je m'en fiche. Je veux voir mon Papa.

— On y est presque. Tu vas être avec lui dans vraiment pas longtemps.

Il sourit. Il savait pourtant qu'elle ne comprendrait jamais cette petite plaisanterie à usage interne.

— On est arrivés en France ? reprit-elle.

— Quoi ?

Il vérifia dans le rétroviseur et vit qu'elle regardait par la vitre de droite. Les reflets des néons jouaient sur son jeune visage. Il regarda à droite par le pare-brise et vit ce qu'elle regardait : une tour Eiffel en réduction devant l'entrée d'un casino.

— Qui sait ? dit-il. Qui sait ?

Quelques instants plus tard, il franchit l'entrée du Cleopatra et suivit les flèches du parking qui pointaient vers l'arrière du bâtiment. Il entra dans le parking ouest, comme il l'avait promis à Grimaldi. Il trouva une place au quatrième étage et descendit les escaliers jusqu'au rez-de-chaussée avec la fillette. Il marchait vite, en la tenant par la main et en la tirant derrière lui.

Une porte de secours qu'il connaissait et qui conduisait directement de l'entrée ascenseurs de la tour Euphrate au parking avait été laissée ouverte à l'aide d'une serviette qu'on avait attachée à la barre d'ouverture intérieure, fait passer sur le bord de la porte et reliée à la poignée extérieure. En entrant par là, il se mettait à l'abri de toutes les caméras du casino. Il ne pouvait pas se permettre de se faire filmer avec la fillette. Dès qu'ils eurent franchi le seuil, il arracha la serviette de façon à ce que la porte puisse se refermer au verrou automatique et laissa la serviette par terre.

Dans le vestibule des ascenseurs, Jodie Shaw s'arrêta et tenta de dégager sa main de la sienne. Il pensa aux petites secousses du vif qu'on jette au bout de sa ligne. Il baissa les yeux sur elle.

— Où est mon Papa ?

— On va aller le voir tout de suite. Tu veux appuyer ? lui demanda-t-il en lui montrant les boutons d'appel.

— Non. J'ai presque six ans, pas trois.

— Ah bon. Eh ben, d'accord.

Il la tira vers le panneau et appuya sur le bouton. Puis il jeta un coup d'œil autour de lui de façon à être sûr que personne ne leur prêtait attention. Il plongea les doigts dans le bac à sable du cendrier et finit par en sortir la carte-clé que Grimaldi y avait cachée à son intention. Une cabine d'ascenseur s'ouvrit devant lui, il y poussa la fillette et enclencha le bouton de la suite avec sa carte. Dès que la porte se fut refermée, il lâcha la main de l'enfant et regarda la caméra dans le coin de la cabine. Pas de voyant, il n'y avait aucun moyen de savoir si elle était branchée ou si on l'avait éteinte comme il l'avait demandé.

Il regarda la fillette et sut tout de suite qu'elle se sentait perdue et allait se remettre à pleurer. Il s'accroupit pour être à son niveau et lui sourit.

— T'inquiète pas, dit-il. Tout ça sera fini dans quelques heures.

— Je veux voir mon Papa et ma Maman tout de suite.

— On va être tous ensemble dans vraiment pas long-temps, répéta-t-il, je te le promets. Hé... tu sais quoi ? Je te l'ai montré, celui-là ?

Il prit son paquet de cigarettes dans sa poche et en sortit une. Puis il lui fit le tour de la cigarette qui passe de l'oreille à la bouche sans accroc. La fillette haussa les sourcils d'émerveillement. Il alluma la cigarette avec un briquet et souffla la fumée par-dessus sa tête.

— Ça s'appelle de la magie, dit-il. C'est mon Papa qui m'a appris ça.

Il se releva.

— Mon Papa ou celui qui croyait l'être, précisa-t-il.

Les portières s'ouvrirent, il conduisit la fillette dans le renfoncement des ascenseurs. Ils passèrent dans le couloir et gagnèrent la première porte à droite. Il l'ouvrit avec sa carte-clé, la fillette se rua au-devant de lui.

— Papa ! hurla-t-elle.

Karch la regarda chercher partout avec enthousiasme et franchir la double porte donnant sur la chambre à coucher. Il la ferma à clé, jeta la carte sur une petite table sous une glace dans l'entrée et la suivit dans la chambre. Elle s'était appuyée sur le lit, son visage enfoui dans la courtepointe.

— Où est mon Papa ? demanda-t-elle.

— J'ai l'impression qu'il va falloir l'attendre.

Elle se tourna vers lui et le regarda d'un air accusateur.

— Tu m'as dit qu'il était là.

— Ne t'inquiète pas. Il n'est pas loin. Faut juste qu'on attende qu'il revienne. Je passe quelques coups de fil pour voir si je peux pas le trouver, d'accord ? En attendant, c'est là que tu vas rester. Tu peux t'allonger sur le lit et te rendormir, ou tu peux regarder la télé. C'est comme tu veux. Y'a bien une chaîne où il n'y a que des dessins animés, n'est-ce pas ? Allume-la donc.

Il regarda la fillette en hochant la tête et en souriant, mais elle ne marchait pas. Elle n'avait même pas l'air de s'être radoucie et Karch, lui, était au bord de perdre patience. Encore un coup comme ça et il faudrait l'attacher et la coller dans la douche avec un bâillon dans la bouche. Il décida d'essayer encore une fois avant d'en venir aux grands moyens.

— Dis, t'as pas faim ? J'ai qu'à appeler en bas. Putain, qu'est-ce que j'ai faim, moi ! Bordel ! Qu'est-ce que tu dirais d'un beau steak bien moelleux ?

— Beurkh ! Et tu dis des gros mots.

— Ça, c'est vrai. C'est drôlement vrai. Bon, d'accord : pas de steak. Qu'est-ce que tu préférerais à la place ?

— Des Spaghettios.

— Des Spaghettios ? T'es sûre ? Ils ont de sacrés cuisiniers en bas, tu sais ? T'es sûre que tu veux des Spaghettios ?

— Oui, des Spaghetti-os !

— Bon, bon ! Des Spaghetti-os ! Allez. Tu regardes la télé ici et moi, j'appelle en bas.

Il prit la télécommande, alluma le poste, la lui passa et sortit de la pièce. Et se rappela brusquement quelque chose, revint dans la pièce et débrancha le téléphone. Elle le regarda partir avec le combiné sans dire un mot. Mais juste au moment où il fermait les doubles portes, elle lui lança :

— Avec un Coca !

L'espace d'un instant, il se demanda si un enfant de cet âge pouvait en boire, puis il écarta la question : ça n'avait aucune importance.

— OK., d'accord, dit-il. Et un Coca, un !

Il prit le fil du téléphone et l'enroula autour des deux poignées de porte. Il doutait fort que Jodie essaie de s'enfuir, mais quel mal pouvait-il y avoir à faire les choses comme il faut ? Il gagna le petit bureau et décrocha le combiné. Il appela Grimaldi sur sa ligne directe, le directeur du casino décrocha immédiatement.

— T'es arrivé, dit-il.

— T'avais bien fait éteindre les caméras de surveillance dans l'ascenseur, non ?

— Et celles du garage, oui. Exactement comme tu me l'avais demandé. Vérification de routine. Si tu n'es pas passé par le casino, ton arrivée n'a été enregistrée nulle part.

— OK. Et les escaliers ?

— J'ai des gens dans tous les escaliers. Et on sait qu'elle n'a pas de carte-clé puisque Martin a récupéré la sienne. Elle ne peut donc pas se servir des ascenseurs. Rien que les escaliers. Tu veux quelqu'un là-haut ? Disons... dans le couloir près de la suite ?

391

— Non.

— T'es sûr qu'elle va se pointer avec le fric ? Rien que pour récupérer la gosse ?

— Elle viendra, Vincent. Je te le garantis !

— Tu joues ta tête, Jack. Tu m'as bien compris ?

Karch ne répondit pas. Grimaldi essayait de reprendre les choses en main, mais il était trop tard pour ça. C'était toujours Karch qui contrôlait la situation.

— Elle dit que ce n'est pas elle qui a liquidé Hidalgo dans son lit.

— Qui ça, elle ?

— Cassie Black. Elle m'a affirmé que ce n'était pas elle qui l'avait flingué.

— Mon œil, oui ! Qu'est-ce que tu voulais qu'elle te dise ? Ça a mal tourné et je l'ai zigouillé ? Ces gens-là ne reconnaissent jamais rien, Jack, tu le sais.

Il réfléchit.

— Oui, bon, dit-il enfin. T'as sans doute raison.

— Bien sûr que j'ai raison ! Bon... tout est prêt là-haut ?

— Oui... ah, attends ! Juste un dernier truc. Il faut que t'appelles le service en chambre et que tu fasses monter un steak. Bien saignant. Et...

Il regarda les portes qui donnaient sur la chambre. Des bruits de fusillade de dessins animés montaient déjà derrière.

— Et quoi ?

— Tu crois qu'ils ont des Spaghettios aux cuisines ?

— Quoi ? Cette merde en boîte ?

— Les mômes adorent ça.

— Non, Jack ! On n'a pas de Spaghettios, bordel de merde ! C'est quand même un quatre étoiles, ici !

— Bon, alors, tu fais monter quelque chose d'approchant. Et deux Coca. Sans glace. Tu leur dis de frapper à la porte et de tout laisser dans le couloir. Et tu leur dis aussi que j'ai pas à signer. Personne ne doit me voir, Vincent. Tu comprends ?

— Parfaitement. Autre chose ?

— Non, c'est tout. Tout sera fini à minuit, Vincent. Tu auras ton fric, tout ton fric. Miami héritera du Cleo, tu seras le grand patron et Chicago n'aura qu'à aller se faire voir.

— Je saurai me montrer reconnaissant, Jack.

— T'as intérêt, Vincent.

Il raccrocha. Puis il sortit son portable de sa poche et vérifia ses messages. Deux ou trois personnes qu'on lui envoyait pour retrouver des disparus, mais rien en dehors de ça. Il savait que d'une manière ou d'une autre, ce type de boulot ne serait bientôt plus pour lui.

En remettant son portable dans la poche de son costume, il sentit quelque chose et se rappela qu'il avait emporté le carnet de rendez-vous de Leo Renfro avec lui. Il le sortit et l'ouvrit. Il n'avait fait que le parcourir des yeux avant, dans l'espoir d'y trouver quelque chose qui lui dirait où était passé le fric ou, à défaut, Cassie Black. Au lieu de quoi, il était tombé sur des pages d'agenda remplies de notes au crayon sur les conditions astrologiques de tel ou tel jour. Il trouvait fascinant qu'on puisse prendre des décisions capitales en se basant sur la configuration des étoiles, du soleil et de la lune dans le ciel. À son idée, tout cela était idiot et ce qui était arrivé à Leo le prouvait amplement.

Il tourna les pages du carnet pour voir ce que Leo avait écrit sur cet avenir qu'il ne verrait jamais. Et commença à sourire lorsqu'il arriva à une note particulièrement importante qu'il avait inscrite à la date du jour même.

— Hé mais ! dit-il tout haut. C'est qu'on aurait droit à une lune noire ce soir ! De vingt-deux heures dix à minuit !

Il se demanda s'il n'y avait pas quelque chose de vrai

dans tout ça. Après tout, il savait déjà que la nuit qui s'annonçait finirait mal pour quelqu'un. Il reposa le carnet, se releva, gagna le coin de la pièce et tira le rideau. La fenêtre apparut. Il recula, admira la vue et regarda le verre. Détermina l'endroit exact où Max Freeling avait fracassé la vitre.

Puis il se tourna vers les portes de la chambre. Il entendit les bip bip d'un dessin animé avec le Coyote et sut qu'on y était.

42

Elle ne cessait d'analyser et de ré-analyser tout ce qu'il avait dit pendant la conversation téléphonique. Elle était arrivée à Las Vegas et avait retrouvé sa place dans le parking du Flamingo. La voiture était arrêtée, mais elle avait toujours les mains posées sur le volant. Elle regarda fixement le mur devant elle et repassa encore une fois leur entretien au crible. À un moment donné, il avait parlé du lieu du crime. Il avait aussi précisé que, dès qu'elle l'appellerait, il demanderait à quelqu'un de la « faire monter ». Pour elle, cela ne pouvait signifier qu'une chose : il l'attendait à la suite. La 2014. Le lieu du crime.

Mais à force de tout analyser, elle commença à se demander s'il n'avait pas lâché ses indices en sachant ce qu'il faisait. Et s'il savait qu'elle lui mentait et que, de fait, elle le suivait de très près sur la route ? Et s'il avait deviné qu'elle tenterait quelque chose pour sauver sa fille ? Mais pour finir, non – elle écarta cette hypothèse. À envisager la situation du point de vue d'un Karch qui croyait avoir tous les atouts en main, il avait sûrement autre chose en tête en choisissant de la faire monter à la suite 2014 pour prétendument procéder à l'échange argent contre fillette.

Dans tout ça, une seule chose ne nécessitait aucune analyse : l'échange. Cassie savait parfaitement qu'il n'y en aurait pas. Quoi qu'il ait prévu de faire, la laisser repartir de Las

Vegas avec sa fille n'était pas au programme. Elle comprenait parfaitement que jouer la partie selon ses règles à lui, c'était courir à la mort. Karch était du style pas de témoins. Et pour lui, une voleuse qui sortait de prison ne valait même pas qu'on s'y arrête. Si elle était, elle, absolument sûre de pouvoir et de vouloir échanger sa vie contre celle de Jodie, elle était tout aussi absolument sûre que Karch n'hésiterait pas à appliquer son éthique « pas de témoins » à une innocente de cinq ans et demi prise dans les feux croisés des erreurs fatales de sa mère.

Ce qui fait qu'après toutes ces pensées qu'elle avait furieusement agitées dans sa tête, elle n'avait pas le choix. Il faudrait se débrouiller de la situation. Il faudrait retourner au Cleopatra et remonter au dernier étage. Il faudrait retrouver la suite 2014. Sa résolution étant prise, elle finit par concocter un plan qui, elle l'espéra, permettrait au moins à une personne – une enfant – d'en sortir vivante.

Une demi-heure plus tard, elle traversait le casino, un chapeau neuf à large bord sur la tête. Elle marchait d'un pas décidé et portait un sac de gym noir qu'elle avait aussi acheté dans une des boutiques de souvenirs du Flamingo. Il contenait plus d'argent liquide que toutes les sommes engagées sur les tables de jeu à cet instant. Il contenait aussi les outils propres à sa profession, mais aucune arme. Car, s'il s'avérait nécessaire d'en utiliser une, elle le savait, cela signifiait qu'il serait déjà bien trop tard.

Tous les escaliers seraient surveillés, c'était évident. Il n'y avait pas d'autre moyen d'accéder à la suite sans carte-clé. Cassie les ignora donc et gagna directement les ascenseurs de la Tour Euphrate. Et appuya sur le bouton de montée.

Avant qu'une cabine arrive, deux couples s'approchèrent, les deux hommes se donnant la peine d'appuyer sur le bouton d'appel qui était déjà allumé. Cassie devait impérativement être seule dans une cabine. Les portes du premier ascenseur s'étant ouvertes, elle recula, laissa sa place aux deux couples et réappuya sur le bouton de montée. Au bout de deux essais similaires, elle commença à se dire qu'elle ne réussirait jamais à avoir une cabine à elle seule. Pour finir, elle décida de risquer le coup et monta avec une femme qui tenait un gobelet en plastique rempli de pièces dans sa main. Elle attendit que la joueuse ait choisi son étage – heureusement c'était le sixième –, et appuya sur le bouton du dix-neuvième.

Pendant qu'elles montaient, Cassie consulta sa montre. Dix heures. Dès que la femme sortit de la cabine, elle appuya sur les boutons du dix-septième et du dix-huitième. Puis elle ôta son chapeau et en couvrit la caméra de surveillance installée dans un coin. Elle s'y prit de telle manière que le chapeau se trouve entre son visage et la caméra – jusqu'à ce que cette dernière finisse par se bloquer. Elle espéra qu'on mettrait ça sur le compte d'une plaisanterie de collégien si jamais on s'apercevait de la chose et décidait d'approfondir.

Puis elle sortit ses crochets de sa poche revolver et les coinça entre ses lèvres. Elle passa un bras dans les deux courroies du sac de gym, posa un pied sur la rampe fixée à la paroi latérale de la cabine, se hissa dans le coin en s'aidant de son dos et posa l'autre pied sur la rampe du fond. Et s'arc-bouta dans le coin de la cabine pour pouvoir attaquer la serrure de la trappe du plafond.

L'ascenseur s'arrêta au dix-septième et les portes s'ouvrirent. Elle jeta un coup d'œil dehors et se remit au travail. Dans la position où elle était, débloquer des gorges de serrure en alignement vertical lui donnait pas mal de fil à retordre. Les portes se refermèrent et l'ascenseur repartit brutalement vers le dix-huitième.

Au moment même où les portes se rouvraient, elle entendit le déclic de la dernière gorge qui se débloquait, tourna la serrure, ouvrit la trappe d'une poussée et baissa les yeux sur le sac de gym qu'elle voulait ôter de son bras. Et vit un type s'encadrer dans le montant de la porte et la dévisager. Il portait une chemise hawaïenne rentrée dans un pantalon sans ceinture. Cassie ignorait ce qu'il avait vu, mais elle savait bien qu'il n'y avait aucune explication plausible à ce qu'elle fabriquait. L'homme la regarda encore, puis s'attarda sur le chapeau noir qui masquait la caméra de surveillance. Les portes commencèrent à se refermer derrière lui, mais il tendit brusquement la main en avant et toucha les protections en caoutchouc. Les portes se rouvrirent.

— Je prendrai le suivant, lança-t-il.

— Merci, dit-elle, un crochet toujours coincé entre ses lèvres.

Elle aurait été bien en peine de dire autre chose. L'homme sortit de la cabine, les portes se refermèrent, elle passa le sac de gym dans l'ouverture de la trappe qui faisait à peine un mètre carré, puis elle y passa les bras, les posa sur le toit de la cabine, poussa et se hissa dehors.

La cabine reprit son ascension. Cassie en referma vite la trappe, dont elle entendit claquer la serrure. Une lumière faible tombait du haut de la cage où une seule et unique ampoule pendait à une poutre.

Elle se mit debout avec son sac de gym et fit de son mieux pour garder son équilibre en attendant que la cabine s'arrête au dix-neuvième. Cela fait, elle quitta le toit de la cabine et se plaça sur une poutrelle en fer qui séparait la cage de celle d'à côté. Quelques instants plus tard, l'ascenseur qu'elle avait pris commença à redescendre, la laissant perchée sur un morceau de métal large d'une quinzaine de centimètres et surplombant un vide de dix-neuf étages.

Les portes ouvrant sur l'étage de la suite se trouvaient de l'autre côté de l'abîme, et quelque deux mètres plus haut. Elle avança lentement sur les poutres et atteignit enfin la paroi avant de la cage. Elle y trouva un assemblage de traverses en acier formant une cage de soutien pour l'ascenseur et entama leur escalade. Sans cesser de déraper tant elles étaient gluantes de poussière graisseuse.

Arrivée au niveau des portes de l'étage, elle agrippa une des poutrelles d'une main et tendit l'autre par-dessus l'abîme. Puis elle s'accrocha au rebord d'une des portes et posa un pied sur la cornière d'une dizaine de centimètres de large située au-dessous. Et se fit passer d'un bord du vide à l'autre. Mais alors qu'elle exécutait ce mouvement, son sac glissa le long de son bras et allait dégringoler tout en bas lorsqu'elle le rattrapa par une courroie. Bourré d'outils et de liasses de billets, le sac s'écrasa sur le métal léger des portes de l'ascenseur, le bruit qu'il faisait se répercutant fortement du haut en bas de la cage vide. Cassie se figea : on avait dû entendre dans tout le couloir de l'étage.

Karch leva les yeux de dessus le carnet de Leo. Il avait entendu un grand bruit quelque part dans le couloir. Il se releva, sortit son Sig Sauer de son étui et chercha le silencieux dans sa poche. Puis il se ravisa. Remit l'arme dans son étui, passa la main dans son dos, prit son .25 dans la ceinture de son pantalon et se dirigea vers la porte.

Il regarda par le judas, le couloir était vide. Il se demanda s'il valait mieux appeler Grimaldi ou aller y voir lui-même et décida qu'il était préférable de ne pas attendre qu'on lui envoie quelqu'un. Il recula, attrapa la carte-clé sur la table du vestibule et passa dans le couloir. Et s'immobilisa pour écouter de nouveau.

Muscles tendus et oreille collée à la fente entre les deux panneaux, Cassie s'agrippait toujours à la porte. Elle avait bien cru entendre une porte s'ouvrir et se fermer, mais il n'y avait maintenant plus aucun bruit. Au bout d'une minute, elle décida que le moment était venu d'y aller. Elle se lâcha d'une main et prit un crayon lumineux dans sa poche revolver. Elle l'alluma et le cala entre ses lèvres. Puis elle en dirigea le faisceau sur le montant de la porte et l'y promena jusqu'à ce qu'elle voie le levier d'ouverture au-dessus d'elle à gauche. Un centimètre après l'autre, elle s'en rapprocha. Juste au moment où elle tendait la main pour l'attraper, une forte poussée d'air lui monta du bas de la cage. Elle hésita, regarda en bas et vit l'ascenseur surgir des ténèbres et s'apprêter à l'écraser contre le montant de la porte. En une fraction de seconde, elle eut à choisir entre tirer sur le levier et tenter de franchir les portes ou repasser d'un bond sur le toit de l'ascenseur qui continuait de monter.

La lampe-témoin s'étant allumée au-dessus d'une des portes d'ascenseur, un léger bruit de carillon se fit entendre. Karch quitta vite le devant des portes. Il regarda dans le couloir des deux côtés et aperçut les doubles portes battantes donnant sur le poste de nettoyage. Il y fut d'un bond et entra.

Puis il entrouvrit une des deux portes et jeta un œil dans le couloir. Entendit les portes de l'ascenseur s'ouvrir et se refermer. Un homme et une femme passèrent dans le couloir et partirent dans la direction opposée. L'homme semblait avoir une cinquantaine d'années et la femme une vingtaine. Karch regarda l'homme passer la main dans le dos de la femme et la glisser sous la courte jupe noire qu'elle portait. La femme pouffa et repoussa sa main d'une petite tape enjouée.

— Attends qu'on soit dans la chambre, mon bébé, lui dit-elle. Tu pourras tripoter tout ce que tu voudras.

Karch les suivit du regard jusqu'au moment où ils entrèrent dans une chambre tout au bout du couloir. Puis il jeta un coup d'œil autour de lui. D'un côté il vit du linge et des fournitures pour les salles de bains, le tout enfermé dans un réduit entouré d'un grillage. De l'autre se trouvait un monte-charge. Dans cet espace minuscule, il aperçut encore une table roulante chargée de vaisselle sale. Ça sentait si fort le ranci qu'il se demanda si on ne l'y avait pas laissée depuis le matin.

Il repassa dans le couloir et repartit vers la suite 2001 en s'arrêtant une nouvelle fois devant les portes des ascenseurs. Toujours aucun bruit qui aurait pu éveiller ses soupçons. Il regagna la 2001 et se servit de sa clé pour la réintégrer.

Trente secondes plus tard, l'ascenseur était rappelé plus bas et se remettait à descendre. Cassie en quitta le toit pour repasser sur la poutrelle et encore une fois tenter de rejoindre la porte. Cette fois-ci elle agrippa solidement son sac avant de reprendre appui sur la corniche. Elle exécuta la manœuvre sans faire aucun bruit, tendit la main vers le haut et libéra le levier à ressort. Elle entendit un déclic métallique et les deux panneaux s'entrouvrirent d'un petit centimètre. Elle glissa la main dans la fente et écarta les portes.

Passée dans le couloir, elle pivota sur elle-même et fit glisser les deux panneaux jusqu'à ce qu'ils se remettent en place avec le même petit déclic.

Elle gagna en vitesse la 2001, sans trop savoir ce qu'elle allait faire lorsqu'elle y serait. Puis, juste au moment où elle passait devant la porte, elle s'arrêta brusquement et se rappela quelque chose. *Synchronicité.* Le mot qu'elle avait entendu lorsque, en décrochant son téléphone, Karch avait cru avoir affaire à un certain Vincent. Elle en avait aussitôt conclu que ce Vincent n'était autre que Vincent Grimaldi, le directeur du casino. Celui-là même qui dirigeait les services de sécurité six ans plus tôt. Sauf que maintenant l'identité dudit Vincent avait soudain beaucoup moins d'importance que ce mot que Karch lui avait dit : *synchronicité.* Car ce mot, elle savait parfaitement ce qu'il signifiait. Il avait figuré au moins une douzaine de fois dans les définitions de mots croisés du *Las Vegas Sun* qu'elle faisait religieusement depuis cinq ans. « Coïncidence apparemment significative entre des événements similaires ou identiques se répétant dans le temps. » *Synchronicité*[1].

Enfin elle comprenait le plan de Karch. Presque sept ans plus tôt, un homme avait trouvé la mort en tombant de la suite 2001. Ce soir même, l'amante de cet homme et leur enfant en feraient autant. Et Karch reprendrait l'argent. Et tout pourrait être imputé à Cassie Black, la mère folle qui avait tué ses collègues et sa contrôleuse de conditionnelle avant de kidnapper sa fille pour la ramener à Las Vegas et connaître la même fin que son amant avec elle.

Astucieux. Elle savait que ça marcherait. Mais le savoir lui donnait un petit avantage. Elle se pencha en avant, sa

---

1. Néologisme inventé par Carl Jung en 1920 *(NdT).*

tête tout près de la porte. Elle entendit des bruits de cataclysme monter d'un poste de télévision dans la suite : dessin animé.

Elle posa doucement sa main sur la porte et murmura :
— Je viens, mon bébé. Je viens.

43

Karch ôta le fil du téléphone des deux poignées de porte et jeta un coup d'œil à la fillette. Elle s'était allongée sur le ventre au bout du lit et, la tête dans les mains, faisait de son mieux pour rester éveillée et continuer de regarder le dessin animé.

— Tout va bien, fifille ? lui demanda-t-il.

— Où est mon Papa ?

Karch consulta sa montre.

— Il sera là bientôt... très bientôt.

Il ferma la porte et la condamna de nouveau avec le fil du téléphone.

— Ça serait-y pas plutôt : « Où c'est qu'il est passé, ce fou ? » dit-il tout haut.

Puis il saisit le téléphone et appela Grimaldi. Encore une fois, celui-ci décrocha tout de suite.

— Du nouveau ? demanda Karch.

— Non, rien de mon côté.

— T'as appelé le service en chambre ?

— Oui. Dès qu'on a raccroché.

— Que je te dise, Vincent. Ton prétendu quatre étoiles ne vaut pas un clou. Je crève de faim, moi, ici.

— Ils sont débordés de boulot ! Mais je vais les rappeler.

— OK. Et tu me téléphones dès que quelqu'un la voit.

— Entendu.

— Oh et... Vincent ?

— Quoi ?

— Tu ferais bien de fermer cette table de craps. Vaudrait mieux pas que quelqu'un soit blessé.

— Putain, Jack ! T'es sûr qu'il faut faire comme ça ? On pourrait pas se contenter...

— Vincent ! Vincent ! Tu ne veux quand même pas qu'on se pose des questions, si ?

— Non, Jack, non.

— Alors, il n'y a pas moyen de faire autrement. La synchronicité, Vincent. Appelle le croupier et fais fermer la table.

Il raccrocha, s'approcha de la fenêtre, y donna un grand coup de poing dans l'espoir de sentir la résistance du verre et se demanda s'il ne commencerait pas par y coller une balle, histoire de faciliter les choses aux inspecteurs de la métro. Mais s'en apercevraient-ils seulement ? Se donneraient-ils la peine de ramasser les éclats de verre et de les analyser ? Sans doute pas. Trop de boulot pour quelque chose qui ressemblerait énormément à un meurtre-suicide.

Karch arrêta son plan : tirer une balle dans la vitre et jeter tout de suite les corps par l'ouverture. La fillette d'abord et la mère après. Cas classique de meurtre suivi d'un suicide.

Dans le poste d'entretien, Cassie plaça la table roulante juste au-dessous d'un des panneaux du faux plafond. Elle repoussa ensuite les couverts sales d'un côté et monta à l'autre bout. La table était équipée de grandes roues de façon à pouvoir rouler sans accrocs sur les tapis profonds des suites du dernier étage. En tant que plate-forme, ça la rendait très instable. Cassie se redressa lentement et tendit les bras en l'air. Puis elle poussa le panneau et le reposa sur le côté. Agrippa les montants du cadre et s'y suspendit pour vérifier leur solidité. Elle pesait soixante kilos et son sac une vingtaine. Les montants tinrent bon. Elle passa le sac en premier, puis elle attrapa le cadre, s'y hissa, fit monter ses jambes et se retrouva dans l'espace séparant le faux plafond du vrai.

Haut d'un mètre vingt, au maximum, l'espace était bourré de câbles électriques, de canalisations d'eau et de tuyaux desservant le système d'extinction automatique des incendies. Mais c'était le réseau des conduits de climatisation qui prenait le plus de place. Des conduites aller-retour longeaient tout le couloir et se scindaient en canalisations plus petites alimentant les arrivées d'air dans les suites. D'un bon mètre de diamètre, les plus gros tuyaux étaient assez larges pour qu'on puisse y ramper, à condition de garder les bras tendus devant soi et de pousser sur les pieds. Si Cassie pouvait s'y faufiler, cela signifiait que Jodie n'aurait aucun problème pour en faire autant.

Le plan qu'elle avait adopté n'était pas exempt de défauts et de difficultés. Le bruit constituait un handicap majeur. Le moindre son produit dans les conduits de ventilation était fortement amplifié lorsqu'il arrivait aux grilles d'aération. C'était moins d'entrer dans la chambre que d'en ressortir avec Jodie qui l'inquiétait. Obliger une fillette de cinq ans et demi à rester calme dans une situation aussi effrayante ne serait pas simple. Elle espéra que les dessins animés ne s'étaient pas arrêtés et que le vacarme qu'ils faisaient pourrait couvrir leur retraite.

Autre problème qui ne manquerait pas de surgir : comment faire sauter la grille d'aération lorsqu'elle arriverait dans la pièce où Jodie était retenue prisonnière ? La plaque étant vissée de l'extérieur, tout le problème serait d'accéder à ses vis. Elle avait prévu d'utiliser une petite barre à mine rangée dans son sac afin d'écarter les lattes de la grille. Cela fait, elle passerait la main dans l'ouverture et ôterait les vis qui maintenaient la grille en place. L'opération, elle le savait, serait longue et laborieuse. Et si jamais elle laissait tomber son tournevis, ou même seulement une des vis, le bruit que cela ferait ramènerait Karch dans la seconde.

Tout le succès de l'affaire reposait sur une condition : que, comme c'était d'ailleurs probable, Jodie se trouve dans la chambre et Karch dans le salon. Elle le pensait, mais si elle se trompait et si au contraire Karch gardait la fillette tout près de lui, ses chances de la sauver devenaient infinitésimales.

Elle ne renonça pas pour autant. Elle s'enfila dans l'espace avec précaution et remit le panneau du faux plafond en place. Et une fois encore elle coinça son crayon lumineux dans sa bouche et en promena le faisceau sur les conduites d'aération jusqu'au moment où elle trouva le scellement boulonné de deux segments tributaires. Elle s'y rendit aussitôt, en faisant très attention à toujours s'arrêter sur les montants de cadre du faux plafond.

Sans tarder, elle s'attaqua aux boulons du serre-joint qui maintenait les deux portions du conduit ensemble. La tâche n'était pas facile. Les huit boulons avaient tous été soudés, par mesure de précaution sans doute. Cela faisait presque sept ans qu'elle n'était pas revenue dans ces lieux, mais elle n'en avait rien oublié et savait que les soudures étaient neuves. Il lui fallut user de toute sa force pour casser celle du premier boulon et une demi-minute pour ôter ce dernier. L'opération la remplit de panique. Cela prenait bien trop de temps.

Elle venait juste de s'attaquer au dernier boulon lorsqu'elle entendit le carillon du monte-charge dans le poste d'entretien. Elle posa sa clé à écrous et regagna vite le panneau par lequel elle était entrée. Elle le souleva très légèrement et regarda en bas juste au moment où, la porte du monte-charge s'étant ouverte, un garçon d'étage en sortait en poussant une table roulante.

La porte s'étant refermée derrière lui, le jeune homme sortit un carnet en cuir de la poche intérieure de son uniforme rouge et l'ouvrit pour vérifier le numéro de la suite où il devait faire sa livraison. À peine un mètre au-dessus de lui comme elle l'était, Cassie n'eut aucun mal à lire les annotations portées sur sa fiche :

suite 2001
laisser dans le couloir
V. Grimaldi

S'il en était encore besoin, cela lui prouva l'implication de Vincent Grimaldi. Et lui donna aussi une autre idée.

Le coup frappé à la porte sortit brutalement Karch de sa rêverie à la fenêtre.

— Service en chambre ! lança une voix dans le couloir.

Karch se retourna, fixa la porte des yeux et attendit, mais il n'y eut ni deuxième coup frappé à la porte ni aucun autre bruit. Il ramassa son .25 sur le bureau et s'approcha prudemment de la porte. Avant de jeter un œil par le judas, il colla son oreille contre le montant et écouta. Rien.

Il regarda par le judas et aperçut une table roulante immobilisée dans le couloir. Elle était couverte d'une nappe blanche et dressée pour deux. Un petit vase rempli de fleurs coupées se trouvait au milieu. Karch ne vit personne dans le couloir. Il continua de regarder et d'attendre, juste au cas où le garçon se serait posté devant la porte de l'ascenseur. Karch ne savait pas ce que Grimaldi avait pu lui donner comme consignes et si le jeune homme ne les avait pas trouvées bizarres.

Au bout d'une trentaine de secondes supplémentaires, il se décida enfin à ouvrir la porte, regarda à droite et à gauche dans le couloir vide et baissa les yeux sur la table roulante. Et s'aperçut qu'il n'y avait pas d'assiettes sur le plateau. Il souleva la nappe, regarda en dessous et découvrit un chauffe-plat. Satisfait, il tira la table roulante dans la suite. L'opération était si pénible qu'il se rappela de signaler à Grimaldi que les tapis étaient trop épais dans les chambres. Il referma la porte d'un coup de pied, poussa la table entre les deux portes de la chambre et reposa son .25 sur la table de l'entrée en passant.

Puis il poussa le chariot dans la chambre et l'amena près du lit.

— Tiens, viens chercher, dit-il à la fillette.

— J'ai pas faim, lui répondit-elle.

Il lui jeta un œil noir.

— Tu fais comme tu veux, dit-il. Moi, je crève la dalle.

Il retourna le bout de la nappe et ouvrit le chauffe-plat. Une bouffée d'air brûlant lui monta à la figure. Deux assiettes recouvertes d'une cloche en aluminium s'offrirent à sa vue. Il prit celle posée sur la plaque du dessous et la tenait encore dans sa main lorsqu'il sentit qu'elle le brûlait fort. Il la sortit vite et la posa sur la table.

— Puuuuuuuuutain de Dieu ! s'écria-t-il. Qu'est-ce que c'est chaud !

Il secoua ses mains et regarda encore une fois le chauffe-plat sous la nappe. Le thermostat qui contrôlait la flamme du gaz avait été monté trop haut.

— Bande d'enculés ! ajouta-t-il.

Il regarda la fillette pour s'assurer qu'elle ne trouvait pas ça rigolo. Elle se contentait de le dévisager, et la peur se lisait sur sa figure. Il comprit pourquoi.

— Oui, je sais, je dis des gros mots. Je vais me mettre de l'eau là-dessus.

Dès qu'elle entendit couler l'eau dans la salle de bains, Cassie sortit de dessous le plateau de la table roulante. Elle s'agenouilla par terre à côté de la table et jeta un bref coup d'œil autour d'elle afin de voir si Karch n'avait pas laissé traîner une arme. Rien de rien.

— Hé ! s'écria Jodie.

Cassie se tourna vers elle et se pencha vite au-dessus du lit. Elle tendait toujours l'oreille pour entendre ce qui se passait dans la salle de bains voisine. La porte en étant ouverte, elle aperçut le dos de Karch dans une glace. Elle comprit qu'elle devrait disparaître dès que l'eau cesserait de couler.

— Jodie, je suis venue t'enlever à cet homme, murmura-t-elle à toute allure.

— Bravo ! Je voudrais...

Cassie posa son doigt sur les lèvres de la fillette.

— Chuchote, lui dit-elle. Il ne faut pas qu'il nous entende. Tu veux venir avec moi ?

Jodie comprenait vite. Elle acquiesça d'un hochement de tête.

— Bon, alors il faut faire tout ce que je te dis, d'accord ?

Jodie hocha encore une fois la tête.

Karch sortit ses mains de dessous le robinet d'eau froide et les regarda. Ses pouces et ses index portaient des marques rouges. Il se remit à jurer. Il avait envie de descendre aux cuisines, d'attraper celui ou celle qui était responsable de ses brûlures et de lui coller la tête sur une cuisinière chauffée à blanc. Il sombra même dans une courte rêverie où il se vit en train de passer aux actes, puis il s'aperçut que l'individu dont il appuyait la tête sur la cuisinière n'était autre que Vincent Grimaldi. Il se regarda dans la glace et sourit. Un psy aurait sûrement trouvé matière à travailler là-dessus.

Il ferma le robinet d'eau froide et regagna la chambre à coucher. La fillette se tenait à l'autre bout de la table roulante et regardait sous la nappe. Karch s'approcha d'elle à toute allure et, se rappelant soudain qu'il avait laissé le .25 dans l'autre pièce, glissa la main dans sa veste pour attraper son Sig Sauer. Il n'avait pas envie de le sortir devant la fillette s'il y avait moyen de faire autrement.

— Qu'est-ce que tu regardes ? lui demanda-t-il.

— Rien.

Il la tira de côté et souleva la nappe d'une main. De l'autre, il était prêt à dégainer. Il n'y avait rien sur la plaque de son côté.

— Tu cherches un endroit où te cacher, c'est ça ?

— Non. Je fais juste que regarder.

Il s'empara d'une des serviettes, repassa derrière le chauffe-plat et se servit de sa serviette pour sortir la deuxième assiette.

— Voyons voir ce qu'on nous a apporté, dit-il.

Toujours en s'aidant de sa serviette, il ôta le couvercle du premier plat et découvrit une entrecôte baignant dans une flaque de beurre brûlant, juste à côté d'un tas de purée. Bleu, le steak, avec plein de sang et de sauce qui se mélangeaient au beurre fondu.

— C'est dégoûtant, dit la fillette.

— Qu'est-ce que tu racontes ? C'est une vraie beauté, ce truc ! Et toi, on regarde ce que t'as ?

Il souleva l'autre couvercle et découvrit une grosse assiette creuse remplie de *rigatoni* au jus de viande.

— C'est pas des Spaghettios, dit-elle.

— Non, t'as raison. Mais tu t'en fous, non ? T'as pas faim, tu te rappelles ?

Il gagna le lit et ôta la taie d'un des oreillers. Il la plia en quatre et la tint dans la paume de sa main. Puis il se servit de sa serviette pour pousser l'assiette de steak brûlante sur la taie et glissa des couverts dans la poche de sa chemise.

— Que te je dise, reprit-il. Moi, je vais aller manger là-bas et je te laisse à tes dessins animés. Tu manges, tu manges pas, j'en ai rien à secouer, nénette. Ça ne me fait ni chaud ni froid.

— Eh ben, c'est parfait, lui répliqua-t-elle. Je mangerai pas.

— Génial. Tout ce que je te demande, c'est de pas te brûler à cette assiette.

Il emporta sa nourriture jusqu'au bureau, puis il revint dans la chambre pour y prendre son Coca et une salière. Il attacha encore une fois les boutons de porte derrière lui et rapporta son .25 au bureau. Et commença à tailler dans son steak et à s'en coller de grosses bouchées bien brûlantes dans la bouche.

— Sacrément bon, ce putain de steak ! s'écria-t-il, la bouche pleine.

44

Cassie sortit de sous le lit en roulant sur elle-même, mit le doigt sur ses lèvres pour rappeler à Jodie de ne pas faire de bruit et prit la télécommande de la télévision. Elle monta lentement le son de façon à ce qu'il couvre mieux les chuchotements et autres bruits qu'elles faisaient. Puis elle passa du côté du lit où Jodie était assise, serra fort sa fille sur son cœur, mais remarqua que celle-ci se tenait les bras le long du corps – elle ne savait absolument pas qui était cette femme qui lui faisait un câlin. Cassie recula, posa les bras sur les épaules de sa fille et se pencha tout près d'elle pour lui parler à voix basse.

– Ça va, Jodie ? lui demanda-t-elle.

– Je veux mon Papa et ma Maman.

Cassie pensait à cet instant depuis longtemps, mais ne l'avait pas envisagé dans ce genre de circonstances ; elle avait seulement imaginé le moment où elle serait près de sa fille et ce qu'elle lui dirait et tenterait de lui expliquer.

– Jodie, je suis... commença-t-elle, mais elle n'alla pas plus loin.

Ce n'était pas le moment. Jodie était déjà assez perdue et effrayée comme ça.

– Jodie, reprit-elle. Je m'appelle Cassie et je vais te sortir de là. Cet homme t'a-t-il fait du mal ?

— Il m'a forcée à...

Cassie remit vite son doigt en travers des lèvres de sa fille pour lui rappeler de chuchoter. Jodie recommença sa phrase.

— Il m'a forcée à monter dans sa voiture. Il a dit qu'il était magicien et que mon Papa organisait une fête pour ma Maman ici.

— Eh bien, c'est un menteur, Jodie. Je vais t'aider à sortir. Mais il faut qu'on soit très...

Elle s'arrêta de parler. Elle avait entendu un bruit derrière la porte.

Karch détacha les fils du téléphone des boutons et ouvrit les portes de la chambre. Il entra et regarda la fillette allongée sur le lit, le visage posé sur ses mains. Il s'avança encore dans la pièce, examina la chambre et n'y vit rien d'anormal.

— C'est assez fort pour toi ? demanda-t-il.

— Quoi ?!

— J'ai dit : la télé est...

Il s'arrêta de parler en la voyant sourire et comprenant la blague. Il lui secoua le doigt sous le nez pour la mettre en garde et se dirigea vers les rideaux. Il s'en approcha suffisamment pour y voir la buée de sa respiration sur la vitre et regarda en bas. À travers la verrière de l'atrium, il voyait jusqu'aux tables de jeu.

— Tous des gogos, marmonna-t-il. Personne n'a jamais battu la banque.

— Quoi ? demanda Jodie dans son dos.

Il se tourna vers elle et la regarda. Puis il passa à la table roulante et à l'assiette de *rigatoni* à laquelle elle n'avait pas touché.

— Tu ferais mieux de bouffer ça, cocotte, dit-il. T'auras rien d'autre.

— Je mangerai quand mon Papa sera là.

— Comme tu veux.

Il franchit la porte, la referma derrière lui et décida cette fois-ci qu'il était inutile de tout assurer avec le fil du téléphone.

— Comme si elle pouvait aller quelque part ! se dit-il à lui-même en revenant à son steak.

Dès qu'elle entendit se refermer les portes de la chambre, Cassie ferma son couteau suisse et descendit du siège des W.-C, où elle était prête à se jeter sur Karch si jamais il lui était venu à l'idée de fouiller dans la salle de bains. Elle passa dans la chambre et, toujours en chuchotant à son oreille, dit à Jodie qu'elle s'était très bien débrouillée avec Karch.

— Maintenant, reprit-elle, il faut que je retourne à la salle de bains, que je ferme la porte et que je passe un coup de fil. Mais cette fois-ci, je veux que tu viennes avec moi. Comme ça, si jamais il revient, tu pourras lui dire que t'es aux toilettes et qu'il ne peut pas entrer.

— J'ai pas besoin d'aller aux toilettes.

— Je sais, ma chérie, mais tu peux quand même le lui dire.

— D'accord.

— C'est bien.

Cassie l'embrassa sur le haut du crâne et se rendit compte que la dernière fois qu'elle l'avait fait, elle se trouvait à l'hôpital de la prison de High Desert. Une infirmière s'impatientait à côté de son lit. Elle tendait les bras en avant et attendait que Cassie lui donne sa fille.

Les cheveux de Jodie sentaient le shampooing Johnson's Baby. Dieu sait pourquoi, cette odeur lui rappela tout ce qu'elle avait raté. Penchée sur sa fille allongée sur le lit, Cassie se troubla un instant.

— Ça va ? lui chuchota Jodie.

Cassie sourit et lui fit signe que oui de la tête. Puis elle conduisit la fillette dans la salle de bains, ferma doucement la porte derrière elle et tourna le verrou. Elle descendit ensuite une serviette d'une des étagères au-dessus de la baignoire, la posa par terre et la poussa contre le jour en bas de la porte.

— Mon Papa fait ça quand il fume dans la salle de bains, murmura Jodie.

Cassie la regarda et sourit.

— Maman aime pas parce que ça sent mauvais.

Cassie se redressa, prit Jodie dans ses bras et l'assit sur le couvercle du siège des W.-C. Le sac de gym noir reposait sur le réservoir de la chasse d'eau derrière elle.

— Bon, reprit-elle. S'il essaie d'ouvrir ou s'il frappe à la porte, tu lui dis qu'il ne peut pas entrer parce que t'es aux toilettes. Après, tu tires la chasse et tu ressors, d'accord ? Mais n'oublie pas : avant de sortir, tu enlèves la serviette du bas de la porte et tu la jettes dans la baignoire pour qu'il ne la voie pas, d'accord ?

— D'accord.

— C'est bien. Et maintenant, tu restes ici. Moi, je vais aller me mettre dans la cabine de douche pour passer un coup de téléphone.

— Tu vas appeler mon Papa ?

Cassie lui sourit tristement.

— Non, mon bébé, pas encore.

— Je ne suis pas un bébé.

— Oui, je sais. Excuse-moi.

— Lui aussi m'a dit que j'étais un bébé.

— Qui ça ?

416

— Le magicien. Il m'a dit que j'étais un bébé.

— Il s'est trompé. Tu es une grande fille.

Elle la laissa là, attrapa son sac de gym et une autre serviette de toilette et entra dans la cabine de douche. Elle en ferma la porte sans faire de bruit, sortit son portable de sa poche et l'ouvrit. Elle avait arraché une page blanche à un bloc-notes de l'hôtel. Le numéro vert du Cleopatra y était imprimé en bas. Elle se passa la serviette par-dessus la tête pour assourdir les bruits de la communication et entra le numéro. Puis, à voix basse, elle demanda à l'opératrice de lui passer Vincent Grimaldi. L'appel fut pris par quelqu'un d'autre qui lui apprit que Vincent Grimaldi était trop occupé pour prendre la communication pour l'instant, mais qu'il prendrait volontiers son message.

— M. Grimaldi tiendra certainement à me parler, dit-elle.

— Comment ça, madame ?

— Dites-lui qu'il a deux millions et demi de raisons de décrocher.

— Un instant, s'il vous plaît.

Nerveuse, Cassie attendit en se demandant combien de temps il faudrait avant que Karch vienne jeter un coup d'œil à Jodie, s'aperçoive que le lit était vide et gagne la porte de la salle de bains. Pour finir, elle entendit une autre voix au bout du fil. Calme, onctueuse et profonde.

— À qui ai-je l'honneur ?

— Monsieur Grimaldi ? Vincent Grimaldi ?

— Oui ? Qui est à l'appareil ?

— Je voulais juste vous remercier.

— De quoi donc, madame ? Je ne sais pas de quoi vous parlez. Deux millions et demi de raisons de... de quoi ?

— Il faut donc croire que Jack ne vous a pas encore annoncé la nouvelle.

Un long silence accueillit cette phrase. Cassie souleva sa

serviette et regarda par la porte vitrée de la cabine de douche. Jodie se tenait toujours à l'endroit où elle l'avait laissée. Elle s'était mise à dérouler le papier hygiénique par terre.

— Vous êtes en train de me dire que Jack a cet argent ?

Cassie laissa retomber la serviette autour de sa tête. Elle remarqua que c'était la première fois que Grimaldi utilisait le mot « argent » dans la conversation. Il commençait à mordre à l'hameçon.

— Ben oui, quoi. Je le lui ai donné, comme prévu. Je vous appelais juste pour vous remercier. Il m'a dit que c'était vous qui aviez donné le feu vert pour l'échange.

Le ton de Grimaldi se fit nettement plus nerveux. Cassie commença à s'exciter en comprenant que la manœuvre prenait.

— Je ne vois pas très bien qui vous êtes... vous pourriez parler plus fort ? C'est à peine si je vous entends.

— Je suis désolée, monsieur Grimaldi. Je suis dans ma voiture avec mon portable et ma fille s'est endormie. Je ne voudrais pas la réveiller. Sans compter qu'on est en plein désert et que je crois bien être en train de perdre la connexion.

— À quoi aurais-je donné mon feu vert, exactement ? insista-t-il. De quel échange me parlez-vous ?

— Ben l'échange, quoi ! Vous savez bien. Ma fille et moi contre l'argent. Je lui ai dit que nous ne savions rien du règlement, de Miami et autre. Nous ne voulions pas nous montrer trop rapaces. Dès que nous avons ouvert la mallette et vu tout cet argent, nous avons compris que nous avions commis une erreur. Nous avons tout de suite voulu vous le rendre. Je suis très contente que nous ayons pu...

— C'est Karch qui a l'argent ? En ce moment même ?

Cassie ferma les yeux. Elle le tenait.

418

— C'est-à-dire que... je croyais qu'il allait vous l'apporter. C'est vrai qu'il avait des trucs à régler avant... à ce qu'il m'a dit. Il était au téléphone quand je l'ai quitté. Il...

La communication fut interrompue. Grimaldi venait de raccrocher.

Cassie referma son portable et le glissa dans sa poche. Elle laissa tomber la serviette, sortit de la cabine de douche, s'agenouilla tout de suite devant Jodie et commença à lui délacer ses baskets.

— On va y aller, lui dit-elle, maintenant. Il faut enlever ça pour ne pas faire de bruit.

— Pourquoi ?

— Parce qu'on va monter dans le mur et ramper dans un tunnel qui nous conduira à l'ascenseur.

— J'ai peur des tunnels.

— Faut pas, Jodie. Je serai juste derrière toi, tout le temps. Je te promets.

— Non, je veux pas.

Jodie regarda ses mains qu'elle avait posées sur ses genoux. Elle donnait l'impression d'être sur le point de se mettre à pleurer. Cassie lui mit un doigt sous le menton et lui fit relever la tête.

— Ça ira, Jodie, lui dit-elle. Tu ne verras rien d'effrayant.

— Non, répéta-t-elle en secouant la tête.

Cassie ne voyait plus comment l'en faire démordre. Si elle passait aux menaces, elle ne ferait que l'effrayer encore plus. Et elle ne voulait pas lui mentir non plus.

Elle se pencha en avant et appuya son front contre celui de sa fille.

— Jodie, dit-elle. Je ne peux pas rester ici. Si ce type revient ici et me voit, il me tuera. Il faut absolument que je m'en aille et j'aimerais bien que tu viennes avec moi. Mais maintenant, il faut que je m'en aille.

Elle embrassa Jodie sur le front et se redressa.

— Ne me laisse pas, protesta la fillette.

— Je suis désolée, Jodie, mais il faut que je parte.

Elle ramassa le sac de gym et gagna la porte de la salle de bains. Elle écarta la serviette du pied et posa la main sur la poignée. Jodie l'appela en chuchotant dans son dos.

— Il faudra que je revoie ce type si je pars avec toi ? lui demanda-t-elle.

Cassie se retourna et la regarda dans les yeux.

— Non, dit-elle. Plus jamais jamais.

45

Le steak était bien saignant, juste comme il les aimait. Il avait si faim et le morceau de viande était si bon qu'il en était au bord de l'extase lorsque, une bouchée bien trempée dans la purée après l'autre, il arriva au bout. Il était tellement absorbé que sa surprise fut totale lorsque la porte de la suite s'ouvrit. Il releva la tête et, une pleine fourchetée de viande et de purée en arrêt devant ses lèvres, vit un type qu'il reconnut vaguement entrer dans le salon, suivi de Vincent Grimaldi et de son cogneur en chef, Romero. Comme l'autre type, Romero portait une arme à la ceinture.

Karch reposa sa fourchette sur son assiette.

— Quel goût ça a, Jack ? demanda Grimaldi.

— Super, Vincent. Tu sais que t'arrives un peu tôt ?

— Je ne pense pas, non. Moi, je dirais plutôt que j'arrive un peu trop tard.

Karch fronça les sourcils et se releva derrière le bureau. D'instinct, il avait compris que quelque chose n'allait pas et qu'il avait de gros ennuis. Il prit la serviette sur le bureau et s'essuya la bouche. Puis il baissa les mains le long de son corps, la serviette toujours dans la main droite. Très décontract, tout ça. Comme le *David* de Michel-Ange.

— Elle doit passer d'une minute à l'autre, dit-il. Mais il vaudrait mieux que tu ne sois pas là quand elle...

— Vraiment ? l'interrompit Grimaldi. Et moi, mon petit oiseau me dit qu'elle est déjà passée. Tiens, comme qui dirait qu'elle est même passée et repartie.

Il fit un signe de tête au type qui était entré le premier dans la pièce.

— Tu le palpes.

Le type s'approcha de Karch qui tendit les bras devant lui. Il tenait toujours la serviette dans sa main droite. Le type serrait son arme dans sa main gauche et la pointa sur le ventre de Karch pendant que de l'autre il fouillait sous sa veste et sortait le Sig Sauer de son étui. Puis il palpa tout le reste de son corps et trouva le silencieux dans une des poches de sa veste. Sans aucune hésitation, il porta les mains à son entre-deux et termina son inspection en lui remontant le bas du pantalon – au cas où Karch aurait caché un étui de cheville. Du travail de pro, mais pas suffisant quand même. De tout ce temps, Karch n'avait cessé de l'observer en se demandant où il l'avait déjà vu. Lorsque la fouille fut achevée, le type glissa le Sig Sauer dans sa ceinture, recula d'un pas et se replaça à côté de Grimaldi en silence.

— Qu'est-ce qui se passe, Vincent ? demanda Karch.

— Ce qui se passe, c'est que t'as merdé, Jack. La laisser filer comme ça, moi, ça me fout en l'air mes plans. Il va falloir que je la retrouve.

— Et c'est quoi, ces plans, Vincent ?

Après avoir ôté les trois premières, Cassie desserra la dernière vis de la prise d'air, poussa précautionneusement la grille et la fit pivoter sur la vis. Le conduit était maintenant ouvert, la grille pendant au-dessous de lui. Cassie regarda la table roulante sur laquelle elle se tenait et fit signe à Jodie d'y monter. La fillette grimpa sur une chaise et prit pied sur

422

la table. Cassie la souleva en faisant attention à ne pas perdre l'équilibre et la poussa vers l'ouverture du conduit. Jodie se débattit, tendit une main en avant et s'appuya contre le mur pour empêcher Cassie de la propulser dans le trou.

— N'aie pas peur, Jodie, lui souffla Cassie. Entre et je monte juste derrière toi.

— Non, non, non, dit la fillette d'une petite voix.

Cassie l'attira vers elle, la serra fort dans ses bras et lui chuchota à l'oreille :

— Tu m'as bien dit que tu n'étais plus un bébé, mais une grande fille, n'est-ce pas ? Eh bien, c'est ça que ferait une grande fille. Il faut y aller, Jodie. C'est ça ou je vais être obligée de te laisser.

Cassie ferma les yeux : cette dernière menace était ignoble.

Jodie garda le silence. Cassie la hissa de nouveau jusqu'à l'ouverture du conduit et, cette fois, la fillette y entra, ses genoux cognant contre les parois en aluminium. Cassie se figea sur place. Mais non : dans l'autre pièce, on continuait à se parler avec tout autant de véhémence. Dès que Jodie fut complètement entrée dans le conduit, Cassie lui tendit le crayon lumineux et lui chuchota d'avancer. Puis elle se hissa dans l'ouverture à son tour, en accrochant sa banane au rebord du conduit. Une fois à l'intérieur, elle la reprit et commença à la pousser devant elle.

L'espace était si étroit qu'elle ne put se retourner pour remettre la grille en place sur le mur de la salle de bains. Elle pressa Jodie d'avancer pour gagner la canalisation principale en se disant qu'elle y aurait assez de place pour se retourner, revenir jusqu'à l'ouverture et y remettre la grille à sa place.

Mais après avoir parcouru à peine un mètre cinquante,

elles tombèrent sur la jonction avec un autre conduit de même diamètre. En regardant tout au bout, Cassie aperçut de la lumière et entendit une voix qui demandait : « Qu'est-ce qui se passe, Vincent ? » et comprit que c'était celle de Karch.

Elle passa devant l'entrée du deuxième conduit, recula dedans, se tourna et se remit à ramper vers la chambre. Arrivée à destination, elle sortit la main de l'ouverture, s'empara de la grille et la remit en place. Et recula de nouveau dans le conduit.

Karch essayait de comprendre la situation le plus vite qu'il pouvait et ne mit guère de temps à trouver la seule explication possible.

— Elle t'a téléphoné, c'est ça ? demanda-t-il à Vincent.

Grimaldi ne répondit pas plus que lorsque Karch l'avait interrogé sur ses prétendus plans. Il se contenta de le dévisager d'un regard noyé de colère et de haine.

— Écoute, Vincent, reprit-il, je ne sais pas ce qu'elle t'a raconté, mais c'est du flan, d'accord ? Elle n'est pas encore passée et je n'ai pas le fric. Je l'attends, Vincent. Elle va appeler et je la ferai monter. Je prendrai l'argent et je les flanquerai toutes les deux par la fenêtre. Question de synchronicité, Vincent, je te l'ai déjà dit.

Mais, en prononçant ce mot, il se sentit hésiter. Il se rappela l'avoir laissé échapper lorsque Cassidy Black l'avait appelé. Il se demanda si cela avait suffi. Lui avait-il donné assez d'indices en proférant ce seul mot pour qu'elle comprenne son plan et ait prévu une contre-attaque ?

— Écoute, Vincent, s'il te plaît, reprit-il. Dis-moi ce qui se passe.

Grimaldi scrutait la suite.

— Qu'est-ce qu'il y a dans la chambre à coucher, Jack ?

— Ce n'est pas « qu'est-ce qu'il y a ? », mais « qui est-ce qui s'y trouve ? », Vincent, lui répondit-il. La fille.

D'un signe de tête, Grimaldi ordonna au type qui avait fouillé Karch d'aller voir. L'homme poussa les doubles portes et disparut dans la pièce. Grimaldi et Karch se dévisagèrent en attendant son retour, Romero faisant deux pas vers la gauche. Karch comprit que, à son idée au moins, ça le mettait dans une meilleure position si jamais il devait passer à l'attaque.

— Je te le dis, Vincent, répéta Karch, elle se paie ta tête. Elle se...

Il cessa de parler en voyant le type revenir de la salle de bains avec un sac de gym noir à la main. La fermeture Éclair étant ouverte, Karch pouvait voir ce qu'il y avait dedans. Et aperçut des visages de Benjamin Franklin. Plusieurs. Le sac était bourré de liasses de billets de cent dollars. Karch ouvrit grand la bouche de surprise. Cassidy Black ! pensa-t-il. Elle avait réussi à faire l'échange. Il se dirigea vers la porte de la salle de bains, mais Romero et l'homme au sac de gym levèrent tous les deux leur arme et lui ordonnèrent de rester où il était.

— Il y avait une fillette, dit-il.

— Sûrement, dit l'homme au sac, mais elle n'est plus là.

Il s'avança vers Grimaldi et écarta largement les poignées du sac, révélant ainsi plusieurs liasses de billets entourées d'un film en plastique.

— Vincent, ce n'est pas...

Il ne termina pas sa phrase. Il ne savait plus que dire et voyait bien que Grimaldi ne pensait plus qu'à son fric, et pas du tout à lui. Grimaldi plongea une main dans le sac et la posa sur une des liasses de billets comme s'il touchait l'épaule d'un ami depuis longtemps disparu. Puis il fit un signe de tête à l'homme au sac.

— OK., Martin, dit-il. Ferme-le.

Karch le regarda fermer le sac, puis il examina son visage. Martin ? Il se rappela la bande vidéo. Hidalgo accompagné de son garde du corps, en train de monter par l'ascenseur. Martin. Martin qui était censé avoir été exécuté. Martin que Grimaldi avait demandé à Karch d'aller enterrer dans le désert.

— Martin ? dit-il.

Puis son regard passa de Martin à Grimaldi tandis que tout se mettait en place dans sa tête. Tout ça n'était que du bluff, tout ça faisait partie d'un plan nettement plus sophistiqué.

— Toi ! dit-il à Grimaldi. C'est toi qui as monté tout ce truc. Ce piège.

Puis il regarda Martin qui tenait le sac de gym dans sa main droite et son arme dans la gauche. Il se rappela le corps d'Hidalgo sur le lit. La balle dans son œil droit, tirée par un gaucher.

— Et toi, dit-il à Martin, c'est toi qui as buté Hidalgo.

Martin haussa un coin de ses lèvres en un semblant de sourire de fierté.

— Ce n'est pas la fille qui l'a tué, reprit Karch en regardant Grimaldi. Elle n'a rien fait d'autre que de prendre le fric que tu voulais qu'elle prenne !

En arrivant au raccord de canalisations, Cassie entendit des éclats de voix dans le salon. Elle n'attendit pas pour écouter. Elle se dirigea vers le tuyau principal et couvrit la distance en à peu près dix secondes. Elle vit le crayon lumineux que tenait Jodie et comprit qu'elle se trouvait toujours dans l'affluent et n'était pas passée dans la canalisation centrale.

Et comprit pourquoi en s'approchant : Jodie était arrivée

dans un cul-de-sac. Des barreaux de métal bloquaient l'entrée du conduit principal. Cassie tendit la main par-dessus la fillette jusqu'au grand tuyau et palpa l'extrémité de chaque barreau afin de déterminer comment ils étaient attachés à la paroi du conduit. Elle glissa les doigts sur les joints de soudure en métal. Elles ne pourraient plus avancer.

— Qu'est-ce... lança Jodie avant que Cassie ait le temps de lui mettre la main sur la bouche.

Cassie lui fit signe de parler doucement.

— ... qu'on fait ? continua la fillette en chuchotant.

Cassie agrippa un des barreaux. Elle le secoua, puis elle s'arc-bouta contre la paroi supérieure du conduit et poussa de toutes ses forces. Rien ne bougea et les soudures ne montrèrent aucun signe de faiblesse. Cassie secoua la tête. La direction de l'hôtel avait fait installer des barreaux dans les conduits de climatisation, mais ne s'était pas donné la peine de remplacer les demi-engrenages dans les verrous. Dépenser du fric sur ceci et ne pas en dépenser sur cela n'avait aucun sens. C'était bien pour ça que buter sur ce cul-de-sac était d'autant plus surprenant et pénible.

— Qu'est-ce qu'on fait ? répéta Jodie en chuchotant.

Cassie regarda son beau visage innocent dans la lumière du crayon. Puis elle contempla les barreaux et comprit quelque chose.

— Jodie, dit-elle, tu peux passer au travers.

— Et toi ?

— T'inquiète pas pour moi. Passe de l'autre côté. Je vais ressortir et je ferai le tour pour revenir.

— Non, je veux partir avec toi.

— Ce n'est pas possible. C'est la seule façon qu'on a de s'en tirer. Tu te faufiles entre les barreaux et tu attends que je revienne te chercher.

Elle poussa la fillette vers les barreaux. Jodie passa la tête dans le conduit principal à contrecœur et y glissa tout le haut du corps. Puis elle y ramena ses jambes et se retourna pour regarder Cassie.

— Ça, c'est une grande fille ! dit celle-ci. Et maintenant, tu m'attends ici. Je reviendrai dès que possible, mais il va falloir que j'attende le départ de ces types, d'accord ?

— Ça prendra longtemps ?

— Je ne sais pas, ma chérie. Tu vas devoir attendre. Est-ce que tu sais lire l'heure ?

— Bien sûr. J'ai presque six ans.

Cassie ôta sa montre, la lui passa à travers les barreaux et lui montra le bouton pour l'éclairage du cadran. Puis elle lui tendit son téléphone portable et lui montra comment l'ouvrir. Jodie lui dit que son Papa en avait un lui aussi, mais qu'il ne la laissait jamais jouer avec.

— Si je ne suis pas venue te chercher à minuit, tu ouvres le téléphone et tu appelles le 911, Police Secours. Tu sauras faire ?

La fillette ne répondit pas tout de suite. Cassie reprit le portable et lui montra la marche à suivre.

— Tu appuies sur le neuf, puis sur le un et encore sur le un, dit-elle. Et après, tu appuies sur le bouton « Envoi » et tu dis à la personne qui te répondra que tu es coincée au dernier étage du Cleopatra. Tu te souviendras ?

— Bien sûr.

— Où on est ?

— Au Cle-o-pa-twa. Au dernier étage.

— C'est bien. Maintenant, je vais y aller et attendre que ces types s'en aillent. Et après, je fais le tour et je viens te chercher. Viens ici.

La fillette s'avança, Cassie prit son visage dans ses mains à travers les barreaux et l'embrassa sur le front. Encore une fois, elle sentit ses cheveux. Elle hésita, puis elle commença à reculer vers l'embranchement d'où elle pourrait surveiller ce qui se passait dans la suite.

Elle vit Jodie lui faire signe à travers les barreaux et pressentit que c'était la dernière fois qu'elle posait les yeux sur sa fille. Elle lui fit signe à son tour et lui envoya un baiser.

Grimaldi rayonnait en voyant Karch comprendre son plan petit à petit.

— J'étais juste comme Leo et la fille, dit celui-ci, un pion dont tu te servais.

— Dont je me suis superbement servi et qui a travaillé à merveille, précisa Grimaldi.

— Et Chicago là-dedans ? Étaient-ils même seulement dans le coup ?

— C'est ça le plus beau, dit Grimaldi. Je me suis aussi servi d'eux et ils ne s'en sont même pas rendu compte ! Mais je savais qu'en mentionnant l'Orga, juste ça, ça te ferait bouillir les sangs et que tu démarrerais au quart de tour. Leo Renfro avait des dettes envers des gens que je connaissais. Je les ai rachetées et j'ai envoyé Romero et Longo à Los Angeles pour lui faire savoir qu'il y avait un nouveau grand patron en ville. Ils lui ont raconté qu'ils étaient de Chicago et qu'ils travaillaient pour Tony Turcello. Il a mordu à l'hameçon et a commencé à chier dans son froc. Après, bien sûr, ils lui ont proposé une solution : zigouiller Hidalgo pendant le cambriolage et ça y était, plus de dettes. Il a marché dans la combine. Exactement comme toi, Jack.

Karch hocha la tête.

— Ouais, dit-il, j'ai marché. Mon boulot, c'était de remonter la piste, de liquider tout le monde et de récupérer le pognon.

— Voilà ! Et tu l'as très bien fait... sauf quand t'as laissé filer Cassie Black. Maintenant elle vadrouille dans le paysage, mais on va s'en occuper. L'important, c'est ça, conclut-il en soulevant le sac plein d'argent.

Karch tenta de ne rien montrer de sa colère.

— T'es en train de faire une putain de connerie, Vincent, dit-il. Je n'ai jamais...

— Non, Jack, je ne crois pas. Je ne crois vraiment pas.

Ils se dévisagèrent un bon moment, leur haine mutuelle suffisant à chauffer la pièce à elle seule.

— Et maintenant, il se passe quoi ? demanda enfin Karch.

— Il se passe qu'il nous faut toujours quelqu'un qui va disparaître avec le pognon. Quelqu'un que les types de Miami pourront se mettre à chercher.

— Et ce quelqu'un serait moi ?

— T'as toujours été très futé, Jack.

Karch secoua la tête. La myopie de Grimaldi avait quelque chose de renversant.

— Et toi, Vincent, lui renvoya-t-il, t'as toujours pensé petit. Pas plus loin que le bout de ton nez. T'aurais dû continuer d'appliquer notre plan. Ce sac de fric n'aurait été qu'une goutte d'eau dans l'océan une fois que Miami aurait eu la licence et le droit d'emménager ici. Tu as vendu le long terme pour le truc à la petite semaine – un misérable sac de fric. Qu'est-ce que c'est con !

Au lieu de se mettre en colère ainsi qu'il s'y attendait, Grimaldi éclata de rire et secoua la tête comme si la naïveté de ce gamin qu'il avait sous les yeux le divertissait vraiment beaucoup.

— Tu piges toujours pas, pas vrai, Jack ? dit-il.

— Je pige toujours pas quoi, Vincent ? Et si tu me disais un peu ce que je pige pas, hein ?

— La licence, Jack, Miami ne l'aura jamais. Tu ne vois donc pas ? Il n'a jamais été question de règlement. C'est le nouveau Las Vegas, ça. Miami n'arrivera jamais à y foutre les pieds. J'ai tout manigancé depuis le premier jour. Oui, Jack, moi ! J'ai appelé Miami, je leur ai dit qu'ils avaient un problème et que ça leur coûterait cinq millions de dollars pour que ça s'arrange et qu'ils puissent entrer ici. La moitié tout de suite et le solde à l'acceptation de la demande de licence. Ils sont gourmands, ils ont foncé tête la première dans le panneau. Exactement comme toi, Jack.

Enfin Karch comprit. Le plan était effectivement parfait. Grimaldi allait s'en tirer avec deux millions et demi de dollars et lui, Miami ne le lâcherait plus – à ceci près qu'ils ne le trouveraient jamais vu qu'on allait l'emmener faire un petit voyage dans le désert. Aller simple. Karch baissa les yeux. Il n'avait plus envie de voir Grimaldi.

— Tu sais le problème que t'avais, Jack ? reprit celui-ci.

Il était tellement imbu de lui-même et de son succès qu'il ne pouvait pas s'empêcher de retourner le couteau dans la plaie.

— Ton problème, c'était que tu voyais trop loin. Je te connais comme ma poche, Jack. Tes airs, tes remarques dans mon dos, ta connerie. Tu voulais me blouser et tu croyais avoir trouvé la solution. Sauf que je le savais et que je m'en suis servi, mec. Un vrai piano que t'étais. J'en ai joué comme je voulais, mais maintenant la chanson est terminée. Et donc, va te faire mettre, Jack ! Ce soir, tu dormiras dans le sable. Nous allons descendre par le monte-charge et nous prendrons ta voiture... même qu'elle doit savoir y aller toute seule ! T'as bien toujours la pelle dans ton coffre, pas vrai, l'as des as ?

Il attendit que Karch réagisse, mais ce fut le grand silence. Grimaldi en profita pour lui décocher le coup de pied de l'âne :

— On va te choisir un joli coin, Jack, tout près de ta mère.

Karch reporta son regard sur lui. Grimaldi hocha la tête.

— Oui, reprit-il, je sais tout. Toi et ton père... ton petit coin préféré. Sauf que tiens, je te parie que ça, tu le savais pas : c'est moi, Jack. C'est moi qui la lui ai piquée. On a été dix ans ensemble, dans son dos. Mais elle ne voulait pas le quitter – à cause de toi. Je l'ai aimée et puis il... Dis-moi un peu, Jack : c'est quoi, le genre de gamin qui aide son père à enterrer sa mère ? Espèce de dégénéré. Je sens que cette opération va me plaire ! Allons-y !

Martin et Romero reculèrent de deux pas et maintinrent une distance de sécurité en escortant Karch hors de la suite. L'esprit envahi de douleur et de rage, Karch se concentra sur l'homme qui marchait devant lui : Vincent Grimaldi. Maintenant il connaissait jusqu'au dernier de ses secrets.

Les quatre hommes longèrent le couloir jusqu'au moment où Grimaldi leur demanda de pousser les portes du poste d'entretien. Martin appuya sur le bouton d'appel et tout le monde se mit à attendre le monte-charge. Karch avait baissé la tête et tenait toujours sa serviette de table à la main droite, comme un drapeau blanc. Grimaldi s'en aperçut et sourit.

— Et ce dernier repas, Jack, dit-il. À ton goût ?

Karch le regarda, mais ne répondit pas. Le monte-charge étant arrivé, Romero y entra le premier afin d'en maintenir les portes ouvertes. Il n'avait pas cessé de braquer le canon de son arme sur Karch. Puis ce fut au tour de Grimaldi d'entrer dans la cabine – et ce faisant de passer entre Romero et Karch. C'était le moment qu'attendait ce dernier. Il leva la main droite vers la figure de Martin qui se tenait à côté de lui. Martin vit arriver sa main et la serviette dans ses yeux.

432

Une déflagration éclata tandis que le .25 caché sous la serviette crachait son projectile. La tête de Martin partit violemment en arrière – la balle lui avait traversé l'œil gauche et lui entrait dans le crâne. Au moment même où Martin s'effondrait sans vie sur le sol du poste de nettoyage, Karch passa son bras par-dessus l'épaule de Grimaldi et tira, mais trop vite, sur Romero. La balle s'écrasa dans la paroi de la cabine, trente centimètres à côté du visage du tueur.

Ce dernier tendit le bras pour faire feu, mais hésita : Grimaldi se trouvait dans sa ligne de mire. Il n'en fallut pas plus à Karch pour corriger l'erreur qu'il venait de commettre. Son deuxième projectile cueillit Romero à la joue gauche. Le troisième le frappa au front et lui expédia la tête en arrière. Le quatrième trouva le gras de son menton et lui perfora le cerveau. Romero s'affaissa sans avoir pu tirer une seule fois.

Karch attrapa Grimaldi par la cravate et le tira vers la porte de l'ascenseur. Il avait fermement calé son pied contre la protection en caoutchouc afin d'empêcher les portes de se fermer. Il planta le canon de son .25 sous le menton de Grimaldi l'obligeant à lever la tête et à baisser les yeux pour regarder son agresseur.

Un sourire mauvais se répandit sur le visage de Karch.

— Alors, Vincent, dit-il, comment il se porte maintenant, ton coup à la petite semaine, hein ?

— Jack, je t'en prie...

— Surtout n'oublie pas de dire bonjour à Maman pour moi !

Karch attendit la réaction, mais il n'y en eut pas.

— Parce que tu ne savais pas ?

— Je ne savais pas quoi, Jack ?

— Laisse-moi te raconter une petite histoire, Vincent. Il y a une dizaine d'années de ça, mon père est tombé malade.

Cancer. La maladie se développait si vite qu'il n'y eut bientôt plus qu'une solution pour l'en sortir : la greffe de moelle épinière. J'étais d'accord et on m'a fait des analyses de sang pour les problèmes de compatibilité.

Il secoua la tête.

— J'étais incompatible, Vincent. Je leur ai dit de faire d'autres tests et ils les ont faits. Il y avait incompatibilité parce que ce n'était pas mon père.

Karch le regarda droit dans les yeux d'un air furibond.

— Mais merci quand même, Vincent, reprit-il. Là-bas dans la chambre, tu m'as éclairci la dernière partie de l'histoire.

— Tu veux dire que...

Karch tira à deux reprises et regarda Grimaldi s'écrouler sur le cadavre de Romero. Puis il baissa les yeux sur son arme et s'aperçut que ses doigts étaient couverts de sang. Il sentit une très forte montée d'adrénaline se répandre en lui. Trois contre un, et il avait surmonté son handicap. Il jeta un coup d'œil autour de lui comme s'il espérait que quelqu'un se mette à applaudir en voyant le tour de magie qu'il venait d'accomplir.

Plus stimulant encore que l'éclair de surexcitation qu'il venait d'éprouver en constatant qu'il en avait réchappé fut le soulagement de savoir qu'il quittait définitivement une des étapes de sa vie pour entrer dans la suivante.

Il se pencha en avant et essuya son arme et sa main ensanglantées sur la chemise blanche de Grimaldi jusqu'à ce qu'elles soient relativement propres. Puis il glissa de nouveau son .25 dans la poche de son pantalon et arracha le sac de gym à la main crispée de Grimaldi.

Il recula, attrapa Romero par une jambe et tira son cadavre sur le seuil de la porte afin que, la protection le heurtant sans arrêt, cette dernière ne puisse pas se refermer.

Puis il passa d'un corps à l'autre pour vérifier le pouls de chacun, ressortit son Sig Sauer de la ceinture de Martin, examina l'arme pour être sûr qu'il ne s'y trouvait aucune trace de sang et la remit dans son étui. Il fouilla Martin, et reprit le silencieux qui était dans sa poche de pantalon.

Enfin il regarda autour de lui et découvrit un grand panier à linge à roulettes dans la resserre. Il essaya la porte, mais celle-ci était fermée. Il recula d'un pas et y donna un grand coup de pied, son talon venant frapper le grillage juste au-dessus de la serrure. La porte s'ouvrit vers l'intérieur. Il s'empara du panier et le retourna en renversant plusieurs piles de serviettes propres par terre.

Il lui fallut user de toutes ses forces pour charger les trois corps dans le chariot à linge. Puis il se servit d'une des serviettes pour essuyer le sang. Ce travail fait, il attrapa une couverture sur une des étagères et en recouvrit le chariot. Et poussa ce dernier dans la resserre et referma la porte derrière lui.

46

Cassie entendit une série d'explosions et sut tout de suite que quelqu'un avait tiré. Elle en sentit comme une décharge électrique lui descendre tout le long du dos.

— Cassie ?

C'était Jodie qui l'appelait d'un ton urgent. Elle regarda le reflet lumineux du crayon dans le conduit qui s'ouvrait devant elle. Jodie avait peur. Il était impossible de dire d'où provenaient les coups de feu. Cassie rampa vers la lumière.

Jodie s'était recroquevillée contre les barreaux. Elle braqua le faisceau de sa lampe sur Cassie lorsque celle-ci se rapprocha d'elle.

— Cassie, murmura-t-elle, j'ai entendu des grands bruits.

— Ne t'inquiète pas, Jodie. Tout ira bien. Je vais faire le tour et venir te chercher. Tu m'attends ici. D'accord ?

— Non ! Ne...

Cassie dut lui mettre sa main sur la bouche. Lorsqu'elle le fit, elle sentit des larmes sur les joues de la fillette.

— Tout va bien, Jodie, répéta-t-elle. On a presque fini. Il faut que tu m'attendes ici. C'est la seule façon d'en sortir. Je viens te reprendre dans cinq minutes. Promis. Tu regardes ta montre et tu verras que c'est pas long, d'accord ?

— D'accord, dit la fillette d'une petite voix. Je vais t'attendre.

Cette fois-ci, Cassie se contenta de passer la main entre les barreaux et de lui effleurer la joue. Puis elle commença à se pousser en arrière, dans la direction de la suite 2001.

Lorsqu'elle arriva à la grille, elle la tapota du bout du pied pour la faire ressortir de son scellement. La grille se balança sur le mur en pivotant autour de la seule vis restée en place. Cassie sortit du conduit les pieds en avant et se laissa tomber sur la table roulante en emportant son sac d'outils avec elle. Que la table soit toujours à la même place lui parut de bon augure. Elle se dirigeait vers le poste de télévision pour l'éteindre de façon à pouvoir mieux entendre ce qui se passait lorsqu'une voix l'arrêta net.

— Sympa, ça, de passer ici.

Elle se retourna. Karch se tenait dans l'entrée de la salle de bains bloquée par la table roulante sous la grille d'aération. Il avait serré la main droite sur le sac de gym et de l'autre il la braquait avec une arme. Cassie s'aperçut que celle-ci était munie d'un silencieux. Karch poussa la table de côté du bout du pied et entra dans la pièce. Cassie recula vers la télévision, où passait un énième dessin animé avec le Coyote.

Karch y alla d'un sourire totalement dépourvu de chaleur et d'humour.

— Le cheval de Troie, dit-il. L'ennemi était dedans et ils l'ont fait entrer dans la place. Un des meilleurs tours de magie jamais réalisés.

Cassie n'avait toujours rien dit. Elle se tenait parfaitement immobile et espéra seulement que le vacarme de la télévision était assez fort pour que Jodie n'entende rien de tout ça.

— Tu savais pas pour les barreaux sur lesquels tu t'es cassé le nez ? lui demanda-t-il. On les a installés après ta petite expédition avec Max il y a sept ans de ça. On en a mis dans tous les hôtels ! Tu peux donc dire que tu as beaucoup aidé Las Vegas à devenir ce qu'elle est aujourd'hui. Un endroit sûr pour le joueur et sa famille.

Il sourit de nouveau.

— Où est la fille ?

Cassie lui montra le sac.

— Vous avez l'argent, Karch. Et moi avec. Laissez-la partir.

Karch se donna même la peine de plisser le front comme s'il étudiait la proposition. Puis il secoua la tête.

— Pas possible, dit-il. Je déteste laisser des trucs en plan.

— Ce n'est pas un truc qu'on laisse en plan, Karch ! C'est une fillette qui n'a même pas six ans ! Quel danger peut-elle représenter pour vous ?

Il ignora sa question et agita son arme pour lui signifier de passer dans l'autre pièce.

— Allons au salon, dit-il. Je préfère cette fenêtre-là. Question de symétrie. C'était la fenêtre de Max.

Cassie se retourna et se dirigea lentement vers la porte en essayant d'analyser la situation. Et décida que c'était là, devant la porte, qu'elle devait tenter sa chance. Même s'il s'y attendait.

Elle serra plus fermement la courroie de son sac à outils et n'était plus qu'à quelques pas de la porte lorsqu'une fois encore une voix l'arrêta. Mais cette voix-là n'était pas celle de Karch.

— Faut pas lui faire mal !

En se retournant, Cassie constata que la voix avait surpris Karch au moins autant qu'elle. D'instinct il s'était retourné et brandissait son arme dans la direction de la bouche d'aération derrière lui. Cassie suivit son mouvement des yeux et découvrit Jodie agenouillée dans le conduit, les yeux braqués sur eux.

Elle aussi agit d'instinct. Elle se rapprocha de Karch et fit tourner son sac en l'air en hurlant : « Recule, Jodie, recule ! »

Le sac s'écrasa sur Karch, les outils en acier qu'il contenait le frappant lourdement à la nuque et le propulsant en avant, puis par terre. Il tira une fois – malgré le silencieux, la détonation fut assourdissante –, mais il avait visé trop bas et la balle ne fit qu'une grande étoile dans une glace de l'entrée de la salle de bains.

Cassie lui sauta immédiatement dessus, se pencha en avant et lui passa sa veste de costume sur la tête. Puis elle expédia un coup de genou dans la masse du tissu et sentit sa jambe entrer durement en contact avec la figure de Karch.

Celui-ci commença désespérément à tourbillonner et battre des bras. Un de ses avant-bras heurta Cassie en travers du visage et la fit tomber. Karch se tourna dans la direction de l'impact et se mit à tirer à l'aveuglette. Sonnée par le coup qu'elle avait reçu, Cassie n'en réussit pas moins à bondir sur le lit, rouler en travers et atterrir accroupie dans le dos de Karch.

Qui continua de tirer en agitant les bras dans tous les sens. Il y eut des balles plein les murs, deux d'entre elles touchant la baie vitrée qui se couvrit de deux grandes étoiles sœurs. Enfin il parvint à se redresser et à repasser sa veste par-dessus sa tête. Mais il avait dû laisser tomber le sac rempli d'argent pour y arriver.

Sa tête enfin libérée de la veste et sa vision redevenue claire, Karch se demanda où il était. C'était la nuit de Las Vegas qu'il contemplait à travers un mur de verre brisé. Et il n'y avait plus trace de Cassidy Black. Il comprit à quel point il était vulnérable et commençait à courir lorsque quelque chose de lourd et de dur s'écrasa dans ses mollets et le projeta dans la baie vitrée.

Fragilisé, le pan de verre lâcha facilement et il passa au travers. Et laissa tomber son arme en essayant d'attraper quelque chose à quoi se raccrocher. Sa main gauche trouvant le rideau, il agrippa ce dernier au moment où son torse traversait la vitre et s'enfonçait dans l'air glacé de la nuit.

L'espace d'un instant, alors même que les éclats de verre filaient dans les ténèbres, il se retrouva au bord du précipice, tel l'alpiniste en rappel sur un à-pic rocheux. Son corps déjà dans le noir, il s'accrocha au rideau à deux mains, ses pieds le soutenant sur le rebord de l'appui de fenêtre.

Lentement déporté sur la gauche par le poids de Karch, le rideau commença à se fermer. Karch écarta vite les pieds pour se stabiliser, et le rideau s'immobilisa à mi-course. Karch regarda dans la pièce et vit que Cassie Black le dévisageait, les deux mains posées à plat sur la table roulante avec laquelle elle l'avait frappée. Il baissa les yeux et vit son arme et le sac rempli d'argent par terre. Il remonta une main dans le rideau et commença à se propulser vers le salon.

Mais à la première traction, il entendit comme une détonation sourde et sentit le rideau lâcher sur quelques centimètres. Il se figea et attendit. Plus rien. Il considéra la jeune femme qui l'avait mis dans cette posture et leurs regards se croisèrent. Il sourit et leva de nouveau la main dans le rideau.

Cette fois, le mouvement qu'il avait fait et la pression qu'il exerçait sur le rideau déclenchèrent une longue série de détonations tandis que, un par un, les crochets cédaient sous son poids. Le rideau commença à se détacher de ses fixations et Karch à tomber pour de bon. Il continua de sourire et regarda Cassidy Black jusqu'au moment où, le rideau s'étant complètement détaché, il se mit à dégringoler dans la nuit.

Il ne cria pas. Il ne ferma pas les yeux. Pour lui, ce plongeon s'effectuait comme au ralenti. Au-dessus de sa tête, il vit le rideau doré battre comme un drapeau. L'une après l'autre, les fenêtres défilaient devant lui, certaines éclairées, d'autres pas. Au-dessus de l'immeuble, enfin, il vit la lune dans le ciel.

La lune noire.

Sa dernière pensée fut pour le tour. Le tour du sac de courrier et de la caisse. La fermeture Éclair secrète et le double fond. Comment il fallait tendre la main et poser la carte à jouer – le valet de pique – exactement à sa place. Il se rappela la fierté de son père. Les applaudissements du public.

On battait des mains à tout rompre, dans ses oreilles le vacarme était grandiose lorsqu'il toucha la verrière de l'atrium. Il passa au travers et atterrit dans la vigie désertée. Il avait les yeux ouverts, un sourire se lisait encore sur son visage.

Le verre dégringola en pluie dans le casino, déclenchant des hurlements de panique. Mais, en levant les yeux, les joueurs ne virent que le trou béant dans la verrière et rien d'autre. On ne voyait pas le corps de Karch d'en dessous. Puis le rideau doré tomba dans le trou de l'atrium tel un parachute qui n'a pas fonctionné. Et qui parut s'ouvrir au dernier moment, descendant en vol plané dans la vigie et recouvrant le cadavre de Karch ainsi qu'un linceul.

Un grand silence se fit dans le casino, tous les yeux restant fixés sur le trou béant et inexplicable tout là-haut. Puis, du cœur même des ténèbres, de l'argent commença à tomber dans la salle. C'étaient des milliers et des milliers de billets qui flottaient dans l'air. Des billets de cent dollars. Bientôt les hurlements reprirent cependant que les gens se ruaient sur l'argent, mains tendues en avant pour attraper les billets en sautant en l'air. Une table de black-jack fut renversée. Des hommes en blazer bleu foncèrent dans la mêlée, mais furent bientôt débordés par la foule. Certains d'entre eux se jetèrent dans la bagarre pour avoir, eux aussi, leur part de la manne.

Cassie défit encore une liasse de billets de cent et la jeta dans la nuit. Les cinq cents billets s'y éparpillèrent et commencèrent languissamment à descendre en flottant. Elle entendit des cris tout en bas. Elle regarda et vit que certains billets étaient emportés par le vent jusque vers les fontaines à l'entrée du casino, jusqu'au-dessus du Strip même. Des voitures s'arrêtaient, des Klaxons résonnaient. On se jetait au-devant des voitures et dans les petits bassins. On se battait pour son argent. Elle avait besoin d'une diversion pour s'enfuir, elle l'avait.

Elle se retourna et replaça la table roulante sous la bouche d'aération. Elle y grimpa et regarda dans le noir.

— Jodie ! cria-t-elle. Tout va bien ! C'est moi ! On va pouvoir s'en aller.

Elle attendit, puis la fillette sortit de sa cachette et parut dans la lumière. Cassie lui tendit les bras et l'attrapa sous les aisselles. La sortit du conduit et la déposa sur la table. Puis elle en descendit et mit Jodie par terre. Et la serra longuement sur son cœur.

— Il va falloir y aller, dit-elle enfin.

— Où est le bonhomme ?

— Il est parti. Il ne peut plus nous faire de mal.

Elle se retournait pour conduire la fillette hors de la pièce lorsqu'elle aperçut deux passeports verts par terre. Elle les ramassa et comprit qu'ils avaient dû tomber de la poche de veste de Karch lorsqu'elle lui avait enfermé la tête dans son vêtement. Elle en ouvrit un et découvrit sa propre photo. Jane Davis. Attachée à la première page du document par un trombone se trouvait un permis de conduire au même nom.

— Qu'est-ce que c'est ? lui demanda Jodie.

— Rien. Juste des choses que j'avais laissé tomber.

Elle ouvrit l'autre passeport et regarda longuement la photo de Jodie. Puis elle le referma et glissa les deux passeports dans la poche arrière de son jean. Elle prit Jodie par la main et commença à la diriger vers la porte. En passant, elle se pencha en avant et attrapa son sac de gym de l'autre main. Elle n'avait pas compté, mais était à peu près sûre d'y avoir plus d'une vingtaine de liasses. Soit plus d'un million de dollars.

Elle regarda l'arme tombée par terre près de la fenêtre béante. Elle réfléchit un moment, puis elle décida de ne pas la prendre. Pas d'armes.

— Allons-y ! lança-t-elle plus à elle-même qu'à Jodie.

Elles traversèrent la chambre et Cassie ne put s'empêcher de regarder celle-ci une dernière fois. Dans la glace étoilée par une balle, elle aperçut le reflet brisé de l'écran du poste de télévision. On y voyait Porky le cochon ôter son chapeau en disant :

« *Th-th-th-that's all, folks !* »

Au casino, la pagaille était toujours à son comble lorsqu'elles sortirent de l'ascenseur et commencèrent à gagner la sortie. Cassie prit Jodie dans ses bras et la porta. Elles évitèrent deux types qui se battaient par terre pour attraper une liasse de billets qui ne s'était pas ouverte en tombant.

— Qu'est-ce qu'ils font ? demanda Jodie.

— Ils montrent ce qu'ils sont, lui répondit Cassie.

Elles arrivèrent à la sortie sans avoir rencontré un seul blazer bleu. Cassie se retourna pour pousser la porte avec son dos. Avec Jodie et son sac de gym, elle avait les mains pleines. Puis elle jeta un coup d'œil au casino, son regard s'élevant au-dessus de la mêlée pour s'arrêter sur la vigie. Un coin du rideau doré y pendait sur un côté. En dehors de ça, tout y semblait vide.

CINQUIÈME PARTIE

47

Cassie n'avait plus qu'une idée en tête : retrouver la voiture et quitter Las Vegas au plus vite. Ni elle ni Jodie ne parlèrent avant que la Boxster ait pris le freeway, direction Los Angeles. Cassie donnait l'impression de ne plus pouvoir respirer avant d'être le plus loin possible des néons du Strip. Elle attendit d'avoir enclenché la cinquième et bloqué la vitesse à cent dix pour se tourner enfin vers la fillette sanglée sur le siège à côté d'elle.

— Ça va, Jodie ? lui demanda-t-elle.

— Oui, oui. Et toi ?

— Oui, ça va très bien.

— T'as un bleu à la joue, là où le type t'a cognée. Je l'ai vu. C'est là que je me suis cachée dans le tunnel.

— Les bleus, ça s'en va. Tu es fatiguée ?

— Non.

Mais Cassie savait bien qu'elle l'était. Elle tendit la main et inclina le siège au maximum de façon à ce que la fillette puisse dormir. Elle engagea le CD de Lucinda Williams dans le lecteur et mit la musique en sourdine. Elle écoutait les paroles d'une chanson et pensait à la décision qu'il lui faudrait prendre bientôt, lorsque Jodie reprit la parole.

— Je savais que tu viendrais me chercher, dit-elle.

Cassie la regarda. L'éclairage du tableau de bord lui révélait très doucement les traits de sa fille.

— Comment le savais-tu ?

— Ma Maman m'a dit que j'ai un ange gardien qui me surveille toujours. Je crois que c'est toi.

Cassie reporta son attention sur la route devant elle et sentit des larmes lui monter aux yeux.

— Un ange gardien, mon bébé. Oui, un ange gardien.

— Je ne suis pas un bébé.

— Je sais. Je te demande pardon.

Elles continuèrent de rouler en silence pendant une demi-minute, Cassie réfléchissant à ce qu'elle devait faire.

— Je sais, je sais, répéta-t-elle.

— Pourquoi tu pleures ? lui demanda Jodie.

Cassie essuya ses larmes avec la paume de ses mains. Puis elle agrippa plus fort le volant et se jura de ne plus laisser couler une larme devant la fillette.

— Parce que je suis heureuse, dit-elle.

— De quoi ?

Cassie la regarda et sourit.

— D'être avec toi. Et d'avoir réussi à filer.

Dans la faible lumière de l'habitacle, Jodie eut soudain l'air perdue.

— Tu me ramènes à ma maison ?

— Jodie. Je suis ta... À partir de maintenant, tu seras toujours avec ta mère, dit-elle.

Jodie s'endormit peu de temps après et rêva jusqu'à Los Angeles. Cassie ne cessait de lui couler de longs regards et crut retrouver son propre visage et celui de Max dans ses traits. Elle avait le front de Max, c'était évident. Cassie ne l'en aima que davantage.

— Je t'aime, Jane, murmura-t-elle en se servant du prénom qu'elle lui aurait donné.

Vers cinq heures, le sombre tunnel du désert commença

à se teinter du gris de l'aube et le paysage à prendre les formes du grand Los Angeles. Cassie avala les dernières gorgées du café qu'elle avait acheté au guichet d'un McDonald's de Barstow ouvert vingt-quatre heures sur vingt-quatre. Elle était déjà sur le freeway 10 et se dirigeait vers l'échangeur du Golden State freeway qui pouvait l'emmener à Mexico en trois heures.

Elle alluma la radio tout bas et mit sur KFWB, la station d'informations en continu qui passait un bulletin toutes les vingt minutes. Elle attrapa la fin d'un reportage sur le stockage des bouteilles de champagne pour les fêtes du troisième millénaire, puis le speaker passa à la circulation avant de revenir aux nouvelles.

C'était son histoire qui faisait la une. Elle jeta un coup d'œil à Jodie pour s'assurer qu'elle dormait encore et se pencha vers le haut-parleur pour mieux entendre.

« Depuis ce matin, les autorités sont à la recherche d'une ex-prisonnière qu'on tient responsable d'une vague de violences qui a duré vingt-quatre heures et a été marquée par un kidnapping et deux échanges de coups de feu séparés. D'après la police de Los Angeles, une certaine Cassidy Black, trente-trois ans, détenue cinq ans durant dans une prison du Nevada pour homicide involontaire, serait recherchée pour le meurtre de deux de ses collègues de travail hier matin. Après la tuerie du garage d'Hollywood, où Black a travaillé moins d'un an en qualité de vendeuse, la même Black aurait tiré sur sa contrôleuse de liberté conditionnelle, Thelma Kibble. Âgée de quarante-deux ans, Thelma Kibble, qui habitait Hawthorne, se serait rendue au domicile de Cassidy Black afin d'effectuer un contrôle de routine et, toujours d'après les autorités, aurait ignoré le massacre qui s'était déroulé au garage quelques instants plus tôt. D'après la police, il y aurait eu affrontement entre Cassidy Black et Kibble, celle-ci se voyant alors neutralisée, puis abattue en pleine poitrine avec son arme de service. Hier soir, l'officier Kibble était toujours dans un état critique au Centre hospitalier de Cedar-Sinaï où elle a été admise. Les médecins pensent qu'elle devrait s'en sortir. »

Cassie se pencha en avant, ferma les yeux et poussa un grand soupir de soulagement. Thelma Kibble en avait réchappé. Elle rouvrit les yeux et regarda sa fille une fois encore. Jodie ne s'était pas réveillée. Cassie écouta le reste du compte rendu.

« Kibble n'a toujours pas été interrogée à cause de son état. Vendredi soir, les inspecteurs chargés de l'enquête nous ont confirmé que Cassidy Black était aussi liée à l'enlèvement d'une fillette de cinq ans et demi dans le jardin de sa maison de Laurel Canyon. Black est la mère naturelle de Jodie Shaw, mais a donné sa fille pour adoption peu de temps après la naissance de cette dernière à l'hôpital de la prison de High Desert, État du Nevada. Black aurait enlevé sa fille dans une Lincoln ou une Chrysler noire d'un modèle récent et équipée de vitres teintées. La police de Los Angeles a commencé par enquêter séparément sur cet enlèvement, puis a changé son fusil d'épaule en apprenant que la fillette avait été adoptée et que sa mère n'était autre que Cassidy Black. Des détails supplémentaires devraient nous parvenir aujourd'hui, lorsque les recherches auront avancé. »

Cassie éteignit la radio. Elle voyait déjà les flèches des grands immeubles du centre-ville dans le lointain. Elle pensa à ce qu'elle venait d'entendre. Les flics suivant le plan de Karch à la lettre, elle comprit que, même dans la mort, celui-ci avait une chance de réussir.

— Thelma, dit-elle tout haut.

Elle savait que c'était elle qui détenait la clé du problème. Qu'elle s'en sorte et elle parlerait, et alors la vérité serait révélée.

Il n'empêche : cela ne l'absolvait pas, elle, et elle le savait bien : coupable, elle l'était. Toutes ces morts ! Tout cela à cause de ce qu'elle avait désiré !

Elle tenta d'oublier un instant ces pensées et sa culpabilité. Elle savait qu'elles ne la lâcheraient plus et qu'un jour il faudrait y faire face. Mais pour le moment, les mettre à l'écart était une nécessité absolue.

Elle passa la main dans son dos et sortit les passeports de sa poche. Elle alluma la lumière placée derrière le rétroviseur et les ouvrit côte à côte sur le volant, de façon à ce que sa photo se trouve juste à côté de celle de Jodie. Son regard tombant sur la ligne « profession », elle y lut la mention : « femme au foyer ». Elle ne put s'empêcher de sourire. La dernière plaisanterie de Leo.

Elle referma les passeports l'un à l'intérieur de l'autre et les serra sur son cœur. Un panneau lui annonça que l'échangeur du Golden State freeway ne se trouvait plus qu'à trois kilomètres. Trois kilomètres, pensa-t-elle. Deux minutes pour décider l'avenir de deux personnes.

Elle regarda le sac de gym posé par terre entre les pieds nus de Jodie – ses baskets étaient restées dans la salle de bains de la suite du Cleo. Le sac contenait plus d'argent qu'elle n'avait jamais pu imaginer. Bien plus qu'il n'en fallait pour recommencer une nouvelle vie. Elle savait qu'elle pouvait abandonner la Boxster dans Los Angeles Sud, et qu'en moins de vingt-quatre heures il n'en resterait plus guère qu'un squelette. Après quoi, il suffirait de prendre un taxi, d'aller dans un garage du comté d'Orange et de payer cash.

451

Plus de traces, plus de liens avec quoi que ce soit. On traverse la frontière, on prend un vol pour Mexico à l'aéroport d'Ensenada. Et là on choisit sa destination finale.

— L'endroit où le désert se fait océan, dit-elle tout haut.

Elle remit les passeports dans sa poche et regarda sa fille endormie. Et ce faisant effleura les pièces de I-Ching qu'elle avait accrochées au rétroviseur. Les pièces porte-bonheur de Leo. Elles se mirent à osciller d'avant et d'arrière et accrochèrent son regard comme la montre en or de l'hypnotiseur.

Pour finir, elle se détourna et regarda encore une fois sa fille qui dormait. Jodie avait écarté un rien les lèvres et lui montrait ses petites dents blanches. Cassie eut envie de les toucher. Cassie eut envie de toucher sa fille partout.

Elle tendit le bras, écarta une mèche de cheveux du front de sa fille et la ramena derrière son oreille. Jodie ne se réveilla même pas.

Cassie regarda de nouveau la route au moment où la Porsche arrivait sous un panneau fléché lui indiquant les voies à prendre pour partir vers le sud.

48

Jodie se réveilla doucement sous les caresses de Cassie. Elle ouvrit les yeux, regarda l'habitacle de la voiture et parut inquiète. Puis, voyant Cassie, la confiance s'afficha de nouveau sur sa figure. Le changement était quasi imperceptible, mais Cassie le remarqua.

— Tu es revenue à la maison, Jodie, lui lança-t-elle.

La fillette se redressa pour regarder par la vitre. Elles remontaient Lookout Mountain Road et s'apprêtaient à passer devant l'école élémentaire de Wonderland.

— Ma Maman et mon Papa sont là ?

— Je suis sûre qu'ils t'attendent à l'intérieur.

Cassie tendit le bras, défit le chapelet de pièces de I-Ching du rétroviseur et le lui donna.

— Tiens, prends ça, lui dit-elle. Ça porte bonheur.

La fillette s'empara des pièces, mais l'inquiétude se marqua de nouveau sur son visage.

— Tu viendras dire bonjour à ma Maman et à mon Papa ? lui demanda-t-elle.

— Non, je ne pense pas, ma chérie.

— Ben, où tu vas aller maintenant ?

— Quelque part. Très loin d'ici.

Elle attendit. La fillette n'aurait eu qu'à lui dire « Tu m'emmènes avec toi » pour qu'elle change d'avis et fasse aussitôt demi-tour. Mais ces mots ne vinrent pas, et elle ne s'y attendait d'ailleurs pas.

— Mais je veux que tu te rappelles une chose, Jodie, reprit-elle. Même si tu ne me vois pas, je suis là. Je veillerai toujours sur toi. C'est promis.

— D'accord.

— Je t'aime, Jodie.

La fillette garda le silence.

— Et... tu peux garder un secret ?

— Bien sûr. C'est quoi ?

Ils n'étaient déjà plus qu'à quelques rues de chez elle.

— C'est qu'il y a un monsieur qui m'aide à veiller sur toi. Tout le temps. Même quand tu ne le vois pas.

— Qui c'est ?

— Il s'appelle Max, mais on ne peut pas le voir. Lui aussi t'aime beaucoup.

Elle regarda Jodie et lui sourit en se rappelant ce qu'elle s'était juré : surtout ne pas pleurer – au moins pas devant elle.

— Ce qui fait que maintenant tu as deux anges gardiens. Tu es une petite fille qui a beaucoup de chance, tu ne trouves pas ?

— Des anges qui gardent, répéta-t-elle. C'est ce que t'as dit.

— Voilà. Des anges gardiens.

Cassie leva la tête et vit qu'elles étaient arrivées. Il n'était même pas encore cinq heures du matin, mais il y avait de la lumière à l'intérieur et à l'extérieur de la maison. Et aucun véhicule de police aux alentours – seulement la Volvo blanche dans l'allée cochère. Les flics devaient se dire que s'il y avait un endroit où la fillette avait peu de chances de refaire surface, c'était bien chez elle. Cassie s'arrêta le long du trottoir, mais n'éteignit pas

454

le moteur. Puis elle se pencha tout de suite en avant et ouvrit la portière côté passager. Elle savait qu'il fallait faire vite – et pas du tout parce que les flics auraient pu se cacher à l'intérieur de la maison, non. Seulement parce qu'il s'en était fallu de peu qu'elle prenne une autre décision et qu'il suffisait d'à peine cinq secondes de plus pour qu'elle change d'avis.

— Jodie, dit-elle, fais-moi un câlin.

Jodie fit ce qu'on lui demandait, et dix secondes durant Cassie la tint si fort serrée sur son cœur qu'elle se demanda si elle n'allait pas lui faire mal. Enfin elle recula, tint le visage de sa fille entre ses deux mains et l'embrassa sur les joues.

— Tu vas être sage, d'accord ?

Jodie commença à se dégager.

— Je veux voir ma Maman, dit-elle.

Cassie acquiesça d'un signe de tête et la laissa partir. Elle la regarda descendre de la Porsche, faire le tour de la barrière en bois et traverser la pelouse vers la porte d'entrée éclairée.

— Je t'aime, murmura-t-elle en la regardant filer.

La porte n'était pas fermée à clé. La fillette l'ouvrit et entra. La porte ne s'était pas encore refermée lorsque Cassie entendit quelqu'un hurler son prénom avec joie et soulagement. Cassie se pencha en avant, referma la portière côté passager, se redressa et vit Jodie dans les bras de la femme qu'elle croyait être sa mère. Celle-ci était habillée et Cassie savait qu'elle n'avait pas dormi de la nuit. Elle serra la tête de sa fille au creux de son cou et la serra aussi fort que Cassie quelques instants plus tôt. À la lumière de la porte d'entrée, Cassie vit alors que son visage était inondé de larmes. Elle vit aussi la jeune femme lui crier « Merci » en se tournant vers la Porsche.

Cassie hocha la tête, même si elle savait que dans l'obscurité de l'habitacle son geste avait peu de chances d'être vu. Puis elle enclencha la vitesse, abaissa le levier du frein à main et s'éloigna du bord du trottoir.

49

Elle remonta Laurel Canyon pour passer dans Mulholland et prit la route qui part en zigzag vers l'est. À l'un des belvédères qui dominent la Valley, elle regarda le soleil se lever lentement sur les montagnes à l'est et inonder de lumière les plaines en dessous. Elle ouvrit la capote de la Boxster avant de repartir. L'air du petit matin était glacé, mais il la tint éveillée et Dieu sait pourquoi la mit de bonne humeur. À l'endroit où Mulholland Drive retombe dans le Hollywood freeway, elle gagna l'entrée de l'autoroute et prit vers le nord.

Elle se remémora la soirée où, en chemise hawaïenne, Max lui avait fait des promesses éternelles, le souvenir de la nuit où, elle le savait dans son cœur, leur fille avait été conçue. Elle se rappela comment ils avaient dansé le slow pieds nus sur la plage, comment là-bas, par-dessus le bras de mer, ils entendaient la musique leur parvenir des lointains scintillants d'une station balnéaire de luxe. Elle sut alors que ce qu'ils avaient éprouvé ne l'avait pas quittée et se trouvait toujours en elle. Au plus profond d'elle-même. Qu'il en avait toujours été ainsi et que l'endroit où le désert se fait océan n'était autre que son cœur. Et que ça, elle ne le perdrait jamais.

Lorsque enfin elle arriva dans le comté de Ventura, elle eut besoin de ses lunettes de soleil. L'air commençait à se réchauffer et fouettait fort ses cheveux autour de ses oreilles. Elle savait qu'il lui faudrait larguer la voiture et en racheter une autre, mais elle était incapable de s'arrêter. Elle se disait que si elle lâchait l'accélérateur, que si elle ralentissait même seulement une seconde, tout ce qui était maintenant derrière elle allait la rattraper et la noyer. Que, mort et culpabilité, tout s'abattrait sur elle en rugissant. Et qu'il faudrait toujours avoir une longueur d'avance sur tout ça.

Elle continua de rouler.

Remerciements

L'auteur tient à remercier plusieurs personnes qui n'ont pas ménagé leurs efforts pour l'aider pendant qu'il écrivait ce livre.

Ses remerciements vont en particulier à Jerry Hooten pour ses connaissances en matière d'équipement de surveillance et d'installation clandestine de ces matériels. Toute la technologie décrite dans ce livre existe réellement et n'a rien d'inaccessible. Je suis seul responsable des erreurs qui pourraient s'être glissées dans leur description.

Je tiens aussi à remercier Bill Gerber, Eric Newman, Bryan Burk, Mark Ross, Courtenay Valenti, Steve Crystal, Linda Connelly et Mary Lavelle pour leurs suggestions.

Je remercie encore Joel Gotler pour ses conseils et le titre de cet ouvrage. Merci aussi à Philip Spitzer, Dennis McMillan et Gene Griepentrog, ancien agent du Service des libertés conditionnelles auprès de la Direction de l'administration pénitentiaire de l'État de Californie.

Le livre de J. B. Bobo intitulé *The New Modern Coin Magic* publié par les éditions Magic, Inc., m'a fourni de précieux renseignements.

Je tiens enfin à remercier Michael Pietsch, directeur de collection aux éditions Little, Brown & Co. Publishers, pour son excellent travail d'édition – un de plus.

Ouvrage réalisé par
Nord Compo (Villeneuve d'Ascq)

Achevé d'imprimer par
Rodesa
en Janvier 2001
pour le compte de France Loisirs
Paris

Dépôt Légal : Février 2001
N° Editeur : 34693

Imprimé en Espagne